中华美学精神的当代传承

王一川等 著

图书在版编目（CIP）数据

中华美学精神的当代传承 / 王一川等著. —北京：北京大学出版社，2022.10

ISBN 978-7-301-33474-4

Ⅰ.①中… Ⅱ.①王… Ⅲ.①文艺美学–研究–中国–当代 Ⅳ.①I01

中国版本图书馆 CIP 数据核字（2022）第 188826 号

书　　名	中华美学精神的当代传承 ZHONGHUA MEIXUE JINGSHEN DE DANGDAI CHUANCHENG
著作责任者	王一川 等 著
责任编辑	赵 阳
标准书号	ISBN 978-7-301-33474-4
出版发行	北京大学出版社
地　　址	北京市海淀区成府路 205 号　100871
网　　址	http://www.pup.cn　　新浪微博：@ 北京大学出版社
电子信箱	pkuwsz@126.com
电　　话	邮购部 010-62752015　发行部 010-62750672　编辑部 010-62752022
印 刷 者	大厂回族自治县彩虹印刷有限公司
经 销 者	新华书店
	650 毫米 ×980 毫米　16 开本　20 印张　350 千字
	2022 年 10 月第 1 版　2022 年 10 月第 1 次印刷
定　　价	78.00 元

主要合著者（按章节排序）

王一川　陈旭光　彭　锋　李　洋

金永兵　李道新　刘　晨　周映辰

向　勇　唐金楠

其他合著者（按章节排序）

王佳怡　张鹏瀚　田亦洲　赵　寻

张俊隆　薛　熠　叶　鑫　崔艺璇

范萍萍　白晓晴

目录

第一章　中华美学精神的含义与渊源

理解中华美学精神这一重要概念，可以有若干不同的研究进路并由此而引申出相应的理解，因而很难，也没有必要谋求唯一正确的结论。基于这点，本章拟在简要辨析中华美学精神的语义和内涵的基础上，发掘该命题与中国现代美学和艺术理论中已有的中国艺术精神命题的渊源关系，并尝试在这两个命题相互交融的意义上，对中华美学精神的内在含义作出初步的理解和分析。

一、中国文化想象：他者与自我之间

对中国古人来说，在今天的意义上去考虑中华美学精神这样的问题，可能是不可思议的。其主要原因在于，中国古人拥有与今人完全不同的宇宙观和中国观。而中华美学精神命题的出现，则是固有的宇宙观和中国观发生巨变的美学后果。

直到明代末年，在意大利传教士利玛窦向中国人描绘地球图式之前，在中国占主导地位的还是“天地之中”的宇宙图式，处在这个图式中央的是中国，中国也正是“天地之中”或“天下之中央”的意思。北宋的石介写了一篇《中国论》，其描述颇有代表性：“天处乎上，地处乎下，居天地之中者曰中国，居天地之偏者曰四夷。四夷外也，中国内也。

天地为之乎内外，所以限也。”[1]在这一宇宙图式中，处在天地之中心的是中国，而处在天地之边缘的是四夷；四夷在天地的外缘，而中国在天地的内缘。这里勾画出一幅明确的“同心圆”宇宙图景：中国为宇宙之圆心，四夷为圆心之周边。这样一种宇宙图景植根在中国人心中，成为中华民族的集体记忆和共同认知。正如英国历史学家艾瑞克·霍布斯鲍姆所评论的那样：

> 中国民族的同一性不但远超过其他许多国家——94%的人口为汉族——并且作为一个单一的政治实体（虽然其间或有分裂中断），至少可能已有两千年历史之久。更重要的是，在两千年中华帝国岁月的绝大多数时间里，并在绝大多数关心天下事的中国人心目当中，中国是世界文明的中心与典范。[2]

但是，这种“世界文明的中心”的幻觉，终究被外来者给无情地打破了。利玛窦在万历年间进入中国，不仅向明神宗进呈自鸣钟等西方器物，讲解《万国图志》，在中国人面前展示了崭新的地球图式，还广交中国士大夫，广泛传播西方天文、数学、地理等科学技术知识，并翻译科学著作及世界地图《坤舆万国全图》等。从此，古典中国固有的宇宙模式开始受到地球论的挑战。

当年生活于中华大地的人们，置身于自己的固有天地之中，自觉就是“天下之中央”，甚至自以为属天下之优等民族，根本不可能感受到今人随处感受到的由若干独立的“民族国家”共同组成的“地球性”，又怎么会去考虑中华美学精神这样的整体性问题呢！

仔细想来，如今这样的问题被提出，主要出于两种缘故：一是我族之外的他者民族，出于辨别自我与他者关系的考虑而提出来；二是我族自己，为了辨别自我与外来他者之间的关系，设身处地地从外部他者的视角提出来。无论哪一种情形，当人们这样想象中国时，都是从他者视

[1] 石介：《徂徕石先生文集》卷十。

[2] [英]艾瑞克·霍布斯鲍姆：《极端的年代》（下），郑明萱译，江苏人民出版社，1999年，第687页。

角去驰骋自己对特定民族的文化想象。文化想象，在这里主要是指个体或群体的想象力被运用于对异质民族的生活方式及其象征形式的联想或幻想时的产物。

确实，德国哲学家奥斯瓦尔德·斯宾格勒的《西方的没落》一书（该书共2卷，先后出版于1918年和1922年），就曾经纵情想象过中国文化的基本象征形式，并且是在与希腊文化、埃及文化、近代西方文化的比较中加以想象的：

> 古典的表现在于牢牢地依附于就近的和当下的事物，而排除距离和未来；浮士德式的表现在于有方向的能量，眼睛只看着最远的地平线；中国式的表现在于自由地到处漫游，不过是朝向某个目标；埃及式的表现在于一旦进入那道路就果断地封道。[1]

他在这里综合列举了四种文化精神在其“基本象征”上呈现对应物的差异：希腊文化的基本象征为就近的、严格限定的、自足的实体；埃及文化的基本象征则是“道路”，属于“洞穴的世界”；近代西方文化的基本象征在于追求无限的三维空间式的“浮士德精神”；中国文化则着眼于朝向某个目标的“自由漫游”。他还进一步分析了埃及文化与中国文化在基本象征上的差异：埃及文化注重以必然性姿态朝向某个“预定的人生终点之路”，其艺术类型的典范是浮雕和建筑；中国文化突出“道”，强调“徜徉（wanders）于他的世界”，其艺术类型的典范则是“友善亲切的自然”、被视作“伟大的宗教艺术”的园林艺术及以“借景”为特点的中国式建筑。[2]可惜他那时的分析还只是间接的和浅表的，还不知道更多的和更有代表性的中国艺术，如中国绘画、音乐和书法等，后者则需要受他启发的宗白华等中国学人自己去加以补充和更正了。

---

[1] [德]奥斯瓦尔德·斯宾格勒：《西方的没落》（第1卷），吴琼译，上海三联书店，2006年，第167页。

[2] 同上书，第182—183页。

其实，早在斯宾格勒之前一百多年，启蒙运动时期的欧洲人就曾对中国展开过特有的文化想象。法国启蒙运动领袖伏尔泰（本名弗朗索瓦—马利·阿鲁埃），就对中国故事及其中展现的中国文化形象产生了浓厚的兴趣。他根据“赵氏孤儿”故事改编的戏剧《中国孤儿》于1755年在巴黎上演，引发轰动，在欧洲产生广泛的启蒙作用。他还在史学著作《风俗论》中展开自己对中国文明的认识和想象：

> 如果说有些历史具有确实可靠性，那就是中国人的历史。正如我们在另一个地方曾经说过的：中国人把天上的历史同地上的历史结合起来了。在所有民族中，只有他们始终以日蚀月蚀、行星会合来标志年代；我们的天文学家核对了他们的计算，惊奇地发现这些计算差不多都准确无误。其他民族虚构寓意神话，而中国人则手中拿着毛笔和测天仪撰写他们的历史，其朴实无华，在亚洲其他地方尚无先例。[1]

伏尔泰在这里高度肯定和赞扬中国人自己历史书写的连续性和可靠性，以及在此基础上形成的史学的“朴实无华”品格。并且，他还从自己反对宗教偏见的立场，去弘扬中国史书中的去宗教基调：

> 当迦勒底人还只是在粗糙的砖坯上刻字时，中国人已在轻便的竹简上刻字，他们还保存有这些古代的竹简，外面涂着清漆不至于腐烂，这可能是世界上最古老的文物了。中国人在撰写帝王历史之前，没有任何史书。不像埃及人和希腊人，中国人的历史书中没有任何虚构，没有任何奇迹，没有任何得到神启的自称半神的人物。这个民族从一开始写历史，便写得合情合理。

[1]　[法]伏尔泰：《风俗论》(上册)，梁守锵译，商务印书馆，1994年，第85页。

他们与其他民族特别不同之处就在于，他们的史书中从未提到某个宗教团体曾经左右他们的法律。中国的史书没有上溯到人类需要有人欺骗他们、以便驾驭他们的那种野蛮时代。其他民族的史书从世界的起源开始：波斯人的《真德经》，印度人的《法典》《吠陀》，桑科尼雅松、玛内通，直至赫希俄德，全都上溯到万物的起源、宇宙的形成。这种狂妄性，中国人一点也没有。他们的史书仅仅是有史时期的历史。

这里有一个对我们来说尤其重要的原则，即：如果一个民族最早的编年史证明确实存在过一个强大而文明的帝国，那么这个民族一定在多少个世纪以前早就集合成为一个实体。中国人就是这样一个民族，4000 多年来，每天都在写它的编年史。[1]

尽管他对中国的认识和想象难免交织着他内心拿中国这个他者去说欧洲的启蒙运动的强烈动机，但他确实在一定程度上看到或想象到中国文化中的正面价值因素。同时，他还清醒地看到中国走在世界的前列，其法律不是用以治罪而是用以褒奖善行，还将自己的历史建立在"天象观察的基础上"[2]，而世界上其他民族还只能靠神话和猜测去认识自己。

不过，另一方面，他又冷峻地提出了对中国文化的一系列疑虑：为什么中国总是止步不前，其天文学成就如此有限，其乐谱没有半音，等等。他的看法是：与西方人迥然不同，东方人轻而易举地发现了所需的一切却又无法前进；而西方人虽然很晚才获得知识，却能后来居上地不断完善。

他还推测有两个原因：一是中国人一味崇拜祖先，对其"有一种不可思议的崇敬心，认为一切古老的东西都尽善尽美"；二是汉语难学难用，"每个词都由不同的字构成"，连学者们到老也掌握不了。[3]

---

[1] [法]伏尔泰：《风俗论》（上册），第 85—86 页。

[2] 同上书，第 239 页。

[3] 同上书，第 249 页。

总之，伏尔泰曾热烈地赞扬中国人在史学、道德、法律和理性方面的优势，尽管他同时看到中国人在科技方面虽然起步很早，但后来落后了。[1]

继伏尔泰之后，德国文豪歌德通过英文和法文等译本读到一些中国故事，如《好逑传》《玉娇梨》《今古奇观》等，就此对中国展开丰富的想象："中国人在思想、行为和情感方面，几乎和我们一样；只是在他们那里，一切都比我们这里更明朗，更纯洁，更合乎道德。"歌德还这样畅想出中国人与自然融合为一的景观：

> 他们还有一个特点，人和大自然是生活在一起的。你经常听到金鱼在池子里跳跃，鸟儿在枝头歌唱不停，白天总是阳光灿烂，夜晚也总是月白风清。月亮是经常谈到的，只是月亮不改变自然风景，它和太阳一样明亮。房屋内部和中国画一样整洁雅致。

他甚至还有这样的纯净幻觉：

> 有一对钟情的男女，在长期相识中很贞洁自持。有一次他俩不得不同在一间房里过夜，就谈了一夜的话，谁也不惹谁。……正是这种在一切方面保持严格的节制，使得中国维持到几千年之久，而且还会长存下去。[2]

有趣的是，歌德认为这样的中国故事及其中呈现的中国人形象并不稀奇，"中国人有成千上万这类作品，而且在我们的远祖还生活在野森林的时代就有这类作品了"[3]。

---

[1] 参见陈宣良《伏尔泰与中国文化》，首都师范大学出版社，2010 年，第 93 页。

[2] [德] 爱克曼辑录：《歌德谈话录》，朱光潜译，人民文学出版社，1978 年，第 112 页。

[3] 同上书，第 113 页。

不过，中国故事并不总是向外国他者呈现美的一面。歌德的同时代哲学家黑格尔，就从其他渠道获取到另一种中国印象：中国还只是一个处于“历史的幼年时期”的国度，“可以称为仅仅属于空间的国家——成为非历史的历史……这部历史，在大部分上还是非历史的，因为它只是重复着那终古相同的庄严的毁灭”[1]。在这样一个仿佛历史处于停滞状态的国家，“皇帝的道德意志便是法律：但是这样一来，主观的、内在的自由便被压抑下去，‘自由的法律’只从个人外界方面管理他们”[2]。这与伏尔泰和歌德对中国的美妙想象及理性认识相比，简直就是对立的了。

尽管外部他者对中国的文化想象（当然其间也交织着理性认识）出于不同的文化背景或具体动机，与中国文化及中国文化形象之间存在一定的距离或偏差，但正是这种异质性文化想象从外部促使中国人重新打量自我，特别是重新打量置身于全球各民族之林的自我的地位和特性。外部他者的行为，给予中国人以刺激和启迪，迫使他们重新想象中国自我在世界上的新境遇。出使欧洲的薛福成在晚清时期的见解似乎是一种总结：“天圆而地方，天动而地静，此中国圣人之旧说也。今自西人入中国，而人始知地球之圆。凡乘轮舟浮海，不满七十日即可绕地球一周，其形之圆也，不待言矣。”[3]他已经宣告了“中国圣人之旧说”的衰败和“地球说”在中国人心目中的新生命。

随后，杨度探讨了中国古人缺乏全球性或世界性视野的原因：

> 故夫中国之在世界也，自开国以至如今，亦既数千年矣。然此数千年中，所遇者无非东洋各民族，其文化之美，历史之长，皆无一而可与中国相抗，实无一而有建立国家之资格，于是有中国之国家，为东方唯一之国家。中国之名称，不能求一国名与之对待，即有之非终为其并吞之领土，即其臣服朝贡之

---

[1] [德]黑格尔：《历史哲学》，王造时译，上海书店出版社，2001年，第108—109页。

[2] 同上书，第159页。

[3] 薛福成：《出使英法义比四国日记》，张玄浩、张英宇标点，湖南人民出版社，1985年，第499页。

属国，亦决无与之相颉颃者。故中国数千年历史上，无国际之名词，而中国之人民，亦惟有世界观念，而无国家观念。此无他，以为中国以外，无所谓世界，中国以外，亦无所谓国家。盖中国即世界，世界即中国，一而二二而一者也。[1]

他看到，在中国古代环境条件下，“中国即世界”“世界即中国”，二而一，因而其时中国人并不需要现代意义上的“国家”概念。只是由于西方的崛起及其全球性扩张，“中国即世界”的既定认知才被打破：

自近数十百年以来，经西洋科学之发明，于水则有涉大海破巨浪之轮船，于陆则有越大山迈广原驰骋万里之汽车，于空则有飞山驾海瞬息全球之电线，西人利用之，奋其探险之精神，率其殖民之手段，由欧而美而非而澳，乃忽然群集于东亚大陆，使我数千年闭关自守、以世界自命者，乃不得不瞿然而惊，瞠然而视。仰瞩遥天之风云，俯视大海之波涛，始自觉其向之所谓世界者非世界也，不过在世界之中为一部份而已。此世界之中，除吾中国以外，固大有国在也。于是群起而抗之，仍欲屏之吾国以外。然讵知其处心积虑以图我者，不仅不可屏也，乃与之交涉一次，即被其深入一次。又奋而与之战，其结果则仍与之战争一次，抑更被其深入一次。经数十年之交涉战争，经数十年之深入复深入，以至如今，自吾政府之军国重事，以至人民之一衣一食，皆与之有密切之关系焉。[2]

中国“人民”就是这样被迫抛弃“中国即世界”的固有信念，而接受中国“在世界之中为一部分而已”这一事实。正是由于现代生存环境根本改变了，尤其是中国自我与西方他者的实力对比发生了决定性大逆转，新的关于中国的想象才得以产生。

---

[1] 杨度：《金铁主义说》，见《杨度集》，湖南人民出版社，1986 年，第 214 页。

[2] 同上书，第 214—215 页。

李伯元的长篇小说《文明小史》(1903—1905年连载)第20回借“新派”魏榜贤的演说，描绘出那时人们眼中的中国及中华民族的危机：

> 诸公，诸公！大祸就在眼前，诸公还不晓得吗？……现在中国，譬如我这一个人，天下十八省，就譬如我的脑袋及两手两脚，现在日本人据了我的头，德国人据了我的左膀子，法国人据了我的右膀子，俄罗斯据了我的背，英国人据了我的肚皮，还有什么意大利骑了我的左腿，美利坚跨了我的右腿，哇呀呀，你看我一个人身上，现在被这些人分占了去还了得！你想我这个日子怎么过呢？诸公，诸公！到了这个时候，还不想结团体吗？团体一结，然后日本人也不敢据我的头了，德国人、法国人，也不能夺我的膀子，美国人、意大利人，也不能占我的腿了，俄国人，也不敢挖我的背，英国人，也不敢抠我的肚皮了。能结团体，就不瓜分，不结团体，立刻就要瓜分。诸公想想看，还是结团体的好，还是不结团体的好？

那时的中国，被他者任意欺凌和宰割，只有“结团体”，才能避免被西洋和东洋列强“瓜分”的厄运。

简略地说，现代以来中国人对中国与世界、中国人与外国人等新的认识及想象，是在外来西方他者的强烈刺激下激发起来的，更是在外来他者的侵略下被迫发展壮大的。如果这一点观察有其合理性，那么，可以进而推断的是，有关中国文化想象以及中华美学精神的认识，是同中国人在与外来他者的比较中把握自我的冲动紧密相连的。正是出于在全球化时代把握置身于他者之林中的中国自我的需要，中华美学精神命题得以提出来。

二、中华美学精神与国家文化战略

探讨中华美学精神这一理论命题，需要考虑这一命题本身所包含的诸多因素，特别是它作为国家文化战略命题所必然包含的特定内涵。这个命题初见于习近平总书记2014年10月15日在文艺工作座谈会上的讲话："中华优秀传统文化是中华民族的精神命脉，是涵养社会主义核心价值观的重要源泉，也是我们在世界文化激荡中站稳脚跟的坚实根基。要结合新的时代条件传承和弘扬中华优秀传统文化，传承和弘扬中华美学精神。我们社会主义文艺要繁荣发展起来，必须认真学习借鉴世界各国人民创造的优秀文艺。只有坚持洋为中用、开拓创新，做到中西合璧、融会贯通，我国文艺才能更好发展繁荣起来。"一年后正式发表时，上述表述被修订如下：

> 我们要结合新的时代条件传承和弘扬中华优秀传统文化，传承和弘扬中华美学精神。中华美学讲求托物言志、寓理于情，讲求言简意赅、凝练节制，讲求形神兼备、意境深远，强调知、情、意、行相统一。我们要坚守中华文化立场、传承中华文化基因，展现中华审美风范。[1]

值得注意的是，这里把中华美学精神命题放置到"结合新的时代条件传承和弘扬中华优秀传统文化"之中，它的着眼点不是一般的学术目标，而是整个国家的文化战略——"新的时代条件"下"中华优秀传统文化"的传承和弘扬。

因此，这里需要对中华美学精神这一国家文化战略命题稍做分析：第一层，该命题的时代性及其战略任务；第二层，该命题的语义内涵；第三层，该命题的概念内涵；第四层，该命题的战略目标。

（一）中华美学精神的时代性及其战略任务

这个国家文化战略首先着眼于"新的时代条件"下的战略任务。正是在这次讲话中，"新的时代条件"及其战略任务都得到了明确的规定。习近平总书记指出："实现中华民族伟大复兴，是近代以来中国人民最伟

[1] 初见于习近平总书记于2014年10月15日在文艺工作座谈会上的讲话，后见于一年后正式发表的习近平《在文艺工作座谈会上的讲话》中。参见中共中央宣传部《习近平总书记在文艺工作座谈会上的重要讲话学习读本》，学习出版社，2015年，第29页。本章其后相关引文皆参见此书。

大的梦想。今天，我们比历史上任何时期都更接近中华民族伟大复兴的目标，比历史上任何时期都更有信心、有能力实现这个目标。而实现这个目标，必须高度重视和充分发挥文艺和文艺工作者的重要作用。”“实现‘两个一百年’奋斗目标、实现中华民族伟大复兴的中国梦是长期而艰巨的伟大事业。伟大事业需要伟大精神。实现这个伟大事业，文艺的作用不可替代，文艺工作者大有可为。广大文艺工作者要从这样的高度认识文艺的地位和作用，认识自己所担负的历史使命和责任。”这就是说，这个“新的时代条件”及其战略任务的特点在于，实现中华民族的伟大复兴需要文艺的繁荣发展；文艺的繁荣发展依赖于“传承和弘扬中华优秀传统文化”；而“传承和弘扬中华优秀传统文化”则需要依托“传承和弘扬中华美学精神”。

值得注意的是，这里把在当今新的时代条件下“传承和弘扬中华优秀传统文化”作为基本的国策之一。习近平总书记谈道：“传承中华文化，绝不是简单复古，也不是盲目排外，而是古为今用、洋为中用，辩证取舍、推陈出新，摒弃消极因素，继承积极思想，‘以古人之规矩，开自己之生面’，实现中华文化的创造性转化和创新性发展。”这一国家战略的焦点是对中国文化传统的双重态度：既要“传承”或“继承”，更要“弘扬”“转化”或“创新”。这种双重态度的目标在于，在中华优秀传统文化的传承和弘扬中实现中华美学精神的传承和弘扬，并最终促进中华民族的伟大复兴。

（二）中华美学精神的语义内涵

要理解中华美学精神命题的语义内涵，我们需要对其中的“中华”“美学”“精神”三个词语的语义认真辨析。

首先应看到，在中华美学精神命题中，“精神”一词，正像在“民族精神”“文化精神”“时代精神”“艺术精神”和“美学精神”等关联词语中所存在的那样，应当是指一种本身无形，却又能借助其他可感之物而变得可感的东西。这就是说，“精神”在这里是指一种本身无形，但可借助某种中介而变得可感之物。它可以被视为一种客观精神，也可以被视为一种主观精神，还可以被视为主客观统一物。而按照唯物辩证法，它可以通过社会实践而演化为个人的社会生活中必然遭遇的万事万物。艺术作为传达人类审美体验的符号形式系统，自然可以传承特定的美学精神。

同时，“美学”（aesthetics）一词在这里并非是指单纯的理论形态的东西，尽管这层含义的存在已毋庸置疑，而是更多地与“审美”（aesthetic）一词在词根上相同或至少相通，即是指那种感性的或感觉的东西及其理论化形态。这就是说，“美学”一词在这里应当同时兼容“美学的”和“审美的”双重含义。如此，“美学精神”在这里就应当既指感性形态的审美精神（如艺术），也指它的理性化形态（即美学）。

还应注意的是，这里使用“中华”一词，而未使用一般常用的“中国”一词，也应当有其经过思虑的特定意指。“中国”一词，一般带有现代民族国家那种国土疆界的行政管理权属之类的特定含义，而这一特定含义长期以来已固化了，很难再注入其他新的含义，例如，跨越固有国家疆界管辖的权限，把全球各地华人共同体及其亲缘文化都容纳进去的更加宽泛的含义。因此，这里改用“中华”一词，或许正是要表达中华多民族或族群（ethnic group 或 ethnicity）共同体及其文化这一特定意指。这是由于，一般说到“中国艺术”时，往往有两点不足：一是仅仅指被中华人民共和国所管辖或确认的疆界内的国民的艺术，而不包括居住于中华人民共和国之外的领土上的国民的艺术；二是仅仅习惯于指汉民族（族群）的艺术，而并不包括其他民族（族群）的艺术。例如，人们常用的“中国语言文学系”“中国文学史”“中国美学史”等概念，其所指主要是汉民族的语言文学系、汉民族的文学史、汉民族的美学史等，而对其他民族的语言文学系、文学史及美学史等关注较少。而一旦用“中华”一词串联起“美学精神”这一命题，显然就应当扩展到居住于中华人民共和国疆域之外的地方的华人社群及关联区域社群，以及与汉民族的美学精神相关联的其他民族的美学精神，例如藏族、蒙古族、维吾尔族、朝鲜族、苗族、壮族、回族、土家族等的美学精神。当然，要在逐一概括各民族美学精神的基础上定义总体上的中华美学精神，确实有其难处（因为很难找到唯一正确的答案），但这一意涵的存在却是毋庸置疑的。

另外需要特别指出的是，一般意义上的汉民族美学精神并不仅仅代表汉民族，它本身就是由多民族或族群的美学精神融合而成。在数千年漫长的共同生活中，汉民族始终处在与其他少数族群相互涵濡（沟通、通商、通婚、交融等）的过程中，从而不断吸纳其他少数族群的美学精神。

作为国家文化战略的中华美学精神概念或命题，至少包含如下四重含义：

第一，中华美学精神在语用习惯上一般是指汉民族美学精神所代表的文明理念。这一理解在过去和现在都有其合理性，因为汉民族的美学精神确实可以具有这种中国代表的资格，正像其他族群的美学精神也具有这种代表的资格一样。

第二，中华美学精神在新的意义上，特别是指包括汉民族美学精神在内的中华多民族美学精神的交融体。

第三，作为中华美学精神之主干部分的汉民族美学精神，本身就是中华多民族美学精神的交融体。

第四，中华美学精神在当今世界多元文化格局中具有重新整合全球各区域华人社群的美学精神的特殊意义，也就是可以用来整合和指称汇聚全球华人社群的共同美学旨趣的美学精神。

诚然，上述四种理解都各有其合理性，但后三种的合理性更加充分，从而更有理由得到深入的阐发和运用。当然，需要说明的是，即便是这种理解，本身也存在见仁见智的问题。

（三）中华美学精神的概念内涵

在正式发表的《在文艺工作座谈会上的讲话》中，可见到如下论述：“中华美学讲求托物言志、寓理于情，讲求言简意赅、凝练节制，讲求形神兼备、意境深远，强调知、情、意、行相统一。”这里实际上已经确定了中华美学精神的四层概念内涵：

第一层，艺术创作的美学原则在于“讲求托物言志、寓理于情”。中华美学精神在艺术创作层面自觉追求有所寄寓或兴寄，即委托外在事物去表达个体内心志向，把深厚的理性或妙理寄寓于情感性形象之中。这里反对的正是那种仅仅“为艺术而艺术”“为个人而艺术”或“为金钱而艺术”的创作原则。从先秦屈原到汉代司马迁的“愤而著书”，唐代陈子昂的“兴寄”和韩愈的“不平则鸣”，宋代苏轼的“有为而作”等，都要求艺术家在创作上自觉地把对社会或人民的深切关怀、顾念、思虑等牢记心中，并寄寓于活生生的艺术形式和艺术形象的创造之中。

第二层，艺术形式的美学原则在于“讲求言简意赅、凝练节制”。这意味着中华美学精神在艺术形式层面自觉遵循表达简洁和抒情有节的原则，注重语言符号的简练和节制，正如孔子强调的“辞达而已”；其对立面正是铺张、夸饰之类的浮华文风。

第三层，艺术意义的美学原则在于“讲求形神兼备、意境深远”。中华美学精神在艺术意义（内容）层面，主张“以形写神”而又“形神兼备”，追求“意境”的情景交融和兴味深长。这恰是中国艺术区别于其他艺术的美学特征之一。

第四层，艺术活动的总体美学原则在于“强调知、情、意、行相统一”。艺术家不应当是“空头革命家”或“思想大于行动”之人，而应当将自己的知识、情感、意志和行动统一起来，做到言论与行为、思想与实践、理论与实际等合一。这样做的根本目的在于，让艺术家及其艺术创作始终服务于国家和社会的文化战略目标。

上述这四个层面其实相互交融和渗透，难分彼此，它们共同构成中华美学精神命题的概念内涵系统。

（四）中华美学精神的战略目标

中华美学精神的战略目标也已经在正式发表的《在文艺工作座谈会上的讲话》中得到明确规定：“我们要坚守中华文化立场、传承中华文化基因，展现中华审美风范。”这就是要通过在艺术创作、艺术形式、艺术意义和艺术活动等层面“传承和弘扬”中华美学精神，去实现国家文化战略的两个相互联系的目标。第一个，“坚守中华文化立场、传承中华文化基因”合起来是同一个意思，即中华文化传统在当代的传承。第二个，“展现中华审美风范”意味着在当今全球化世界的多元文化竞争格局中，注重彰显“中华审美风范”的独特个性或品格。

三、从中国艺术精神看中华美学精神

中华美学精神概念并非突然间拔地而起的山峰或大厦，而是有着特定的学术传承或渊源，也就是与中国艺术精神之间存在着亲密的渊源关系。之所以这样说，是由于这两个概念中各自的三个词语之间在字面上确实存在明显的亲缘关系：不仅都同样使用了“精神”一词，而且“中华”对应了“中国”，“美学”对应了“艺术”。如此，我们完全有理由把中华美学精神概念同已有的中国艺术精神概念联系起来加以理解。也正是由于这种亲缘关系，中华美学精神概念可以被纳入中国艺术精神概念所标明的现代艺术理论与美学传统之中去深入理解。

中国艺术精神概念，就目前所能找到的资料看，直接来自宗白华、方东美、唐君毅等人的研究，尽管其提出可能有着十分复杂的缘由。可以简要地说，中国艺术精神概念及其问题探讨链的形成，更加直接地来自黑格尔的影响深远的“时代精神”论与斯宾格勒的“文化心灵”论在中华民族文化复兴问题上的交融与化合。黑格尔相信，整个宇宙是某种“精神”“世界精神”或“绝对精神”（其实质是“理念”或“绝对理念”）的辩证运动和变化的产物：“我们现在的观点是对于理念的认识，认识到理念就是精神，就是绝对精神”[1]，而这种“绝对精神”在特定时代会演化为具体的“时代精神”（the spirit of the time）。政治、法制、艺术、宗教、哲学及其相关领域，都有一个共同的根源——时代精神。时代精神是一个贯穿着所有文化部门的特定的本质或性格。正是黑格尔的“时代精神”观念及其他相关思想给予宗白华等中国现代知识分子以极大的精神感召：“新时代必有新文学。社会生活变动了，思想

[1] [德]黑格尔：《哲学史讲演录》(第4卷)，贺麟、王太庆译，商务印书馆，1978年，第379页。

潮流迁易了，文学的形式与内容必将表现新式的色彩，以代表时代的精神。”[1]由此，身处文化危机中的中国现代知识分子敏锐地发现了“时代精神”的重要性，纷纷起而返身探究蕴藏于中国艺术与文化传统中的深厚的“中国艺术精神”。

但真正给予中国现代美学家及艺术理论家以直接的深刻启示的，还应是斯宾格勒的《西方的没落》。该书认为每种文化都有其独特的“文化心灵”（die Seele einer Kultur，Culture-soul）[2]以及“基本象征”，开创了从文化比较学视角探讨众多文化形态中的不同艺术精神的新路径。“文化是一种有机体，世界历史则是有机体的集体传记。”[3]作为这种有机体，每种文化都有自身的生老病死过程。“每一个文化都要经过如同个体的人那样的生命阶段，每一个文化皆有其孩提、青年、壮年与老年时期。”[4]斯宾格勒展开文化比较形态学研究是为了在“西方的没落”视野中重估世界多种“文化心灵”的不同价值。他的研究的独特之处在于，挑出特定文化中的多种象征形式，去窥见其中映照的独特“文化心灵”：“每一种文化都有一种完全独特的观察和理解作为自然之世界的方式。”[5]也就是说，每种文化都有其独特的可以成为对应物或对等物的象征形式。而探索一个民族的独特的象征形式，特别是探索该民族的艺术这种最集中的象征形式，正是要发现隐含于其中的独特的“文化心灵”。斯宾格勒的做法是抓取一种最高层级的象征形式——“基本象征”（prime symbol）[6]，再运用演绎手段去推演：“每一种文化都必定会把其中的一种提升到最高象征的地位。”[7]这种“基本象征”是特定“文化心灵”最

---

[1] 宗白华：《新文学底源泉》，见《宗白华全集》（第1卷），安徽教育出版社，1994年，第171页。

[2] 此处参考了笔者与吴琼教授的讨论，博士生吴键对此也有协助。

[3] [德]奥斯瓦尔德·斯宾格勒：《西方的没落》（第1卷），第104页。

[4] 同上书，第104—105页。

[5] 同上书，第128页。

[6] 这里采纳宗白华的译法，把prime symbol酌译为“基本象征”（也相当于“首要象征”或“主象征”）而非吴琼译本的“原始象征”。因为根据斯宾格勒的上下文原义，它应当是指那种最初、最高、首要、代表性和基本的符号形式。以下凡引此术语均为“基本象征”。

[7] [德]奥斯瓦尔德·斯宾格勒：《西方的没落》（第1卷），第129页。

卓越的代表和最高的符号表意形式，它使该种文化得以在其深层及感性特征层面都同其他文化区别开来。从“基本象征”视野出发，斯宾格勒就“文化心灵”的基本象征形态提出了比较分析范例，从而产生了后来被宗白华等沿用的埃及文化、希腊文化、近代西方文化和中国文化这四种文化的基本象征模型及其分析方式。正是这种比较分析模型给予长期致力于中国艺术精神探究的宗白华等人以重要的和持续的精神启迪。

宗白华早在 1934 年发表的文章《论中西画法的渊源与基础》中就使用了中国艺术精神概念：“谢赫的六法以气韵生动为首目，确系说明中国画的特点，而中国哲学如《易经》以‘动’说明宇宙人生（天行健、君子以自强不息），正与中国艺术精神相表里。”[1]在这篇长文里，他对自己有关中国艺术精神的思考做了一次系统完整的表述：“中国画所表现的境界特征，可以说是根基于中国民族的基本哲学，即《易经》的宇宙观：阴阳二气化生万物，万物皆禀天地之气以生，一切物体可以说是一种‘气积’（庄子：天，积气也）。这生生不已的阴阳二气织成一种有节奏的生命。中国画的主题‘气韵生动’就是‘生命的节奏’或‘有节奏的生命’。伏羲画八卦，即是以最简单的线条结构表示宇宙万象的变化节奏。后来成为中国山水花鸟画的基本境界的老、庄思想及禅宗思想也不外乎于静观寂照中，求返于自己深心的心灵节奏，以体合宇宙内部的生命节奏。”[2]这里追溯到《易经》代表的中国宇宙观、阴阳二气、气韵生动、生命的节奏等，以及它们在书法、诗和画中的具体呈现。这些同时也是宗白华后来反复论述的关键思想或话题。其实，相比中国艺术精神这一庄正概念，宗白华更喜欢使用的是“心灵节奏”“生命节奏”之类的更加简练且灵动的词语。同时，他对中国艺术精神概念的探究，还可通过他此时期换用的其他相关概念如“中国艺术心灵”“中国文化心灵”“中国最高艺术心灵”或“中国艺术境界”等词语来了解。

---

[1] 宗白华：《论中西画法的渊源与基础》，见《宗白华全集》（第 2 卷），安徽教育出版社，1996 年，第 105 页。

[2] 同上书，第 109 页。

到了全面抗战的1941年，宗白华使用了“艺术精神”概念：“汉末魏晋六朝是中国政治上最混乱、社会上最苦痛的时代，然而却是精神史上极自由、极解放，最富于智慧、最浓于热情的一个时代。因此，也就是最富有艺术精神的一个时代。”[1]置身抗战时期的这位现代美学家，试图通过弘扬张中国艺术精神而为中华文明复兴尽到自己作为学者的责任。“要研究中国人的美感和艺术精神的特性，《世说新语》一书里有不少重要的资料和启示。”[2]

与宗白华同时代的哲学家方东美也对这个问题做了研究。在1937年全面抗战前夕，方东美根据自己的广播演讲稿出版了《中国人生哲学概要》一书，明确标举“道德性”和“艺术性”这一双性模型：“中国人的宇宙，穷其根底，多带有道德性和艺术性，故为价值之领域。”[3]而“道德性”与“艺术性”在中国哲学内部本来就是相互贯通的，其根源在于中国人关于宇宙观的基本信念：“一切艺术都是从体贴生命之伟大处得来的。”[4]在中国人对“生命之伟大处”的“体贴”中，“道德性”与“艺术性”之间的可能的鸿沟就被化解掉：“我们中国的宇宙，不只是善的，而且是十分美的，我们中国人的生命，也不仅仅富有道德价值，而且含藏艺术纯美。这一块滋生高贵善性和发扬美感的领土，我们不但要从军事上、政治上、经济上，拿热血来保卫，就是从艺术的良心和审美的真情来说，也得要死生以之，不肯要人家侵掠一丝一毫！”[5]方东美把中国艺术精神视野贯注于这样的抗战动员修辞中，在当时应当有着不同凡响的社会动员效果。将近20年后，他在用英文撰写的著作《中国人的人生观》中继续发展上述认知：“宇宙，当我们透过中国哲学来

---

[1] 宗白华：《论〈世说新语〉和晋人的美》，见《宗白华全集》（第2卷），第267页。

[2] 同上书，第268页。

[3] 方东美：《中国人生哲学概要》，见《中国人生哲学》，台北黎明文化事业股份有限公司，2005年，第60页。

[4] 同上书，第102页。

[5] 同上书，第103—104页。

看它，乃是一个沛然的道德园地，也是一个盎然的艺术意境。”[1]他甚至指出：“中国艺术所关切的，主要是生命之美，及其气韵生动的充沛活力。”[2]

与方东美标举道德性与艺术性的双性模型不同，唐君毅在中国艺术精神问题领域的贡献更加显著：不仅就这个论题写过多篇文章，而且做了更加细致的论述，特别是提出了各门艺术之间的“相通相契”是中国艺术精神的特征的观点。唐君毅自己坦陈，当初曾从“方东美、宗白华先生之论中国人生命情调与美感”[3]中受过启发。他于1943年发表的《中国文化中之艺术精神》一文[4]，于1951年先后发表的《中国艺术精神》《中国文学精神》《中国艺术精神下之自然观》三篇论文，以及之后在其他论文、著作中的论述，表明他在中国艺术精神领域做了执着而深入的探索和分析。在《中国文化中之艺术精神》中，他提出如下思考：“西洋近代文化中科学精神渗透到文化之各方面，而在中国文化中则艺术精神弥漫于中国文化之各方面。”[5]他的判断简洁明了：西方近代文化由“科学精神渗透”，而中国文化则“艺术精神弥漫”。西方文化的精神实质是科学的，而中国文化的精神实质则是艺术的。这里显然把中国文化精神完全归结为艺术精神这一项，而舍弃了方东美二分法中的另一项即“道德性”。原因在于，他认为：“中国文化中之理想人格是含音乐精神与艺术精神之人格，所以中国之道德教育是要人由知善之可欲，进而培养善德，充实于外，显为睟面盎背之美。中国之最高人格理想正是化人格本身如艺术品之人格。”[6]这表明，他所主张的恰恰是，中国文化之精神实质正在于一种“艺术精神”。而他写这篇论文

[1] 方东美：《中国人的人生观》，冯沪祥译，见《中国人生哲学》，第182页。

[2] 同上书，第291页。

[3] 唐君毅：《中国文化之精神价值·自序》，广西师范大学出版社，2005年，第3页。

[4] 关于此文的作者归属及发表时间，有不同意见。关于作者，一说为方东美，另一说为唐君毅；发表时间，一说为1943年，另一说为1944年。笔者认为此文主要体现唐君毅的见解，故目前暂时归于唐君毅的名下。至于发表时间，采宛小平之说为1944年。参见宛小平《对〈中国文化中之艺术精神〉作者的考证》，《河南社会科学》2016年第9期。

[5] 唐君毅：《中国文化中之艺术精神》，原载重庆《文史杂志》第3卷第3、4期合刊（1943年2月），此据方东美《生生之美》，李溪编，北京大学出版社，2009年，第1页。

[6] 同上书，第3页。

的目的，正是在抗战环境中传承中国文化中的艺术精神或中国人的艺术精神。

但唐君毅的论述重心毕竟不在于沟通道德性与艺术性上，而在于以“游”字去贯通中国各种艺术类型，并从中化约出共同的“艺术精神”：“中国文学艺术之精神，其异于西洋文学艺术之精神者，即在中国文学艺术之可供人之游。凡可游者之伟大与高卓，皆可亲近之伟大与高卓、似平凡卑近之伟大与高卓，亦即‘可使人之精神，涵育于其中，皆自然生长而向上’之伟大与高卓。”[1]。这显然是就审美主体之精神方面来说的。那么，为什么中国艺术皆可“游”，乃至可“藏修息游”呢？他的解答是，因为它们都有“虚实相涵”的特点：“凡虚实相涵者皆可游，而凡可游者必有实有虚。一往质实或一往表现无尽力量者，皆不可游者。……故吾人谓中国艺术之精神在可游，亦可改谓中国艺术之精神在虚实相涵。虚实相涵而可游，可游之美，乃回环往复悠扬之美。”[2]

那么，中国的各种艺术类型如何成为审美主体的游心寄意之所？唐君毅逐一加以分析：“西洋之艺术家，恒各献身于所从事之艺术，以成专门之音乐家、画家、雕刻家、建筑家。而不同之艺术，多表现不同之精神。然中国之艺术家，则恒兼擅数技。中国各种艺术精神，实较能相通共契。中国书画皆重线条。书画相通，最为明显。”[3]他在这里逐一分析了书画、建筑、音乐、文学、戏剧等艺术类型，认定“中国各种艺术精神，实较能相通共契”。

徐复观的重要建树在于，首次以专著《中国艺术精神》（1966年）这一更加引人注目的学术成果汇集形式，把上述诸人在中国艺术精神问题领域的开拓凝聚为一个沉厚的专有概念及可以向久远传统回溯的学术问题。他的基本观点与宗白华、方东美和唐君毅三人之间存在明显的差异。他的基本假定在于，“道德、艺术、科学，是人类文化中的

---

[1] 唐君毅：《中国文化之精神价值》，第221页。

[2] 同上书，第224页。

[3] 同上书，第230—231页。

三大支柱”[1]。中国文化除了科学不发达外，在道德和艺术两大领域成就卓著。他自述撰写《中国艺术精神》的目的，就是重点阐明中国文化中的艺术支柱。“所以我现时所刊出的这一部书，与我已经刊出的《中国人性论史·先秦篇》，正是人性王国中的兄弟之邦。使世人知道中国文化，在三大支柱中，实有道德、艺术的两大擎天支柱。”[2]

如此，他对中国艺术精神的判断与之前的几位都不相同:“中国文化中的艺术精神，穷究到底，只有由孔子和庄子所显出的两个典型。由孔子所显出的仁与音乐合一的典型，这是道德与艺术在穷极之地的统一，可以作万古的标程;但在实现中，乃旷千载而一遇。”[3]虽然同时标举孔、庄两人，但他明显地贬抑儒家而推崇道家。“由庄子所显出的典型，彻底是纯艺术精神的性格，而主要又是结实在绘画上面。此一精神，自然也会伸入到其他艺术部门。”[4]他认为，中国艺术精神在儒家创始人孔子那里能够呈现出来，纯属“旷千载而一遇”，近乎偶然因素，所以只写了一章。“儒家真正的艺术精神，自战国末期，已日归湮没。”[5]正是在道家代表人物之一的庄子那里，才有了最纯粹而又集中凝练的表达，“彻底是纯艺术精神的性格”。他的解释是这样的:“庄子与孔子一样，依然是为人生而艺术。因为开辟出的是两种人生，故在为人生而艺术上，也表现为两种形态。因此，可以说，为人生而艺术，才是中国艺术的正统。不过儒家所开出的艺术精神，常须要在仁义道德根源之地，有某种意味的转换。没有此种转换，便可以忽视艺术，不成就艺术。程明道与程伊川对艺术态度之不同，实可由此而得到了解。由道家所开出的艺术精神，则是直上直下的;因此，对儒家而言，或可称庄子所成就为纯艺术精神。”[6]故全书其他篇幅都集中于被他提炼得几乎纯而又纯的庄子思想及其所代表的中国艺术精神，也就是庄子所开拓的

[1] 徐复观:《中国艺术精神》，华东师范大学出版社，2001年，第1页。

[2] 同上书，第2页。

[3] 同上书，第4页。

[4] 同上书，第4页。

[5] 同上书，第23页。

[6] 同上书，第82页。

中国艺术精神的“典型”路线。正是顺着这个既纯又窄的中国艺术精神思路，徐复观的研究前所未有地凸显了中国艺术精神的学术价值，独出心裁地彰显了庄子在中国艺术精神领域的独一无二的和最高的“典型”意义。

由此可见，中国艺术精神概念来自如上一批现代艺术理论家对中国自身的艺术传统特质的构想，体现出置身在全球多元文化竞争中的中国学者对自身独特的艺术传统的体验和追究。

四、在中华美学精神与中国艺术精神的交接处

作为国家文化战略的中华美学精神与作为学者文化构想的中国艺术精神之间，是存在密切的联系的，这就是共同着眼于在新的全球多元文化竞争中“传承和弘扬中华优秀传统文化”，其核心是彰显中华优秀传统文化中的审美文化或艺术文化因子。如此，正是在这两个概念的交接处，出现了一种可能性：新的中华美学精神国家战略命题与现代传统的中国艺术精神学术命题相遇并交融于21世纪全球多元文化对话境遇中，有望发展出新的文化与艺术愿景。

简言之，让中华美学精神这一新命题与中国艺术精神这一老命题在历史的相遇中碰撞和交融，可以开拓出如下至少四重当代含义。

含义之一，中国艺术有兴味蕴藉性。中国艺术古往今来姿态万千，难以一概而论，但有一点是共通的：中国人对艺术作品的兴味蕴藉性具有非同寻常的特殊喜好。由于注重感物类兴或感兴，从魏晋时代起至今，中国艺术批评就形成了一种独特的艺术批评机制及价值尺度：凡是优秀的艺术作品总具有令人兴起或感兴的意味，并且这种兴味可以绵延不绝或品味不尽。这就是兴味蕴藉，也可称余兴蕴藉、余意蕴藉或余意不尽等。这一点正是中国艺术作品在当代世界多元艺术格局中所具有的独特的审美特质。如果说，欧洲乃至西方文艺传统的独特性之一在于崇尚隐喻的作用，其实质在于以甲暗示乙，那么，相比而言，中国文艺传统则擅长于推举兴味蕴藉或感兴的作用，其特质就在于“联类”“类同”或“类比”性思维原则的运用。也就是说，与西方更突出隐喻的作用不同，

中国人并非不主张隐喻，而是相比而言更强调感物类兴，兴而生辞，兴辞成文，也就是突出兴或感兴的作用，进而把兴味蕴藉视为自身的审美特质。

含义之二，中国各门艺术具备相通共契性。正是在与全球多元异质文化的比较及对话中，中国各种艺术类型之间的“相通相契”性更加鲜明地呈现出来。诚然，宗白华、方东美、唐君毅、徐复观等对这种相通性的理解各有不同，但并不妨碍今天的人们在此基础上做出自己的理解：中国艺术的各个门类，例如文学、音乐、舞蹈、戏曲、电影、美术、书法等，诚然各有其不可替代的类型特质，但毕竟是同根同源和血脉贯通的，由一种共通的因子、基因或心灵特质统领着。而这，不正是中华文化在当今世界多元文化中的公共性的有力呈现吗？

含义之三，中华文化心灵具有艺术性。从宗白华、方东美、唐君毅到徐复观，中华文化本身具有的艺术性特质得到几乎完全一致的认同。与世界上其他文化如埃及文化、希腊文化、近代西方文化等相比，特别是与希腊文化所开拓出的并在近代欧洲文化中得到传承和发扬的科学精神相比，中华文化本身所具有的艺术性释放出自身的光芒，也就是中华文化本身就把艺术置于核心地位和最高境界。而这一点对当代中国人及全球华人的身份重构都具有重要的启迪意义。

含义之四，全球华人享有文化公共性。使用中华美学精神中的“中华”一词而非通常的“中国”一词，可以更加自觉地顺应当今全球多元文化语境中华人社群认同的新趋势，满足包括中国大陆、香港、澳门和台湾及世界上其他华人社群彼此不尽相同但又有其共通性的文化认同需要。它不是取代而是跨越“中国”一词的“国”的疆界含义，也就是把“国”的疆界含义置于全球华人共同体这一更加广泛而又多元的视野中去建构。这不再只是一国内部的文化公共性及艺术公共性的建构，而是以它为核心或基础的包揽全球的多元文化中的中华公共性的建构，是要在全球多元文化语境中重新探寻全球华人社群的中华文化身份建构的可能性。这里，既有全球多元文化比较视野，又有全球多元文化比较中的中华文化身份的建构。

以上从中华美学精神与中国艺术精神的交接处对中华美学精神提出了一种特定的理解，目的不在于求得唯一确切的定义，而是为进一步阐释提供一种自明或自洽的论述性框架。

五、中华美学精神的当代传承及其意义

如此理解的中华美学精神，在当代传承中必然会显示出自身的特定意义。对此，不妨仍然从中华美学精神的上述四层含义来理解。

首先，在中国艺术的兴味蕴藉性层面，可见出中华美学精神在中国艺术作品的审美上的独特性。这一点正是当今中国艺术区别于外国艺术的独特印记。对当代中国的许多观众来说，艺术品可以不分中外，无论古今，只要感觉好就行。此时，“好莱坞”或“宝莱坞”、“韩流”或“日系”、中国剧或美剧，只要观众自己认为合适就可以。尽管如此，挑剔的中国公众到头来还是有一种几乎一致的爱好：那些在一度鉴赏后还有二度回味或悠长余兴品质的艺术作品，才是真正的好作品。影片《集结号》（2007 年）之所以能吸引各类观众前往观赏，其成功之处就在于创作者将九连连长谷子地先是率领 47 名战士在汶河战场上舍生忘死地战斗，后又为这些牺牲的战友四处讨要公道的曲折故事，讲述得惊心动魄、荡气回肠，令人叫绝地烘托出中国式侠义精神的深厚意味及其当代意义。这种依托于古典情义传统的兄弟情及其执着的信义之旅，其意蕴是如此深厚而绵长，以至于观众在观赏中拓展出种种不同的意涵。各类观众都可以把自己的个体体验尽情投射其中：普通观众可借机宣泄由日常生活的不平或挫折而生的怨气及对侠义英雄的崇拜和喜爱，知识分子可从中品味精英人物的自由思想精神，政府管理者可从中找到当今社会需要的集体主义意识和英雄主义气概……而这种种不同的兴味却可以同时蕴蓄在谷子地形象及影片文本结构整体之中，而不致被视为外加的，恰是由于创作人员在创作这部作品时就预留了可供兴味蕴藉挥洒的开阔的美学空间。

其次，在中国各门艺术相通共契性层面，可显示中华美学精神在贯通不同艺术门类时的内在的同一性的而非外在的强制性。与英美等国艺

术突出不同艺术门类之间的差异性不同（尽管其当代美术在此方面已有所改观），中国人历来相信不同艺术门类之间本来就是相通的或同一的。这一点在国画或水墨画领域早已不证自明。困难的是油画等来自西方的艺术种类如何与中国的艺术种类相融合，不过，现代及当代的中国艺术家们也已经向人们展示了油画与诗歌之间的内在相通性。当代中国观众之所以喜爱油画《父亲》（罗中立，1980 年），恰是由于这幅作品表现的“父亲”形象蕴藉着数量巨大的中国观众有关“父亲”的诗意体验，他们内心深处难以说清的但又确实高度共通的情感：

父亲，我的父亲！
是谁把这支圆珠笔
强夹在你的左耳轮？！
难道这就象征富裕？
难道这就象征文明？
难道这就象征进步？
难道这就象征革命？
父亲！你听见了吗？你听见了吗？
整个的展览大厅，
全体的男女人群，
都在默默地呼喊：
快扔掉它！扔掉那廉价的装饰品！

观众不禁大声呼唤：

父亲！我的父亲！
你浇灌了多少个好年景！
可惜了！可惜了你背后一片黄金！
快车转身去吧，快！快！
黄金理当属于你！你是主人！

主人！明白吗？主人！
父亲啊，我的父亲！
我在为你祈祷，为你祈祷，
再也不能变幻莫测了，
我的老天！我的天上的风云！[1]

实际上，对于刚从“文革”劫难中艰难跋涉而来的工人、农民、军人、知识分子、干部等各类观众，这个“父亲”形象都能让他们从中观照到自己生活中的社会现实，从而赋予这幅视觉作品以绵绵不绝的诗兴。在这里，画家与诗人之间、艺术家与公众之间、公众与公众之间，在共同的艺术品的感发下，跨越不同艺术门类的界限而内在地“相通共契”。

再次，在中华文化心灵的艺术性层面，可解释中华美学精神在当代世界多元文化交流及竞争中的地位。与西方艺术在科技精神领域更为发达（并不意味着说其没有艺术精神）相比，中国艺术精神或中华美学精神确实更加凸显，这集中表现为中国人的文化心灵本来就是艺术的，具有艺术性。宗白华曾经推崇“晋人的美”，认为其代表着中国“艺术心灵”。这是由于他认为，晋人本身就具有一种“艺术心灵”，无须去学习艺术而本身就具备了艺术品格。正是这种“艺术心灵”的作用，“中国伟大的山水画的意境，已包具于晋人对自然美的发现中了”[2]。其中突出的是对书法中的草书的美学创造：“晋人风神潇洒，不滞于物，这优美的自由的心灵找到一种最适宜于表现他自己的艺术，这就是书法中的行草。行草艺术纯系一片神机，无法而有法，全在于下笔时点画自如，一点一拂皆有情趣，从头至尾，一气呵成，如天马行空，游行自在。又如庖丁之中肯綮，神行于虚。这种超妙的艺术，只有晋人萧散超脱的心灵，才能心手相应，登峰造极。”[3]在这一点上，当代中国人需要重建自己的文化自信或艺术自信，重新锤炼自己的“艺术心灵”。

[1] 公刘：《读罗中立的油画〈父亲〉》，《诗刊》1981 年第 11 期。

[2] 宗白华：《论〈世说新语〉和晋人的美》，见《宗白华全集》（第 2 卷），第 269 页。

[3] 同上书，第 271 页。

最后，在全球华人的文化公共性层面，可阐明中华美学精神在全球文化身份上的代表性——展示华人世界在文化上的高度认同。生活在中国的各民族和分布在全球各国（地）的华人尽管存在种种差异，但都可以在汉语（或汉字）及中国艺术领域找到合适的公共性平台。徐冰版画装置作品《析世鉴》（1988 年）正是利用了汉语去吸引当代公众对文化身份的关切，但又立即阻止了这种关切的顺利进展，也就是阻断了“期待视野”的正向推进。该作品由貌似汉字而实非汉字的上千个方块字符组成，在技术上精雕细刻、以假乱真，在规模上足以震撼观众的视觉和心灵，呈现出谁也读不懂但又急切想读懂甚至装懂的“天书”面貌。不过，随着时间的流逝和观众持续诠释的逐层累积，加之处于当代世界多元文化激荡中的中国文化身份问题日渐凸显，这部“天书”逐渐地被公认为一部蕴藉着丰富、深厚的意涵的中国当代美术“经典”。它似乎告诉人们，汉语（汉字）在当代世界多元文化艺术的竞争中虽然遭遇困境，一再变得陌生化，但仍然具有顽强的生命力，可以凝聚全球华人的关怀，成为其文化身份的同一性的公共话语或共通媒介。

重要的不只是重新认识中华美学精神的当代意义，不包括让中华美学精神在当代中国艺术中传承和延续开来，成为处于全球多元文化艺术竞争格局中的当代中国艺术的活的灵魂。全球多元文化艺术竞争并非仅仅发生在国际舞台，也实实在在地爆发在国内舞台上：怎样的中国艺术品作能在同“好莱坞”“韩流”等制造的作品的票房肉搏战或收视大战中坚挺下来，获得受众的青睐？问题就提出来了。

第二章　中华美学精神与中国艺术精神的多元性及现代转化

在对中华美学精神及中国艺术精神概念的渊源做简要回溯的基础上，本章进一步梳理两者之间的多元性与现代转化进程，并以电影和电视作品为例去加以考察。

一、中华美学精神与中国艺术精神的多元性和当代性

（一）中华美学精神与中国艺术精神的关系

“中华文化精神”“中华美学精神”和“中国艺术精神”等，屡屡见诸20世纪以来学人们的思考与著述。这无疑是一代代领袖、学人、智者对中华文化命运和现代文化建设、艺术发展等的战略性思考，其中也凝聚了20世纪以来特有的文化语境和文化冲撞现实所催生的焦点性、症结性的问题。

“中国艺术精神”见诸宗白华、徐复观等人的论述。宗白华反复论述过中国艺术精神的内涵，以及中国艺术中的“意境”“虚实相生”等：“以宇宙人生的具体为对象，赏玩它的色相、秩序、节奏、和谐，借以窥见自我最深心灵的反映；化实景而为虚境，创形象以为象征，使人类最高的心灵具体化、肉身化，这就是‘艺术意境’。艺术境界主于

美。”[1]宗白华说的是一种独特的中国艺术境界，也即中国艺术精神的重要表现。他还认为中国艺术境界具有生生不息的生命节奏：“音乐的节奏是它们的本体。所以儒家哲学也说：‘大乐与天地同和，大礼与天地同节。’《易》云：‘天地氤氲，万物化醇。’这生生的节奏是中国艺术境界的最后源泉。”[2]以中国绘画为例，宗白华认为：“谢赫的六法以气韵生动为首目，确系说明中国画的特点，而中国哲学如《易经》以‘动’说明宇宙人生（天行健、君子以自强不息），正与中国艺术精神相表里。”[3]以书法为例，他则说：“中国的书法，是节奏化了的自然，表达着深一层的对生命形象的构思，成为反映生命的艺术。因此中国的书法，不像其他民族的文字，停留在作为符号的阶段，而是走向艺术美的方向，而成为表达民族美感的工具。”[4]宗白华借助国画、书法这两种最为独特的中国艺术而把中国艺术精神具象化、感性化为绘画的“画法”和所表达的“民族美感”。

徐复观的《中国艺术精神》一书试图发掘中华文化（特别是蕴含于中国艺术中的精神）的现代意义，因为“在人的具体生命的心、性中，发掘出艺术的根源，把握到精神自由解放的关键，并由此而在绘画方面，产生了许多伟大地画家和作品，中国文化在这一方面的成就，也不仅有历史地意义，并且也有现代地、将来地意义”[5]。他通过中国哲学、音乐、画论、数论、文论等材料，考察了中国艺术精神的缘起、核心内容和基本发展历程。徐复观把“中国艺术精神主体之呈现”归诸庄子，认为庄子美学思想和他所独创的艺术化的生活态度、生存方式是中国艺术精神的主流，“他们之所谓道，实际上是一种最高的艺术精神”，“老、庄之所谓‘道’，深一层去了解，正适应于近代的所谓艺

[1] 宗白华：《中国艺术意境的诞生》，见《艺境》，北京大学出版社，1987 年，第 159 页。

[2] 同上。

[3] 宗白华：《论中西画法的渊源与基础》，见《宗白华全集》（第 2 卷），安徽教育出版社，1996 年，第 105 页。

[4] 宗白华：《中国书法艺术的性质》，见《艺境》，第 362 页。

[5] 徐复观：《中国艺术精神》，春风文艺出版社，1987 年，第 1—2 页。

术精神。这在老子还不十分显著，到了庄子，便可以说是发展得相当显著了”。[1]

关于中华文化精神、中华人文精神、中国文化传统等，张岂之、袁行霈等也都有过不少论述。以反思“五四时期激进反传统主义”著称的林毓生，则提及“中国传统”。他反对对中国传统的“全盘否定”，但也强调“中国传统的现代化”。在《中国传统的创造性转化》中，他认为“本书所提出的是一些有关中国思想现代化的意见”，“我们必须重新界定中国人文传统的优美素质的现代意义”。[2]

这几个术语各有侧重，但并无本质的差异。[3]本章拟从几个比较重要的具有“二元对立性”的关键词入手，对中华文化精神、中华美学精神、传统文化精神和中国艺术精神等做一些阐释。

（二）历史与当下的辩证法

文化既是一个的存在，也是一条长河。文化有历时性和共时性，美学精神或艺术精神也是如此。 克罗齐说:“一切历史都是当代史。”福柯也说:“重要的不是话语讲述的时代，而是讲述话语的时代。”艾略特则以诗歌表达:“现在的时间和过去的时间 / 也许都存在于未来的时间 / 而未来的时间又包容于过去的时间 / 假若全部时间永远存在 / 全部时间就再也都无法挽回 / 过去可能存在的是一种抽象 / 只是在一个猜测的世界中 / 保持着一种恒久的可能性 / 过去可能存在和已经存在的 / 都指向一个始终存在的终点。”(《四个四重奏》)

这些对历史的描述都暗示了文化的共时性特点。冯友兰在《中国哲学史新编》中认为历史有两层含义:第一层是指客观的历史，这个历史“好像是一条被冻结的长河，这条长河本来是动的，它曾是波澜汹涌，奔流不息，可是现在它不动了，静静地躺在那里，好像时间对于它不发

[1] 徐复观:《中国艺术精神》，第 43 页。

[2] 林毓生:《中国传统的创造性转化 · 前言》，生活 · 读书 · 新知三联书店，1988 年，第 3、4 页。

[3] 但从“中国”到“中华”的变化，颇类似于当下电影界包容性更大、意识形态性更弱的“华语电影”慢慢取代“中国电影”的趋势，也可能蕴含当下全球化时代“华人”愈益突破国族疆界而汇成一个文化共同体的愿景。此处暂不赘述。

生什么影响”[1]；第二层则是对历史的阐释、写作、描绘。精神也是如此，中华美学精神、中国艺术精神也是在当下生生不息的艺术创造中才“显现”的。

既要尊重历史、文化，更要发展文化，在发展中延续历史。梁启超在谈及历史研究的价值时，把历史的目的概括为“予以新意义”“予以新价值”“供吾人活动之资鉴”。毕竟，发展是硬道理。与其在神殿上把文化传统、美学精神、艺术精神“供奉千年”，“冻结”成“一条长河”，不如在当下的动态发展中，借助大众传媒等通俗形式“飞入寻常百姓家”。

无论是文化精神、美学精神或艺术精神的“当代传承”还是“传统的现代转化”，都既是一种文化理想也是一种文化实践。20 世纪以来，有识之士都在思考并实践这样的命题。在 21 世纪，这个问题尤为重要也更趋复杂化。现代的生活自然呼唤着与之相适应的艺术风格和形态，传统的内核与精神也许是稳定不变的，但多姿多彩的外在表现、再现形态应该是百花齐放的。

现代传播学有一个关于“文化贴现”或“文化折扣”（culture discount）的原理，即认为在从一种文化向另一种异质文化传播的过程中，文化会出现变形、磨损等现象。就此而言，一些新艺术、大众艺术如影视，以影像叙事和表现的方式，对原来蕴含于美术、音乐、戏剧、戏曲、舞蹈等艺术门类中的文化传统、美学精神、艺术精神等进行一种当代传承或现代转化，是否也可能会出现类似的“文化折扣”现象？经典、高雅的文化媒介（语言文字）通过影像向通俗、大众、群众、视觉的文化的转换过程必然会有变异与磨损，也可能是难免的稀释、浅显化，甚至于文化的扭曲、变形和混杂。但从另一个角度讲，这也许是一种新文化、艺术形态的重构和创生。在这一过程中，内容的深度也许降低了，但广度却无疑大大拓展了。

[1] 冯友兰：《中国哲学史新编·绪论》，人民出版社，1982 年，第 8 页。

（三）中华美学精神的传统与创新或外来与本土

中华美学精神或中国艺术精神主要是传统的、本土的，那么具体到艺术门类的实践，尤其是20世纪以来，它是如何流变、传承、发展的呢?

以20世纪以来的中国艺术来说，它是近代国门打开之后在中西文化冲突的背景下发展起来的。于是，艺术如何处理文化精神、美学精神、艺术精神这些本土、传统的东西与外来文化的关系，“西化”还是“民族化”、“革新”还是“守旧”、崇“古”还是尚“今”等都是屡屡发生争议甚至批判的焦点性的问题。

邓福星在谈到20世纪中国美术历史的时候，试图用“继承与创新”这一对范畴来统摄20世纪的中国美术批评。他指出:“20世纪美术论辩自始至终都围绕着古今之争，围绕着中西之争，而古今与中西又紧密地交织在一起，统而言之，就是紧紧围绕着对传统的继承和时代创新关系这个基本的核心问题。可以这样说，继承与创新是20世纪美术论辩的一条轴线，它像数学中的数轴，论辩中其他的许多问题都是上下波动的曲线，一些问题看似同继承与创新没有直接关系，但放在百年的全过程中来看却总是环绕这个核心问题，从未改变基本方向，更未远去。纵观美术论辩的百年历程，可以说，美术在转型中的继承和创新问题是美术论辩的轴线。”[1]

在这一基本主题之下，可以大致梳理出一组中国艺术发展过程中常用的二元对立范畴——继承 / 创新，传统文化 / 外来文化，本土文化 / 外来文化，守旧 / 创新，传统 / 现代，民族化 / 西化，民族化 / 现代化，本土性 / 现代性——这些关于传统与现代的基本矛盾，贯穿于20世纪中国艺术史的始终。实际上，它们并不是非此即彼，虽常常以对峙的姿态出现，但往往在对立矛盾中融合统一。

就艺术实践而言，应该说没有纯粹的“西化”，也没有纯粹的“民族化”。“西化”是中国人在中国本土进行的模仿、学习、借鉴和再创造，

---

[1] 邓福星主编:《中国美术论辩》(上)，百花洲文艺出版社，2009年，第8—9页。

"民族化"也是在西方艺术大量传入中国本土作为"他者"的存在之后进行的民族化。实际上，在20世纪中国艺术发展中已经进行和正在进行中西互动融合的艺术实践，这是一种"现代化"。比如关于国画"革新"和油画"民族化"的论争几乎贯穿20世纪，但两者之间也在不断地互相交融的对立统一之中。但无论是国画还是油画，都是应该传承中华美学精神和中国艺术精神的。精神的流贯是重要的，形式的变化、融合当属正常。

在20世纪中国艺术的发展过程中，创新与传统或"现代化"与"民族化"这一组矛盾实际上是互相纠葛、彼此依存的，是两个同时发生共存的文化变构意向。创新更多地表现为对西方文化、现代意识、技巧手法的借用甚至横向移植，但必须最终适应中国的土壤；传统或"民族化"表现为中华美学精神、中国艺术精神、传统美学的"现代转化"，但这种转化常常是西方文化的诱发，而且也必须适应现实的需求，否则就可能成为徒有外形但没有功能的"遗形物"（鲁迅语）。

二、中国传统文化资源的现代转化
——以电影为例

传统的"现代转化"是必然的也是必要的，因为只有在转化中传统文化才能得以传承和传播。当然，关键的问题，是如何转化。

下面以电影艺术为个案来探讨这个问题。

（一）传统现代性转换的前提、条件或语境

首先，我们在讨论传统文化、传统美学、艺术精神在银幕影像世界中"现代转化"的问题时，应该充分考虑到这个问题发生的前提条件和当下语境。

其一，中国电影对传统的现代转化，主要是通过独特的电影语言（而非文字语言）与文化传统发生关联的。因此要尊重电影的语言特性。

电影是一种以影像（当然还有声音，合称视听语言）而非以文字为其本体语言的艺术。法国先锋电影人亚·阿斯特吕克曾经宣称一个"摄

影机如自来水笔”[1]时代的来临。这只是一种比喻性的说法——摄影机自然与自来水笔不同，电影语言也与文字语言有根本的差异。毫无疑问，在电影中作为对白或画外音的语言的重要性，要比以文字语言为本位的文学弱得多。本尼迪克特·安德森曾认为印刷文字是维系作为一个民族的“想象的共同体”[2]的重要媒介，因为“印刷语言是民族意识产生的基础”，但笔者认为电影产生以后，其作为一种新媒介也加入建构“想象的共同体”的过程中，并发挥着越来越重要的作用。现在常说的电影的国际传播、电影具有国际文化形象建构功能等，都是指涉这一问题。当然电影不是以文字语言、印刷语言的方式，而是以动态的影像叙事、符号表现的方式，以画面、声音、镜头、蒙太奇、长镜头等电影语言，完成这种建构和传播的。

其二，传统文化的“现代转化”必须考虑到电影的大众文化性。电影是大众喜闻乐见的“我们世纪最富有群众性的艺术”[3]。从文化性质的角度来看，电影是以大众文化为主导定位的，是具有庞大受众数量的大众文化形态、大众传媒和文化产业。

在当代社会，大众文化借助于现代传播媒介和商业化运作机制，已成为当代社会文化的主流，而且深刻地影响了人们的生活方式与闲暇活动，改变了当代社会的结构和文化的走向。大众文化的崛起是中国文化发展的一个必然阶段，是中国由计划经济向市场经济转型的必然结果。 随着大众文化观念被逐渐认可，中国电影也经历了一个由原来的艺术电影、商业电影、主旋律电影而向大众电影转化的过程，当然，这是一种“中国特色的大众文化化”[4]。在当下的文化语境中，大众文化消弭了高雅文化和通俗文化的差异，精英文化走下神坛，通俗文化步上

---

[1] [法]亚·阿斯特吕克:《摄影机——自来水笔，新先锋派的诞生》，刘云舟译，《世界电影》1987年第6期。

[2] [美]本尼迪克特·安德森:《想象的共同体:民族主义的起源与散布》，吴叡人译，上海人民出版社，2005年。

[3] [匈牙利]贝拉·巴拉兹:《电影美学》，何力译，中国电影出版社，2003年，第3页。

[4] 参见陈旭光《大众、大众文化与电影的“大众文化化”——当下中国电影生态的“大众文化”视角审视》，《艺术百家》2013年第3期。

台阶，向主流靠拢，它们在经济、政治、科技与文化的全面渗透中互相交融。

其三，探析传统文化在电影中的“现代转化”应该考虑当下语境即全球化背景、好莱坞电影的影响力，合拍片的大量增多和其中的文化融合等问题。

在当下“全球化”“全媒介”“互联网 +”的文化语境中，好莱坞电影的全球影响力是极大的。至少在目前来看，中国与美国的文化交流和传播还不是完全对等的。美国电影大片对中国年轻一代观众的观影趣味，有着很大的影响甚至具有某种“控制力”。因为美国是电影强国，占据全球 90% 以上的电影市场，百余年来一直强力输出电影也输出美国文化。而中国则是美国电影最大的海外市场，在近年中国电影总票房强势上涨的形势下，美国电影的票房仍可占到将近一半。

而在电影生产的层面上，合拍片的比重逐步提高。海峡两岸暨香港乃至多地、跨国的合作拍片方式渐成趋势并越来越普遍，局限于一地的封闭式拍片方式无论数量还是影响力都渐趋衰落，电影开始进入一个跨越区域、国家甚至民族疆界而互相合作、融合的阶段。因而在合拍片中，异质、跨地文化的多元融合必将成为一种常态。这也是不能不面对的“一种现实”。

（二）中华文化精神即传统文化“现代转化”的几种形态或类型

中国传统文化的内涵博大精深，风格表现亦颇为丰富。例如，艺术美不仅有错彩镂金的美，也有清水出芙蓉的美；既有文人画式的飘逸清高、抒情写意，也有民间年画的色彩浓艳、工笔写实。因此，不同美学形态的传统文化或传统美学、艺术精神，在今日中国电影中的转换和呈现也各有不同。

1. 写意性美学精神与文人文化传统的转化

写意与写实相对。“写意性是中国传统美学的一种重要精神，并表现于诗歌、书法、绘画、戏曲等艺术门类。概而言之，这种艺术精神重神轻形，求神似而非形似，力求虚实相生甚至化实为虚，重抒情而轻叙事，重表现而轻再现，重主观性、情感性而轻客观性，并在艺术表现的境界上趋向于纯粹的、含蓄蕴藉、言有尽而意无穷的境界。”[1]

在中国电影史上《小城之春》《一江春水向东流》《早春二月》《枯木逢春》《巴山夜雨》《小街》《城南旧事》《春雨潇潇》等影片，因其缓慢、凝重、抒情的风格，文人逸趣、空镜头的比喻和象征，移步换景的镜头语言等，一向被标举为传统美学在电影中现代转换的典范。在一定程度上，中国古典绘画的空间意识和画面结构等传统艺术精神，影响了上述电影的影像结构、镜语组成和风格样态。近年的《刺客聂隐娘》延续了这一传统，画面细腻，意境深远高古，对话精简，情节高度浓缩，表现极为含蓄，意味格外清新隽永，体现了中国古典美学精神，这是一种书卷气很浓、很中国化的文人情怀。

上述影片对传统写意性的美学精神的转化是比较“原汁原味”的，甚至在一定程度上是形神俱佳的。

还有另一种写意美学的“现代转化”，以香港导演王家卫的电影为代表，他导演的《重庆森林》《东邪西毒》《一代宗师》等的影像语言和表现方式均具有鲜明的写意性特点。在其电影中，透过动感十足、灯红酒绿、眼花缭乱的镜头画面，甚至是不无扭曲和夸张变形的影像狂欢，呈现了一种强烈的视觉感官化特征，我们能够感觉到一种抒情的风格化、写意化的美学表现。但浓郁的都市气息、快节奏的生活、絮絮叨叨的独白，又使得这种写意性美学不再是那种宁静圆融的境界和缓慢抒情的风格。

这是一种“现代写意”，也可以说作为传统美学精神的“写意性”在王家卫电影里已发生了“现代转化”。漂泊不定的人物、灯红酒绿的浮华世界、“动态”的影像与画框的不断被打破，使得这种在传统艺术表现中宁静、均衡、飘逸的旧文人式的诗情画意，变成了现代人生的喧闹、繁杂、浮嚣与躁动不安。

2．传统艺术意境美学精神的“现代转化”

宗白华在《中国艺术意境的诞生》一文中反复论述过中国艺术的

---

[1] 参见陈旭光《艺术的意蕴》，中国人民大学出版社，2000 年，第 153 页。

意境美学精神及其表现:"'情'与'景'(意象)的结晶品","以宇宙人生的具体为对象,赏玩它的色相、秩序、节奏、和谐,借以窥见自我最深心灵的反映;化实景而为虚境,创形象以为象征,使人类最高的心灵具体化、肉身化,这就是'艺术意境'。艺术境界主于美"[1]。21世纪以来,一些古装电影大片体现了另一方向的传统文化精神之"现代转化"。

作为现代大众传播媒介和新型艺术门类,古装电影大片对中华文化的影像化转换,是写意性、表现性美学的影像再现和符号化表现。这类古装题材的电影本身就因其与现实、当下的疏远而具诗性和文化符号性,别有一种超现实美学和东方美学的意味。

如《英雄》极为重视对"场景"的凸显,常常以开阔的、高远的航拍镜头与造型常常对称、均衡、静态的构图,取开阔的大远景、全景画面,体现出超现实的意味,形成一种大写意风格。特别是无名与残剑在张家界湖面上飘逸飞舞、点到辄止的打斗,以及对于影调、画面和视觉风格的着重强调,使得这些场景成为一种有东方文化"意味"的"形式"或"符号"。

不难发现,张艺谋导演电影的画面颇为大气,有一种"独与天地精神往来,而不敖倪于万物""天地与我并生,万物与我为一""物我两忘,离形去智"的精神浩气,有时也有一种"此中有真意,欲辩已忘言"式的恬静从容、沉静阔达。这是一种独得中华文化艺术精神之精粹的意境的影像化表现。

宗白华说过:"一切艺术都趋向音乐的状态、建筑的意匠","'舞'是中国一切艺术境界的典型。中国的书法、画法都趋向飞舞。庄严的建筑也有飞檐表现着舞姿"。[2]"中国的绘画、戏剧和中国另一种特殊的艺术——书法,具有共同的特点,这就是它们里面都是贯穿着舞蹈精神(也就是音乐精神)。"[3]笔者认为张艺谋电影也有明显趋于"乐"和

[1] 宗白华:《中国艺术意境的诞生》,见《艺境》,第159页。

[2] 同上书,第167页。

[3] 同上书,第289页。

"舞"的境界的追求，以中国功夫营造出一种"武之舞"的武术境界和艺术韵味。

另外，张艺谋在《十面埋伏》《满城尽带黄金甲》等影片中还营造了一种繁复奇丽、错彩镂金、浓墨重彩的美，从大众文化、消费文化的角度来看，这种在中国古典美学形态中并不占主导地位的美，既是民间工艺美学之美的"现代转化"，更成为一种当下大众文化背景下兼具艳俗和奢华的双重性的"新美学"。这表明在此类视觉化转向的电影中，色彩与画面造型的视觉快感追求被发挥到了极致。

3．传统"边缘文化""亚文化"或"次文化"的现代转化

美国学者雅科布逊认为，每个时代的文化中都有某种主导性，就是说某一方面的文化因素占据主导地位（主因文化），其他则处于次要地位。由此，文化研究中常常派生出若干二元对立的概念：主流文化 / 支流文化、中心文化 / 边缘文化、高雅艺术 / 民间通俗艺术等等。

在传统中国文化中，妖鬼仙魔的传说等民间文化历来是边缘的，奠定中华文化心理原型的孔夫子就颇为排斥（比如"子不语怪力乱神""未知生，焉知死"）。此后，"罢黜百家，独尊儒术"，百家自然也包括杂家、阴阳家等。所以在戏曲、戏剧、电影等艺术领域，作为电影类型的玄幻电影或魔幻电影在内地一直付诸阙如。虽然在中国电影史上，一些武侠电影（如从《火烧红莲寺》开始）就有一定的玄幻、魔幻元素，香港武侠武打电影中更是常常有奇幻色彩，但由于主流文化的禁忌（如唯物主义、现实主义创作方法的要求）等复杂原因，在内地则一直"失语"。妖仙神鬼故事往往被贬为封建迷信、糟粕，不过 1949 年以前的内地电影和香港电影里仍然有不少表现，香港鬼片堪称发达。有关白蛇、倩女幽魂等聊斋的民间传说故事就经历了多次翻拍，不乏经典作品（如《画皮》《倩女幽魂》）。近些年以《画皮 2》《九层妖塔》《寻龙诀》等为代表的奇幻电影借助高科技手段，在视觉奇观表达、特效、假定性情节等方面强化玄幻色彩，以奇观化的场景、服饰道具、人物造型等营造出有别于好莱坞魔幻、科幻大片的东方式的幻想和奇诡，把人与动物、人与妖、人与自然等的原始情感置于幻想世界，满足了大众对魔幻世界的超验想象和奇观消费。

鉴于中华文化的精深浑厚和驳杂多样，也由于文化大繁荣时代人民群众精神与娱乐的双重需要，我们应该大力发展具有中国特色、具有中国文化渊源的玄幻类电影，要把中国传统文化中的民间民俗志怪文化、道家哲学等与高科技支撑下的影像奇观结合起来，开发新的生产力。只要是大众喜闻乐见的，都可以成为当下影像文化再生产的有机源泉。因此要对一些具有美学艺术精神的影像大众化现象，持宽容的态度。

早几年的《白蛇传奇》《画皮》《倩女幽魂》，以及近年票房很高的的《捉妖记》《大圣归来》《九层妖塔》等与中国古代民间传奇、传说有着千丝万缕的联系。《画皮2》把此类电影提升到一个高度，影片在把狐妖鬼魅的文化“大众化”的过程当中，又结合了很多西方魔幻电影的要素。场景设计、画面构图、色彩渲染并非纯中国的，而是有很多西域或西方的魔幻色彩。实际上，除了“狐妖”这一角色的原型来自中国民间的志怪妖仙文化外，电影与原著《聊斋志异》的联系并不紧密。这部映射诸多当代话题（也是一种“接地气”）的魔幻电影杂糅了蒙藏等多元民族文化符号，并呈现出精美奇绝的视觉效果。《画皮2》表现了具有东方文化气象的意境、境界，营造了中国化、诗意化的风格造型，如在青藏高原拍摄的高远辽阔的天空湖泊，那种纯洁天蓝、山水一色的影调等，无疑是东方的。这也符合影片的定位：一种“东方魔幻大片”。

此外还有徐克导演的“狄仁杰”系列（《狄仁杰之通天帝国》《狄仁杰之神都龙王》），徐克早年在香港拍的“蜀山”系列、“倩女幽魂”系列、“东方不败”系列，已经颇有妖魔玄幻神秘色彩。在影片中，徐克的想象力颇为丰富，奇门遁甲、怪力乱神、天马行空而匪夷所思。但此外，还能发现他以本土文化为底蕴对其他文化的融合发挥，可见其对东方文化的情有独钟。

徐克在电影中表现了某些在中国儒家文化主导下不入流、边缘化的“亚文化”，或者如监制陈国富所称的“神秘次文化”。徐克还巧妙地把这些“神秘次文化”与现代科技进行大胆接合，创造出许多既充满科技又玄幻的奇观。《狄仁杰之神都龙王》中，古代文化中神秘的“蛊”术变成现代生物基因突变生化危机，这些细节常常让人们想起《侏罗纪公园》《异形》《食人鱼》等科幻片或灾难电影。

这种亚文化转化和融合的意向同样见诸《捉妖记》。由“怪物史瑞克之父”许诚毅导演的《捉妖记》，接近童话片，但更像动画片。影片从中国传统志怪中汲取了灵感，但又明显融入美国动漫电影造型的特点，小妖王胡巴领衔的妖怪的造型颇为美国化（人称“怪物史瑞克”“小黄人”“大白”动画家族等的同父异母兄弟），也颠覆了中国传统妖怪的恐怖、冷艳和狰狞形象。从某种角度来看，中国人的“妖鬼情怀”本质上是中国人对于自然、对于“道”的情怀的变相表达，这是对正统儒家文化禁忌的释放，是对自由、浪漫、返璞归真的人生境界的向往，是“天人合一”“天地与我并生，万物与我齐一”境界的理想表达。更重要的是，这种万物平等、人妖和谐的美好理念表达了一种人类共同自然观。

这些文化的影像化——当然是经过改造的——实际上折射了真正的文化大繁荣。我们应该有这样的文化胸襟，让各种类型的传统文化，只要是大众喜闻乐见的都成为当下影像文化再生产的有机源泉。

4.《大圣归来》：文学经典的再造

文艺“经典”，泛指在历史上得到公认的，具有一定权威性、公信度和美誉度的文艺作品。毫无疑问《大圣归来》是经典小说《西游记》的“现代转化”。《西游记》以及孙悟空的形象，一直以来都有“现代转化”，但2015年的动画片《大圣归来》却别有特色。

《大圣归来》虽以《西游记》故事为依据，但孙悟空这个形象却有所创新。跟以前的“中国学派”时期的动画形象相比，这部电影的造型不那么纯粹、轻盈、空灵、灵动，也不再扁平化。孙悟空这个形象的内心世界颇有新的发掘，不像以前那样只会打妖怪。《大圣归来》中的孙悟空更像一个互联网时代的“哈姆雷特”：犹豫彷徨、不自信，在虚名和实际本领的虚荣和反差中，在尴尬窘困中迷茫忧愤、自怨自艾，等待来自江流儿自我牺牲的逆向“拯救”。

在美学风格和文化表意方面，《大圣归来》颇为多元化。一方面，它立足于中国传统文化，有效地化用了那些耳熟能详的中华文化符号；另一方面，又借鉴了“美系”和“日系”的动漫风格。《大圣归来》融合了这两种造型风格：“美系”动漫的形象偏阳刚、粗犷、强悍、霸气，是超人式、英雄化的（大圣形象最为明显）；“日系”动漫偏“治愈系”，乖巧、叨唠、善良、聪慧（包括江流儿和土地公、山妖等的造型）。这两种形象在影片的叙事中形成了刚柔相济、张弛有度的戏剧性效果。就此而言，《大圣归来》可以视为是对传统文化的一次成功的“现代转化”。

毋庸讳言，电影中传统文化“现代转化”的过程中会出现很多问题，如无法规避的文化“贴现”或“折扣”，融合的不和谐性，还有经不起考据的“文化错位”、历史挪用或过于荒谬的“时空穿越”。比如，《夜宴》中中国武士像日本武士那样切腹自杀，《黄金甲》中日本“忍者”式的怪异造型和打斗武器，《英雄》中罗马士兵似的盔上红樱和罗马式的大军团列阵，《大圣归来》中孙悟空形象不中不西的奇特造型，《捉妖记》中明显更多源于美国动画形象造型的萌萌的“胡巴”……

在全球化时代，文化的原汁原味性几乎是不可能的，更何况中华文化一直是在重构中发展的。文化不能仅仅停留在典籍上或者锁在博物馆里，而是要进入文化传播场域，也不能过于无视观众和市场。从传播学的角度来看，传播为王，效果第一。没有观众，没有票房，再好的东西也无法进入有效传播。文化传统、美学精神这些典雅高贵之物，与其在神殿上供奉千年，不如借助现代传播媒介“飞入寻常百姓家”。作为现代大众传播媒介，电影对文化的承载、转换、传播，必然会有变异，适度的娱乐化、大众化以及文化杂糅也是难免的。当然我们要有度，要有底线，中华文化要始终占主导地位。

三、红色经典与红色文化资源的现代转化

——以电视剧生产为例兼及“抗战神剧”的“娱乐化”限度问题

（一）经典、“红色经典”与经典文化传统

由于 20 世纪中国社会、文化发展的独特性，“红色经典”已经成为

“文艺经典”的有机组成部分。“红色经典”体现的革命精神、文化精神等，也已经成为文化传统的一部分。如何正确进行“红色经典”的改编，如何实施“红色精神”的当代传承，无疑是当下艺术创作中一个必须面对的重要问题。

被称为“雷剧”“神剧”的抗战电视剧颇为引人关注，军、民兵、土匪、百姓甚至八九岁的孩子，往往身怀绝技、飞墙走壁、神枪神射，或计谋多端、智慧超群，更有“手撕鬼子”“手榴弹炸飞机”“石块、弹弓杀鬼子”“裤裆藏雷炸倒鬼子”等雷人情节，再加之简单牵强、不堪推敲的故事情节，男女主角青春靓丽、时尚装束的偶像化表演等，都已受到专家或观众的尖锐批评。但客观而言，这种“抗战神剧”有它的生产机制和一定的受众市场。除了讨好观众、资本投机以及制作方、购片方图保险或图省事等原因外，就其文化根源而言，仍是中国特有的“红色资源”大众化、娱乐化、消费化的产物。对于这一影视创作现象，我们不应该一骂而了之，重要的是，应该在反思之余寻求解决之道。

先从“红色经典”说起。中国是富有“红色经典”资源的国家，但关于“红色经典”，其概念有狭义和广义之分，在学术界也含混模糊。大致从“左翼”文艺运动和延安文艺座谈会以来到“文革”前，出版或上演、公映的反映中国共产党领导下的革命斗争、抗日战争和工农兵生活的重要文艺作品，都是“红色经典”。除文学研究界谈论很多的十七年文学作品、左翼进步文艺作品外，更包括新中国成立后的一些重要电影、音乐、舞蹈、舞剧等作品，如音乐史诗《东方红》、歌剧《洪湖赤卫队》《江姐》、芭蕾舞剧《红色娘子军》等。这些作品往往有着种种独特的、约定俗成的主流意识形态含义，人物形象、美学风格、艺术手段、情节结构等也都具有不断重复的类型化特征，具有约定俗成的期待视野和独特的意识形态含义。

“红色经典”具有强大的意识形态功能，它甚至是新中国国家意识形态话语建构的有机组成部分。它通过文学艺术话语讲述的方式证明自身存在的合理性，论证革命胜利的必然性以及中国共产党领导新民主主义革命的合法性和历史性，确立了一整套严密的话语体系和文化生产方式，深刻地影响了中国人的情感结构、生活方式、日常语言和群体记忆。毫不夸张地说，“红色经典”影响下形成的国人的“红色记忆”已经构成了今日“人民记忆”或“国族记忆”不可或缺的一部分。尤其对于今天的中老年观众而言,“红色经典”是他们情感结构的重要组成部分，成为他们情感怀旧、寻找身份认同的对象。

正如美国学者约翰·菲斯克在谈到电视生产与传播的文化意义时说的,“我把电视看成是意义与快乐的承载体和激励体，而文化则是意义与快乐在社会中的生成与传播。电视是一种文化，是使社会结构在一个不断生产和再生产的过程中得以维系的社会动力的重要组成部分，而意义、大众娱乐和传播就是这一社会结构最基本的组成部分”[1]。无疑，通过纸媒、舞台、电影、电视等大众文化媒介传播和再生产的各类“经典”，都已经成为“这一社会结构最基本的组成部分”。

（二）影视剧的“红色经典”改编现象

影视剧领域中的“红色经典”改编现象大约从2002年开始，到2004年前后达到一个高潮，出现了像《钢铁是怎样炼成的》《烈火金刚》《小兵张嘎》《林海雪原》《红色娘子军》《苦菜花》《鸡毛信》《铁道游击队》《这里的黎明静悄悄》《敌后武工队》《地道战》的改编即重新叙述，也包括像电视剧《红高粱》对小说《红高粱家族》和电影《红高粱》的重述。这些革命大众文艺构成中国人特有的记忆，对这些记忆的改写或仿写成为中国当下影视剧创作的重要方式。

正如福柯所说，“重要的是讲述话语的时代”。在今天，任何一次对“红色经典”的重新叙说都不可能是历史、文本、风格的完全还原，它凝聚了时代、文化的所有丰富性和复杂性。在一定程度上，经典改编或价值重构行为成为今天意识形态冲突、暗战、妥协、合谋的重要的公共领域。“红色经典”的再生产既要服从国家主流意识形态的需求，更受制约于受众的意识形态消费欲求、市场的需求和资本的制约，它是在市

---

[1] [美]约翰·菲斯克:《电视文化》，祁阿红、张鲲译，商务印书馆，2005年，第5页。

场多元化的语境中的一种文化再生产。

大体来说，“红色经典”在今天影视剧领域的改编或重述主要有两种路向。

其一，直接进行电视剧重拍或改编。一直以来，“革命历史题材”电视剧是国家意识形态的重要表现，是主流性的、“主旋律”的。这些历史剧对文献性与故事性、纪实性与戏剧性、历史观与生命观、历史事件与人物个性、史与诗等关系进行了特殊的处理，形成了一种具有中国特色的特殊电视剧类型，例如《长征》《新四军》《八路军》等。这一类型的电视剧也存在新变，常以另类形象塑造、重估国共关系，重塑经典形象等，《江山》《狼毒花》《中国兄弟连》《我的团长我的团》《人间正道是沧桑》《我的兄弟叫顺溜》《潜伏》《北平无战事》等就是如此。

“经典”的心理学意义无疑属于“老照片”之列，它具有抚慰心灵的作用。这是一种普遍弥漫的时代精神氛围，我们在“红色经典热”“红太阳旋风”中都曾感受过。通过怀旧，人们可以获得自身某种身份的重构和定位，而身份确认对每个人来说，都是一个内在的、无意识的行为要求。个人唯有努力设法确认身份后才能获得心理安全感，也就是说，怀旧是寻求一种自我身份的定位和社会认同。对经典的怀旧，是漂泊心灵的一次自我慰藉和救赎。与其说是追寻和建构深度意义的人文行动，毋宁说我们是在怀旧的旗号下，重新发现成长历史、红色经典和褐色记忆的使用价值。这是对经典的娱乐化再现，而不是再现历史或要揭示历史的真实。

其二，对红色经典进行隐性改编或重述。这种改编似乎一直被学界所忽略，它是对红色题材的重新叙述，虽然不一定有严格意义上的经典文本，但我们能感觉到它是对“红色记忆”的利用，或可说是“红色精神”的变延。它与红色经典改编电视剧一样，同样需要满足主流意识形态表述、大众的世俗化、市场的商业化等。“红色经典”的大众化也包括“红色经典”所凝聚而成的红色精神、红色记忆、红色形象在今天影视剧领域中的“再叙说”或者反讽式的叙说，如《激情燃烧的岁月》《亮剑》《历史的天空》《红色恋人》《潜伏》《借枪》《北平无战事》等在对共产党人形象进行重新叙述时，实际上是以“红色经典”中的经典共产党人形象为参照才显示出其当下的意义。

《激情燃烧的岁月》纯属虚构，它把历史与家庭并置在一起来叙述，并以家庭为核心来设置人物以及人物冲突关系，革命历史只是一种背景。宏大经典的革命叙事完全平民化、世俗化了，因为中老年观众有以往革命化的影响记忆为参照，使得这种再叙述在对比参照中意味无穷。谍战剧《潜伏》可以说是以《永不消逝的电波》这样的红色经典电影等为潜文本，而进行的成功重述。它夸大了革命夫妻更为喜剧化、生活化、情感化、个性化的一面。《借枪》中对共产党潜伏人员经济困窘的描写，在以往的谍战电影或谍战剧中从未有过，这种“反其意而用之”的重述策略让人颇觉意味盎然。

今天影视剧中很多打鬼子的桥段，也无疑与《地道战》《地雷战》《小兵张嘎》《铁道游击队》《平原游击队》等“红色经典”留给人们的影像记忆有关。上述影视剧，总体而言也是乐观的，有时有点喜剧味道，但这些影视剧并未过度夸张，而是有着基本的历史背景、事实依据。

按西方影视文化学者的说法，这种“互文参照性”是大众文化时代媒介文化叙述的重要特征。这种互文参照性并不是对原有的东西进行汲取和简单的转换，而是一种再创造，因为它可以赋予原来的文本完全不同的文化意义。在大众文化的意义上，正如柯林斯所说：“这种互文性指涉是后现代大众文化具有高度自觉意识的标志：一种对于文本本身的文化状态、功能、历史及其循环与接受的高度自觉意识。”[1]“无所不在的再度阐释和对不同策略的借用是后现代文化生产的最有争议的特点之一。艾柯曾经指出，对‘已经说过的东西’进行这种反讽式的阐释，是后现代传播的显著特征……林达·哈琴也曾令人信服地指出，后现代对过去之物加以重新阐释的最突出的特征，就是这些阐释与前文本模棱两

[1] [美]吉姆·柯林斯：《电视与后现代主义》，见林少雄、吴小丽主编《影视理论文献导读》（电视分册），上海大学出版社，2005年，第249页。

可的联系，就是对某些文本蕴含着的想象力能量的认识。”[1]当下影视剧对红色经典的“再叙述”就是如此。

（三）“红色经典”改编的限度与意义

笔者在与日本文化界友人交流时，发现他们对姜文的《鬼子来了》充满了敬意。该影片曾被日本引进，并在日本文化界中有很不错的反响。毫无疑问，姜文是在高远开阔的文化视野上来反思战争对人性的扭曲。影片虽然颇有黑色的幽默风格，但并没有丑化日本兵，日本兵与中国农民都是姜文反思的对象。

这说明，不少日本友人对日本侵略中国也是有所反思的。如果影片表现得恰当、客观，那就可以达到共同反思的效果，而像“手撕鬼子”这些桥段，只会招致嘲笑、尴尬和不信任。更为重要的是，影像文化在今天承载了国民尤其是青少年文化认同的重要功能。如果荧屏给他们看到的就是“手撕鬼子”这样的抗战片段，这不仅会让他们曲解历史，更会在今日国际交往中狂妄自大。人们自然不必讳言要利用“红色记忆”，要对“红色经典”进行再创作，但是各种改编都应该遵循相应的原则，把握住合适的尺度。

进入21世纪以来，出现了一种比较普遍的文化趋势，即“共享型文化”。“共享型文化”是一种超越不同社会阶层与不同文化群体的分歧、冲突，人人都可以享受的、具有共同价值观的文化。这种“共享文化”是主流文化、精英文化、大众文化、青年文化、市场资本等互相融合而成的一种文化混杂形态。在“共享文化”中，各种意识形态“共谋”“共荣”、互相宽容、互惠互利。

我们对“红色经典”的重述既是“共享型文化”的一个重要来源和重要组成部分，其本身也是一种积极的、建设性的文化的话语实践。尽管抗日战争的硝烟已经散去，并有那么多荒诞不经的“抗战神剧”，但抗战作为影视剧创作永恒的主题，不仅构成中国影视的重要现象，在今天还是大众影视文化的重要资源。

---

[1]　[美]吉姆·柯林斯:《电视与后现代主义》，见林少雄、吴小丽主编《影视理论文献导读》(电视分册)，第247—248页。

费斯克曾指出："我们生活在工业化社会中，所以我们的大众文化当然是一种工业文化，我们所有的文化资源也是如此，而所谓资源一词，既指符号学资源或文化资源，也指物质资源，它们是金融经济与文化经济二者共同的产品。"[1]传统文化资源，也包括红色文化资源，都是文艺创作取之不尽用之不竭的"符号资源""文化资源"。在这种"当代传承"和"现代转化"中，转化生成的是"显文本"，而精神则是"潜文本"。这种"互文参照性"是大众文化时代艺术叙述的重要特征。它并不是对原有的东西进行汲取和简单转换，而是一种再创造，因为它可以赋予原来的文本完全不同的文化意义。

艺术工作者既要有对传统文化的尊重和敬畏，又要在艺术的再创造中秉持开放多元、有容乃大的心态。在立足本土的基础上，我们可以大胆融合，创意制胜。唯有如此，新型、和谐、生机的中国文化才会在冲突与融合的张力中健康和谐地发展。

[1] [美]约翰·费斯克:《理解大众文化》，王晓珏、宋伟杰译，中央编译出版社，2001年，第33页。

第三章　中西美学的交互影响

探讨中华美学精神的当代传承，需要从美学上做出相应的理论辨析：在当前全球多元文化及美学传统的共存与竞争格局中，中华美学精神在其美学学科、美学观念及审美意识等理论层面，是如何进行当代传承的。限于篇幅，本章把论述聚焦于中西美学的相互影响上。

毋庸讳言，中国现代美学是在西方美学的影响下建立起来。今天所用的美学术语，大部分是西方美学术语的中译。我们所传播的美学理论，大部分也源于西方美学家的创造。美学是西方“现代性工程”的组成部分，随着现代性向其他文化的蔓延而传播到世界各地。中国也不例外。从这种意义上来说，中国现代美学只是现代美学的一个版本，如同中国的现代性只是现代性的一部分一样。将现代性视为西方人的独创、将其他文明中的现代性视为西方现代性的影响的产物，这种观点已经深入人心，成为不证自明的常识。但是，如果我们以长远眼光来看，就会发现这种观点是有问题的。包华石等一些西方学者发现，西方现代性不是西方人凭空发明的，而是借鉴其他文化的结果，尤其是受到以中国为核心的东方文化的影响。[1]现代性的形成和传播过程是动态的、交互的，

[1]　参见［美］包华石《现代性：被文化政治重构的跨文化现象》，《中国社会科学报》2010年第129期。

不是在欧洲形成后向全球辐射的。由此，我们评价现代性的标准也应该发生变化，即不应从固定的角度去看现代性，而应该从开放性的角度去看现代性。不是越西方的文明越现代，而是越开放的文明越现代。换句话说，随着时间的推移，在18世纪欧洲率先凸显的现代性，其内涵也在发生变化。特别是遭遇后现代思潮和当代美术的冲击之后，那种具有激进主义色彩的现代性已经成为历史。因此，尽管我们承认现代性是在欧洲率先凸显出来的，但是这种现代性也是人类历史长河中一个十分短暂的阶段。在它之前和之后的情形，都会有所不同。包华石等人关注的是在现代性发生之前或之后的情形，这里关注的是在现代性淡出之后的情形。总体来说，在现代性发生之前，世界文化是交互影响的。在现代性盛行时期，西方文化占据主导地位，文化身份得以凸显，世界文化进入西方主导、他方补充的阶段。而在现代性淡出之后的当前，世界文化正重新回到交互影响状态，文化身份逐渐弱化。

由此可见，中西方美学的交流远非单方面的影响，而是一个复杂的动态过程。正如包华石指出的那样："我们不应该将'现代性'看作是不可辩驳的理论，它原来是经过伪饰的东西，它的实际面貌是跨文化的、多彩多样的，只是它的面具是西方式的。"[1]

一、西方美学的早期传播

大约从19世纪中期开始，西方美学传入中国。最早的传播途径是辞书。由于西方宗教传播和殖民的需要，一些外语词典被译成中文。最早收录Aesthetics词条的是1866年出版的德国传教士罗存德编撰的《英华词典》，Aesthetics被译为"佳美之理"和"审美之理"。1875年出版的谭达轩编撰的《英汉辞典》，其中也收录了Aesthetics，被译为"审辨美恶之法"。1902年，美国传教士狄考文编成《中英对照术语辞典》（*technical terms*，1904年正式出版），Aesthetics被译为"艳丽之学"。1903年，汪荣宝和叶澜编撰的《新尔雅》出版。该书是一部现代学术工

[1] 参见［美］包华石《现代性：被文化政治重构的跨文化现象》，《中国社会科学报》2010年第129期。

具书，收录了大量西方自然科学、社会科学和人文学科的新术语，它们都源自日文的外来语，其中有美感和审美学等术语。1908 年，颜惠庆主编的《英华大辞典》由商务印书馆出版，Aesthetics 被译为“美学”“美术”和“艳丽学”。1915 年出版的《辞源》中已经有了“美学”词条，并且有较为详细的解释：“就普通心理上所认为美好之事物，而说明其原理及作用之学也。以美术为主，而自然美历史美等皆包括其中。萌芽于古代之希腊。18 世纪中，德国哲学家鲍姆加登开始成为独立之学科。亦称审美学。”

除了辞书中对于美学的简单介绍外，美学也随着教育学、心理学、哲学一道传入。晚清时期，西方传教士来中国办学，带来了新的教育理念和科目。在关于教育学的著述中，有时会涉及美学。比如，1873 年德国传教士花之安在《大德国学校论略》中介绍了美学，称西方美学课讲授“如何入妙之法”或“课论美形”，分析美的存在领域：“一论山海之美，乃统飞潜动物而言；二论各国宫室之美，何法鼎建；三论雕琢之美；四论绘事之美；五论乐奏之美；六论词赋之美；七论曲文之美，此非俗院本也，乃指文韵和悠、令人心惬神怡之谓。”1875 年，花之安在《教化议》一书中提到六种教育科目，其中就有美学内容：“一、经学，二、文字，三、格物，四、历算，五、地舆，六、丹青音乐。”花之安在“丹青音乐”后面以括弧的形式加了个注释：“二者皆美学，故相属。”绘画和音乐之所以能够归在一个类别，因为它们都属于美学的范畴。我们知道，将绘画与音乐归在一个类别，即使在欧洲也是比较晚近的事情。直到 18 世纪中期，有了美学学科和现代艺术概念，绘画、雕塑、音乐、诗歌、舞蹈、建筑等才被归结在“美的艺术”的概念之下。[1]也许因为将绘画和音乐归在一类是一个新颖事件，花之安才在后面加上注释予以说明。

晚清已有不少人赴日本留学和考察，他们尤其关注日本的新式教育。1900 年，沈翊清在《东游日记》中提到日本师范学校开设美学和审美学课程。1901 年，京师大学堂编辑出版《日本东京大学规制考略》

[1] Paul O. Kristeller, “The Modern System of the Arts: A Study in the History of Aesthetics,” *Journal of the History of Ideas*, Vol.12, No.4（1951）, pp.496-527; Vol.13, No.1（1952）, pp. 17-46.

一书，在介绍日本文科课程时也提及美学。1902 年，王国维翻译日本牧濑五一郎的《教育学教科书》，其中涉及美学内容。1904 年，张之洞等组织制定了《奏定大学堂章程》，规定美学为工科建筑学科的 24 门主课之一。1906 年，王国维发表《奏定经学科大学文学科大学章程书后》一文，主张文科大学的各分支学科除历史科之外，还必须都设置美学课程。1907 年，张謇等拟定的《江阴文科高等学校办法草议》也将美学课程列在文学部的科目里。

除了教育学外，哲学的著述中也涉及美学，因为美学是哲学的分支。1902 年，王国维翻译出版了桑木严翼的《哲学概论》，其中就包含美学内容。1903 年，蔡元培翻译出版了科培尔的《哲学要领》，其中对于美学已经有相当详细的介绍，涉及美学作为独立学科、美学的基本历史和基本观念。

此外，心理学的著述中也涉及美学，因为现代心理学从哲学中独立出来也是 19 世纪末的事情，在此之前美学和心理学的内容经常合在一起。1889 年，颜永京翻译出版了海文的《心灵学》，其中就包含详细而完整的美学内容。1902 年，王国维翻译出版了《心理学》一书，其中“美之学理”一章，介绍了有关美感的系统知识，强调产生美感的因素虽多，但不外乎三种因素的综合作用，即眼球筋肉之感、色之调和与本于同伴法之观念（联念）。1903 年出版的《心界文明灯》一书也有一节题为“美的感情”，涉及美学内容：“美的感情可分为美丽、宏壮二种。美丽者，依色与形之调和而发之一种感快；宏壮者，如日常之语所谓乐极者是也。人若立于断崖绝壁之上，俯瞰下界，或行大岳之麓，而仰视巨岩崩落之状，则感非常之快乐。”“美丽者，唯乐之感情；而宏壮者，乃与勇气相侍而生快感，故为力之感情。”1905 年，陈榥编撰的《心理易解》一书，介绍了西方美学家（罢路克，今译博克）关于“物之足使吾人生美感”之“六种关系”：“体量宜小，表面宜滑，宜有曲线之轮廓，宜巧致，宜有光泽，宜有温雅之色彩。”1907 年，杨保恒编撰的《心理学》一书，介绍了所谓美感三要素：体制（事物之内容）、形式（事物之外形）和意匠（事物之意味）。书中还涉及美的基本类型，如优美、壮美和滑稽美三类，并做了较详细的分析。比如，关于滑稽美，书中写道："因事物之奇异不可思议而起快感者，谓之滑稽美。例如有人外服朝服，而内穿破裤，风吹衣襟，忽露赤体，即足以唤起此情。诗歌小说演戏，往往利用此情。而人遇滑稽之事物，必发笑声，故此情又谓之可笑情。"[1]

在这些介绍美学的著述中，颜永京翻译的《心灵学》值得重视，原著系约瑟·海文的 *Mental Philosophy: Including the Intellect, Sensibilities, and Will*。该书 1857 年初版，成为美国非常畅销的心理学教材，有十几个版本和大量批次的印刷。海文 1850—1858 年曾在阿默斯特学院（Amherst College）担任道德哲学和心理学教授，随后又在芝加哥大学担任同一教授职位，在美国学术界和高等教育界产生了重要影响。《心灵学》一书，就是在他担任道德哲学和心理学教授职位时写成的。全书简明扼要，不仅结合历史对相关理论做了清晰的梳理，而且在许多问题上提出了自己独到的看法。

海文将美学放在论述直觉能力的部分，单独分一章两节来介绍，第一节是美的概念，第二节是对美的认识，如果加上最后关于美学史的简单勾勒，我们可以把海文关于美学的讨论分为三个部分，即美、美感、美学史，对于美学教科书来说，基本内容都已经具备了。即使在今天来看，海文关于美学的这些论述仍然可以当作标准。颜永京没有翻译全部内容，最后介绍美学史的部分略去了，前面关于美和美感的论述也是译其大意，许多论述细节都被省略了。但是，即使看颜永京的译本，我们对美学中的重要内容也会有一个大致的了解。尽管颜永京在翻译中已经使用了"美"和"趣味"这些关键词汇，遗憾的是它们并不是用来翻译"the beautiful"和"taste"等专有名词，相对固定地翻译它们的专有名词是"艳丽"和"识知艳丽才"。尽管颜永京只是摘译，而且所用术语也不固定，但是中文本《心灵学》已经包含了西方美学的主要内容。

[1] 上述考证，均见黄兴涛《"美学"一词及西方美学在中国的最早传播》，《文史知识》2000 年第 1 期。

有关美学的知识，最初是伴随哲学、心理学、教育学和工具书传入中国的。大约从 1915 年开始，出现了专门介绍美学的著述。蔡元培、王国维、吕澂、范寿康、黄忏华、陈望道等人对于西方美学在中国的传播做出了重要的贡献。[1]

1915 年徐大纯在《东方杂志》发表《述美学》一文，涉及美学的重要内容：美学一词的来源、美学与哲学和伦理学的关系、美学理论发展的简要历史及代表人物、美感与快感的关系、美的一般类别及其不同特征、美在不同艺术形式中的表现等。文章最后提到了关于美的本质的各种学说，如理想说（Idealism）、现实说（Realism）、形式说（Formalism）、情绪说（Emotionalism）、智力说（Intellectualism）、快乐说（Hedonism）。尽管没有进一步的说明，但这些名称已经预示了有关美的本质的思考路径。

1917 年萧公弼于《寸心》杂志发表介绍美学的系列文章，在“概论”之下，内容分为四个部分——美学之概念及问题、美学之发达及学说、发生的生物学的美学、美学之要义及其地位，在《寸心》杂志第一、第二、第三、第四、第六期的专著栏连载，但全文没有刊完。不过，就已有的四部分来看，“已具备文前‘述美学概论’目标的大略。其在文中称道奥地利美学新学派的观点，说明作者还是紧跟当时国际美学研讨的新动向而出以己见的”[2]。

1920 年刘仁航翻译的高山林次郎的《近世美学》由商务印书馆出版。全书分为两篇，以黑格尔为分界线。上篇介绍自古希腊至德国古典美学的重要美学家的思想，包括黑格尔在内。下篇介绍克尔门、哈士尔门、斯宾塞等人的美学理论，这是全书的重点所在。

1921 年，托尔斯泰的《艺术论》由耿济之翻译，在商务印书馆出版。托尔斯泰在《艺术论》中表达了相对朴素的美学思想，将艺术视为情感交流的手段，这对于当时的中国读者来说并不难理解。

---

[1] 参见蒋红、张焕民、王又如编《中国现代美学论著译著提要》，复旦大学出版社，1987 年。

[2] 叶朗总主编：《中国历代美学文库》（近代卷下），高等教育出版社，2003 年，第 640 页。

1922 年，出版了四部美学译著，肖石君翻译的马霞尔的《美学原理》和王平陵翻译的耶路撒冷的《美学纲要》由上台泰东图书馆出版，俞寄凡翻译的黑田鹏信的《艺术学纲要》和《美学纲要》由商务印书馆出版。这些著作多是对美学史上重要思想的介绍，没有特别深入的研究。马霞尔的《美学原理》体现了 19 世纪美学的心理学转向的成果。马霞尔本人就是心理学家。在他看来，美的本质就是快感，艺术的目的就是传递快感和让人享受快感。中国美学史上不乏将艺术与快乐联系起来的主张，比如《乐记》中就有这种说法："夫乐者乐也，人情之所不能免也。"但是，将艺术的目的完全视为享乐，对于中国美学界来说还是一个非常新鲜和极端的主张。

1923 年也出版了不少美学著作，吕澂的《美学概论》和《美学浅说》由商务印书馆出版。《东方杂志》编辑部将在该刊上发表的美学论文结集出版，题为《美与人生》，由商务印书馆出版，其中包括徐大纯和吕澂等人的文章。接着商务印书馆又出版了吕澂的《晚近美学思潮》(后更名为《现代美学思潮》)。吕澂的《美学概论》与范寿康的《美学概论》一样，都是对阿部次郎《美学》的编译。《美学浅说》也没有太多新内容。但是，《现代美学思潮》中介绍的美学观点则有了不同。在研究对象上，有从主观美感过渡到客观艺术的趋势。在《美学概论》中，吕澂指出美学有两种研究方法：一种是心理学，一种是社会学或者人类学。"前者侧重主观美感，后者侧重客观艺术。今既不取艺术为美学对象，则所用科学方法，惟有心理学的也。"[1]但是，到了《现代美学思潮》中，艺术成了核心内容，因为艺术被视为美的纯粹形式的体现。"最能表白美的纯粹形式，再无过于艺术，以'美的要求'为中心的人间活动也再无纯粹于关系艺术的活动。"[2]"美学所研究的又就是以艺术为中心而构成的'美的世界'。"[3]对于美学的学科性质，吕澂在《现代美学思潮》中的认识比在《美学概论》中的认识更加清晰。在《现

[1] 吕澂:《美学概论·前言》，商务印书馆，1923 年，第 2 页。

[2] 吕澂:《现代美学思潮》，商务印书馆，1931 年，第 2 页。

[3] 同上书，第 3 页。

代美学思潮》中，吕澂从四个方面对美学学科做了规定：美学是一种学的知识，美学又是一种精神的学，美学也是一种价值的学，美学还是一种规范的学。[1] 这四个方面的规定综合起来，明确了美学的学科定位。作为学的知识，可以将美学与美学研究的对象区别开来。美学研究美和艺术，但美学本身不是美和艺术。美学是一种抽象的理论学科，属于哲学的范畴。作为精神的学，可以将美学与自然科学或者物的科学区别开来。美学不像物理学、化学、天文学等学科那样，是对客观存在的物的研究，而是对受物的刺激而形成的心理活动的研究，属于精神科学或者人文学科。作为价值的学和规范的学，可以将美学与一般的自然科学和社会科学区别开来。一般的自然科学和社会科学只研究事实，对构成事实的因果规律做出说明，无须对事实做出价值判断，也无须确立一个标准来规范事实。美学是一种价值科学，因为美学不仅说明美丑的区别，揭示构成美丑的基本原理，还要教导人们爱美恶丑，用美的标准来规范我们的行为。总之，美学是对美和艺术的抽象研究或者哲学研究。鉴于艺术被确立为美学研究的主要对象，该书最后两章专门讨论艺术，第四章研究艺术创作，第五章研究艺术的本质和起源，在今天看来，它们都可以归入艺术学之中。

1924 年，黄忏华的《美学略史》简明扼要地介绍了美学的学科性质和发展历程。尽管不是长篇大论，但是黄忏华把美学术语的起源和发展叙述得清晰而准确，并及时地反映了国际美学界的动向。文中提到德索的《美学与一般艺术学》一书的德文版出版于 1906 年，距《美学略史》的出版只有 8 年。考虑到当时较长的出版周期、较慢的国际旅行和文化传播的速度，黄忏华对德索的著作的介绍算是非常及时的了。《美学略史》的另一个显著特征，就是清楚地将美学的心理学研究、社会学研究和哲学研究区别开来。20 世纪 80 年代李泽厚等人在构建美学体系时，将美学分为美的哲学、审美心理学和艺术社会学，这在当时被学术界认为是一种新颖的构想，其实早在美学最初传入中国的时候，就接受

[1] 吕澂:《现代美学思潮》，商务印书馆，1931 年，第 6—9 页。

了这种区分。在对美学学科做完基本介绍之后，黄忏华分别介绍了希腊的美学、希腊罗马时代的美学、中世纪的美学、十七八世纪的美学、康德的美学、康德以后的美学，最后从科学的（经验的）美学、心理学的美学、社会学的美学和哲学的（思辨的）美学四个方面，对最近的美学做了介绍。黄忏华的《美学略史》，勾勒了西方美学史的基本线索。尤其是对最近的美学的介绍，吸取了19世纪末和20世纪初的学术成果，实在难能可贵。

1925年，商务印书馆出版了吕澂的《晚近美学说和美的原理》、蔡元培等的《美育的实施方法》、李石岑等的《美育之原理》、太玄和余尚同的《教育之美学的基础》，北新书局出版了张竞生的《美的人生观》。其中《美育的实施方法》和《美育之原理》是论文集，前者收录五篇论文，后者收录四篇论文。由此可见，当时发表的美学论文数量可观。《美的人生观》是张竞生依据在北京大学讲课的讲义写成的，内容与生活美学或者今天所说的日常生活审美化有关，而且与伦理学也有不少交叉的地方。作者将美的人生观细分为八个方面，包括美的衣食住、美的体育、美的职业、美的科学、美的艺术、美的性育、美的娱乐、美的人生观。

1926年商务印书馆出版了管容德翻译的《艺术鉴赏的心理》，作者为德国哲学家和心理学家弗莱恩·费尔斯。中译本由日译本转译而来。弗莱恩·费尔斯认为，鉴赏由感知和情感两部分组成，它们通常是融为一体的。鉴赏会因为鉴赏者的个人气质、对象特征、时代条件等的不同而不同。弗莱恩·费尔斯将鉴赏者分为三种类型：陶醉型、共演型、旁观型。《艺术鉴赏的心理》对于审美心理做了深入的分析，建构了审美心理学的基本模型。

1927年出版了两本《美学概论》，范寿康的《美学概论》由商务印书馆出版，陈望道的《美学概论》由上海民智书局出版，同时与美学有关的著作还有光华书局出版的郑吻众的《人体美》、世界书局出版的徐蔚南的《生活艺术化之是非》、上海良友图书印刷公司出版的傅彦长的《艺术三家言》、光华书局出版的刘思训翻译的《罗斯金艺术论》。

范寿康的《美学概论》分六章。第一章是绪论，简要介绍美学的发展历史。第二章是美的经验，介绍西方当时流行的关于审美态度和审美经验的观点。第三章是美的形式原理，介绍三种形式美的学说：第一种是多样统一原理，第二种是通相分化原理，第三种是君主从属原理。这些原理都可以归结到有机统一的原理之下，是有机统一的不同表达形式。第四章是美的感情移入，分为两节：第一节分析感情移入的概念和种类，第二节分析美与丑。第五章是美的各种分类。范寿康讨论了三对范畴：崇高与优美，感觉美与精神美，悲壮与滑稽和谐谑。崇高与优美、悲剧与喜剧是今天在美学教科书中经常见到的审美范畴。感觉美与精神美则不太常见，或者不被认为是审美范畴，因为它们并不是两种相互区分的风格，更多的像是相互区分的领域。第六章是美的观照与艺术，分为两节：第一节是美的观照，第二节是艺术。在美的观照部分，范寿康阐述了"美的深"（Aesthetische Tiefe）。在艺术部分，范寿康阐述艺术的本质是表现，用艺术表现来唤起我们的审美态度，强化审美对象的观念性、分离性和客观性。总之，范寿康的《美学概论》建构了一个以审美态度和审美经验为中心的现代美学体系，核心是审美观照，辅以形式美、审美范畴和艺术等方面的分析。第二章标题为美的经验，其实讨论的是审美态度。第四章标题为美的感情移入，其实讨论的是审美经验。在范寿康采用的术语中可以看出，美既可以指所谓美的对象的本质，也可以指一种特别的风格如优美，尽管他并没有就这两种用法做出明确的区分。当然，就《美学概论》作为一个美学体系来说，仍有诸多不完备的地方。比如，关于美的形式分析，与其他章节没有必然联系。此外，审美态度理论在不同章节中都有出现，形成了不必要的重复。[1]

与范寿康的《美学概论》不同，陈望道的《美学概论》没有贯彻里普斯的移情说，而是采取了更加朴素的看法。对于当时如日中天的立普斯的美学，陈望道也很了解，只不过他似乎不是特别认同。在《美学概论》的后记中，陈望道透露他曾经采用里普斯的学说编过一本美学书，

---

[1] 范寿康：《美学概论》，商务印书馆，1927 年。

不过“不久即自觉无味，现在原稿也已不知抛在那一只书箱里去了”[1]。陈望道将美学的研究对象分为三个方面：1. 美；2. 自然、人体、艺术；3. 美感、美意识。[2]尽管陈望道倾向于采取心理学的方法来研究美的问题，但是他并不排斥哲学和社会学的研究方法。陈望道说：“本书虽想把心理学的一方面，当作主体；但因为要不拘泥于一面，有时也触及社会学的研究之类的方面。所以把‘美’‘艺术’‘自然’‘美感’‘美意识’等，一概取作美学底对象。”[3]从总体上来看，陈望道的《美学概论》是以审美经验也即美感或美意识为中心的，他从美意识的概念分析入手，讨论美的材料、美的形式、美的内容、美的感情、美的判断，从而构成了比较完备的美学体系。

1928 年出版了许多美学方面的著作，参与的出版社也为数不少。比如，徐庆誉的《美的哲学》由中华书局出版，李寓一的《裸体艺术》由现代书局出版，邓以蛰的《艺术家的难关》由北京古城书社出版，华林的《艺术文集》由上海光华书局出版，丰子恺翻译的黑田鹏信的《艺术概论》由开明书店出版，林柏翻译的普列汉诺夫的《艺术论》由上海南强书局出版，陈望道翻译的青野季吉的《艺术简论》由上海大江书铺出版，徐霞村翻译的麦科尔文的《艺术的将来》由北新书局出版，沈端先翻译的本间久雄的《欧洲近代文艺思潮论》由开明书店出版。

徐庆誉的《美的哲学》全书分十六章：第一章讨论美的根本问题，如美的起源、美的性质、美与人生的关系；第二章介绍文艺上表现美的三种主义，如象征主义、古典主义和浪漫主义，其实这就是黑格尔根据他的美的理论所区分的三种艺术类型；第三章至第八章分别讨论不同艺术门类对美的表现，包括建筑、雕塑、绘画、音乐、诗歌和舞蹈，其中也可以看到黑格尔的显著影响；从第九章开始，着重研究艺术与其他活动的关系，如美术与两性、美术与家庭、美术与政治、美术与宗教，等等。这里所说的美术，不只是指造型艺术，而是指所有的“美的艺术”，

---

[1] 陈望道：《美学概论》，民智书局，1927 年，第 2 页。

[2] 同上书，第 13 页。

[3] 同上书，第 16 页。

包括各门类的艺术在内。作者将美视为精神的产物和生命的本体，介乎物我之间，又统一于物我之中，在时空中表现又不受时空的局限。这种美，在人生之中可以起向导和桥梁的作用，帮助人生由有限达到无限，由不完全实现完全。

黑田鹏信的《艺术概论》是一本艺术哲学著作，分十一章，讨论艺术的本质、分类、材料、内容、形式、起源、制作、手法与样式、鉴赏与效果等。作者将艺术定义为美的情感的发现，强调了艺术的虚构性、无利害性、个体独创性、时代性和民族性等特性。在讨论艺术的起源时，介绍了模仿说、游戏说、表现说、装饰说、冲动说、美欲说等学说。作者还将美学与艺术学区分开来，认为美学可以分为哲学美学和心理学美学，艺术学与心理学美学关系密切。作者特别指出，当代美学有向心理学美学发展的趋势，因此与艺术学的关系更加密切。

1929 年有不少艺术哲学著作问世，如徐蔚南的《艺术哲学 ABC》由世界书局出版，柯仲平的《革命与艺术》由上海狂飙出版社出版，叶秋原的《艺术之民族性与国际性》由上海联合书店出版，水汶翻译的波格达洛夫的《新艺术论》、鲁迅翻译的卢那卡尔斯基的《文艺与批评》、雪峰翻译的卢那卡尔斯基的《艺术之社会的基础》由水沫书店出版，艺园翻译的麦克林的《民众艺术夜话》由世界文艺书社出版，蒋径三翻译的金子筑水的《艺术论》由明日书店出版，伊人翻译的理查兹的《科学与诗》由华严书店出版，杨伯安翻译的青山为吉的《美的常识与美术史》由乐群书店出版。

徐蔚南的《艺术哲学 ABC》实际上是丹纳的《艺术哲学》第一编的改编，读者从中可以看到对艺术的科学研究方法。卢那卡尔斯基和普列汉诺夫的著作的翻译出版，读者从中可以看到马克思主义美学的观点和方法。特别值得指出的是理查兹的《科学与诗》，英文原著 1926 年出版，三年后就有了中译本，由此可见当时中国美学界能够及时接受国际美学界的新成果。理查兹是新批评的创始人，强调文本的细读。在《科学与诗》中，理查兹突出了诗歌与科学的区别，诗歌的目的是情感的表达，与追求真理的科学不同。丹纳、卢那卡尔斯基和普列汉诺夫、理查兹，代表了三种风格迥异的美学。由此可以看出，中国美学界最初在传播西方美学时，采取了全盘拿来主义，并没有受到意识形态和文化传统的局限。

1930年，曾仲明的《艺术与科学》由上海嘤嘤书局出版，向培良的《人类的艺术》由拔提书店出版，李朴园的《艺术论集》和鲁迅翻译的普列汉诺夫的《艺术论》由光华书局出版，刘呐欧翻译的弗理契的《艺术社会学》、雪峰翻译的普列汉诺夫的《艺术与文学》、戴望舒翻译的伊可维支的《唯物史观的文学论》由水沫出版社出版，王集从翻译的青野季吉的《新艺术概论》由上海辛垦书店出版，曾觉之翻译的吉赛尔的《罗丹艺术论》和罗丹的《美术论》由开明书店出版，之成翻译的藏原惟人的《新写实主义》由现代书局出版，孙俍工翻译的田中湖月的《文艺鉴赏论》由中华书局出版。

向培良的《人类的艺术》是一本论文集，收录美学、文学理论和戏剧理论方面的七篇文章。其中在《人类艺术》一文中，作者批判了当时流行的艺术起源论，如游戏论和弗洛伊德的性冲动理论，认为艺术起源于人类自我表现的天性。作者认为，自然本身无所谓美丑，只有经过人的感觉之后才有美丑。能引发人类共同感觉的东西就是美，否则就是丑。凡是美的东西，都是有益于人的东西。

卢那卡尔斯基的《艺术论》也是一本论文集，由《艺术与社会主义》《艺术与产业》《艺术与阶级》《美及其种类》《艺术与生活》等五篇论文组成。在这些文章中，卢那卡尔斯基阐发了他的唯物主义美学观，力图从生理学、心理学和生物学的角度去解释美、审美和艺术。

1931年，吕澂的《现代美学思潮》和傅东华翻译的克罗齐的《美学原论》由商务印书馆出版，林文铮的《何谓艺术》由光华书局出版，沈起予翻译的埃尔克维兹的《艺术科学论》由现代书局出版。克罗齐的美学理论在20世纪上半期产生了巨大的影响，中国美学界对克罗齐理论的引进和吸收也相对较早。

1932年，朱光潜的《谈美》由开明书店出版，王钧初的《辩证法的美学十讲》由长城书局出版，俞寄凡的《艺术概论》由世界书局出版，徐朗西的《艺术与社会》由现代书局出版，丰子恺的《艺术教育》由大东书局出版。朱光潜的《谈美》成为流传甚广、脍炙人口的著作，在传播西方美学方面起了重要的作用。

王钧初的《辩证法的美学十讲》是一本很有特点的美学著作。第一讲的主题是韵律，讨论韵律的起源。作者认为，韵律起源于人与自然的构合上。第二讲的主题是天才。作者认为，天才不能超出自然和社会环境的限制。第三讲的主题是个性和流派。与对天才的理解一样，作者认为个性和流派是在教育和环境的影响下形成的。第四讲的主题是概念与现象问题。在作者看来，概念和现象的关系，相当于浪漫主义和现实主义的关系，二者不是截然对立的：概念需要借助现象来表现，现象中包含概念的暗示。第五讲的主题是个人的艺术与社会的艺术的关系。作者认为，在资本主义社会，个人的艺术与社会的艺术相对抗。在社会主义社会，个人的艺术可以充分表现社会的精神，从而达到个人与社会的真正统一。第六讲的主题是检讨丹纳的艺术哲学。作者认为丹纳的种族决定论是错误的，违反了经济决定论的普遍规律。第七讲批判了以艺术代宗教的学说。作者认为，艺术并不是为了取代宗教而产生的，艺术是社会经济综合条件的外形表现。一句话，艺术是社会生活的反映。第八讲集中批判形式主义。作者认为，艺术的目的是反映社会现实、表达社会理想，而不是为形式而形式。第九讲阐述艺术家、评论家和观众之间的关系，作者认为这三者是密不可分的。艺术的动力，源自于对伟大的社会生活的呼唤。第十讲的主题是艺术史。作者认为，艺术的发展与社会的变革一致。从社会发展史的规律来看，艺术必然会从资产阶级手中转移到无产阶级手中。王钧初的《辩证法的美学十讲》，自觉地运用了马克思主义的观点和方法来分析美学和艺术中的重要问题，提出了一些非常新颖的见解。

1933 年，俞寄凡的《人体美之研究》由申报月刊社出版，张泽厚的《艺术学大纲》由光华书局出版，陈易翻译的格罗塞的《艺术之起源》由大东书局出版，王任叔翻译的居友的《从社会学的见地来看艺术》、森堡翻译的川口浩的《艺术方法论》由大江书铺出版，范寿康编译的伊势专一郎的《艺术之本质》由商务印书馆出版，陈介白翻译的叔本华的《文学的艺术》由人文书店出版，高明翻译的芥川龙之介的《文艺一般论》由光华书局出版。在这些著作中，格罗塞的《艺术之起源》产生了重要的影响。格罗塞不仅将艺术的起源追溯到史前人类的社会生活，认为艺术起源的地方就是文化起源的地方，更重要的是他将关于艺术的科学研究与哲学研究区别开来，提倡用人类学、民俗学和历史学的实证方法来研究艺术，而不只是用哲学的思辨方法来研究艺术。

1934 年，李安宅的《美学》由世界书局出版，丰子恺的《艺术趣味》由开明书店出版，张伯符的《欧洲近代文艺思潮》由商务印书馆出版。李安宅的《美学》包括绪论和上中下三篇：上篇为"价值论——什么事美"，中篇为"传达论——怎样了解美"，下篇为"各论——几个当前的问题"。作者认为，美学研究的领域可以分为艺术家、艺术品和欣赏者三个部分；真正的美存在于艺术家和欣赏者的心理状态之中，是内在的；艺术作品是内在的、真正的美的投射，是外在的美或者美的记号和表现。

1935 年，钱歌川的《文艺概论》由中华书局出版，倪贻德的《艺术漫谈》由大光书局出版，施蛰存翻译的里德的《今日之艺术》由商务印书馆出版，梵澄翻译的尼采的《启示艺术家和文学家的灵魂》由生活书店出版。钱歌川的《文艺概论》共分四章：第一章为艺术概论，第二章为文学概论，第三章为美术概论，第四章为音乐概论。从篇章安排来看，第一章其实是全书总论，它所讨论的问题适用于后面三章。这些问题包括艺术的本质、构成、分类、起源等方面。后面三章讨论门类艺术，一方面包括第一章的原理在不同的艺术门类中的运用或体现，另一方面也包括不同艺术门类的特征。尽管用的例子不少来自中国，但基本理论大多是西方的。

1936 年，朱光潜的《文艺心理学》由开明书店出版，林风眠的《艺术丛论》和金公亮的《美学原论》由正中书局出版，章泯的《悲剧论》和《喜剧论》由商务印书馆出版，张牧野的《现代艺术论》由友诚出版社出版。朱光潜的《文艺心理学》可以说是一部划时代的著作，标志着中国美学界对西方现代美学的接受已经完成。《文艺心理学》将西方现代美学的核心观点巧妙地组成一个体系，可以说是一部标准的西方现代美学体系著作。

由于抗日战争和接下来的解放战争爆发，美学研究与其他学科的研究一样，受到较大的影响，出现了停滞。中国美学界对西方美学的接受，有较大一部分是从日文转译过来的，中日战争爆发后，对日文著作的翻译和出版势必受到影响。随后中国进入无产阶级意识形态与资产阶级意识形态的对抗之中，随着中华人民共和国的成立，无产阶级意识形态取得统治地位，体现资产阶级意识形态的西方美学成为批判的对象，在中国不可能得到传播和深入的研究。

从上述考察中可以看出，早期西方美学传入中国有如下几点值得我们注意。

1. 即时性。尽管 19 世纪末 20 世纪初的传播技术远较今天落后，但它对西方美学在中国的传播并未造成太大的影响。欧美出版的研究成果，通常在五到十年之内传播到中国。考虑到当时的出版周期较长，其中不少成果还转道日本，这种传播速度已经快得令人叹为观止了。当时中国学者在接受西方美学上并没有受到意识形态的障碍，而是全盘接受。好的一面是及时反映了欧美美学界的研究成果，不好的一面是由于没有经过时间的过滤，进入中国的欧美美学成果鱼龙混杂。由于一味追逐潮流，像黑格尔的《美学讲演录》、康德的《判断力批判》、鲍姆嘉通的《美学》这样的经典著作，都没有得到译介。另外，像鲍桑葵的《美学史》这样全面梳理美学发展历史的著作也没有翻译。经典著作的翻译的缺乏，影响了中国美学界对于美学的深入理解。

2. 译介性。与即时性相应，早期中国学者对欧美美学著作的传播多半停留在译介的水平上，很少有深入的研究，也很少用西方美学的观点和方法来反观中国的文学艺术。鉴于当时信息沟通不便，学术规范不严，不少成果有重复之嫌。比如，吕澂的《美学概论》和范寿康的《美学概论》内容基本一致，都是编译的阿部次郎的《美学》。几种形式美的规律，在各种美学著述中反复出现，内容大同小异。

3. 美学原理的雏形。尽管中国学者对于欧美美学成果缺乏深入的研究，但是从他们选择的内容来看，美学原理的核心内容都已经具备。比如，审美态度、审美经验、美的本质、审美范畴、艺术本质、艺术创作和艺术起源等问题，在当时的译介中都有涉及。一个以审美经验和艺术问题为核心的美学体系，已见雏形。当时的美学著述，多半是为教学服务的，大致相当于教师编撰的教材，尽管在学术深度上有些欠缺，但在美学的普及上做出了贡献。

4. 美学的名称。近来已经有不少考证和讨论美学学科的汉语名称的文章，其中黄兴涛的《"美学"一词及西方美学在中国的最早传播》一文影响较大。他后来又发表《明末清初传教士对西方美学观念的早期传播》一文，将西方美学在中国的传播追溯至1623年意大利传教士艾儒略的《西学凡》、1624年意大利传教士毕方济的《灵言蠡勺》、1628年葡萄牙传教士傅汎际的《寰有诠》、1629年德国传教士汤若望的《主制群征》、1630年意大利传教士高一志的《修身西学》等著述中关于美、美好、美学的讨论。[1]尽管这些讨论在西方现代美学诞生之前，属于基督教传统中关于人格修养的范畴，与现代美学关系不大，但是其中的部分内容也可以纳入美学史的研究。西方中世纪美学的大部分内容，都是美善不分，与人格修养密切相关。

也有学者指出，将 aesthetics 译为"美学"是一个错误，应该在这个词的希腊文词根的意义上，将它翻译为"感性学"。[2]其实，在西方美学传入中国的初期，学者们就知道 aesthetics 的词根是感性学，只不过考虑到美学的译法已经被普遍接受，也就没有把它改译为感性学。比如，黄忏华在他的《美学略史》开篇即写道：

[1] 黄兴涛：《明末清初传教士对西方美学观念的早期传播》，《文史知识》2008年第2期。

[2] 参见宋谨《感性学：去蔽与返魅》，《天津音乐学院学报》2011年第3期；陈炎《"美学"="感性学"+"情感学"》，滕守尧主编《美学》（第3卷），南京出版社，2010年；栾栋《感性学发微——美学与丑学的合题》，商务印书馆，1999年；Richard Shusterman, "Art and Social Change", *International Yearbook of Aesthetics*, Vol.13 (2009)。

> 美学，是研究美德（Aesthetic）事实底学问。换句话说，就是研究在最广义底美。元来美学这个名称，是 Aesthetics（英）底译语，他从希腊文底 *αισθητικός* 出来。*αισθητικός* 是一个形容词，意思是感觉的，又感性的。[1]

吕澂在他的《美学概论》开篇也介绍了“美学”之名的缘起，他说：“美学 Aesthetik 之名，盖自德国学者邦格阿腾（1714—1762）定之。寻其原意，若曰感性的认识学。邦氏固以感性的认识之圆满为美，故此学之实则关于美之学也。”[2]吕澂不仅指出了美学的本义是感性认识，而且说明了把它翻译为美学的原因，即鲍姆嘉通认为美是完满的感性认识。总之，汉语将 aesthetics 翻译为美学，并不是因为早期译介美学的学者不知道它的本义是感性认识，而是因为美学这种用法在汉语和日语中已经流行，也就沿用下来了。这种情况就像黑格尔对待这个学科的名称的态度那样，尽管他认为最恰当的名称应该是艺术哲学，但还是沿用了鲍姆嘉通的命名。也许我们应该像黑格尔那样，采取约定俗成的用法，“因为名称本身对我们并无关宏旨，而且这个名称既已为一般语言所采用，就无妨保留”[3]。

5. 美学与佛学。最初传播美学的学者，多数对佛学也感兴趣。比如，1917 年在《寸心》杂志上连续刊发美学文章的萧公弼就认为，包括康德在内的西方美学家对于美学的阐述“未尽精详也。今引释氏色、受、想、行、识诸说以明之”[4]。热衷于传播美学的吕澂，也发现佛学与美学之间的密切关系，在《美学概论》的“述例”中指出：“述者有志建立唯识学的美学，对于栗氏学说以感情移入为原理，颇与唯识之旨相近者，

[1] 黄忏华：《美学略史》，岳麓书社，2013 年，第 1 页。

[2] 吕澂：《美学概论》，第 1 页。

[3] ［德］黑格尔：《美学》（第 1 卷），朱光潜译，商务印书馆，1979 年，第 1 页。

[4] 萧公弼：《美学概论》，见叶朗总主编《中国历代美学文库》（近代卷下），第 641 页。

不禁偏好。”[1]栗氏即里普斯，吕澂发现唯识学与里普斯的移情学说之间关系密切。吕澂随后没有继续研究美学，而是专注于佛学研究，鉴于他认为二者关系相近，这种转变也就不难理解了。与吕澂经历相似，黄忏华也是一位同时研究美学和佛学的学者。除了上述提及的《美学略史》之外，黄忏华还出版了《近代美术思潮》《美术概论》《近代美学思潮》等与美学相关的著作，而他出版的佛学著作就更多了。从萧公弼、吕澂和黄忏华这三位早期传播美学的学者的经历中可以看到，美学与佛学关系密切。此外，在李叔同、丰子恺等人那里，我们也可以看到美学与佛学的亲缘关系。总之，美学与佛学的亲缘关系，是早期美学在中国传播时留下的一个课题，有待我们深入研究。

二、王国维对中国美学的发现

苏轼有诗云：“不识庐山真面目，只缘身在此山中。”如果不是借助外来文化的参照，我们对自身文化的认识就不会明确。著名的宗教学家缪勒有句名言：“只知其一，一无所知。”在美学领域也是如此。中国学者最初是以西方美学为参照，继而发现了自己的美学和艺术传统，才发现了这个传统的独特和伟大。宗白华在 1920 年留学德国期间写下的这段感言非常有代表性：

> 我以为中国将来的文化绝不是把欧美文化搬来了就成功，中国旧文化中实在有伟大优美的，万不可消灭，譬如中国的画，在世界中独辟蹊径，比较西洋画，其价值不易论定，到欧后才觉得。所以有许多中国人，到欧美后，反而“顽固”了，我或者也是卷在此东西对流的潮流中，受了反流的影响。但是我实在极尊崇西洋的学术艺术，不过不复敢藐视中国的文化罢了。并且主张中国以后的文化发展，还是极力发挥中国民族文化的“个性”，不专门模仿，模仿的东西是没有创造的结果的。

---

[1] 吕澂：《美学概论》，第 1 页。

> 但是现在却是不可不借些西洋的血脉和精神来，使我们病体复苏。几十年内仍是以介绍西学为第一要务。[1]

事实上，在宗白华之前，王国维已经借助西方美学的视野，发现了中国美学的若干重要特征，尤其是他的境界说和古雅说。

在大约写于 1907 年的《古雅之在美学上之位置》一文中，王国维集中阐述了他的形式主义美学主张。这篇三千多字的短文，可以说在王国维美学思想中占有非常重要的地位，它不仅集中体现了王国维对西方现代美学的吸取，而且体现了他结合中国美学传统所进行的创新，用他自己的话来说，"因美学上尚未有专论古雅者，故略述其性质及位置"[2]。在这篇短文中，王国维在肯定康德等人的形式主义美学主张的基础上，提出了一种特殊的"形式之美之形式之美"。王国维称之为"古雅"：

> 一切之美，皆形式之美也。就美之自身言之，则一切优美皆存于形式之对称变化及调和。至宏壮之对象，汗德虽谓之无形式，然以此种无形式之形式能唤起宏壮之情，故谓之形式之一种，无不可也。……除吾人之感情外，凡属于美之对象者，皆形式而非材质也。而一切形式之美，又不可无它形式以表之，惟经过此第二之形式，斯美者愈增其美，而吾人之所谓古雅，即此第二种之形式。即形式之无优美与宏壮之属性者，亦因此第二形式故，而得一种独立之价值，故古雅者，可谓之形式之美之形式之美也。[3]

为了显示"古雅"的独特性，王国维将它与康德等西方现代美学家的思想对照起来说明。具体说来，"古雅"有这样一些特征：

第一，古雅属于艺术而不属于自然。

---

[1] 宗白华：《自德见寄书》，见《宗白华全集》（第 1 卷），安徽教育出版社，1994 年，第 336 页。

[2] 王国维：《王国维文集》（第 3 卷），中国文史出版社，1997 年，第 35 页。

[3] 同上书，第 32 页。

在康德的美学中，优美与宏伟的典型形式是自然而不是艺术作品，这是康德美学不同于西方现代美学的地方。其中原因在于：一方面任何人工产品都很难做到不包含功利、概念、目的，从而很难符合康德对美的规定；另一方面康德的美学兴趣不在于解决艺术批评的问题，而是出于其哲学上的总体考虑，即要通过纯粹趣味判断的考察，在自然与自由之间架起桥梁。对于这个深层次的哲学目标，自然比艺术更为合适。王国维完全赞同康德有关优美和崇高（王国维称之为宏壮或壮美）的观点，但他又指出，康德所谓优美与崇高只适合于自然，不适合于艺术。王国维进而把适合于自然的优美与宏壮称为第一形式，将适合于艺术的古雅称为第二形式。简而言之，艺术就是以第二形式表示第一形式。自然在形式上的优美与崇高，只是艺术美的内容，而古雅才是真正的艺术形式美。这两种形式之间的关系是：必须有第二形式，第一形式才能表现出来，这是它们之间的联系；但第一形式的显现会遮蔽第二形式，这是它们之间的矛盾或张力。王国维说：

> 古雅之致存于艺术而不存于自然。以自然但经过第一形式，而艺术则必就自然中固有之某形式，或所自创造之新形式，而以第二形式表出之。即同一形式也，其表之也各不相同。同一曲者，奏之者各异；同一雕刻绘画也，而真本与摹本大殊；诗歌依然。……其第二形式异也。一切艺术无不皆然，于是有所谓雅俗之区别起。优美及宏壮必与古雅合，然后得显其固有之价值。不过优美及宏壮之原质愈显，则古雅之原质愈蔽。然吾人所以感如此之美且壮者，实以表出之之雅故，即以其美之第一形式，更以其雅之第二形式表出之故也。[1]

由于第一形式与第二形式之间存在着矛盾或张力，因此为了显示第二形式，有时候甚至不表达具有第一形式的事物，以免第一形式影响到

---

[1] 王国维：《王国维文集》（第 3 卷），第 32 页。

第二形式的意义。因为王国维给了这两种形式一种不平衡的关系，第一形式需要第二形式才能得以显现，但第二形式也可以不借助第一形式而得以显现。王国维从中国古典艺术中，发现了许多第一形式不美的事物经过第二形式的表现而变得具有审美价值的现象，从而证明艺术美（第二形式）具有独立于自然美（第一形式）的价值。王国维说：

> 虽第一形式之本不美者，得由第二形式之美雅，而得一种独立之价值。茅茨土阶，与夫自然中寻常琐屑之景物，以吾人之肉眼观之，举无足与于优美若宏壮之数，然一经艺术家（若绘画，若诗歌）之手，而遂觉有不可言之趣味。此等趣味，不自第一形式得之，而自第二形式得之无疑也。绘画中之布置，属于第一形式，而使笔使墨，则属于第二形式。凡以笔墨见赏于吾人者，实赏其第二形式也。此以低度之美术（如书法等）为尤甚。三代之钟鼎，秦汉之摹印，汉、魏、六朝、唐、宋之碑帖，宋、元之书籍等，其美之大部实存于第二形式。吾人爱石刻而不如爱真迹，又其于石刻中爱翻刻不如爱原刻，亦以此也。凡吾人所加于雕刻书画之品评，曰神、曰韵、曰气、曰味，皆就第二形式言之者多，而就第一形式言之者少。文学亦然，古雅之价值大抵存于第二形式。西汉之匡、刘，东京之崔、蔡，其文之优美宏壮，远在贾、马、班、张之下，而吾人之嗜之也亦无逊于彼者，以雅故也。南丰之于文，必不工于苏、王，姜夔之于词，且远逊于欧、秦，而后人亦嗜之者，以雅故也。由是观之，则古雅之原质，为优美与宏壮中不可缺之原质，且得离优美宏壮而有独立价值，则固一不可诬之事实也。[1]

由于艺术的第二形式具有不依赖自然的第一形式的独立价值，因此，艺术与自然或现实的区别就更加明显了。由此可见，王国维将艺术

[1] 王国维:《王国维文集》（第 3 卷），第 32—33 页。

从现实分离出来的手法，比康德更为巧妙和彻底。他的形式主义是在康德形式主义基础上建立起来的，是一种更为彻底和极端的形式主义。从这种意义上说，王国维的美学比康德美学似乎更具有现代性的特征。

第二，古雅不是先天判断而是后天判断。

与自然和艺术的区别相应，王国维的古雅与康德的优美和崇高的另一个区别是先天判断与后天判断的区别。在《判断力批判》中，康德的一个重要目的就是论证审美判断具有先天必然性，为此康德指出在想象力和知解力之间、在各种认识能力和自然形式之间存在一种先天的和谐关系，这种先天的和谐关系构成审美判断作为先天判断的基础。王国维并没有沿着康德的这种思路去构想他的美学，而是简单地根据艺术实践的实际情形承认关于艺术的审美判断是后天的、经验的。王国维说：

> 判断古雅之力亦与判断优美及宏壮之力不同。后者先天的，前者后天的、经验的也。优美及宏壮之判断之为先天的判断，自汗德之《判断力批评》后，殆无反对之者。此等判断既为先天的，故亦普遍的、必然的也。易言以明之，即一切艺术家所视为美者，一切艺术家亦必视为美。此汗德所以于其美学中，预想一公共之感官也。若古雅之判断则不然，由时之不同而人之判断之也各异。吾人所断为古雅者，实由吾人今日之位置断之。古代之遗物无不雅于近世之制作，古代之文学虽至拙劣，自吾人读之无不古雅者，若自古人之眼观之，殆不然矣。故古雅之判断，后天的也，经验的也，故亦特别的也，偶然的也。此由古代表出第一形式之道与近世大异，故吾人睹其遗迹，不觉有遗世之感随之，然在当日，则不能若优美及宏壮，则固然无此时间上之限制也。[1]

[1] 王国维:《王国维文集》(第3卷)，第33—34页。

王国维并不像康德那样，担心审美判断因为是后天的、经验的而失去普遍必然性，相反他从艺术的历史事实而不是逻辑着眼，看到了审美判断差异性的存在，从而坦率地承认有关古雅的判断是特别的、偶然的。这是王国维美学不同于典型的现代美学的地方，因为后者常常为了维护逻辑性而牺牲历史性，为了维持普遍性而牺牲偶然性。

第三，古雅少恃天才而多赖人力。

康德的现代美学尤其强调天才在艺术创造中的独特作用，甚至主张天才有一种替艺术定规则的才能。由此，艺术创作实际上就是天才的创造。这已经成为康德之后现代美学的一种教条。但是，王国维却从中国文学艺术的特殊情况出发，强调由学术、人格修养所形成的"古雅"具有独立的美学意义。王国维说：

> "美术者天才之制作也"，此自汗德以来百余年间学者之定论也。然天下之物，有决非真正之美术品，而又非利用品者。又其制作之人，决非必为天才，而吾人视之也，若与天才所制作之美术无异者。无以名之，名之曰"古雅"。[1]
>
> 古雅之性质既不存于自然，而其判断亦但由于经验，于是艺术中古雅之部分，不必尽俟天才，而亦得以人力致之。苟其人格诚高，学问诚博，则虽无艺术上之天才者，其制作亦不失为古雅。而其观艺术也，虽不能喻其优美及宏壮部分，犹能喻其古雅之部分。若夫优美及宏壮，则非天才殆不能捕攫之而表出之。今古第三流以下之艺术家，大抵能雅而不能美且壮者，职是故也。以绘画论，则有若国朝之王翚，彼固无艺术上之天才，但以用力甚深之故，故摹古则优自运则劣，则岂不以其舍其所长之古雅，而欲以优美宏壮与人争胜也哉。以文学论，则除前所述匡、刘诸人外，若宋之山谷，明之青邱、历下，国朝之新城等，其去文学上之天才盖远，徒以有文学上之修养故，其所

[1] 王国维:《王国维文集》(第3卷)，第31页。

作遂带一种典雅之性质。而后之无艺术上之天才者亦以其典雅故，遂与第一流之文学家等类而观之，然其制作之负于天分者十之二三，而负于人力者十之七八，则固不难分析而得之也。又虽真正之天才，其制作非必皆神来兴到之作也。以文学论，则虽最优美最宏壮之文学中，往往书有陪衬之篇，篇有陪衬之章，章有陪衬之句，句有陪衬之字。一切艺术莫不如是。此等神兴枯涸之处，非以古雅弥缝之不可。而此等古雅之部分，又非借修养之力不可。若优美与宏壮，则固非修养之所能为力也。[1]

从上述两段引文中可以看到，王国维别出心裁地拈出“古雅”，似乎是一种退而求其次的策略，让不是天才的人们也有机会跻身于神圣的艺术家的行列。但这只是一种表面现象。王国维的目的似乎不只是局限于给第三流艺术家争得合法的艺术地位，而是试图表明，只有借助于人力而不是天才的古雅，才是艺术之所以为艺术的根本，其中的原因有三点：（1）天才发现的第一形式需要借助第二形式才能得以表现；（2）第二形式的表现却无需依赖第一形式；（3）即使是天才，也不能总是有天才的制作，从而需要第二形式的古雅进行补救。

第四，古雅的位置在优美与宏壮之间。

王国维对古雅的特别推崇，从他在这篇短文最后给古雅确定的位置中可以看得更加清楚：

然则古雅之价值，遂远出优美及宏壮之下乎？曰：不然。可爱玩而不可利用者，一切美术品之公性也。优美与宏壮然，古雅亦然。而以吾人之玩其物也，无关于利用故，遂使吾人超出乎利害之范围外，而惝恍于缥缈宁静之域。优美之形式，使人心平和；古雅之形式，使人心休息，故以可谓之低度之优美。宏壮之形式常以不可抵抗之势力唤起人钦仰之情，古雅之

[1] 王国维：《王国维文集》（第3卷），第34页。

形式则以不习于世俗之耳目故，而唤起一种之惊讶。惊讶者，钦仰之情之初步，故虽谓古雅为低度之宏壮，亦无不可也。故古雅之位置，可谓在优美与宏壮之间，而兼有此二者之性质也。至论其实践之方面，则以古雅之能力，能由修养得之，故可为美育普及之津梁。虽中智以下之人，不能创造优美及宏壮之价值者，亦得于优美宏壮中之古雅之原质，或于古雅之制作物中得其直接之慰藉。故古雅之价值，自美学上观之诚不能及优美及宏壮，然自其教育众庶之效言之，则虽谓其范围较大而成效较著也。[1]

王国维将古雅的位置确定在优美与宏壮之间，作为低度的优美和低度的宏壮。由此可以看出，王国维认为西方现代美学中的优美与宏壮处于两个极端，他提出的古雅有调和美学上的极端的作用。至于它们的价值，王国维的看法也颇为特别，他一方面承认古雅在美学上的价值不如优美与宏壮，另一方面又认为古雅的价值不在优美与宏壮之下，因为古雅在审美教育方面具有更大的普适性。王国维不仅从纯粹的美学角度来确定审美价值，而且从范围更广的社会学角度来确定审美价值，这是他在继承西方现代美学的同时对它的再次背离。

通过上述四个方面的分析，我们可以清楚地看到王国维美学的现代性特征。甚至可以毫不夸张地说，王国维美学的现代性特征在整个中国现代美学史上表现得最为清晰和纯粹。也正是在这种意义上，我们将王国维视为中国现代美学的先行者。然而即使在像王国维这样具有纯粹现代性特征的美学家那里，我们仍然可以看到令人感到矛盾和困惑的地方。我们在前面的叙述中已经指出，王国维有一些不同于现代美学的地方，如他基于中国文学艺术的历史实际提出古雅，进而指出古雅的判断是后天的、经验的，强调不仅从纯粹美学的角度而且从社会教育的角度来确立古雅的价值，这些都是对西方现代美学的背离。但是，这些背离

[1] 王国维:《王国维文集》(第3卷)，第34页。

并没有使王国维从总体上离开现代美学，相反在一定程度上是对西方现代美学的加强，或者说凸显了西方现代美学中某种潜在的东西。对于这个问题，笔者将在本章的最后部分略加展开讨论。

1908年开始，王国维陆续发表他的《人间词话》。这是一部运用西方美学研究中国美学的重要著作。尽管《人间词话》中也用了一些现代西方美学的概念，但它在总体上是与王国维从康德、席勒和叔本华等人那里学来的西方现代美学相背离的。《人间词话》更多地体现了中国传统美学的特征。

（一）《人间词话》的核心概念“境界”是一个中国传统美学的概念

尽管对《人间词话》中的“境界”的内涵有许多不同的理解，但可以肯定的是，它是一个中国传统美学的概念，而不是西方现代美学的概念，如无利害性、游戏、形式自律。这一判断可以在《人间词话》第九则得到充分证明：

> 《严沧浪诗话》谓："盛唐诸公，唯在兴趣。羚羊挂角，无迹可求。故其妙处，透澈玲珑，不可凑拍。如空中之音、相中之色、水中之影、镜中之象，言有尽而意无穷。"余谓：北宋以前之词，亦复如是。然沧浪所谓“兴趣”，阮亭所谓“神韵”，犹不过道其面目；不若鄙人拈出“境界”二字，为探其本也。[1]

王国维在这里批评沧浪之“兴趣”、阮亭之“神韵”只不过言及盛唐诗歌的表面现象，不如他标出的“境界”那样能够揭示它们的本质，但实际上这三个术语所指的是同一个东西，都属于中国古典美学对诗词本质的探求之列。

（二）从“境界”的内涵来看，它属于前现代的美学范畴

对于“境界”的内涵的理解，存在不同的意见，有人说它属于中国古典美学中的“意境”范畴，有人说它属于“意象”范畴。[2]但不管

---

[1] 王国维:《王国维文集》(第3卷)，第143页。

[2] 参见叶朗《中国美学史大纲》，上海人民出版社，1985年，第609—614页。

是意境还是意象，它们都强调情景合一、主客不分、能所两泯[1]，与西方现代美学强调形式与内容、能指与所指、艺术与现实等的区分刚好相反。换句话说，以境界为核心的中国古典美学是一种典型的强调合一的美学，而西方现代美学则是典型的强调区分的美学。王国维在《人间词话》中强调“真景物”与“真情感”、“写实家”与“理想家”的合一，强调“一切景语皆情语”[2]，这一切都可以看作他有将诗词视为存有而不是标记的倾向。从这种意义上来说，王国维用“境界”来表达的美学思想明显属于前现代美学范畴。[3]

“境界”与现代性美学的拮抗，不仅体现在它强调合一性，而现代美学强调区分性，还体现在它强调艺术的真实性，而现代美学强调艺术的虚拟性。如同我们在“导论”中的结构主义符号学图式中所看到的那样：现代美学正是通过强调艺术的虚拟性而使之完全区别于具有真实性的现实；前现代美学由于强调艺术的真实性，而在一定程度上模糊了艺术与现实的界线；后现代美学虽然也强调艺术的虚拟性，但由于它也强调现实的虚拟性，因而艺术与现实的界线不是非常清楚。“境界”对艺术真实性的强调，决定了它属于前现代美学范畴，而不属于现代或后现代美学范畴。兹略举数例：

> 境非独谓景物也，喜怒哀乐，亦人心中之一境界。故能写真景物、真感情者，谓之有境界。否则谓之无境界。[4]
>
> 大家之作，其言情也必沁人心脾，其写景也必豁人耳目。其辞脱口而出，无娇柔妆束之态。以其所见者真，所知者深也。诗词皆然。持此以衡古今之作者，可无大误矣。[5]

---

[1] 参见叶朗《中国美学史大纲》，第614—616页。

[2] 《人间词话》第五、二、六则，《〈人间词话〉删稿》第十则，见《王国维文集》（第1卷），第142、141、159页。

[3] 关于现代、前现代和后现代美学的区分，参见彭锋《前现代、现代、后现代？——20世纪中国美学在世界美学语境中的理论定位》，《山东社会科学》2007年第3期。

[4] 《人间词话》第六则，见《王国维文集》（第1卷），第142页。

[5] 《人间词话》第五十六则，见《王国维文集》（第1卷），第154页。

词人之忠实，不独对人事宜然。即对一草一木，亦须有忠实之意，否则所谓游词也。[1]

王国维在《人间词话》以及《〈人间词话〉删稿》中非常突出地强调了艺术的真实性，以至于真实性成了境界的根本特征。这种对真实性的强调，完全符合中国古典美学的传统。比如，在王夫之的诗学中，我们同样可以看到对诗歌真实性的特别强调。[2]

现在的问题是，王国维对文学艺术的真实性的强调是否就一定不符合西方现代美学的观念？因为西方现代美学在突出艺术的虚拟性的同时，也强调艺术的真实性，而且正如王国维所正确地理解的那样，它具有一种超越时空限制的真实性。但是，王国维在《人间词话》中所强调的境界的真实性，很难说就是他从叔本华美学中所发现的那种作为知识对象的永恒真理。《人间词话》中的真实性，基本上相当于中国传统美学对真实性的理解，它主要是指一种感觉上的当下直接性，即所谓“脱口而出，无娇柔妆束之态”；用王夫之的术语来说，就是具有“现在”“现成”“显现真实”等意思的“现量”。[3]《〈人间词话〉附录》第十六则很好地表达了王国维关于境界真实即当下感觉真实的思想：

山谷云：“天下清景，不择贤愚而与之，然吾特疑端为我辈设。”诚哉是言！抑岂独清景而已，一切境界，无不为诗人设。世无诗人，即无此种境界。夫境界之呈于吾心而见于外物者，皆须臾之物。惟诗人能以此须臾之物，镌诸不朽之文字，使读者自得之。[4]

[1] 《〈人间词话〉删稿》第四十四则，见《王国维文集》（第1卷），第168页。
[2] 对王夫之有关诗歌意象的真实性的分析，见叶朗《中国美学史大纲》，第462—463页。
[3] 王夫之：《相宗络索·三量》，见《船山全书》（第13册），岳麓书社，1998年，第536页。
[4] 王国维：《王国维文集》（第3卷），第173页。

由于对真实性的强调，王国维反对纯粹追求形式的游词，甚至反对他在论证“古雅”的美学价值时所强调的文化修养，转而强调自然率真。比如《人间词话》第五十二则记有对纳兰容若的评语：

> 纳兰容若以自然之眼观物，以自然之舌言情。此由初入中原，未染汉人风气，故能真切如此。北宋以来，一人而已。[1]

这则评语充分显示了王国维对自然率真的强调，从而与他在论证“古雅”时对通过道德文章修养而形成的“形式之美之形式之美”的强调非常不同。此外，连同《人间词话》中对“诗人之忧世”“性情”“寄兴深微”[2]等的强调，我们可以有较充分的理由断定王国维在《人间词话》中所谓“境界”的真实性，是与现实生活相关的真实性，而不是与现实生活无关的、超越时空的具有现代性特征的真实性。

（三）与《〈红楼梦〉评论》比较起来看，《人间词话》属于前现代美学

如果与稍早发表的《〈红楼梦〉评论》比较来看，《人间词话》与现代性美学之间的冲突就更加明显了。《〈红楼梦〉评论》完全采用西方现代美学有关人生和艺术的观点来批评中国古典名著《红楼梦》，王国维一开始就交代了他的批评所采用的观点，进而根据这种崭新的现代美学观点得出了关于《红楼梦》的与众不同的解读，认为《红楼梦》的美学价值在于它的悲剧性，其伦理学价值在于经由悲剧而达到解脱。[3]正如王国维自己所声称的那样，这些高见都是发前人之所未发。可以这么说，王国维的《〈红楼梦〉评论》是中国现代美学史上根据从西方借鉴过来的现代美学的理论视野，对中国传统文学作品进行新阐释的典范，无论是从它得出的结论还是它所采用的方法论来看，都是中国美学由古典走向现代的一个重要标志。

---

[1] 王国维：《王国维文集》（第 3 卷），第 153 页。

[2] 分别见《人间词话》第二十五、四十三则，《〈人间词话〉删稿》第二十三则，见《王国维文集》（第 1 卷），第 147、151、162 页。

[3] 王国维：《王国维文集》（第 3 卷），第 10—18 页。

但是，在《人间词话》中，我们完全看不到这种开风气之先的景象。如上所述，《人间词话》中的观点，基本上属于中国古典美学范畴，虽然王国维也采用了一些西方现代美学的术语，但整体语汇仍然是古典的；而且我们也看不到任何方法论的交代，看不到清晰的逻辑分析，因此，与《〈红楼梦〉评论》相比较，《人间词话》不仅在观点上而且在方法论上全面由西方现代美学退回到了中国古典美学。不过，考虑到中国古典美学与西方现代美学之间的复杂关系，与其说王国维退回到中国古典美学，不如说他借助西方现代美学重新发现了中国古典美学。无论是"退回"还是"发现"，王国维的案例都告诉我们，在西方现代美学的大背景中，中国古典美学的某些观念和思想仍然具有意义。这种意义既有可能源于对西方现代性的批判，就像大多数东方学者所认为的那样；也有可能源于对西方现代性的启示，就像包华石等人认为的那样；总之，源于它与西方现代美学之间的不同，借用朱利安的术语来说，就是源于它与西方美学之间的"间距"。

三、宗白华借助西方生命哲学对中国美学生命精神的揭示

通过西方发现中国的另一个典型案例，就是宗白华。

宗白华从中学开始就读德语学校，1918 年毕业于上海同济大学语言科，是西方美学思想的早期传播者之一。1920—1925 年留学德国，先后在法兰克福大学和柏林大学学习哲学和美学，宗白华的思想发生了重要转变，从传播西方美学转向了对中国古典美学的研究，揭示出了中国古典美学中许多有重要价值的思想。这里，笔者围绕"生"或者"生命"概念，来阐述宗白华的转变。

20 世纪 30—40 年代在中国出现的生命哲学思潮，是宗白华生命美学的哲学背景。当时的哲学家，或从现实需要出发，或从理论推演入手，纷纷倡导生命哲学，从而形成了具有广泛影响的生命哲学思潮。[1]当时

---

[1] 当时的哲学家都有一个信念，那就是希望通过复兴中国哲学来复兴中华民族。如冯友兰在谈到他的《新理学》时曾经说："这本书被人赞同地接受了，因为对它的评论都似乎感到，中国哲学的结构历来没有陈述得这样清楚。有人认为它标志着中国哲学的复兴。中国哲学的复兴则被人当作中华民族的复兴的象征。"参见冯友兰《中国哲学简史》，北京大学出版社，1985 年，第 372 页。

的现实情况是，中国饱受列强欺凌，尤其是日本侵略者发动侵华战争之后，中华民族到了生死存亡的时刻，迫切需要激发和凝聚整个民族的生命力量。生命哲学思潮的流行，顺应了这一时代要求。如方东美在抗日战争全面展开的 1937 年，就曾应邀在南京中国广播电台举行题为“中国人生哲学精义”的广播讲座，力赞中华民族的生命智慧，以唤起国人的爱国之心和生命热情。从学术上来讲，当时已经经历了从“西学东渐”到“东学西渐”的转变。一些向西方寻求真理的有识之士，在目睹了西方文明的种种弊端之后，反而加深了对中国古老文明的珍爱。西方人在经历了第一次世界大战之后，也意识到了自身文明的缺陷，转而景慕东方的生命智慧。他们发现，东方文明与西方文明的最大区别在于，东方文明是以生命哲学为基础，把宇宙看作有生命的机体，以和平的心境爱护现实、美化现实；西方文明把宇宙看作机械的物质场所，任意加以利用、改造和征服，对落后的民族也不例外，从而导致冲突和战争。基于这种认识，一些中国人到了欧美之后，反而更珍视中国文化的价值，这就是宗白华所说的“顽固”。被宗白华称作“顽固”的确实大有人在，如梁启超从力图用西方文化来救助国人到希望中国青年用自己的文化去救助洋人的转变，就是其中典型的一例。通过这样一场东西文化大对流之后，一些思想家意识到，最终能拯救世界文明的，还是中国古老的生命哲学。由于生命哲学既顺应了中国现实的需要，又是一种世界潮流，因此迅速流行开来。

这次生命哲学思潮有两个理论源头：一个是西方的，即柏格森的生命哲学；一个是中国的，即《周易》中的生命哲学思想。柏格森是 20 世纪初西方非常有影响力的思想家，他的生命哲学不仅在西方轰动一时，而且对中国思想界的影响无人能及。梁漱溟、熊十力、冯友兰、朱光潜、宗白华、方东美、唐君毅、牟宗三等，无不深受柏格森的影响。20 世纪三四十年代的生命哲学思潮，最初正是受到了柏格森的启发。不过中国生命哲学同柏格森的生命哲学仍然有较明显的区别，它们对“生命”的理解有较大的差异。相对来说，中国生命哲学中的“生命”更有秩序、有条理。许多哲学家都把思想渊源追溯到《周易》，追溯到“天地之大德曰生”“生生之谓易”“生生而有条理”“天行健，君子以自强不息”等思想。《周易》和阐发儒家生命哲学思想的宋明理学，成为这次生命哲学思潮的理论源泉。

在这次生命哲学思潮中，熊十力和方东美是其中的主要代表。熊十力于1932年出版《新唯识论》文言文本，全面系统地演绎了他的生命哲学。在熊十力的哲学体系中，翕辟、能变、恒转的宇宙本体，即是一种刚健的、向上的生命力。正如周辅成所说，熊十力“觉得宇宙在变，但变决不会回头、退步、向下，它只是向前、向上开展。宇宙如此，人生也如此。这种宇宙人生观点，是乐观的，向前看的。这个观点，讲出了几千年中华民族得以愈来愈文明、愈进步的原因。具有这种健全的宇宙人生观的民族，是所向无敌的，即使有失败，但终必成功”[1]。

方东美于1933年出版《生命情调与美感》一书，开始阐发他的生命精神本体论，并指出中国人的生命精神同西洋人的区别，即中国人多将生命精神寄于艺术，而西洋人则多寄于科学。1937年，方东美先后完成《哲学三慧》《科学哲学与人生》《中国人生哲学精义》等论文、著作和讲演，全面阐述了他的生命哲学思想。方东美认为，不仅是人，整个宇宙万物都有一种内在的生命力量，一切现象里面都藏有生命，“生命大化流行，自然与人，万物一切，为一大生广生之创造力所弥漫贯注，赋予生命，而一以贯之”[2]。同时认为，对这种普遍生命的理解，中国古代哲学家最有智慧，只有他们“知生化之无已”[3]。

宗白华与方东美同为国立中央大学哲学系的教授，并且交往密切。据宗白华的儿子回忆，宗白华与方东美常常相互串门聊天。熊十力也在国立中央大学短期授课，在国立中央大学有一批追随者（如唐君毅等），同时与方东美有更早的交情。在这种环境下，宗白华当然能很快、很深入地了解熊、方二人的思想并且受到他们的影响。

---

[1] 周辅成:《熊十力的人格和哲学体系不朽》，见《回忆熊十力》，湖北人民出版社，1989年，第135页。

[2] 方东美:《中国哲学精神及其发展》，台北成均出版社，1983年，第98页。

[3] 方东美:《哲学三慧》，台北三民书局1987年，第18页。

在这里需要指出的是，宗、方二人更多的可能是互相影响。从出版的《宗白华全集》来看，宗白华的生命哲学思想似乎有更早的渊源。宗白华于 1918 年即参与“少年中国学会”的筹备工作，那时他谈得最多的是青年的人生观问题，力主一种奋斗生活和创造生活。1919 年发表《谈柏格森“创化论”杂感》，介绍柏格森的生命哲学。1920 年，宗白华赴德留学，在随后写回的书信中，仍然透露出对乐观的、向前的、充满爱和生命力的生活的向往。宗白华同年发表《看了罗丹雕刻以后》一文，明确把“生命”当作万物的本体。20 世纪 30 年代初，发表一系列关于歌德的文章，极力赞扬浮士德式的生命精神。到了发表于 1932 年的《徐悲鸿与中国绘画》，宗白华的生命哲学和以生命哲学为基础的美学已基本成熟。由此可以推测，宗白华的思想也可能对方东美产生过影响。宗、方二人之所以常常串门谈天，与他们哲学观点上的相似不无关系。

宗白华对生命本体的理解有一个不断演进的过程，大致来说，以 20 世纪 30 年代为界，可分为前后两个时期：前期主要接受西方的生命哲学观点，把“生命”理解为一种外在的创造活力；后期又回到中国哲学，把“生命”理解为内在的生命律动。

宗白华在 1919 年前后写了大量文章，鼓吹一种积极向上的人生观，并期望以这种人生观来改造古老的中国。这种人生观的理论基础主要是柏格森的生命创化论和达尔文的生物进化论。在介绍柏格森创化论时，宗白华明确指出：“柏格森的创化论中深含着一种伟大入世的精神，创造进化的意志。最适宜做我们中国青年的宇宙观。”[1] 在给“少年中国”同党康白情等人的一封书信中，宗白华说：“我们青年的生活，就是奋斗的生活，一天不奋斗，就是过一天无生机的生活。现在上海一班少年，终日放荡佚乐，我看他都是一班行尸走肉，没有生机的人。我们的生活是创造的。每天总要创造一点东西来，才算过了一天，否则就违抗大宇宙的创造力，我们就要归于天演淘汰了。所以，我请你们天天创造，先替我们月刊创造几篇文字，再替北京创造点光明，最后，奋力创造少年

[1] 宗白华：《宗白华全集》（第 1 卷），第 79 页。

中国。我们的将来是创造出来的，不是静候来的。现在若不着手创造，还要等到几时呢？”[1] 基于这种人生观，宗白华对当时的妇女问题发表了一些非常进步的看法，呼吁妇女解放，尤其强调妇女要有“强健活泼之体格”。他说：“女子天性多好静而恶动。中国女子尤甚。娇养无事，习于偷懒，则不惟体格日趋于弱，而精神道德，尤易堕落。中国女子无强健活泼之精神，故国多文弱无用之文士，而乏雄伟智勇之英雄，民族日坠于退却因循，而无勇往进取之气概。夫惟体魄强者，乃有强健之精神，高尚之道德。今中国女子皆以娇弱为贵，待养于父夫，将来安能任社会之义务以与男子争平等之权利乎？”[2]特别是在《中国青年的奋斗生活和创造生活》一文中，宗白华全面地阐发了他早期的人生观，宗白华说：“我们人类生活的内容本来就是奋斗与创造，我们一天不奋斗就要被环境的势力所压迫，归于天演淘汰，不能生存；我们一天不创造，就要生机停滞，不能适应环境潮流，无从进化。所以，我们真正生活的内容就是奋斗与创造。我们不奋斗不创造就没有生活，就不能生活。”[3]

如果说宗白华早期这些谈世界观的文章，对生命本体的阐释还相当随意，甚至还没有明确提出生命本体的观点的话，到了 1921 年发表的《看了罗丹雕刻以后》和 1932 年发表的《歌德之人生启示》两篇文章中，宗白华不仅提出了“生命本体”的观点，而且对生命本体的特点作了明确的阐述。

在《看了罗丹雕刻以后》这篇文章中，宗白华极力凸显了“动象”“生命”“精神”（在宗白华的文本中这三者的含义基本一致），把它们看作一切“美”的根源和自然万物的本体。宗白华说：“大自然中有一种不可思议的活力，推动无生界以入于有机界，从有机界以至于最高的生命、理性、情绪、感觉。这个活力是一切生命的源泉，也是一切‘美’的源泉。”“自然无往而不美。何以故？以其处处表现这种活力故。”“‘自然’是无时无处不在‘动’中的。物即是动，动即是物，不能分离。这

---

[1] 宗白华：《致康白情等书》，见《宗白华全集》（第 1 卷），第 41 页。

[2] 宗白华：《理想中少年中国之妇女》，见《宗白华全集》（第 1 卷），第 85 页。

[3] 宗白华：《宗白华全集》（第 1 卷），第 92 页。

种‘动象’，积微成著，瞬息万变，不可捉摸。能捉摸者，已非是动；非是动者，即非自然。照像片于物象转变之中，摄取一角，强动象以为静象，已非物之真相了。况且动者是生命的表示，精神的作用；描写动者即是表现生命，描写精神。自然万象无不在‘活动’中，无不在‘精神’中，无不在‘生命’中。艺术家想借图画、雕刻等以表现自然之真，当然要表现动象，才能表现精神、表现生命。这种‘动象的表现’，是艺术最后的目的，也就是艺术与照片根本不同之处了。”宗白华还直接叙述罗丹的思想说：“‘动’是宇宙的真相，惟有‘动象’可以表示生命，表示精神，表示那自然背后所深藏的不可思议的东西。”“自然中的万种形象，千变万化，无不是一个深沉浓郁的大精神——宇宙活力——所表现。这个自然的活力凭借着物质，表现出花，表现出光，表现出云树山水，以至于鸢飞鱼跃、美人英雄。所谓自然的内容，就是一种生命精神的物质表现而已。”其实宗白华这时受罗丹影响所理解的“动”更多的还只是一种外在的“运动”，而不是后来作为宇宙本体的“生动”。这一点从他对艺术家如何表现“动象”的分析中可以得到证明。宗白华援引罗丹的话说：“你们问我的雕刻怎样会能表现这种‘动’象？其实这个秘密很简单。我们要先确定‘动’是从一个现状转变到第二个现状。画家与雕刻家之表现‘动象’就在能表现出这个现状中间的过程。他们要能在雕刻或图画中表示出那第一个现状，于不知不觉中转化入第二现状，使我们观者能在这作品中，同时看见第一现状过去的痕迹和第二现状初生的影子，然后，‘动象’就俨然在我们的眼前了。”[1] 这种“从第一个现状转变入第二个现状”的“动”只是事物的运动，同后来宗白华所强调的中国绘画中的“气韵生动”有着本质的区别。

在《歌德之人生启示》一文中，宗白华盛赞歌德积极奋进、自强不息的人生态度，认为歌德的生命情绪“完全是沉浸于理性精神之下层的永恒活跃的生命本体”[2]。当然，宗白华也发现了歌德的生活不全是非理性的生命倾泻，其中也有秩序、形式、定律和轨道，在向外扩张的同时

---

[1] 宗白华：《宗白华全集》（第1卷），第325—328页。

[2] 宗白华：《宗白华全集》（第2卷），第7页。

也有向内的收缩和克制，从而使歌德的生命获得了平衡。[1]但在这种动静平衡中，宗白华肯定“歌德的生活仍是以动为主体，个体生命的动热烈地要求着与自然造物主的动相接触，相融合”[2]。

从宗白华这些比较成熟的表达中，我们可以看到，宗白华早期对生命本体的理解，主要是受西方思想特别是柏格森、达尔文、罗丹和歌德等人的影响。这时的生命本体主要被理解为一种潜在的、处于理性下层的生命力。这种生命力是宇宙万物的本源，“动”或者“运动”是它的基本特点。相对来说，宗白华更侧重用这种生命本体来构筑他的人生观，而不是美学观。

需要指出的是，宗白华在全面接受西方思想的时候，仍然保持着清醒的批判精神。在《我的创造少年中国的办法》一文中，宗白华就指出：“我们不像现在欧洲的社会党，用武力暴动去同旧社会宣战，我们情愿让了他们，逃到深山旷野的地方，另自安炉起灶，造个新社会，然后发大悲心，再去援救旧社会，使他们也享同等的幸福。”[3]在谈到歌德对人生的启示时，除了强调他表现了西方文明自强不息的精神外，也注意到他同时具有东方乐天知命、宁静致远的智慧[4]。

然而，在同样发表于1932年的几篇文章中，宗白华对生命本体的理解却有了根本性的变化。这种变化主要表现在三个方面：首先是思想根源的变化，即由西方生命哲学转向了中国生命哲学；其次是思想本质最后的变化，即由西方式的“动”“运动”转向了中国式的“气韵生动”；最后是思想领域的变化，即由人生观转向了艺术观。

在《介绍两本关于中国画学的书并论中国的绘画》一文中，宗白华首先将中西美学思想中对生命本体的不同理解对照起来，他说：“文艺复兴以来，近代艺术则给予西洋美学以‘生命表现’和‘情感流露’等问题。而中国艺术的中心——绘画——则给与中国画学以‘气韵生动’‘笔

[1] 宗白华：《宗白华全集》（第2卷），第9—11页。

[2] 同上书，第20页。

[3] 宗白华：《宗白华全集》（第1卷），第36页。

[4] 宗白华：《宗白华全集》（第2卷），第1—2页。

墨’‘虚实’‘阳明阴暗’等问题。”[1]“生命表现”和“气韵生动”的具体区别又是什么呢？照宗白华的理解，近代西方绘画所表现的生命精神是向着这无尽的世界作无尽的努力，中国绘画中的生命精神则是虽动而静，是一种“深沉静默地与这无限的自然，无限的太空浑然融化，体合为一”。宗白华明确把后一种“动”称作“生命的动”[2]。在《徐悲鸿与中国绘画》一文中，宗白华进一步突出了中国绘画所表现的独特的生命精神，他说：“华贵而简，乃宇宙生命之表象。造化中形态万千，其生命之原理则一。故气象最华贵之午夜星天，亦最为清空高洁，以其灿烂中有秩序也。此宇宙生命中一以贯之之道，周流万汇，无往不在；而视之无形，听之无声。老子名之为虚无；此虚无非真虚无，乃宇宙中混沌创化之原理；亦即图画中所谓生动之气韵。”[3]

明确地把西洋式的“运动”和中国式的“生动”进行对比，并肯定中国式的“生动”是宇宙生命本体的真实显现，或者说，肯定“生动”的价值要高于“运动”的价值，这是20世纪30年代后宗白华对生命本体的基本认识。在《论中西画法的渊源与基础》一文中，宗白华对中西绘画所表现的不同境界作了简明的区分，并指出了这两种不同的境界各自的哲学基础。宗白华认为，中国画所表现的境界特征，根基于中华民族的基本哲学，即《周易》的宇宙观，把“生生不已的阴阳二气织成一种有节奏的生命”看作宇宙的本体。中国画的主题“气韵生动”，就是“生命的节奏”或“有节奏的生命”。画家于静观寂照中，求返于自己深心的心灵节奏，以体合宇宙内部的生命节奏。西洋画的境界，其渊源基础在于希腊的雕刻与建筑。以目睹的具体实相融合于和谐整齐的形式，是他们的理想。他们的宇宙观是主客观对立的。“人”与“物”、“心”与“境”的对立相视，或欲以小己体合于宇宙，或思戡天役物，伸张人类的权力意志。[4]

---

[1] 宗白华:《宗白华全集》(第2卷)，第43页。

[2] 同上书，第44页。

[3] 同上书，第50—51页。

[4] 同上书，第109—110页。

在《中西画法所表现的空间意识》一文中，宗白华指出，西洋画所表现的空间意识中体现了“物与我中间一种紧张，一种分裂，不能忘怀尔我，浑化为一”[1]。“而中国人对于这空间和生命的态度却不是正视的抗衡、紧张的对立，而是纵身大化，与物推移。中国诗中所常用的字眼如盘桓、周旋、徘徊、流连，哲学书如《周易》所常用的如往复、来回、周而复始、无往不复，正描出中国人的空间意识。”[2]

从宗白华后来的一系列文章中可以看出，他更重视中国哲学中的生命精神。不过值得注意的是，宗白华在转向同情中国文明时，并不是像大多数新儒家那样，对西方文明进行全面的、严厉的批判，对中国文明则盲目地大加赞扬，而是采取一种中间的、温和的态度，吸收它们的优点，扬弃它们的缺点。这种态度，从宗白华写于1946年的《中国文化的美丽精神往哪里去？》一文中可以看得很清楚：

> 中国民族很早发现了宇宙旋律及生命节奏的秘密，以和平的音乐的心境爱护现实，美化现实，因而轻视了科学工艺征服自然的权力。这使得我们不能解救贫弱的地位，在生存竞争剧烈的时代，受人侵略，受人欺侮，文化的美丽精神也不能长保了，灵魂里粗野了，卑鄙了，怯弱了，我们也现实得不近情理了。我们丧尽了生活里旋律的美（盲动而无序）、音乐的境界（人与人之间充满了猜忌、斗争）。一个最尊重乐教、最了解音乐价值的民族没有了音乐。这就是说没有了国魂，没有了构成生命意义、文化意义的高等价值。中国精神应该往哪里去？
>
> 近代西洋人把握科学权力的秘密（最近如原子能的秘密），征服了自然，征服了科学落后的民族，但不肯体会人类全体共同生活的旋律美，不肯“参天地，赞化育”，提携全世界的生命，演奏壮丽的交响乐，感谢造化宣示给我们的创化秘密，而

[1] 宗白华：《宗白华全集》（第2卷），第146页。
[2] 宗白华：《宗白华全集》（第1卷），第148页。

以厮杀之声暴露人性的丑恶，西洋精神又要往哪里去？哪里去？这都是引起我们惆怅、深思的问题。[1]

由于有了对中西精神的批判性反思，宗白华对生命本体的理解有了新的变化。他一方面强调中国文化中长期被忽视的生命精神，把宇宙的生命本体理解为强烈的“旋动”和“力”；另一方面又不因此舍弃中国文化特有的圆融、静谧与和谐。由此宗白华得到了对生命精神的独特的理解，即宇宙生命是一种最强烈的旋动，显示一种最幽深的玄冥。这种最幽深的玄冥处的最强烈的旋动，既不是西方文化中向外扩张的生命冲动，也不是一般理解的中国文化中的消极退让。它是一种向内或向纵深处的拓展。这种生命力不是表现为对外部世界的征服，而是表现为对内在意蕴的昭示，表现为造就“一沙一世界，一花一天国”的境界。

我们可以说宗白华的美学建立在生命哲学基础之上，但由于他对生命本体有不同的理解，在他前后期的思想中，有两种不同形态的生命哲学，这就需要首先辨明，作为宗白华美学基础的，究竟是哪种形态的生命哲学？

我们在前面已经指出，宗白华早期接受西方的生命哲学主要是为了建立一种积极向上的人生观，以改造古老的中国，建立强健的“少年中国”；后期从中国哲学中发掘的生命精神，才是他的美学和艺术观的基础。因此，我们可以说，作为宗白华美学基础的生命哲学，是中国式的生命哲学。对这个判断，我们将从以下两个方面做进一步的说明。

宗白华晚年在反思他的人生历程时，曾经说他“终生情笃于艺境之追求”，并且说：“诗文虽不同体，其实当是相通的。一为理论的探讨，一为实践之体验。”[2] 由此可知，宗白华的美学追求，可以分作理论探讨和实践体验两方面，我们的说明也就从这两方面入手。

实践体验主要表现为早期的诗歌创作。20 世纪 20 年代初，宗白华在留德学习期间创作了大量的白话新诗，后结集为《流云》和《流云小

[1] 宗白华：《宗白华全集》（第 2 卷），第 405—406 页。

[2] 宗白华：《艺境 · 前言》，见《宗白华全集》（第 3 卷），第 623 页。

诗》出版，在当时引起了极大的反响。在创作新诗的同时，宗白华也发表一些关于新诗的评论。如：

> 向来一个民族将兴时代和建设时代的文学，大半是乐观的，向前的。……所以我极私心祈祷中国有许多乐观雄丽的诗歌出来，引我们泥途中可怜的民族入于一种愉快舒畅的精神界。从这种愉快乐观的精神界里，才能培养成向前的勇气和建设的能力呢！……我自己受了时代的悲观不浅，现在深自振作。我愿意在诗中多作“深刻化”，而不作“悲观化”。宁愿作“骂人之诗”，不作“悲怨之曲”。[1]
>
> 我愿多有同心人起来多作乐观的，光明的，颂爱的诗歌，替我们民族性里造一种深厚的情感底基础。我觉得这个“爱力”的基础比什么都重要。“爱”和“乐观”是增长“生命力”与“互助行动”的。“悲观”与“憎怨”总是灭杀“生命力”的。中国民族的生命力已薄弱极了。中国近来历史的悲剧已演得无可再悲了。我们青年还不急速自己创造乐观的精神泉，以恢复我们民族生命力么？……何必推波助浪，增加烦闷，以灭杀我们青年活泼的生命力？[2]

把这些评论和诗作比较起来看，我们可以发现其中有着明显的不一致性。在《流云》小诗中，我们很难看到“乐观雄丽”的诗篇。根据对《流云》小诗的统计，表示乐观进取的生命精神的意象，如“光”“日”(含“太阳”)“海”“云”(含“流云”“白云”)等，只有十来个，而带有抑郁、悲怨情感色彩的意象，如“夜”“梦”“月”“星”等，却接近90个，且根本没有他所提倡的“骂人之诗”。由此我们可以断定，宗白华的理论主张和创作实践之间存在着一定的矛盾。而造成这种矛盾的主要原因，便是早年的政治主张同长期积淀的民族文化心理及个人性情之间的矛

---

[1] 宗白华：《恋爱诗的问题——致一岑》，见《宗白华全集》(第1卷)，432—433页。

[2] 宗白华：《乐观的文学——致一岑》，见《宗白华全集》(第1卷)，434—435页。

盾。宗白华早年认同西方生命哲学思想，旨在以之唤起国人奋发昂扬的生命热情，改造古老的中国，建立雄健的“少年中国”，这是宗白华20年代一贯的政治主张，其诗歌评论，也不免打上这种政治主张的印记。但这种政治主张一方面有别于中国文化固有的精神气质，另一方面也不符合宗白华本人的性格特征，而诗歌创作受个人的性情和民族文化的精神气质的影响，要远远大于受一时的政治主张的影响。宗白华回忆当初的创作情景时说：“横亘约摸一年的时光，我常常被一种创造的情调占有着。黄昏的微步，星夜的默坐，大庭广众中的孤寂，时常听见耳边有一些无名的音调，把捉不住而呼之欲出。往往是夜里躺在床上熄了灯，大都会千万人声归于休息的时候，一颗战栗不寐的心兴奋着，寂静中感觉到窗外横躺着的大城在喘息，在一种停匀的节奏中喘息，仿佛一片平波微动的大海，一轮冷月俯临这动极而静的世界，不由许多遥远的思想来袭我的心，似惆怅，又似喜悦，似觉悟，又似恍惚。无限凄凉之感里，夹着无限热爱之感。似乎这微妙的心和那遥远的自然，与那茫茫的广大的人类，打通了一道地下的深沉的神秘的暗道，在绝对的静寂里获得自然人生最亲密的接触。我的《流云小诗》，多半是在这样的心情中写出的。往往在半夜的黑影里爬起来，扶着床栏寻找火柴，在烛光摇晃中写下现在人不感兴趣而我自己却借以慰藉寂寞的诗句。”[1]从这段自白中可以看出，宗白华的诗歌创作完全是在一种创造情绪下进行的，受诗兴的感发，而不受观念的限制，创作的目的是“慰藉寂寞”而不是宣扬政治主张。

由于宗白华的诗歌创作较少受到政治主张的限制，因此，影响他创作的主要因素是个人性情和影响个人性情的民族文化气质。从宗白华的回忆中可以看出，他从小养成的是闲和恬静的性格。宗白华回忆说：“我很小的时候喜欢一个人在水边石上看天上白云的变换”；“尤其是在夜里，独自睡在床上，顶爱听那遥远的箫笛声，那时心中有一缕说不出的深切的凄凉的感觉”；上中学时，“同房间里的一位朋友，很信佛，常常盘坐

[1] 宗白华：《我和诗》，见《宗白华全集》（第2卷），154页。

在床上朗诵《华严经》。音调高朗清远有出世之概，我很感动。我欢喜躺在床上瞑目静听他歌唱的词句,《华严经》的词句优美，引起了我读它的兴趣。而那庄严伟大的佛理境界投合我心里潜在的哲学冥想”；“唐人的绝句，像王、孟、韦、柳等人的，境界闲和静穆，态度天真自然，寓浓丽于清淡之中，我顶喜欢”。[1]宗白华的这种性格与中华民族的精神文化气质有密切的关系。宗白华说：“中国的学说思想是统一的、圆满的，一班大哲都自有他一个圆满的人生观和宇宙观。所以不再有向前的冲动，以静为主。”[2] 宗白华的性情就是受了这种“以静为主”的文化气质的影响。这种“以静为主”的性情直接影响到他的诗歌创作，从而造成了宗白华理论主张同创作实践之间的矛盾。这个矛盾的实质，是静观、圆融的中国文化气质同中华民族受屈辱、受欺凌的时代现状之间的矛盾，是宗白华恬静闲和的性情同他奋斗救世的理想之间的矛盾。宗白华在创作实践中明显的静谧甚至悲怨的情感倾向，刚好说明艺术创作受文化传统、个人性情的影响，要远远大于受某种外在目的或理论主张的影响。由此，我们可以得出结论，就艺术实践来说，作为宗白华美学基础的，是中国的生命哲学，而不是西方的生命哲学。

现在，我们要进一步考察，宗白华的美学理论是否也建立在中国生命哲学之上。尽管宗白华早年用西方生命哲学改造人生观的时候，也常常强调要用“唯美的眼光”“艺术的观察”来解救烦闷和丰富生活[3]。但宗白华并没有进一步揭示这种“唯美的眼光”“艺术的观察”同“奋斗的生活”和“创造的生活”之间的必然关系。也就是说，宗白华还没有自觉地把美学同他的生命哲学联系起来。

到了写作《看了罗丹雕刻以后》时，宗白华开始自觉地把他的美学建立在生命哲学的基础之上。在这篇文章中，宗白华不仅把“生命”作为宇宙万物的本体，而且赋予了艺术表现这种本体的特殊地位。宗白华

---

[1] 宗白华:《我和诗》，见《宗白华全集》(第 2 卷)，第 149—151 页。

[2] 宗白华:《自德见寄书》，见《宗白华全集》(第 1 卷)，第 336 页。

[3] 参见宗白华《青年烦闷的解救法》《怎样使我们生活丰富？》，见《宗白华全集》(第 1 卷)，第 193—196、206—209 页。

援用罗丹的理论，认为绘画、雕刻等艺术能表现作为宇宙本体的“动”，而照片（如果不经过特别的处理）则不能。艺术之所以能够表现这种“动”，在于艺术能够表现事物“从第一个现状到第二个现状之间的转变”。其实宗白华这里的说明并不充分。因为事物“从第一个现状到第二个现状之间的转变”，只是事物的物质运动形式，而不是事物内在的精神和生命，在表现这种物质运动形式时，艺术并不具备特别的优越性。只有在表现事物内在的精神与生命时，艺术那不可替代的特殊地位才会显现出来。

在《徐悲鸿与中国绘画》一文中，随着宗白华对生命本体的理解由西方式的“运动”转向中国式的“生动”，由外在的物质运动形式转向内在的精神生命形式，他对艺术显现宇宙生命本体的特殊地位的说明就更为充分了。在这篇文章中，“动”成了“气韵生动”之“生动”，而不是“从一个现状转变入另一个现状”之“运动”。表现“生动”的方法不是抓住运动中极富有暗示性的顷刻，而是运用“简练”与“布白”的方法。宗白华说：“生动之气笼罩万物，而空灵无迹；故在画中为空虚与流动。中国画最重空白处。空白处并非真空，乃灵气往来生命流动之处。且空而后能简，简而练，则理趣横溢，而脱略形迹。”[1] 由此我们可以说，照片与绘画的区别在于，绘画能“空”、能“简”，而照片（如果不经过特殊的处理）则不能，而不是绘画比照片更能抓住运动中极富暗示性的顷刻（因为在这一点上，照片与绘画实在是没有质的区别）。现在的问题是，“空”“简”为什么就可以表现“生动”“精神”，从而使绘画成为艺术作品？宗白华说：“美感的养成在于能空，对物象造成距离，使自己不沾不滞，物象得以孤立绝缘，自成境界。”并且强调“更重要的是心灵内部方面的‘空’”[2]。显然这种解释受了流行一时的“心理距离说”的影响。宗白华的深刻处在于，他不仅强调这种因“心灵内部距离化”而造成的“空”，可以使对象呈现为孤立绝缘的“美”的对

[1] 宗白华：《宗白华全集》（第2卷），第51页。

[2] 宗白华：《论文艺的空灵与充实》，见《宗白华全集》（第2卷），第349—350页。

象，而且能显现对象的本来面目。因为被还原为“空”“虚”的主体只是以最自然因而也最真实的眼光来看事物，在这种最真实的观照中，事物显现出它最原本的面貌，显现出它那被掩盖的内在的生命与精神。也就是说，在日常生活中，事物的生命本体多半被掩盖起来了，艺术通过“简”“空”，脱离缠绕在事物上的滞碍，洗尽掩盖在事物上的尘渣，从而使事物显现出其本真的“生命”。由此，艺术在表现宇宙生命本体方面的特殊地位便显现出来了。

从上面的分析中可以看出，只有把生命本体理解为内在的精神，理解为中国式的“气韵生动”，艺术在表现这种生命本体上的优先地位才能得到充分的解释。如果把生命本体理解为外在的物质运动形式，艺术就不具备表现这种生命本体的优越性。因此，从理论探讨的角度，我们也能证明宗白华的美学是建立在中国生命哲学的基础之上。

现在的问题是，这样一种生命本体，不是也可以用哲学沉思来把握吗？为什么要用美学，特别还要用艺术实践来体验呢？这个问题，开始触及宗白华建立以生命哲学为基础的美学的本质问题。只有弄清这个问题，我们才能理解宗白华美学的深刻性，才能正确地确立宗白华美学在整个生命哲学思潮中的位置。

宗白华最初是专门研究哲学的，在他 20 岁的时候，便发表了介绍叔本华哲学的文章，随后又有介绍康德、柏格森等西方著名哲学家的文章，对西方哲学有比较深刻的理解。是什么原因促使宗白华转向美学和文艺实践呢？我们从《三叶集》中，宗白华给郭沫若的一封信中可以找到答案。宗白华说：“以前田寿昌在上海的时候，我同他说：你是由文学渐渐的入于哲学，我恐怕要从哲学渐渐的结束在文学了。因我已从哲学中觉得宇宙的真相最好是用艺术表现，不是纯粹的名言所能写的，所以我认将来最真确的哲学就是一首‘宇宙诗’，我将来的事业也就是尽力加入做这首诗的一部分罢了。”[1] 从这里可以看出，宗白华之所以转向美学、转向文艺，完全是因为他对哲学有了深透的理解，认为哲学不足

[1] 宗白华：《宗白华全集》（第 1 卷），第 240 页。

以承担它为自己设定的表现宇宙真相的任务，也就是说，哲学的目的和哲学的方法之间存在着内在的矛盾，用哲学方法最终不可能实现哲学的目的。实现哲学最终目的的不是哲学，而是文艺。

现在的问题是，为什么哲学不可以实现自己设定的目的？不是有许多哲学家在高谈阔论哲学的最高境界吗？我们能说这些哲学家对哲学缺乏深刻的认识吗？当然不能。哲学有各种各样的形态，不同的哲学家对宇宙人生的本质有不同的认识。在某种认识上，哲学的方法和目的之间有矛盾，但在另一种认识上它们之间又是不矛盾的。宗白华之所以认为哲学不能表现宇宙的真相，那是因为他把哲学理解为“名言”，把宇宙的真相理解为“生命”。名言是僵化的、有限的，生命是活泼的、无涯的，以僵化的名言述说活泼的生命，当然只能是隔靴搔痒。宗白华早年研究哲学时，就碰到了这种困惑。在《科学的唯物宇宙观》一文中，宗白华说：“唯物宇宙观所最难解说的就是精神现象与生物现象（生理现象）。现在有了生物进化论的发明，我们就可以将精神现象与一切生物现象的元理统归纳到那个‘生物进化原动力’上去了。这精神现象的谜和生物现象的谜都合并到一个‘生物进化原动力’的谜上了。我们只要证明这‘生物进化原动力’是件什么东西，就可推断精神与生命是件什么东西。”[1] 但是，这“生命的原动力”或“生物进化的原动力”又是一件不可实证不可确知的东西，“现代科学家还不能将原始动物的生活现象都归引到物质运动，他也不能从无机体物质的凑合造出一个生活的动物来。总之，这生命原动力的谜，还没有人能解。精神现象的谜也没有人能解。科学唯物宇宙观也就搁浅在这两个‘宇宙谜’上”[2]。

科学、哲学不能解开的“宇宙谜”，文学却可以解开。在《新文学底内容——新的精神生活内容底创造与修养》一文中，宗白华说：“我以为文学底实际，本是人类精神生活中流露喷射出的一种艺术工具，用以反映人类精神生命中真实的活动状态。简单言之，文学自体就是人类精神生命中一段的实现，用以表写世界人生全部的精神生命。所以诗人

[1] 宗白华：《宗白华全集》（第 1 卷），第 129—130 页。

[2] 同上书，第 131—132 页。

底文艺，当以诗人个性中真实的精神生命为出发点，以宇宙全部的精神生命为总对象。文学的实现，就是一个精神生活的实现。文学的内容，就是以一种精神生活为内容。这种‘为文学底质的精神生活’底创造与修养，乃是文人诗家最初最大的责任。”[1] 宗白华还把艺术同哲学、科学、道德、宗教等进行比较，发现只有艺术能深入生命节奏的内核，表现生命内部最深的“动”。宗白华说：“人类在生活中所体验的境界与意义，有用逻辑的体系范围之、条理之，以表达出来的，这是科学与哲学。有在人生的实践行为或人格心灵的态度里表达出来的，这是道德与宗教。但也还有那在实践生活中体味万物的形象，天机活泼，深入‘生命节奏的核心’，以自由谐和的形式，表达出人生最深的意趣，这就是‘美’与‘美术’。所以美与美术的特点在‘形式’、在‘节奏’，而它所表现的是生命的内核，是生命内部最深的动，是至动而有条理的生命情调。”[2]

由此，宗白华为生命本体找到了恰当的显现途径，同时也为艺术和美找到了最后的根源。艺术和美之所以有价值，就在于它们能够充分地显现宇宙的生命本体。科学不能揭示宇宙的生命本体，因为科学总是试图“说”“不可说”，“捉摸”“不可捉摸”，艺术之所以能够表现它，因为艺术不去“捉摸”，而是表现、象征，让它自己说话。宗白华说：“这种‘真’（作为宇宙生命本体的‘真’）不是普遍的语言文字，也不是科学公式所能表达的真，这只是艺术的‘象征力’所能启示的真实。”[3] 由于艺术、美具有哲学所缺乏的象征力，能充分显示哲学无法言说的生命本体，这就决定了宗白华必将从哲学转向文艺、转向美学。

宗白华后来的美学著述，大多是从这种生命本体上立论的。在1934年发表的《论中西画法的渊源与基础》一文中，宗白华指出：“中国画的主题‘气韵生动’，就是‘生命的节奏’或‘有节奏的生命’。伏羲画八卦，即是以最简单的线条结构表示宇宙万相的变化节奏。后来成

[1] 宗白华：《宗白华全集》（第 1 卷），第 186 页。

[2] 宗白华：《论中西画法的渊源与基础》，见《宗白华全集》（第 2 卷），第 98 页。

[3] 宗白华：《略论艺术的价值结构》，见《宗白华全集》（第 2 卷），第 72 页。

为中国山水花鸟画的基本境界的老、庄思想及禅宗思想也不外乎于静观寂照中，求返于自己深心的心灵节奏，以体合宇宙内部的生命节奏。”[1] 在宗白华看来，存在一种宇宙的生命节奏，这种宇宙的生命节奏可以与人心深处的心灵节奏相体合。中国艺术，特别是中国画，就是以这种相体合的生命节奏为研究对象的。宗白华说：“每一个伟大的时代，伟大的文化，都欲在实用生活之余裕，或在社会的重要典礼，以庄严的建筑、崇高的音乐、闳丽的舞蹈，表达这生命的高潮、一代精神的最深节奏……建筑形体的抽象结构、音乐的节律与和谐、舞蹈的纹线姿势，乃最能表现吾人深心的情调与律动。吾人借此返于‘失去了的和谐，埋没了的节奏’，重新获得生命的中心，乃得真自由、真生命。美术对于人生的意义与价值在此。”[2] 从这里可以看出，在体现宇宙的生命节奏上，艺术具有无可替代的优越性。

1944 年宗白华发表了他的重要文章《中国艺术意境之诞生》（增订稿），在这篇论文中，宗白华认为中国艺术的最高境界是舞的境界，这种境界“是艺术家的独创，是艺术家从他最深的‘心源’和‘造化’接触时突然的领悟和震动中诞生的”。宗白华说：“尤其是舞，这最高度的韵律、节奏、秩序、理性，同时是最高度的生命、旋动、力、热情，它不仅是一切艺术表现的究竟状态，且是宇宙创化过程的象征。……只有舞，这最紧密的律法和最热烈的旋动，能使这深不可测的玄冥的境界具象化、肉身化。在这舞中，严谨如建筑的秩序流动而为音乐，浩荡奔驰的生命收敛而为韵律。艺术表演着宇宙的创化。”[3] 宗白华认定有一种宇宙的生命律动，即所谓“宇宙真体的内部和谐与节奏”，当人的心灵还原到虚静状态时，就会同这种宇宙生命一起律动，宗白华称赞“李、杜境界的高、深、大，王维的静远空灵，都根植于一个活跃的、至动而有韵律的心灵”[4]，这种活跃的心灵也就是宇宙的生命。所有艺术，都

[1] 宗白华：《宗白华全集》（第 2 卷），第 109 页。

[2] 同上书，第 99 页。

[3] 同上书，第 369 页。

[4] 同上书，第 377 页。

根植于艺术家的活跃至动的心灵，进而都根植于宇宙生命律动，宇宙的“生生的节奏是中国艺术境界的最后源泉”[1]。在这篇文章中，宗白华多次用到“宇宙创化过程”“宇宙灵气”“宇宙的深境”“宇宙的情调”或“宇宙的意识生命情调”等等，它们都可以看作是对宇宙的生命本体的描述。在宗白华看来，宇宙的真际就是生命[2]，对宇宙生命的最好表现不是战争，而是音乐、舞蹈。宗白华说：“音乐不只是数的形式构造，也同时深深地表现了人类心灵最深最秘处的情调与律动。……音乐是形式的和谐，也是心灵的律动，一镜的两面是不能分开的。心灵必须表现于形式之中，而形式必须是心灵的节奏，就同大宇宙的秩序定律与生命之流演进不相违背，而同为一体一样。”[3]音乐之所以是艺术的最高境界，因为它同大自然既生生不息又符合秩序的生命律动刚好吻合。甚至可以这么说，整个宇宙生命的“天籁之音”本身就是一部宏伟的交响曲。

将艺术、美落实在宇宙的生命本体之上，这是宗白华美学最为深邃的地方。它一方面为审美、艺术找到了自明的基础，另一方面也看到了艺术、美学对哲学的贡献。以生命本体作为审美、艺术的基础，就不需要任何外在的理由来确保审美、艺术存在的合理性。换句话说，审美、艺术的价值在于它们能有效地显现宇宙的生命本体。同时，由于审美、艺术把人类经验还原到它们的起源部位上，哲学就会因此而变得方向明确和条理清楚[4]，抽象的哲学概念就会拥有生动的经验内容。

宗白华美学之所以采取散步的方法，也正因为它有一个生命哲学基础。因为宇宙的生命本体在本质上是不可言说的，用抽象的名言把捉不到活生生的生命本体，用自由自在的散步，也许是接近生命本体的最好方法。因此，宗白华采用散步方法，不完全是出于个人的喜好，其中有深刻的思想渊源。

由于宗白华认识到哲学方法与目的之间的深刻矛盾，转而以艺术、

[1] 宗白华：《宗白华全集》（第2卷），第368页。

[2] 同上书，第371页。

[3] 宗白华：《哲学与艺术》，见《宗白华全集》（第2卷），54页。

[4] 参见［法］杜夫海纳《美学与哲学》，孙非译，中国社会科学出版社，1985年，第8页。

美学显示哲学所无法接近的生命本体，这就使得宗白华美学在整个生命哲学思潮中具有与众不同的意义。遗憾的是，这些年来对在生命哲学思潮中成长起来的现代新儒家的研究，却很少注意到宗白华当时的思考所具有的独特价值；而西方后现代哲学对柏格森思想的重新发掘，也忽略了宗白华从中国哲学中发掘的生命哲学思想对柏格森生命观念的修正。由此，从宗白华来看柏格森是非常有意义的。

不过，我们这里并不急于承担起这项有意义的工作。因为对我们来说，更有意义也更紧迫的工作，是从宗白华的美学中去发掘突破现代西方美学的可能性。让我们再回到前面曾经反复论述过的前现代、现代和后现代的符号学区分：前现代的能指与所指都属于所指或存有领域，后现代的能指与所指都属于能指或标记领域，现代的能指属于能指或标记领域，所指属于所指或存有领域。这种符号学结构的不同，将前现代、现代和后现代中艺术与现实的三种不同关系清晰地凸显出来了。在前现代社会中，艺术与现实同属于现实的领域；在现代社会中，艺术属于艺术领域，现实属于现实领域；在后现代社会中，艺术与现实同属于艺术领域。

根据我们对前现代、现代和后现代的这种结构主义符号学区分，宗白华美学究竟属于哪种形态的美学？

首先，宗白华美学与西方现代美学有着明显的不同。尽管宗白华也在一定程度上受到西方现代美学的“无利害性”“审美自律”“为艺术而艺术”等观念的影响，但如同前面的考察所显示的那样，宗白华美学的核心在于赋予审美和艺术以表现宇宙生命本体的崇高地位。也就是说，在宗白华看来，审美和艺术是“有用”的。从艺术具有表现生命本体的优先性来看，艺术不仅有用，而且是直接有用的。

但现代美学不主张审美和艺术的这种直接有用性。在现代美学的符号学结构中，艺术与审美属于能指或标记领域，它只能间接地代表属于所指或存有领域中的生命本体。在阿多诺所构想的那种特别而精致的现代美学中，艺术也具有揭示真理的作用。但这种艺术显示真理的作用是通过否定辩证法来实现的，艺术既不直接歌颂现实也不直接批判现实，总之，艺术为了确保它的自律性而并不干预现实，艺术对真理的揭示正是通过它与不体现真理的现实的完全不同而实现的。更清楚地说，由于异化的现实并不是真理的体现，而艺术又刚好与现实无关（无论是正面的关系还是反面的关系），因此艺术通过否定的否定（现实否定真理，艺术否定现实）刚好回到了对真理的肯定。[1]从这种意义上说，阿多诺美学中的艺术也不是直接有用的。总之，宗白华美学既不同于以康德为代表的传统现代美学，也不同于以阿多诺为代表的激进现代美学。

如果说宗白华美学不同于现代美学，那么是否可以说它更接近后现代美学呢？对这个问题的回答也明显是否定的。宗白华美学与后现代美学的差异，甚至要超过它与现代美学的差异。后现代美学的一个重要思想，就是取消存有领域的存在，将一切（无论是能指还是所指、艺术还是现实）都纳入标记领域，而宗白华却主张存在着属于存有领域的宇宙本体，这显然是与后现代精神完全相背离的。

宗白华美学既不同于现代美学，又不同于后现代美学，那么是否可以说它就是前现代美学呢？好像也不能这么说。事实上，“前现代”这个概念是由“后现代”规定出来的，由于有了后现代概念，才有了与之不同的现代和前现代概念。在后现代所规定的前现代概念中，有一个完全不变的存有领域，比如宇宙本体。艺术作为表现宇宙本体的符号，完全依附于这个本体，自身没有独立地位。由于本体和表现本体的艺术之间没有截然分开的鸿沟，艺术与本体之间的关系就不是代表或再现关系，而是直接呈现关系，艺术本身仿佛就成了本体。从这种意义上来说，由于宗白华美学强调艺术可以直接呈现本体，因此它更接近于这种前现代美学。但是，宗白华美学又具有截然不同于这种前现代美学的地方：在宗白华那里，宇宙的本体不是静止不变的本质，而是生生不息的生命，是可以变化和发展的。因此，我们不能简单地将宗白华美学归结到前现代美学的范畴。

宗白华美学就是这样一种不服从前现代、现代和后现代划分的美学，我们可以将它视为基于中国传统美学基础上的、对西方流行的前现

[1] 关于阿多诺美学将现代主义作为否定的真理的详细说明，参见杨小滨《否定的美学——法兰克福学派的文艺理论和文化批评》，上海三联书店，1999 年，第 137—168 页。

代、现代和后现代划分的一种突破。

四、叶朗对中国美学意象本体论的建构

从20世纪70年代后期开始，中国逐渐施行了灵活的改革开放政策，伴随着西方的产业和资金大量涌进中国，中国似乎也成了西方思想的新的生长点。美学也不例外。大量西方现代美学的新思潮被介绍到了中国。但是，不可否认的事实是，尽管大量西方美学被介绍到中国，但它们当中的绝大多数并没有得到很好的解读，更不用说将它们运用到中国美学的研究中去了。尽管我们似乎已经知道不少西方美学的新思想，但它们在改造我们的美学研究上好像并没有产生多大的影响。

不过，现象学美学似乎是一个幸运的例外。随着中国学术界对现象学研究的深入展开，我们对现象学精神的把握似乎也更为准确。当然，这也许与中国思想在某种程度上接近于现象学有关。尤其是在美学研究上，由于现象学的某些学说与中国传统美学的某些理论比较接近，现象学的精神和方法似乎已经被中国美学研究者们成功地“本地化”了。

这里我不拟对现象学和中国美学之间的关联做全面的讨论。为了使我们的论述更加集中和深入，笔者仅想集中讨论现象学的“意向性”观念以及它在中国美学研究中的运用。

对“意向性”理论的介绍，仅就在专门的美学著作中的介绍而言，目前大陆已不下十数种。但这种介绍多是非常浅近的，其准确程度值得商榷。“意向性”理论在胡塞尔本人那里就已经相当复杂，到了它被运用到西方美学研究中时，又有各种各样的发展和变化，特别是胡塞尔、茵伽登、杜夫海纳等人的著作不仅深奥难懂而且卷帙浩繁，要做到准确无误的介绍实在是难上加难。这就需要中国学术界通力合作，把它当作一项大家的事业，以便彻底疏清现象学与美学问题的关系。但学术界毕竟不能完全把介绍西方的理论当作自己的目的，拿来是为了使用。在为数不多的试图把现象学同中国美学研究结合起来的尝试中，叶朗主编的《现代美学体系》(以下简称《体系》) 取得了一些可贵的成果。

《体系》在最后一章探讨审美哲学即审美活动的哲学基础时，引进

了“意向性”概念。《体系》给“审美体验的意向性结构”的定义为“有生命力的形式”[1]，并进一步说明“它是审美主体指向对象的中介关系。当人处于这样一种关系或结构中时，主客体双方便统统在一刹那间被遗忘（所谓‘物我两忘’），而达到作为生命的形式的‘此在’和‘本真’。那种对时间和空间的超越，对永恒、无限和自由的体验，就在‘有生命力的形式’中得到一种独特的审美实现”[2]。

不管《体系》引用“有生命力的形式”来解释“意向性结构”是否合适，也不管作者对“意向性”的理解是否符合现象学的本义，但下面所列举的这些成果仍然是极有启发性的：

首先，《体系》所引用的“意向性”显然不是胡塞尔意义上的意识内部的相关性，而是茵伽登，特别是杜夫海纳所理解的主体与对象、人与自然的相关性。同杜夫海纳一样，《体系》也把“意向性”理解为人与自然之间的具有本体意义的亲缘关系。这就是《体系》之所以能把回到“意向性”称为求真、求善、求美之上的“求本”的思想根源。[3] 显然，《体系》所借用的这方面的思想与中国传统思想中的“天人合一”有十分相似的地方。由于中国传统思想也把“天人合一”看作人与自然的本然关系，《体系》在移植“意向性”时就不会发生理论上的“水土不服”，而用“天人合一”和“意向性”互相阐发也不失为揭示它们各自内涵的一种有效的方法。由于“意向性”或“天人合一”具有一种本体论的意义，受本体召唤的审美活动就不需要任何外在的目的。一种达到“天人合一”境界的审美活动本身就是人类生活的目的。《体系》之所以在最后讨论审美哲学时引进“意向性”，原因就在于试图把这种人与自然的本然的“意向性关系”作为审美活动的基础。

其次，由于审美活动是基于这种具有本体论意味的主客合一的“意向性”，因此，审美对象就不是纯粹的自在对象，如观念和实在那样，而是纯粹的意向性对象；是在意向性活动中建立起来的，而不是预先就

---

[1] 叶朗主编：《现代美学体系》，北京大学出版社，1988 年，第 547 页。

[2] 同上书，第 560 页。

[3] 同上书，第 536 页。

存在了的。这种思想与中国传统美学用来描述审美对象的核心概念"意象"的内涵有十分一致的地方。如《体系》在一个小注中所说明的那样："'意象'是'情''景'的统一，不是'情''景'的相加。'意象'是既不同于'情'也不同于'景'的一个新的质。'意象'不能还原为单纯的'情'，也不能还原为单纯的'景'。"[1] 并且认为审美意象是意向性活动的结果，离不开"意向性"[2]。《体系》用"意向性"来说明"意象"的本质结构确实收到了较好的效果。更重要的是，《体系》根据"意向性"是人与世界的本然关系的思想，大胆推断审美对象（意象）正是事物最本真的存在样态，也就是说在审美活动中，对象回到了它的本然状态。《体系》引用王夫之的"现量说"来论证这一观点。"现量说"中的"显现真实"，指的就是显现事物的本来面目。[3]在《中国美学史大纲》中，叶朗对王夫之的"现量说"做了更详细的解释："'现量'有三层涵义。一是'现在'义。就是说，'现量'是当前的直接感知而获得的知识。一是'现成'义，所谓'一触即觉，不假思量比较'。就是说，'现量'是瞬间的直觉而获得的知识，不需要比较，推理等抽象思维活动的参与。一是'显现真实'义。就是说，'现量'是真实的知识，是显现对象本来的'体性''实相'的知识，是把对象作为一个生动的、完整的感性存在来加以把握的知识，不是虚妄的知识，也不是仅仅显示对象某一特征的抽象的知识。在王夫之看来，审美感兴必须具有'现在''现成''显现真实'这三种性质：审美感兴是当前的直接感兴；审美感兴是瞬间的直觉，排除抽象概念的比较、推理；审美感兴中所显现的是事物的'实相''自相'，即事物完整的感性存在，不是脱离事物'实相'的虚妄的东西，也不是事物的'共相'（事物的某一特性、某一规定性）。"[4] 在这种意义上可以说，宇宙万物在其本性上都可以是美的；如果有了审美意识的照耀（如王夫之所说的"即以华奕照耀"），回复它们

[1] 叶朗主编：《现代美学体系》，第 116 页。

[2] 同上书，第 110 页。

[3] 同上书，第 562 页。

[4] 叶朗：《中国美学史大纲》，第 462—463 页。

的本来面目（“如所存而显之”），事物便会显现为生动的审美对象（“动人无际矣”）。[1]

再次，《体系》根据“意向性”理论不仅对审美对象作出了合理的阐释，而且很好地阐释了审美主体。《体系》用中国古典美学中的“感兴”来描述审美主体，揭示了审美主体的内在实质。《体系》同意杜夫海纳的观点，即审美主体总是通过“感性”同对象打交道的，但这种“感性”不会马上转化为实践要求，也不会上升到抽象的认识，更不会停留在麻痹的感觉状态，而是专注于“感性”，并由“感性”领悟到一种蕴含于其中的形而上意味（如《体系》所说的“人生感”“历史感”“宇宙感”）。这种基于“感性”本身的超越，或者说，在“感性”内部的超越就是“感兴”。由此，《体系》很好地区分了宗教超越与审美超越。宗教超越往往以否定感性生命为代价，而审美超越（感兴）“是一种感性的直接性（直觉），是人的精神在总体上所起的一种感发、兴发，是人的生命力和创造力的升腾洋溢，是人的感性的充实和完满，是人的精神的自由和解放”[2]。同审美活动中对象回到了它的本然状态一样，审美活动中主体也回到了它的本真状态，这就是中国思想所称道的“至人”“真人”。中国古典美学中的“审美心胸理论”在这方面有许多独到的见解。

最后，《体系》依据“意向性”理论提出了审美感兴、审美意象、审美体验三者合一的现象，显示了《体系》的作者们对审美活动的深层结构的准确把握。《体系》用审美体验来描述审美活动的本体意义。这里的审美体验相当于杜夫海纳所说的与现象学还原具有内在一致性的审美经验。在这种现象学还原的剩余者中刚好显示了人与世界的本然的“意向性”关系，或者说“天人合一”关系。在这种本然的“天人合一”的关系中，主体和对象是融合为一的。从这种意义上来看，审美体验、审美感兴、审美意象三位一体确实有其深刻的内涵。

表面上看来，《体系》是在现象学美学的基础上建构起来的，但实

---

[1] 叶朗主编:《现代美学体系》，第 568—569 页。

[2] 同上书，第 171 页。

际上它的主要思想来自中国古典美学。早在《中国美学史大纲》中叶朗就指出了中西方美学的不同，认为“中国古典美学的中心范畴并不是‘美’。只抓住一个‘美’字根本不可能把握中国美学体系。因此，我们不能从‘美’这个范畴开始研究中国美学史，也不能以‘美’这个范畴为中心来研究中国美学史，否则我们便不可能把握中国美学史的发展线索及其全部丰富内容”[1]。

叶朗对于中国古典美学的这种认识，对于西方学者产生了重要影响。比如，德国著名汉学家顾彬就承认，叶朗对于中国美学的看法影响到了他对于中国文学的研究。在跟李雪涛的一次谈话中，顾彬说道：

> 我最喜爱中国中世纪的诗歌，而我研究唐朝诗歌的时候，用的常常是王国维他们一批中国学者的理论来加以分析，我自己觉得非常成功。遗憾的是，过去三十多年了，没有一个德国人跟着我用这一方法来分析中国中世纪诗歌。现在在中国国内走红的美国汉学家宇文所安（Steven Owen），他的书都是一流的，我没办法跟他比，但他也跟其他的汉学家一样，基本上都不用中国美学来分析中国文学作品。他的成就很高，但如果他能够从中国中世纪美学（我指的是以北京大学叶朗教授所代表的中国美学学派）来研究唐朝诗的话，他会发现唐诗中更精彩、更深邃的部分。所以我们需要叶朗这类的学者，是他们告诉了我们中国美学和西方美学不一样。1994年我有机会到北京大学进行三个月的访学，有机会跟叶教授见面，他告诉我不应该从美来看中国文学，应该从意象、境界来看，这完全有道理。这不是说我不能用西方的方法来分析中国文学，但是如果我们也能够同时从中国美学来做研究工作的话，那显然就能够加深中国文学作品的深邃和深度。所以我们需要中国的学者发现并指出我们的问题所在。叶朗是一个很好的例子，他说得非常具

[1] 叶朗：《中国美学史大纲》，第24页。

体。所以叶朗丰富了我对中国文学的印象，我从1994年开始在他的影响之下写了《中国文学史》。[1]

从历史上看，西方美学长期专注于对美的研究。尽管18世纪后，一些西方美学家开始将研究对象调整为趣味或感性认识，19世纪后有用审美经验研究来取代美的研究的趋势，20世纪后关于艺术定义的争论占据了美学的大部分内容，但是，从总体上来看，在两千多年的历史中，美可以说是西方美学的核心范畴。

但是，美不是中国美学的核心范畴。那么，究竟什么是中国美学的核心范畴？有研究者认为，美既然是西方美学的核心范畴，它也应该是中国美学的核心范畴，就像其他科学或学科的情形一样。于是，他们以美为线索到卷帙浩繁的文本中去寻找美学思想。结果令人失望，他们期待的深刻和丰富的美学思想并没有被发现。这与中国独特的艺术传统和丰富的艺术宝库很不相称。按理，不应该出现这种美学理论与艺术实践不相匹配的情况。

20世纪上半期活跃的美学家王国维、邓以蛰、宗白华等人发现，中国美学的核心范畴可能不是美，而是意象、意境、气韵等独特概念。通过这些概念，他们发现了辉煌灿烂的中国美学宝库。等到80年代叶朗撰写《中国美学史大纲》时，他已经非常自觉地通过这些概念来发掘这座宝库，从而比较顺利地完成了第一部中国美学通史的写作，并且产生了国际影响。中国美学的核心概念不是美，而是意象和意境，到了叶朗撰写《美学原理》时，对于这一点的认识就更加清晰，他明确提出了“美在意象”的观点：

中国传统美学一方面否定了实体化的、外在于人的“美”，另一方面又否定了实体化的、纯粹主观的“美”，那么，“美”在哪里呢？中国传统美学的回答是：“美”在意象。中国传统

[1] 顾彬、李雪涛：《中国对于西方的意义——谈第61届法兰克福国际书展》，《中华读书报》2009年12月2日。

美学认为，审美活动就是要在物理世界之外构建一个情景交融的意象世界，即所谓“山苍树秀，水活石润，于天地之外，别构一种灵奇”，所谓“一草一树，一丘一壑，皆灵想之独辟，总非人间所有”。这个意象世界，就是审美对象，也就是我们平常所说的广义的美（包括各种审美形态）。[1]

在追溯意象概念的根源时，叶朗发现了《周易》中的“象”所蕴含的美学思想。在《易传》中，“象”是与“形”对照起来界定的。《易传》中有这样的说法：“在天成象，在地成形。”“见乃谓之象，形乃谓之器。”象与形相比，有虚与实和动与静的区别。象比形更虚灵、更生动。象还有另外一个用法，类似于现代汉语中的想象。《韩非子·解老》对象做了这样的解释：“人希见生象也，而得死象之骨，案其图以想其生也。故诸人之所以意想者，皆谓之象也。”比较起来说，眼见的形为实，意想的象为虚。正因为想象的介入，象变得更加虚灵、生动和非现实。

顺着这个思路，可以说意象比形象更虚灵、更生动。正因为如此，意象专指诗歌和绘画等艺术形式所创造的审美对象，它可以是虚构的、想象的，总之，是非现实的。形象多指现实中的事物的形状。形象可以是审美欣赏的对象，从而转化为意象。比如，在文学形象这种说法中，形象就是审美对象，可以包含虚构和想象的成分。不过，形象也可以是非审美活动的对象。比如，在测量活动中，形象就保持为客观的形状。

意象是审美对象，也是艺术创造的目标。通过意象，我们可以将审美与非审美、艺术与非艺术区别开来。既然意象已经将审美和艺术从其他人类活动中区别开来，为什么还需要意境？究竟什么是意境？尽管境与象关系紧密，但它与象不同。中国传统美学中，有“境生于象外”“象外之象”等说法。由此可见，境不是个别的象，而是个别的象的放大或延伸，是不能对象化的境域或者世界。世界不是对象，不能与自我相对，因为自我始终是在世界之中存在，不能越出世界而存在。从这种意义上

[1] 叶朗：《美学原理》，北京大学出版社，2009年，第54—55页。

说，意境比意象要大。

意境不仅大于意象，而且高于意象。与具体的意象相比，非对象化的意境更加抽象和虚灵。正是在这种意义上，意境也有境界的意思。有意境就意味着境界更高，更有形而上的意味。正因为如此，叶朗认为，意境是意象中最富有形而上意味的一种类型。对意境的欣赏，能够使人超越具体的有限的物象、事件、场景，进入无限的时间和空间，从而对整个人生、历史、宇宙获得一种哲理性的感受和领悟。[1]

五、西方现代美学对中国美学的借用

当我们专注于中国美学是如何吸收西方美学的时候，不要忽视西方美学对中国美学的吸收。18 世纪欧洲流行中国风，中国美学和艺术对欧洲产生了广泛影响。尤其是在园林设计领域，由于中国园林的影响，英国园林由原来的几何园林转向了自然园林，形成了新的“如画”风格。根据包华石的考察，1757 年威廉·称波斯出版了《中国的建筑、家具、服饰、机械和器皿设计》一书，介绍了中国园林的主要因素：（1）数景色的设计法；（2）“天然”的瀑布；（3）蜿蜒曲折的小路和溪流；（4）中国式假山；（5）中国式桥梁；（6）水面上的垂柳；（7）生长“自然随形”的植物，包括枯枝和折枝。[2] 由于中国园林设计的影响，自然园林取代了几何园林。但是，由于民族主义的影响，英国人不愿意承认他们的自然园林是中国园林影响的结果，而坚信是他们自己的创造。包华石在托马斯·戈磊的这段文字中找到了证据：

> 惟一属于我们自己的品味，我们在观赏艺术方面的创造才能的惟一证明，是我们在园艺和花园布置方面的才能。中国人已经把这项美丽的艺术发展到高度完美的境界，很可能通过耶稣会士的通信（为世人了解），更多的来自威廉·称波斯几年前的有关著述。但可以肯定的是，我们没有从他们那里抄袭任

---

[1] 叶朗：《说意境》，《文艺研究》1998 年第 1 期。

[2] ［美］包华石：《中国体为西方用——罗杰·弗莱与现代主义的文化政治》，《文艺研究》2007 年第 4 期。

何东西，而只是把自然作为我们借鉴的范本。由于该艺术在我们中间出现不过四十年的时间，我们承认在欧洲的确没有任何东西与其类似。但千真万确的是我们没有任何关于它来自中国的资料。[1]

对于英国人极力将中国影响清除出去的做法，包华石称之为民族主义的文化战争。包华石指出："当时这种民族主义的文化战争严重到了我们现在很难想象的地步，甚至 1772 年，当称波斯再度出版了一本提倡利用中国设计元素的书《论中国园林》后，立刻有人将他称为卖国贼。"[2]

在中国园林设计和设计美学对欧洲产生重要影响之后，中国绘画和绘画美学也开始影响欧洲。据包华石的考察，欧洲现代艺术的转向明显受到中国绘画和绘画美学的影响。欧洲现代艺术转向的一个重要标志，就是从绘画的题材转向绘画的语言，简单来说就是从写实转向表现。罗杰 · 弗莱在 1910 年发表的《东方艺术》一文中指出：

一旦有教养的公众逐渐适应了东方艺术杰作所蕴含的节制性、其运用笔墨方面的简约以及其质量的精致完美，那么可以想见，我们的公众对大多数西方绘画将会无话可说。那样，我们的艺术家也许会发展一种新的良知，会抛弃所有那些不过是没事找事的笨拙的机械表现方式，而去寻求描述事物最基本的因素。在绘画艺术（pictorial art）的净化过程中，在将艺术从所有那些不具有直接的强大震撼力量的东西中解放出来的过程中，西方艺术家们所回到的不过是他们自己久已忘却的传统。[3]

---

[1] Arthur Lovejoy, "The Chinese Origin of a Romanticism," *The Journal of English and Germanic Philology*, Vol. 32, No.1 (Jan., 1933), p.15. 转引自 [美] 包华石《中国体为西方用——罗杰 · 弗莱与现代主义的文化政治》，《文艺研究》2007 年第 4 期。

[2] [美] 包华石：《中国体为西方用——罗杰·弗莱与现代主义的文化政治》，《文艺研究》2007 年第 4 期。

[3] Roger Fry, "Oriental Art," *The Quarterly Review*, Vol. 212, No.422 (January / April, 1910), pp.225-239. 转引自 [美] 包华石《中国体为西方用——罗杰 · 弗莱与现代主义的文化政治》，《文艺研究》2007 年第 4 期。

包华石认为，劳伦斯·宾庸1908年出版的《东方绘画》(*Painting in the Far East*)对于西方现代艺术的转型也产生了重要的影响。在该书中，宾庸论述了唐宋以后中国绘画由形似向写意的转向：

> 唐代艺术中有一种把书法与绘画有意识地结合起来的努力。我们应该了解，这是一种画家寻求通过运笔而获得表现力的尝试。运笔既需要有可以传达生命神韵的线条，借以表现真实的生命形态，又要有蕴含在张弛有致、一挥而就的书法家笔下的那种韵律的美，书法家的字写得美，是因为掌握了那种令任何画家都羡慕的运笔的功力。[1]

宾庸所说的中国绘画中的韵律美，指的就是中国画论中的“气韵生动”。1904年宾庸就在一篇文章中用rhythm来翻译中国美学中的“气韵”：

> 众所周知，顾恺之以肖像画闻名。人们对此颇以为是。然而，鉴于只有这幅画可供我们评价他的艺术造诣，我们认为，他之所以伟大，主要是因为其笔下那令人震撼且充满韵律感(rhythmic)的线条。试问欧洲艺术中有哪件作品能够透过这些纯粹自发的精致笔触体现出如此细腻的画面修饰？其中的笔韵游走是那么的飘逸细致，似乎只有伟大的力量可以造就。[2]

自此之后，用rhythm来翻译气韵逐渐流行起来，rhythm也因此成为西方美学和艺术批评中的常用概念，西方批评家也开始关注笔触本身

[1] Laurence Binyon, *Painting in the Far East: An Introduction to the History of Pictorial Art in Asia Especially China and Japan* (London: Edward Arnold, 1908). 转引自[美]包华石《中国体为西方用——罗杰·弗莱与现代主义的文化政治》,《文艺研究》2007年第4期。

[2] Laurence Binyon, “A Chinese Painting of the Fourth Century,” *The Burlington Magazine for Connoisseurs*, Vol. 4, No. 10 (January 1904) , p. 42. 转引自[美]包华石《中国体为西方用——罗杰·弗莱与现代主义的文化政治》,《文艺研究》2007年第4期。

所具有的审美价值。例如，克拉顿 – 布罗克在一篇论述后印象派画家的文章中写道：

> 凡高运用诗意的笔触画出了雨的本质和特性。在除去了所有无关的事实之余，作品的表现力，就如同诗人笔下音乐般的韵律一样，向我们传达了他本人的部分感性特质。因此，对我们而言，凡高作品的表征，就是画家所理解的现实世界。我们无须用言辞解释他的含义，而他也从不意图通过模仿美来表现美。[1]

克拉顿 – 布罗克还明确指出，后印象派画家像中国画家一样工作："后印象派画家所要实现的，是以更深刻、更持久的情感因素取代好奇的创作心理。就像伟大的中国艺术家那样，后印象派画家在动笔之前已尽可能地做到胸有成竹（to know thoroughly what they pant before they begin to paint it），在这个前提下，他们只选择那些情感上更容易打动自己的东西。"[2]

包华石考察了像"胸有成竹"和"气韵"这样的美学和艺术批评术语，最初是如何起源于中国美学，后来又是如何遗忘中国美学这个起源的。包华石写道：

> 不过，无论"胸有成竹"的说法在中国画论上的历史多么悠久，西方的古典美学十分缺乏类似的看法。克拉顿 – 布罗克大概是从宾庸 1904 年的论文《4 世纪的中国绘画》(A Chinese Painting of the Fourth Century) 中学到了这个概念，并体会到了这个美学理想正好能符合后印象派画家的创作方式。以后弗莱

[1] A. Clutton-Brock, "The Post-Impressionists," *The Burlington Magazine for Connoisseurs*, Vol. 18, No. 94 (Jan., 1911), p. 218. 转引自［美］包华石《中国体为西方用——罗杰·弗莱与现代主义的文化政治》，《文艺研究》2007 年第 4 期。

[2] A. Clutton-Brock, "The Post-Impressionists," pp. 216-217. 转引自［美］包华石《中国体为西方用——罗杰 · 弗莱与现代主义的文化政治》，《文艺研究》2007 年第 4 期。

继续发展了以线条和手势的笔触(gesture)来传达感情的理论。到了20世纪40、50年代"gestural brush stroke"已成为抽象表现主义的一个口号，但因为文化政治的作用，70年代以后学者很少讨论到现代艺术与东方画论之间的关系。[1]

包华石通过对历史的回顾，力图说明现代艺术和现代性并不是西方的发明，而是一个跨文化的交互影响的过程。

六、西方当代美学与中国古典美学的相遇

不仅西方现代美学和艺术理论借鉴了中国古典美学的诸多观念，西方当代美学也体现出对中国古典美学的浓厚兴趣。笔者以当代西方美学中的艺术本体论难题为例来进行说明。总体来说，解决艺术本体论难题的三种新的美学理论，都与中国古典美学密切相关。

（一）艺术本体论的难题

艺术作品本体论是20世纪后半期困扰艺术哲学家的一个难题。所谓艺术作品本体论问题，可以概括为"艺术作品是什么"的问题，它与"什么是艺术作品"不同，后者通常被归结为艺术定义问题。与艺术定义问题探讨某物是不是艺术作品不同，艺术作品本体论问题是在业已知道某物是艺术作品的情况下，去探讨它是一类什么样的事物。正如安妮・L. 托马森指出的那样：

艺术本体论研究的主要问题是：艺术作品是哪种实体？它们是物理对象、理念种类、想象性实体或别的什么吗？各种艺术作品如何与艺术家或观赏者的内心状态、与物理对象、或者与抽象的视觉、听觉或语言结构相联系？在什么条件下艺术作

[1] ［美］包华石：《中国体为西方用——罗杰·弗莱与现代主义的文化政治》，《文艺研究》2007年第4期。另参见 Martin Powers, "Art and History: Exploring the Counter Change Condition," *Art Bulletin*, Vol. 77, No. 3 (Sep., 1995), pp. 382-387。

品开始存在、继续存在、或者停止存在？[1]

让我们以绘画为例。根据西方形而上学，实体（entity）一般被分为两类：一类是“独立于心灵之外的”物理对象，一类是“存在于心灵之中的”想象对象。显然，这种今天被奉为标准的本体论区分不能很好地解释绘画的实体，在这种二分的本体论视野中没有绘画的位置。我们既不能将绘画等同于“独立于心灵之外的”物理对象，也不能将它等同于“存在于心灵之中的”想象对象。绘画似乎处于这两种对象之间，它在材料上是由物理对象构成的，但又包含了意图、情感等居于内心之中的现象。托马森总结说：

> 总之，要容纳绘画、雕塑以及诸如此类的东西，我们必须放弃在外在于心灵和内在于心灵的实体之间作简单的划分，承认那种以各种不同的方式同时依靠于物理世界和人类意向性的实体的存在。[2]

艺术作品的本体论地位问题，迫使我们“返回到基础的形而上学问题，重新思考形而上学中那个标准的二分，并发展出更广阔的和改良过的本体论范畴系统”[3]。我们要扩大本体论范畴的系统，以便接纳那些存在于二分范畴之间的实体。由此可见，艺术作品本体论研究可以触及根本的形而上学问题，这个根本问题的解决不仅有助于我们理解艺术作品，而且有助于我们理解其他的社会对象和文化对象。托马森写道：

> 对艺术本体论的细致考虑有着远远超出美学的影响和应用。……发展更合适的艺术作品本体论，还可以为在本体论

---

[1] Annie L. Thomasson, “The Ontology of Art,” in *The Blackwell Guide to Aesthetics*, Edited by Peter Kivy (Malden, Oxford, and Carlton: Blackwell, 2004), p.78. 中译本参见基维主编《美学指南》，彭锋等译，南京大学出版社，2008 年。

[2] Annie L. Thomasson, “The Ontology of Art,” pp. 88-89.

[3] Ibid., p. 88.

上更适当地、一般地来处理社会和文化对象奠定基础，而这常常在自然主义的形而上学中被忽略。……总之，如果有人试图规定出这样的范畴，它可以真正地适合于我们通过日常信念和实践所了解的艺术作品，而不是使艺术作品被安置到现有的熟悉的形而上学范畴中，那么我们不仅可以得到更好的艺术本体论，而且可以得到更好的形而上学。[1]

现在的问题是：那种存在于二分范畴之间的实体究竟是什么？我们如何才能发展出一种“更广阔的和改良过的本体论范畴系统”？托马森只是提出了问题，他并没有给出适当的答案。

（二）泽尔的显现美学

马丁·泽尔在《显现美学》一书中[2]，一反当代美学抵抗宏大叙事的潮流，对美的本质做了新的探讨。这种探讨触及艺术本体论的难题，同时与中国古典美学形成了某种呼应关系。

泽尔的观点可以用一句话来概括，即美在显现（appearing）。所谓显现，即是事物在我们的审美经验中所呈现出来的一种活泼样态。当我们用无利害的态度来关注对象时，对象就会处于一种完全开放的活泼状态。这种活泼的状态体现为一种动态的过程，泽尔称之为“Erscheinen”。为了体现它的动态性，英文译者用动名词“appearing”来翻译它，而不是用现代美学中的常用术语“semblance”来翻译它，也没有用名词“appearance”来翻译它。笔者把它翻译为“显现”而不是“外观”，目的还是为了突出它的动态和过程特征。

我们可以对照两个概念来说明显现的特征：一个是“being-so”，为了突出它的不变性，笔者把它译为“确在”；一个是“appearance”，可以译为“外观”。事物的确在，就是一般人朴素地认为事物确实存在的那种样态。事物的确在，可以用概念来描述，从而形成关于事物的命题

---

[1] Annie L. Thomasson, “The Ontology of Art,” p. 90.

[2] Martin Seel, *The Aesthetics of Appearing,* John Farrell trans. (Palo Alto: Stanford University Press, 2004). 中译本参见［德］马丁·泽尔《显现美学》，杨震译，中国社会科学出版社，2016 年。

知识。事物的显现则不同，它不能用概念来描述，从而不能形成关于事物的命题知识。这里有两种情况需要加以区分。第一种情况是，事物有丰富的特征，其中有些特征是可以确定下来用概念来描述的，有些是不能确定因此不能用概念来描述的，前者就是事物的确在，后者就是事物的显现。这种区分有点类似于洛克所说的事物的第一性质和第二性质的区分。确在属于事物的第一性质，显现属于事物的第二性质。第二种情况不是对事物的性质做平行的区分，而是对事物的状态做层次的区分。事物在未被我们认识的情况下可以说是确在，事物透过概念显现出来，就成了外观、表象或者知识。显现处于确在与外观之间，是事物在被概念固定为外观、表象或知识之前的活泼状态，是事物显现为外观的途中。正因为显现是在途中，因此它是动态的过程，而不是最终的结果。确在和外观都可以被当作结果，但显现总是处于幻化生成之中。确在和外观，都可以不依赖观察者而存在，但显现依赖观察者的在场。一旦观察者缺席，事物的显现就蜕化为确在或者外观。

事物呈现出来的外观或者知识，只是事物某个或某些方面的特征的突显，同时是事物其他方面的特征的遮蔽。比如，某个人既是父亲也是儿子，当他父亲的特征凸显出来时，就会遮蔽他作为儿子的特征。因此，任何关于事物的知识，都是有成有亏，不可能揭示事物的全貌。事物的全部可能性只有在显现的途中才是完全敞开的。由此可见，在显现中，事物是以无限的生动性和丰富性而存在的。泽尔美在显现的观点，高度肯定了事物的丰富性和生动性。在泽尔的这种主张中，我们可以看到法兰克福学派成员比如阿多诺对同一性的否定，对非同一性的推崇。[1]我们也可以看到现象学美学家比如杜夫海纳对事物本身或者深度真实的追求，在杜夫海纳看来，我们信以为真的世界其实并不真实，在真实的世界之下或者之前还有一个更加真实的世界，那就是事物在感觉中呈现出

[1] 阿多诺的论述详参见 Theodor Adorno, *Aesthetic Theory*, ed. Gretel Adorno and Rolf Tiedemann, trans. Christian Lenhardt (London and Boston: Routledge and Kegan Paul, 1984)；中译本参见［德］阿多诺《美学理论》，王柯平译，四川人民出版社，1998 年。

的全部可能性，杜夫海纳称之为“辉煌的感性”[1]。总之，泽尔在西方一分为二的本体论区分中间划出了一个新的地带，这个地带既与对象的存在有关，也与主体的在场相连，这个地带就是显现。如果这个中间地带能够成立，那么托马森提到的那个艺术作品本体的难题就将得到解决，我们可以把无非定位的艺术归入显现领域。

泽尔的显现概念，对于习惯于一分为二的本体论区分的西方哲学来说，算得上新的发明。但是，在中国哲学中，它就有些似曾相识了。中国哲学的本体论区分不是“一分为二”而是“一分为三”。[2]中国形而上学将实体划分为“道”“象”“器”或者“神”“气”“形”。根据西方形而上学中的标准区分，我们可以勉强将“道”或“神”归结为抽象对象或心理对象，将“器”或“形”归结为具体对象或物理对象，但这种标准区分中没有“象”或“气”的位置。“象”在这里不能像我们通常理解的那样被理解为形象、形式或者轮廓。“象”不是事物本身，不是我们对事物的知识或者事物在我们的理解中所显现出来的外观。“象”是事物的兀自显现、兀自在场。“象”是“看”与“被看”或者“观看”与“显现”之间的共同行为。如果要用一句话来概括的话，我们可以说“象即显现”。

我们借用王阳明的一段对话来对“象”即显现做些具体的说明。《传习录》记载：

> 先生游南镇，一友指岩中花树问曰：“天下无心外之物，如此花树，在深山中自开自落，于我心亦何相关？”先生曰：“你未看此花时，此花与汝心同归于寂。你来看此花时，则此花颜色一时明白起来。便知此花不在你的心外。”[3]

[1] 杜夫海纳的论述详见 Mikel Dufrenne, *In the Presence of the Sensuous: Essays in Aesthetics*, translated by Mark S. Roberts and Dennis Gallagher (Atlantic Highlands, New Jersey: Humanities Press International, Inc., 1987)。

[2] 详细论述参见庞朴《一分为三：中国传统思想考释》，海天出版社，1995 年。

[3] 王阳明：《王阳明全集》（上），上海古籍出版社，1992 年，第 107—108 页。

从一般人的角度来看，王阳明与他的朋友之间的对话似乎相当奇怪。在我们日常生活中，既不会有“与汝心同归于寂”的花，也不会有“颜色一时明白起来”的花。我们的认识功能自动地将概念赋予所看到的花，给花命名，将它视为桃花、梨花、菊花、芙蓉花、杜鹃花等等，这些都是在王阳明和他的朋友们游玩的山上容易见到的花。

我们在这里进一步假定王阳明和他的朋友们看见的花就是芙蓉花。现在，我们有了三种不同的芙蓉花：“与汝心同归于寂”的芙蓉花，“颜色一时明白起来”的芙蓉花，以及有了“芙蓉花”名称的芙蓉花。这里，用有了“芙蓉花”名称的芙蓉花来指称芙蓉花的显现结果，也就是我们依据概念或名称对芙蓉花的再现或认识。我们可以将这三种芙蓉花简称为“再现中的芙蓉花”“显现中的芙蓉花”和“芙蓉花本身”。根据中国传统美学，审美对象既不是任何芙蓉花本身，也不是任何再现中的芙蓉花，而是所有显现中的芙蓉花。

这三种不同的芙蓉花之间究竟存在怎样的区别？简要地说，芙蓉花本身是一种树木。比如说，它有三米高、众多的枝丫、绿色的叶子、粉红色的花瓣等等。我们可以去数它的枝丫的数目，触摸它的树干的硬度，嗅它的花的香气，如果愿意的话还可以尝尝它的叶子的滋味。无论我们是否知道它是芙蓉花，我们在芙蓉花本身中都可以发现众多的诸如此类的特征。这种芙蓉花可以存在于心外，可以处于“寂”的状态。

显现中的芙蓉花是在我们知觉中的芙蓉花或者正被我们知觉到的芙蓉花，也就是王阳明所说的“颜色一时明白起来”的芙蓉花。王阳明主张“心外无物”，他想说的也许是：我们只能有在心上显现的芙蓉花，而不能有芙蓉花自身。王阳明的这个看上去相当奇怪的主张实际上并不难理解，因为如果我们不能感知某物，就无法知道它是否存在。不过，这里显现中的芙蓉花不能被理解为主观臆想的产物。“心”在这里如同“镜子”或“舞台”，借助它，芙蓉花显现自身，这是我们在禅宗文献中很容易发现的隐喻。因此，在许多方面，显现中的芙蓉花都十分类似于芙蓉花本身，它们之间的唯一区别在于前者是知觉中的对象，后者是物理对象或自然对象。

实际上，王阳明并没有取消芙蓉花本身，他只是将它转变成了显现中的芙蓉花。在日常经验中，我们可以明确地拥有芙蓉花本身，因为可以去看它、摸它、嗅它、尝它。现在的问题是，一般人的普通看法跟王阳明的深刻洞见之间有何区别？在王阳明眼里，一般人心目中的芙蓉花并不是真正的芙蓉花本身，而是芙蓉花的再现或幻象。我们通常将某种再现中的芙蓉花当作芙蓉花本身，比如，今天就容易将科学对芙蓉花的再现当作芙蓉花本身，因为科学在今天享有至高无上的权威。科学对芙蓉花的再现并不是芙蓉花本身，它只是关于芙蓉花的现代植物学知识。我们还有对于芙蓉花的其他再现和关于芙蓉花的其他知识，比如，中国传统中草药学知识。从不同的观点出发，我们可以得到不同的芙蓉花知识。享有统治地位的再现或知识，通常就会被误以为事物本身。

显现中的芙蓉花与再现中的芙蓉花之间又有何区别？关于显现中的芙蓉花，王阳明只是说它的“颜色一时明白起来”，他并没有说他看见了不同的颜色或者不同的树。我们假定在某一时刻我们看见的颜色是一样的，比如说粉红。王阳明看见的颜色与植物学家或中草药学家看见的颜色并不是两种不同的颜色，比如前者看见了粉红，后者看见了橘红，而是同一种颜色的不同样态，即在显现之中的粉红和不显现的粉红，前者是我们对粉红的感受，后者是我们对粉红的知识。需要指出的是，这里所说的“不显现的粉红”有两种情况：一种是从来没有进入感知的粉红，一种是曾经进入感知而现在不在感知之中的粉红。让我们暂且撇开前一种粉红。“正在感知之中的粉红”与“曾经进入感知而现在不在感知之中的粉红”的区别在于：前者是活泼泼的“象”，后者已衰变为死板板的“知识”。在活泼泼的“象”的状态，我们的感知处于逗留之中，并不立即提交或上升或抽象为知识。我们得到的是“象”还是知识的关键，不在于观看的程度是否仔细，而在于观看的态度是否松弛。王阳明的观察不一定有植物学家或中草药学家那么仔细，但王阳明能够看见花的“象”，而植物学家或中草药学家只能得到花的知识，因为王阳明在“游南镇”，“游”让王阳明的感知摆脱了概念的束缚。

根据一分为三的本体论区分，艺术作品的本体论难题似乎不难得到解决。在一分为三模式中的“象”或者“显现”，就是艺术的灵魂。正如庞朴总结的那样，“道—象—器或意—象—物的图式，是诗歌的形象思维法的灵魂;《易》之理见诸《诗》,《诗》之魂存乎《易》，骑驿于二者之间的，原来只是一个象”[1]。

通过上面的论述，我已经大致概述了一种基于“象”或者“意象”的美学理论。我们可以将这种美学理论称为象本论。也许有人会提出这样的问题：这种理论不是明显过时了吗？显认不是。当然，笔者也不认为我们可以恢复中国传统美学而无须创造性的转换，而想强调的是，一种充分吸收中国传统哲学优点的美学理论有助于我们处理某些当代问题。比如，在基于一分为二的再现理论中无法解决的艺术本体论问题，在基于一分为三的意象理论中就可以得到妥善的解决。事实上，这既是一个当代美学理论问题，又是一个当代文化理论问题。在今天这个世界日益由“硬”的“物质”转向“软”的“意义”的时候，如何来看待诸如“龙”“飞马”“三头六臂”之类的虚构实体，是当代哲学家们正在思考的难题。再如，意象理论还可以帮助我们保持或创造自然、心灵和文化之间的和谐关系。这里想进一步指出的是，当代社会的许多问题都是起源于这种和谐关系的丧失。一种以“意象”为核心的艺术可以培养我们的这种和谐意识，进而帮助我们恢复人与自然、人与人、人与自身之间的和谐关系。此外，意象理论还可以让艺术避免终结。艺术终结由黑格尔在 19 世纪初首先提出，阿瑟·丹托在 20 世纪中期重提，今天已经成为艺术界中的热门话题。[2]这里不想再叙述这个问题，而想指出的是，如果我们将其他艺术传统尤其是中国艺术传统也考虑进来，艺术终结就不是一个真问题。艺术终结的问题，是基于再现理论的西方现代艺术必然面临的问题。如果从“意象”的角度来看，留给艺术家的创作空间是无法穷尽的，艺术是不可能终结的。

---

[1] 庞朴：《一分为三：中国传统思想考释》，第 235 页。

[2] 详细讨论参见 Eva Geulen, *The End of Art: Readings in a Rumor after Hegel,* James McFarland trans., (Standford, Cal.: Stanford University Press, 2006)。

（三）波梅的气氛美学

能够解决艺术本体论难题的，不仅有泽尔的显现美学，还有格诺特・波梅的气氛美学（aesthetics of atmosphere），而且笔者发现波梅所说的气氛与中国古典美学的意境之间有密切关系。

随着全球化的进一步发展，中国美学与西方美学的交往变得频繁而深入。但是，中西美学之间的翻译始终是一个尚未解决的问题。尤其是中国美学中的许多术语，都很难翻译为英文或其他西方文字。比如，意境就是一个很难翻译的概念。笔者曾经尝试用本雅明的“aura”（灵光或灵韵）来翻译意境，但是 aura 具有太强的宗教意味，同时本雅明本人也没有对它做深入的理论化的工作，更重要的是 aura 适用的领域有限。aura 似乎尤其适合用来描述视觉艺术，对于文学等其他艺术形式好像不太适用。后来笔者想套用丹托的一种说法来翻译意境。丹托认为，将艺术作品与寻常物区别开来的关键，不是二者在特征上有什么差别，而是有无“理论氛围”（atmosphere of theory）。理论氛围的说法形象而准确，能够揭示当代美术体制中某种核心的东西。理论氛围是看不见摸不着的，但是对于在其中工作的专业人士来说，又是具体可感的。鉴于意境主要不是理论，而是感觉，因此笔者尝试把意境翻译为“感觉氛围”（sensuous theory）。但是，无论是丹托的理论氛围，还是感觉氛围，其中的氛围或气氛，都是一种比喻性的措辞，还没有成为专业术语。真正将气氛变成美学的专业术语的，是波梅。[1]

波梅致力于建立他的新美学，其中核心概念就是气氛。尽管美学话语中经常会用到气氛，但它的含义却有些模糊不清。人们通常用气氛来指称某种不确定的、难以言传的东西，同时又强调这种难以言传的气氛正是审美的关键所在。与灵光专用于视觉艺术不同，气氛可以用于人、空间和自然。比如，我们可以说某个春天的早晨气氛清爽，也可以说某个花园有家的气氛。在这些用法中，气氛指某种不确定的、弥漫的却与对象紧密相关的东西。我们用许多词汇来形容气氛，比如清爽、忧郁、

---

[1] 波梅关于气氛的论述，参见 Gernot Böhme, “Atmosphere as the Fundamental Concept of a New Aesthetics,” *Thesis Eleven*, No.36 (1993), pp.113-126。

压抑、高涨、威武、诱人等等。尽管我们经常用到气氛，但气氛究竟是个什么东西却不容易确定。我们不能确定它们究竟是由环境引起的，还是由对象引起的，甚至是由我们自己引起的。“我们都不知道它们在哪里，它们以一种缥缈般的情感调子充满空间。”[1]当然，要将气氛由日常语言转变为美学术语，就必须弄清它的本体论地位，即弄清楚它究竟是个什么东西。

然而，在西方标准的本体论区分中，很难找到介于主客体之间的虚无缥缈的气氛的本体论地位。为了让气氛成为一个合法的美学概念，为了给气氛找到明确的本体论地位，波梅认为要从主客体两个方面推进，打破根深蒂固的主客二分，或者说让主客体从各自的边界渗透出来，交接形成主客体之间的中间地带，将气氛的本体论地位确定在这种中间地带。波梅借用了施密茨的身体哲学，将主体从由心灵独占的境况中解放出来，把身体纳入主体的范围之中。这样主体就不再是不占空间的心灵，而是在空间中与周围环境发生关系的存在。“从身体上做出的自我意识，意味着同时意识到我在环境之中的状态。”[2]由此，主体就从内在性中渗透出来，进入外在的空间之中。在对客体的理解方面，也要做出同样的改变。“我们不再根据与其他事物的差别来构想事物，不再根据区分和统一来构想事物，而是根据事物从自身中出离的方式来构想事物。我用‘事物的忘形’来表达这些出离的方式。”[3]比如，在主客二分的本体论框架中，被当作第二性质的东西如颜色、气味等就具有忘形的特征，因为它们无法凭借自身成为对象的特征；只有在与主体联系在一起的时候，它们才是对象的特征。即使是被认为第一性质的广延和形状，也可以被认为具有出形的特征。事物的形状并不像古典哲学所构想的那样是将事物包裹在里面，限制事物向外展开，而且可以产生一种向外的效力。它可以向外放射，透出包裹自己的形状而进入环境之中，在周围空间中形成张力和动势。

---

[1] Gernot Böhme, “Atmosphere as the Fundamental Concept of a New Aesthetics,” p.114.

[2] Ibid., p.120.

[3] Ibid.

当主体与客体都溢出自己的边界，向周围环境和空间中渗透的时候，介于主客体之间的气氛就形成了。正是在这种气氛概念的基础上，波梅建立起了他的新美学。“气氛是感知者和被感知对象的共同实在，因为在对气氛的感知中，他或她是以肉身的方式出场的。”[1]气氛作为主客体双方溢出自身合成的共同实在，正因为如此，我们用来称呼气氛的词语，既可以用来称呼主体，也可以用来称呼客体。“严格说来，诸如‘清爽’或者‘青绿’之类的表达，指的就是这种共同实在，它们既可以从感知对象一方来命名，也可以从感知者一方来命名。因此，一个山谷被称为清爽的，不是因为它在某个方面与一个欢快的人相似，而是因为它散发出来的气氛是清爽的，并且可以将这个欢快的人带入清爽的情绪之中。”[2]

在审美经验中，我们感知的不是对象的形状或其他特征，而是对象散发出来的气氛。除了艺术作品之外，人、事物和环境都可以散发出气氛，从而成为审美对象。由此，波梅主张将美学从对艺术的关注中解放出来，将日常生活也包括在内。同时，需要扩大经典美学中的气氛类型，除了优美、崇高、悲剧、喜剧等气氛之外，还包括清爽、严肃、恐怖、压抑、惧怕、有力、圣洁、邪恶等等。审美创造的主要目的，不是制作客观存在的物，而是制造气氛。

熟悉中国美学的人很容易发现气韵与气氛之间的关联，不过就气氛介于主客体之间来说，它与意象和意境也有关系。有趣的是，显现与气氛的关系，大致相当于意象与意境的关系。我们已经对意象与显现的关系做出说明，接下来就对气氛与意境的关系做出探讨。

意境与气氛的关系，首先体现在它们的不确定性上。尽管显现和意象也具有不确定的特性，但是相比较来说，它们所体现的不确定性、渗透性、弥漫性不如意境和气氛那么典型。就“境生于象外”来说，境比象更加虚薄、轻灵，更有场域性和渗透力。从整个空间、环境，甚至世界为某种感觉特质所充满来说，意境与气氛非常相似。

---

[1] Gernot Böhme, “Atmosphere as the Fundamental Concept of a New Aesthetics,” p.122.

[2] Ibid.

其次，描述意境的词汇与描绘气氛的词汇基本可以互换，但是用它们来描述意象和显现就多少显得有点别扭。诸如优美、崇高、滑稽、荒诞、沉郁、飘逸、空灵等词汇，都可以用来描述意境和气氛，但有些不能用来描述意象和显现。

再次，意境和气氛的情感特征更加明显。由于意境和气氛的虚薄性和弥漫性，情感特质容易渗透其中，更容易成为我们审美逗留的场域。

最后，意境和气氛都具有明显的主体特征。尽管意象和显现也具有主体特征，但客体特征仍然占主导地位。气氛的主体特征得到了明显的加强，因为主体溢出自己的边界之后也加入气氛的构成之中，因而气氛带有明显的主体特征。但是，主体特征最强的还是意境。侧重描述审美对象的意境和侧重描述审美主体的境界基本上可以等同，在意境中主体与客体达到了最终的同一。

我们在意境与气氛之间进行比较，目的不是为了证明它们之间的异同，而是一方面希望通过与当代美学的对话来恢复传统美学概念的活力，让传统美学概念加入当代美学思想的建构；另一方面希望通过与传统的对接而赋予当代美学术语以合法性，让诸如气氛这样的术语能够顺利地从日常用语转变为美学术语。当今天的美学既能够恢复传统美学术语的活力，又能够开放地接纳新的美学术语时，美学话语就会变得更加丰富，同时有助于艺术批评提高自身的解释力。

（四）朱利安的“之间”理论

与泽尔和波梅不同，弗朗索瓦·朱利安是一位专攻中国哲学的西方学者，他对中国艺术特别是绘画的本体论地位的认识，对于解决西方当代美学中的艺术本体论难题最有启示。

朱利安兼通中国和欧洲哲学，这便于他在中西方之间进行比较。但是，他强调自己的研究方法与一般的比较研究不同，一般的比较研究容易事先假定相同或者相异，从而有可能用先入之见掩盖比较双方的真相。朱利安强调他在做研究时，从不预先假定比较双方的相同或相异，而是拉开距离，让它们面对面，相互映照，既照亮对方，也反思自身。他将他的研究方法总结为“间距”法。在朱利安看来，中国与欧洲具有最明显的间距，特别适合用来相互阐发。朱利安说：

> 面对欧洲文化，中国处于一种特别突出的外在性之中。首先，语言上的外在性，中文不属于印欧语系，这点跟梵文很不同，因为梵文与欧洲语言有相同之处。此外，你们都知道，在所有表义文字的语言当中，只有中文继续使用表义文字。其次，历史上也具有外在性：大家观察到，即使自罗马时代起，中西透过丝路而间接做过一些交易，在罗马却没有任何人想过商品是“中国制造”的。这块庞然大陆之两端一直到16世纪下半叶当传教士们登陆中国时才真正有接触；而且要到19世纪下半叶，中国和英国发生了鸦片战争之后，中国被迫开放五口通商以后，中欧之间才开始进行实质的交流，战争取得胜利的欧洲靠着科学优势，开始用武力而不再用宗教信仰对中国进行殖民。与此相较之下，阿拉伯世界看起来相当“西化”，因为阿拉伯人曾经翻译了许多希腊文献而引进欧洲，那些文献最早就包含亚里士多德及医学家的著作。
>
> 然而，中国位于与欧洲相对的另一端，与欧洲同时建造了自己的文化，但完全在欧洲域外。大家都知道，中国的悠久历史及其发展都可与欧洲匹敌。这是为什么我个人选择中国“田野”，犹如人类学者所说的。但是，正因为我不想成为人类学家，而要成为哲学家，我那时候希望能够研究一种跟我们在欧洲的哲学具有同样的思辨深度的思想——一种文本化、带有诠释的、明白清晰的思想——，中国正是最佳的例子。[1]

正是通过欧洲与中国的“间距”，朱利安发现了中国美学和艺术中的“之间”。关于“之间”，朱利安解释说：

[1] [法] 弗朗索瓦·朱利安：《间距与之间：论中国与欧洲思想之间的哲学策略》，台北五南出版社，2013年，第11—13页。

由于之间的本性是不引人瞩目，不引起注意，之间因此是任由思维跨越的。之间的本性是，不留焦点，不留固定点，它就不引人注意。之间总是迂回到不是自己的他者。如是，"之间"的本性乃以凹状存在，而不是满满的，它没有属于它的定义，因此无法拥有本质。我因为语言的句法而说"之间的本性"，但是之间的本性正是没有任何本性。接下来，之间拒绝原则上的所有属性，它不可能具有任何实质。[1]

在朱利安看来，"之间"不是任何确定的东西，不具有任何本体论的地位，或者非本体论的地位。在朱利安看来，欧洲之间之所以未能关注"之间"，原因在于它始终关注存有，关注定义，而"之间"总在逃避存有和定义。朱利安接着说：

之间没有任何本性，没有地位，其结果是，它不引人注目。而同时，之间是一切为了自我开展而"通过""发生"之处。因为中文不是源自"是／存在"这个动词，所以它不必关注存有／存在，它没有探索过本体论所含藏的丰富资源。那么，中文这个语言－思维难道不正好能帮助我们给存有／存在下定义吗？我们所谓的"世界"，也许说得太客观了，难道不是指"天地之间"，就如老子说的："其犹橐籥乎？""虚而不屈，动而愈出。"（《老子》第五章）呼吸行于"之间"，如人体里面的气囊；势呼吸使我们活着。又好比，文人画家在笔划之中留下之间，因此使笔划生气蓬勃。[2]

在《大象无形》一书中，朱利安详细阐述了中国文人画家是如何通

[1]　[法] 弗朗索瓦・朱利安：《间距与之间：论中国与欧洲思想之间的哲学策略》，第 61 页。

[2]　同上书，第 63 页。

过“之间”而达到气韵生动的目标。[1] 朱利安用一种典型的中国方式解决了当代西方美学中的艺术作品本体困惑：艺术作品是没有本体论地位的，关于艺术作品本体论地位的追问，本身就是一个西方式本体论思维的错误。

[1] François Jullien, *The Great Image Has No Form, On the Nonobject through Painting,* Jane Marie Todd trans. (Chicago and London: The University of Chicago Press, 2009). 中译本参见［法］弗朗索瓦·朱利安《大象无形》，张颖译，河南大学出版社，2014 年。

第四章　中华艺术经典的海外传播

文化乃民族之魂，文化交流是世界文化进步的一个重要条件，也是推动全球化时代文化多元化的内在要求，而文化传播则是国家软实力的重要组成部分。中华文化博大精深，艺术经典是其中的精髓，也是中华文化对外传播非常重要的载体，所以中华艺术经典的传播对于弘扬中华文化有着举足轻重的作用。探讨中华美学精神的当代传承，也需要从中华艺术经典的海外传播中见出实际范例，为新的海外推广提供有力的参照系。这里甄选三部中华艺术经典作为研究对象，来探讨其在海外的传播状况与接受程度。本章分为三个部分：第一部分为《红楼梦》在海外的翻译和传播，主要围绕中国四大古典名著之首《红楼梦》在欧洲的传播状况展开，分析德国、俄罗斯、法国、英国、西班牙五个国家对《红楼梦》的翻译情况、译文版本和各国汉学家对《红楼梦》的研究状况，充分肯定了这些汉学家、翻译家对中华艺术经典的海外传播做出的重要贡献。第二部分为“梁祝”母题的海外传播和跨文化传播。“梁祝”传说作为民间文学素材已被多种文艺样式所汲取，产生了“梁祝”诗歌、“梁祝”小说、“梁祝”歌谣、“梁祝”戏曲、“梁祝”歌舞剧、“梁祝”动画和“梁祝”影视剧等数量众多的“梁祝”文艺作品。笔者针对“梁祝”文艺在东北亚、东南亚各国的传播形式、改编状况和本土化发展进行了梳理，主要涉及朝鲜、韩国、日本、印尼、越南、新加坡和马来西亚等国家。第三部分为《茉莉花》的流传形式与海外传播。《茉莉花》被称作“流传到海外的第一首中国民歌”，经由传教士、来华使节向西洋流传的同时，也在东亚文化圈广为流传。笔者对《茉莉花》在欧洲和东亚的流传形式、改编状况和传播途径进行了梳理，以探讨《茉莉花》的海外传播所带来的深远影响。

一、《红楼梦》在海外的翻译和传播

《红楼梦》是中国古典小说的巅峰之作，是我们民族文学中的瑰宝，在世界文学之林亦占有重要的地位。《红楼梦》走向世界，通过《红楼梦》把中华民族的传统文化在世界舞台上发扬光大，不能完全寄希望于西方人学会汉语，而是在很大程度上依赖于优秀的翻译家——通过他们坚持不懈的努力工作，完成一部好的译著，从而实现从语言到文学、再到文化的中西转换。《红楼梦》在欧洲的传播就很好地说明了这个问题。从另外一个角度看，一个译本本身就是两种存在着巨大差异的文化撞击后的产物，呈现出一种融汇中西文化观念的特殊形态，因而对译本的研究往往充满了丰富的趣味性与多义性。一方面，译本投射着西人的观念，是我们窥测西方文学乃至文化的一个窗口；另一方面，译本带领我们透过“他者”的视角，重新审视我们民族的文学乃至文化，在我们惯常的思考轨道之外，不时获得意外的惊喜与全新的认识。由此可见，一个优秀的译本不但在一部作品的传播史上，而且在两个民族的精神交流史上有着重要的作用。[1]

在欧洲，因为语言及文化的不同、翻译的局限等原因，曹雪芹及《红楼梦》的影响肯定没有在中国那么大。但是，现今学中文的欧洲人越来越多，在德国电视台 2013 年 2 月 24 日发布的名为“永久排行榜”的文学榜单上，《红楼梦》荣登第 4 名。这个排行榜上既有德国本土的文学作品，也包括外国文学作品，足以证明《红楼梦》在德国的巨大魅

---

[1] 参见王薇《〈红楼梦〉德文译本研究兼及德国的〈红楼梦〉研究现状》，山东大学博士学位论文，2006 年 。

力。德国多特蒙德还上演了《红楼梦》芭蕾舞剧。每一次《红楼梦》在媒体上被提到，其销量就会增多。为纪念曹雪芹诞辰300周年，欧洲也举办了很多相应的纪念活动，其中就包括新编排的《红楼梦》舞台剧。在欧洲，《红楼梦》这部作品远比它的作者著名。不过，在2014年的法兰克福书展上，曹雪芹的新画像引起很大的反响。很多读者，特别是年轻的读者都觉得他长相英俊，并开始关注他的资料，继而成为他的粉丝。在欧洲至少有过两次《红楼梦》热潮。第一次发生在弗朗兹·库恩刚翻译完德文节译本的几年内，欧洲几个国家又把库恩的版本再译成本国语言。那是第二次世界大战前夕，同时又在经历1929—1932年的经济大萧条，当时人们有乌托邦梦想，很多人都在看奇幻文学。《红楼梦》虽然不是奇幻文学，但是它为欧洲人也打开了一个全新的世界。在阅读《红楼梦》的时候，人们可以幻想自己在大观园里生活嬉戏，把自己想象成贾宝玉或者林黛玉等，这也是一种离开现实世界的乌托邦追求。

在中国出版印刷28年后，《红楼梦》小说的部分译文就出现在英文的杂志以及法文的书籍中。在德国图书联盟会将版权委托给莱比锡海岛出版社之后，此出版社于1932—1977年间总共出版发行了89335册。之后，《红楼梦》被翻译为欧洲最常用的几种语言，很多国家的《红楼梦》译本都销量不错。

（一）《红楼梦》在德国

《红楼梦》在德国被视为中国文学中最重要的一部著作。它最突出的艺术成就，就是“像生活和自然本身那样丰富、复杂，而且天然浑成”，作者把生活写得逼真而有味道。《红楼梦》里面的大事件和大波澜都描写得非常出色，故事在发展，人物性格在显现，洋溢着生活的兴味，揭露了生活的秘密。它的细节描写、语言描写继承和发展了前代优秀小说的传统。可以说，《红楼梦》“放射着强烈的诗和理想的光辉”。

1932年，德国学术界对《红楼梦》的研究达到了高潮，其主要标志就是《红楼梦》德译本的问世。《红楼梦》的德文译本是由德国最多产的译者库恩博士翻译的。库恩于1927—1932年间把1832年在中国出版的《红楼梦》的内容进行大幅度压缩，将其译为德文。虽然在此期间已经出现过类似的译本，但是库恩的译本是西方人首次对《红楼梦》所有120回故事情节的全面翻译。自1932年出版以来，此译本至2002年已经再版20余次，发行超过10万册，并且被转译为英、法、荷兰、西班牙、意大利、匈牙利等多国语言，不仅在德语世界，在整个欧洲也是广泛流传。据不完全统计，《红楼梦》有二十几种语言的版本。但库恩的德文缩译本依然是目前为止唯一（除了段落译文以外）一个德文译本。早在1927年，小说《红楼梦》在德国还不是很知名。库恩在当年4月16日给他的出版商基彭贝格的一封信中这样写道："对这部小说译文的修改需要格外谨慎对待，这本著作是一块西方文学研究从未涉及过的处女地。尊敬的基彭贝格教授，我和您一样，十分渴望能将隐藏在'红楼'里的秘密挖掘出来，这一点在此不需要再做强调。事实上，这是一部相当有潜力的作品，是值得我们为此付出辛勤汗水的。"

1932年，库恩在《红楼梦》德文节译本的后记中写道："这样一个关心精神文明的欧洲，怎么可能把《红楼梦》这样一部保持完整的巨大艺术品、这样一座文化丰碑忽视和遗忘了一百年之久呢？……我的译文大约再现了原文的六分之五。它不是供专门研究这部作品的人读的，而是为广大的受过教育的读者的。将中国的精神美餐可口地奉献给读者……"[1]由此可见德文版的译文定位，它从一开始就是面向大众的，而不是专门提供给象牙塔中的研究者们的。

1932年，作为库恩同时代人的著名作家、文学教授奥特马尔·恩盛赞库恩译本："弗朗兹·库恩能够翻译一个如此遥远的民族的如此艰难的作品，其举世无双的才能，人们已经谈到很多了。我在这里只能再一次指出：无论在汉语方面，还是小说作者对各种人物的喜怒哀乐的深刻体会方面，库恩都具有毋庸置疑的广博知识，这使扎实的中国语言知识和他对有关人物的所有感触和激情、快乐与痛苦的富有诗意的体会，

[1] [德]弗朗兹·库恩：《译后记》，见《红楼梦》，莱比锡海岛出版社，1948年。李士勋：《〈红楼梦〉译后记》，《红楼梦学刊》1994年第2期。

给予他一种不断增长的高超技巧，从而耕耘和浇灌了我们文学的这块重要园地。”[1]德文译本以其优雅的语言、详略得当的删节以及适应西方读者口味的创造性翻译，赢得了万千欧洲读者的心，使他们如饥似渴地阅读着这一来自遥远中国的鸿篇巨制。

德国著名汉学家、柏林洪堡大学教授埃娃·米勒在为译著1971年再版时所写的后记中写道：“欧洲知道《红楼梦》是相当晚的，至少晚于其他长篇小说。要恰当地表达《红楼梦》原著中充满诗意、精美绝伦的文学语言和正确理解宗教神话的象征性意义，都存在着不小的困难，这给翻译工作造成了很大障碍。《红楼梦》的早期英文节译本，有1842年由R.汤姆的译本、1892年的H.本克拉夫特·乔里的译本、1929年王际真与英国汉学家阿瑟·韦利共同合作的译本，这些译本都不大成功。1932年弗朗兹·库恩的德译本可以被看作第一个欧洲译本。除了删节太多以外，原著的思想和内容都得到了很好的保持。它也是1957年较好的英译本和法译本以1958年的意译本的蓝本。……这个译本的功绩在于：为小说在欧洲赢得了广大的读者群，从而在欧洲也为这一面古老的‘中央王国’无与伦比的风俗文化镜子，赢得了它所应有的声誉。”[2]在这里，米勒第一次在德国以汉学家的身份充分肯定了库恩译本的历史地位，及其对《红楼梦》在欧洲的传播做出的巨大贡献。库恩的译本既照顾了德语读者的文化习惯，又适当地满足了他们对异国情调的渴求，这也恰恰是它得以长期广泛传播的原因之一。

（二）《红楼梦》在俄罗斯

19世纪80年代，俄国汉学家瓦西里耶曾说，《红楼梦》写得如此美妙，如此有趣，一定会产生模仿者。《红楼梦》在俄罗斯的传播与接受辗转沉浮200多年，为我们研究文学翻译作品在传播与接受中的价值取向提供了珍贵的个案。

---

[1] 姜其煌：《德国对〈红楼梦〉的研究》，《红楼梦学刊》1989年第3期。

[2] 姜其煌：《欧美红学》，大象出版社，2005年，第219页。

18世纪末期，俄国派往北京的传教士团成员目睹中国人对《红楼梦》的狂热，陆续将其所收集到的约60种抄本和善本《红楼梦》带回俄国，逐渐引起俄国人的关注。最早认识到《红楼梦》的文学价值的是汉学家瓦西里耶夫，他认为《红楼梦》全面反映了中国的社会生活，文笔流畅，艺术性高，是一部了不起的杰作。

《红楼梦》自18世纪末传入俄国，很长一段时间内始终不为俄国人所了解。1843年，"德明"将《红楼梦》第一回的引子部分翻译出来，并以随笔《中国旅行记》附录的形式发表在杂志《祖国纪事》上。后证实，"德明"即俄国第十一届驻北京传教团成员、矿业工程师克万科。克万科在谈及重视《红楼梦》的原因时说，他刚到北京时"需要尽快学会口语，但又无法同中国人接触。为了学习汉语，我开始读《红楼梦》，这本书是用地道的口语写成的，因此正合我意"。克万科认为，翻译《红楼梦》将对那些想了解中国人的风俗或希望学习汉语的人帮助很大。[1]显然，身为矿业工程师的克万科还未充分认识到《红楼梦》的艺术价值及其在中国文学史上的地位。

此时，处于萌芽阶段的俄国汉语教学迅速将目光投向《红楼梦》，将其作为汉语实践教学材料，以便快速掌握汉语口语，满足俄国对华贸易往来的急迫需求。由此可见，《红楼梦》流入俄国后近百年间，并没有获得其应有的地位，俄罗斯人尚不能充分认识到《红楼梦》的重要价值，而主要视其为语言学习工具。

1954年苏联女汉学家波兹德涅耶娃发表了《论〈红楼梦〉》一文，对曹雪芹的身世、小说的主题及佛道思想、主人公贾宝玉和林黛玉的形象进行了分析，提出了许多问题和新颖的观点，并试图用马克思主义观点予以阐释。

1958年《红楼梦》首部俄文全译本出版，译者帕纳休克在译本中增加了卷末谱树、大量脚注和附注，费德林院士为译本撰写了长篇序言，汉学家菲什曼、索罗金、艾德林等陆续发表文章，极大地推动了苏

[1] 李福清：《〈红楼梦〉在俄罗斯》，见刘士聪《红楼梦译评——〈红楼梦〉翻译研究论文集》，南开大学出版社，2004年，第459—487页。

联的红学研究。

1964年列藏本的发现使苏联红学进一步深入，艾德林揭示了小说的现实主义特征及作者的人道主义思想，林林对《红楼梦》中的服装及人名象征意义进行了分析，司乔夫发表了《曹雪芹小说〈红楼梦〉中的服装》一文，庞英对列藏本进行了考证。20世纪80年代，中苏关系走向睦邻友好，经贸文化交流日渐密切，俄罗斯人的汉语学习热情高涨，俄罗斯汉学研究重现生机。在中国文学译介热潮中，出版社适时推出了《红楼梦》新译本。《红楼梦》这部蕴含着永恒价值的中国古典文学经典之作，以其无可取代的民族独特性汇入俄罗斯译介外国文学的大潮之中，为广大读者所接受。

《红楼梦》流播俄罗斯200多年，历经坎坷，在俄罗斯不同的历史时期表现出学习工具、历史认知、文学审美等多重价值。一个国家的历史变迁和民族文化传统决定了其对异域文学、文化的关注点和关注度。对文学作品在异域传播与接受中的价值取向进行分析和总结，对于我们如何更好地将中国文学及中国文化推向世界具有重要意义。

（三）《红楼梦》在法国

法国的汉学研究在欧洲乃至世界处于领先地位，但对中国古典名著《红楼梦》的译介却远远落后于德国、俄国、英国、美国，也晚于《三国演义》《金瓶梅》《西游记》等名著。“汉、法语言上的巨大差异，《红楼梦》隐喻与象征的纷繁复杂与艰深给《红楼梦》的翻译造成了极大障碍。”[1]在相当长的时间里，《红楼梦》在法国的译介只限于一些零散的片段，普通的法国读者难以一睹这部中国古典文学经典的全貌。

1981年，法国华裔翻译家李治华及其法籍夫人雅克琳·阿蕾扎伊思，与法国著名汉学家安德烈·铎尔孟合译的法文本是《红楼梦》在法国的第一个全译本，大大推动了《红楼梦》在法国的接受与研究。这部译著是李治华夫妇与铎尔孟经过长达27年的艰苦合作完成的，结束了法国广大读者只能阅读《红楼梦》节译本的历史。《红楼梦》法文全译本的

[1] 郭玉梅：《〈红楼梦〉在法国的传播与研究》，《红楼梦学刊》2012年第1期。

出版，在法国引起了轰动，大批读者争相购阅，一时间盛况空前，《红楼梦》在法兰西的接受达到了高潮，在欧洲也产生了广泛的社会反响。这部法文全译本对法国读者来说，就是一幅中国社会文化风俗画卷，使他们对中国博大精深的文化有了更真切的感受，认识到曹雪芹完全可以归入世界一流文学大师之列。“有些海外论者，将《红楼梦》法文全译本的出版，比之为‘无异以祖国河山，在西方辟出一个新天地’。”[1]“翻译难，尤其是翻译《红楼梦》这样的名著更难。这不仅是因为《红楼梦》本身具有百科全书的性质，要求译者具有丰富的知识和深厚的功力，更由于牵涉到不同文化背景和语言习惯。”[2]李治华夫妇和铎尔孟精益求精，一丝不苟，即使一个普通的词语也要反复推敲，以便更好地呈现红楼世界。

当前，文化作为一种软实力，受到普遍重视。中华文化走出去，增强中华文化在世界上的影响力与感召力已成为一项国家战略。文学作品是中华文化的重要载体和组成部分，《红楼梦》作为中国古典文学的代表性作品，在国外的译介与研究具有重要意义。《红楼梦》在法国的译介和研究，大大促进了这部中国文学名著在法国的传播与接受，也为中国的红学研究提供了另一种视角。

（四）《红楼梦》在英国

20 世纪 50 年代，在中国同事吴世昌的鼓励下，大卫·霍克斯[3]着手准备《红楼梦》的翻译工作。当时，《红楼梦》在英语世界还没有一个完整的英文译本，只有节译本。而且，大量的翻译错误充斥其间，最典型的例子便是把林黛玉的名字翻译为“Black Jade”（黑色的玉，黛玉的直译），吴世昌发现了这个错误，加以严厉的批评。在他的影响下，霍克斯的翻译用了正确的翻译人名“Lin Daiyu”。

---

[1] 钱林森：《中国文学在法国》，花城出版社，1990 年，第 160 页。

[2] 赵建忠：《〈红楼梦〉在国外传播的跨文化翻译问题》，《天津外国语学院学报》2000 年第 3 期。

[3] 大卫·霍克斯（David Hawkes），生于 1923 年，1945—1947 年间到牛津大学研读中文，1948—1951 年间为北京大学研究生，1959—1971 年间于牛津大学担任中文系教授，1973—1983 年间成为牛津大学万灵学院（All Souls）的研究员。1951 年霍克斯回国后，开始了新的研究工作。1959 年，36 岁的霍克斯发表了《楚辞》英文版，同一年，他成为牛津大学中文系教授。

1970 年，霍克斯抓住和企鹅出版社合作的机会，全面启动了《红楼梦》120 回的全本翻译工作。这时，他面临一个抉择：极其巨大的翻译工作量与日常的教学工作。霍克斯知道，翻译《红楼梦》是一件开天辟地的大事，因为西方世界还没有一个全本 120 回的《红楼梦》英文译本。他最后做出艰难的抉择，辞去牛津大学中文系主任的教职，全心投入《红楼梦》的翻译。这在国际汉学界引起巨大的震动，还没有一位汉学家为了翻译中国文学作品而辞职回家。霍克斯用 10 年的时间，翻译了前 80 回，分别在 1973 年、1977 年、1980 年出版了英文版《红楼梦》分册，最后 40 回，由霍克斯的女婿，也是汉学家的约翰·闵福德完成。由此，西方世界第一部全本 120 回的《红楼梦》英文本便诞生了。

红学与甲骨学、敦煌学鼎足而立，被列为当代显学，并且在国际上是汉学的重要内容之一，这固然是由于《红楼梦》这部巨著自身的文化品格，它的博大堂庑“引无数骚人竞折腰”，但同时，也与无数学者和众多翻译工作者的辛勤工作分不开。关于那些汗牛充栋的红学论著，很多红学工具书都做过统计。《红楼梦》在世界各国的翻译概况，据胡文彬《红楼梦在国外》一书附录“《红楼梦》外文译本一览表”介绍，共 17 种文字，62 种版本：摘译本有 7 种文字，17 种版本；节译本有 12 种文字，26 种版本；全译本有 9 种文字，19 种版本。这还只是 1991 年前的统计，近 30 年来新增加的《红楼梦》相关译本尚未包括在内。但仅此即可看出，翻译工作者投注了如此多的精力，而且不厌其烦地重译、再译，致力于向世界各国读者介绍《红楼梦》，对于扩大这部名著的世界影响力起了直接的作用。

英语是世界通用语，《红楼梦》的英译本自然也就格外受人们的关注。霍克斯的《红楼梦》英文版在西方世界拥有独一无二的经典地位。20 世纪 80 年代四卷本《红楼梦》英译全本出现之后，20 多年内，没有一部新的《红楼梦》英译本出现。可以说，英国翻译家戴乃迭和杨宪益合作翻译的《红楼梦》在中国内地拥有较大的影响力，而霍克斯版的《红楼梦》则在西方英语世界独领风骚。

（五）《红楼梦》在西班牙

历史上率先到达中国的传教士是西班牙人胡安和贡萨雷斯·德·门多萨，他们在16世纪三次游历中国，并于1585年出版了《中华大帝国趣事、礼仪和风俗通史》。然而，在现代中西文化交流史上，相比英国、法国、德国在20世纪初就出版了相对完备的《中国文学史》和《红楼梦》译本，广大西班牙语国家在中国文学的译介上要滞后很多。

现代西语世界最流行的《红楼梦》版本是赵振江和安东尼奥·加西亚·桑切斯版。赵振江是国内最为知名的西班牙语教授之一，毕生从事着西班牙和拉丁美洲文学的翻译和评述工作。他唯一一次将中文作品翻译成西班牙语，便是翻译《红楼梦》。赵振江与《红楼梦》的结缘，与其西语诗歌翻译的开山之作《马丁·菲耶罗》（阿根廷民族史诗）有关。1987年，张治亚担任中国驻西班牙使馆文化参赞，他在20世纪80年代初任中国驻阿根廷使馆文化参赞时，便对赵振江翻译的《马丁·菲耶罗》印象深刻，因此，当格拉纳达大学找到中国大使馆希望能推荐一位中国西班牙语学者校订《红楼梦》西译本时，张治亚毫不犹豫地推荐了赵振江[1]。赵振江在1987年夏天来到了伊比利亚半岛的最南端——格拉纳达，本以为不过是校阅一遍，最终却发现自己要做的远不止校订工作，而是大改乃至重译。为保证《红楼梦》中大量诗韵在翻译过程中能得到最大程度的保留，赵振江特别向格拉纳达大学方申请了一位西班牙诗人来合作翻译。这位疏阔不羁却安下心来修订《红楼梦》中大量诗歌译文的合作者就是安东尼奥·加西亚·桑切斯。最终，西文版《红楼梦》第一卷（前四十回）在1988年出版[2]，甫一面世，便告售罄；1989年出版了第二卷[3]；因为赵振江的回国，加西亚的工作变动，出版工作一拖再拖，直

[1] 当时，格拉纳达大学手中需要校订的《红楼梦》西译本，是由外文局秘鲁专家米尔克·拉乌埃尔从英文转译而来。这个西语版《红楼梦》后于1991年由外文局在中国内地出版发行。

[2] Cao Xueqin y Gao E（autores），Tu Xi，Zhao Zhenjiang y José Antonio García Sánchez（traductores）: *Sue o en el Pabellón Rojo*（I），Granada，Universidad de Granada，1988.

[3] Cao Xueqin y Gao E（autores），Tu Xi，Zhao Zhenjiang y José Antonio García Sánchez（traductores）: *Sue o en el Pabellón Rojo*（I），Granada，Universidad de Granada，1989.

到格大汉学家阿丽霞·雷霖克·艾莱塔参与到校订工作中，第三卷[1]才得以在2005年最终面世[2]。格拉纳达大学出版社出版的三卷本西文《红楼梦》有两个底本：第一个是原来格拉纳达大学与中国外文局合作，邀请秘鲁专家米尔克·拉乌埃尔从英文转译的西语《红楼梦》；第二个则是人民文学出版社于1982年出版的中文《红楼梦》（由中国艺术研究院红楼梦研究所校注）。前者是赵振江与加西亚改译本的底稿，后者则是赵振江与加西亚改译本所主要参考的中文底本。

赵振江与加西亚《红楼梦》改译本是目前最为完备也是在西语世界影响最大的译本。该译本问世后，西班牙及拉美的主要媒体（平面媒体和网络媒体），例如《国家报》和《ABC报》[3]的书评版都进行了专题介绍，特别是《ABC报》1989年第2期“书评家推荐图书”栏目中，14位书评家中有2位同时推荐了《红楼梦》。其他文学杂志，如文化季刊《拾遗》刊登了小说的第十七回译文，并附有译者赵、加两位先生合写的介绍文章《曹雪芹与红楼梦》；《比特索克》发表了第十八回译文；格拉纳达大学校刊的特别副刊上刊登了第一回译文以及何塞·蒂托写的短评《红楼梦：雄心勃勃的出版业绩》；《读书》和《吉梅拉》相继刊登了评介和推荐文章。格拉纳达大学副校长加西亚·卡萨诺瓦在该《红楼梦》西文版的前言中称格拉纳达大学与两位译者是“将这智慧与美的遗产译成西班牙文的先行者”。2009年，西班牙知名出版社卡拉夏·古登堡出版了两卷本的西语《红楼梦》[4]。不同出版社购买《红楼梦》版权再版的行为本身，就是对赵振江与加西亚西文改译本权威性的一种承认与接受。

---

[1] Cao Xueqin y Gao E（autores），Tu Xi，Zhao Zhenjiang y José Antonio García Sánchez（traductores）: *Sue o en el Pabellón Rojo*（III），Granada，Universidad de Granada，2005.

[2] 赵振江：《西文版〈红楼梦〉问世的前前后后》，《红楼梦学刊》1990年第3辑。赵振江：《架起心灵中的彩虹——漫谈“石榴城”、〈红楼梦〉和加西亚·洛尔卡》，《外国文学》1997年第3期。本文中赵振江与加西亚改译本的相关信息，来自译者赵振江先生的口述和这两篇译者的自撰文章。

[3] 《国家报》是西班牙左翼最重要的报刊，《ABC》则是西班牙右翼最重要的报刊。两份报刊都每日向全国发行。

[4] Cao Xueqin（autores），Zhao Zhenjiang y José Antonio García Sánchez（traductores）: *Sue o en el Pabellón Rojo*，Barcelona，Galaxia Gutenberg，2009.

二、“梁祝”母题的海外传播和跨文化传播

“梁祝”在其漫长的传播历程中，逐步跨越了时间和空间的界限，穿越了语言、文字、审美心理和认知、思维习惯的壁垒，不仅得到世界性的认同，还形成了异常丰富的表现形式。在文化全球化趋势日益增强的时代，“梁祝”的跨文化传播和接受，能够为当下中国的文化建设、发展和海外传播提供经验和智慧。

“梁祝”传说产生于东晋时期，经过几百年的发展，渐渐在民间广泛传播。到了宋代以后，“梁祝”传说开始出现多种多样的文艺形态，这为其增加了无穷的传播动力。[1]

（一）“梁祝”文艺在东北亚的传播

“梁祝”传说已被其他文艺样式所汲取，产生了“梁祝”诗歌、“梁祝”小说、“梁祝”歌谣、“梁祝”戏曲、“梁祝”歌舞剧、“梁祝”动画和“梁祝”影视剧等多种“梁祝”文艺作品。在与我国相邻的一些国家，很早便有了“梁祝”文艺的踪迹。

1.“梁祝”传说在朝鲜半岛的流传

自古以来，中国和朝鲜半岛就有着十分密切的交流，两国之间水、陆相连，且同属于汉文化圈，贸易往来既方便又频繁。中国与朝鲜半岛的海路贸易开始于春秋时期，繁荣于唐代，北宋之后更加兴盛。1117年，位于我国宋代明州（今宁波）的高丽使馆建成，在这里既能办理来往于两地的通行证，也方便接待高丽使者。而“梁祝”故事正是在918—1200年之间借助唐代诗人罗邺的《蛱蝶》传入高丽，它是唯一与“梁祝”传说相关的七律诗，也是迄今发现的最早描写“梁祝”化蝶的律诗。高丽人将《蛱蝶》收录到朝鲜的唐诗选本《十抄诗》中，《十抄诗》不仅收录了26位中国唐代诗人的七律诗和4位新罗诗人的作品。七律诗《蛱蝶》就是其中的一首：

[1] 参见匡秋爽《从民间传说到艺术经典——艺术视野中的“梁祝”母题研究》，东北师范大学博士学位论文，2015年。

> 草色花光小院明，短墙飞过势更轻。红枝袅袅如无力，蛱蝶高高别有情。
>
> 俗说义妻衣化状，书称傲吏梦彰名。四时羡尔寻芳去，长傍佳人襟袖行。

据北宋李茂诚《义忠王庙记》记载，丞相谢安奏请封“梁祝”墓为“义妇冢”，而《蛱蝶》中的“义妻”一词与“义妇”有着异曲同工之意。这两个词所指均是祝英台，她的“义”是忠贞于爱情，以至为爱殉情。“衣化状”正是描述了祝英台的裙角在投入墓穴的瞬间变成蝴蝶的情景，与“梁祝”化蝶完全吻合，由此推断，“梁祝”传说的化蝶情节早在唐代就已经产生，而这首唐诗《蛱蝶》自然成为第一个流传到国外的“梁祝”文艺作品。[1]

大约在1200年前后，朝鲜神印宗老僧释子山对这部《十抄诗》加写注释后改名为《夹注名贤十抄诗》，并且在注本中对《蛱蝶》做了434字符的注解，更加完整地讲述了这个动人的爱情故事。[2]全文如下：

> 大唐异事多祚瑞，有一贤才身姓梁。常闻博学身荣贵，每见书生赴选场。在家散袒终无益，正好寻师入学堂。云云。一自独行无伴侣，孤村荒野意恛惶。又遇未来时稍暖，婆娑树下雨风凉。忽见一人随后至，唇红齿白好儿郎。云云。便导英台身姓祝，山伯称名仆姓梁。各言抛舍离乡井，寻师愿到孔丘堂。二人结义为兄弟，死生终始不相忘。不经旬日参夫子，一览诗书数百张。山伯有才过二陆，英台明德胜三张。山伯不知她是女，英台不怕丈夫郎。一夜英台魂梦散，分明梦里见爷娘。惊觉起来静悄悄，欲从先归睹父娘。英台说向梁兄道：儿家住处有林塘，兄若后归回王步，莫嫌情旧在儿庄。云云。归舍未逾三五日，其时山伯也思乡。拜辞夫子登岐路，渡水穿山到祝庄。

[1] 匡秋爽、王确：《梁祝文艺在东北亚的传播及影响》，《外国问题研究》2013年第4期。

[2] 周静书：《梁祝传说》，浙江摄影出版社，2009年，第130页。

云云。英台缓步徐行出，一对罗襦绣凤凰。兰麝满身香馥郁，千娇万态世无双。山伯见之情似醉，终辨英台是女郎。带病偶题诗一绝，黄泉共汝做夫妻。云云。因兹深染相思病，当时身死五魂扬。葬在越州东大路，托梦英台到寝堂。英台跪拜哀哀哭，殷勤酹酒向坟堂。祭曰：君既为奴身已死，妾今相忆到坟旁。君若无灵教妾退，有灵需遣冢开张。言讫冢堂面破裂，英台投入也身亡。乡人惊动纷又散，亲情随后援衣裳。片片化为蝴蝶子，身为尘灰事可伤。云云。

这段注释文字所叙述的“梁祝”传说与我国当时流传的“梁祝”传说内容基本一致，并对祝英台女扮男装求学、梁山伯与祝英台同窗共读、梁山伯到访祝庄、“梁祝”合冢化蝶这几段经典情节进行了详细的记述。这么完整的“梁祝”故事传播到朝鲜半岛单凭口头传播的方式是做不到的，一定是借助了文字典籍的力量才能够达到如此效果。

2011 年 8 月，韩国全南大学的李珠鲁在广州召开的中日韩非物质文化遗产保护比较暨第三届中国高校文化遗产学学科建设学术研讨会上，把流传在韩国的“梁祝”故事做了具体详尽的归纳总结。据他统计，截至当时已有“梁祝”诗歌一首、“梁祝”巫歌两篇、“梁祝”古小说数篇、“梁祝”民间故事十几篇，更为重要的是这些关于“梁祝”故事的文学作品都有迹可循，它们成为研究“梁祝”传说的珍贵文献资料。其中，李朝时期的古小说《梁山伯传》流传至今已有多个版本，版刻本共发行过 4 种字句和内容都相同的版本，活字本共发行了 7 个以上内容相同但字句稍有差异的版本。“梁祝”传说最早在我国是以口传的方式在民间进行着原始形态的人际传播，后来被文人写进史志和古籍中而进入了文字传播阶段。“梁祝”故事流传到朝鲜半岛应该是这两种传播方式的结合，既有两地之间往来的人群口耳相传讲述的“梁祝”故事，又包括使节商人等相互交流贸易时带去的古书文本中的“梁祝”传说。到了 20 世纪初，《梁山伯传》一度成为朝鲜出版发行的热点，出版的数量越大，在民众间流传的范围就越广，故事的影响也就越发深入人心。古小说

《梁山伯传》可能就是民间文学回流现象的产物，这种回流还促使在朝鲜半岛产生了12篇“梁祝”民间故事，这些民间故事分布在汉城、庆南、庆北、忠南和济州道5个地区，主要情节和内容与我国流传的“梁祝”故事大致相同[1]。“梁祝”故事不仅在朝鲜半岛被民众所喜爱并广泛传播着，还被其他外国学者在朝鲜半岛发现、整理集册并带回自己的国家。尼·盖·加林－米哈依洛夫斯基这位俄国学者环球旅行时在朝鲜搜集整理民间故事，当时流传在朝鲜北部的一则“梁祝”故事引起了他的兴趣，他把这则《誓约》收录到返回俄国后出版的《朝鲜民间故事集》中，到20世纪30年代经过刘半农长女刘小蕙的翻译，又以法文版本流传到欧洲的一些国家。“梁祝”传说在漫长而又辗转的跨际旅行中，以其独特的母题共性和无限的可阐释性衍生出一种超时代性的潜能，在跨文化传播中体现着它自身的普适性和民族特色。

我国的“梁祝”文艺形式十分丰富多样，自元代起以“梁祝”传说为主题的民歌和地方戏曲开始逐渐繁荣，直至今日，与之相关的歌剧、舞剧、音乐剧等更是不胜枚举。同样，“梁祝”在朝鲜半岛的传播也不仅仅局限于传说、诗歌、小说等文艺样式。在2011年6月到10月间，朝鲜血海歌舞团以我国东晋时期“梁祝”传说为素材改编创作的朝鲜版歌剧《梁山伯与祝英台》完成全部排练，于10月下旬在平壤成功首演，并连续演出达120多场，受到朝鲜人民和国家领导人的一致好评。这部专门为纪念中国人民志愿军入朝参战60周年精心创排的歌剧《梁山伯与祝英台》自2011年12月起到我国国家大剧院、上海大宁剧院、杭州大剧院、重庆人民大厦、湖南大剧院、长春东方大剧院等进行了为期3个月的巡回演出，所到之处无不受到极大的关注和赞誉。

朝鲜版歌剧《梁山伯与祝英台》融汇了中朝两国艺术家的共同智慧和心血，这部歌剧所使用的近两百套演出服装均出自浙江小百花剧团蓝玲工作室的手工绣制。除此之外，我国艺术家还为血海歌舞团提供了剧情、舞美、道具与音乐等方面的指导。可以说，这是一部中国元素与

[1] 顾希佳：《中韩梁祝传说比较研究》，《中南民族大学学报（人文社会科学版）》2006年第6期。

朝鲜风格完美结合的作品，它既能使朝鲜观众感受到中国传统文化的魅力，也能使中国观众领略到朝鲜歌舞的韵味，从而产生了两国之间文化融合所带来的情感共鸣。

2.“梁祝”母题在日本的传播及本土化

音乐是无国界的语言，最先进入日本的“梁祝”艺术作品是我国著名的小提琴协奏曲《梁祝》。在中国的民间传说中有一位祝英台，在日本也有一位被喻为“祝英台”的女子，她就是蜚声世界乐坛的小提琴演奏家西崎崇子。西崎崇子是在中国舞台上演奏小提琴协奏曲《梁祝》的第一位外国音乐家，自 1978 年起，她在中国演奏《梁祝》10 余次，并先后 3 次为该乐曲录制唱片，首次录制的唱片 1978 年由 HK Records 出版公司发行，与林克昌指挥的名古屋爱乐乐团合作完成。第二次录制是 1990 年与甄健豪指挥的捷克电台交响乐团合作，由马可勃罗公司发行。第三次录制的唱片是 2003 年西崎崇子在惠灵顿与新西兰交响乐团合作，詹姆斯・嘉德作为指挥，由拿索斯出版公司发行，录制效果达到了拿索斯当代录音的巅峰水准。西崎崇子把小提琴协奏曲《梁祝》的名字改作《蝴蝶情侣》，将这个中国的爱情故事用音乐传达给更多的人欣赏。从 1981—1984 年，金唱片奖和白金唱片奖 4 次授予西崎崇子，她成为第一个多次蝉联这两个奖项的演奏家，如此之大的发行量对小提琴协奏曲《梁祝》的传播产生了积极而重要的作用。

日本漫画由来已久，追溯源头得从藤原时代算起，漫画的童趣和快乐精神十分符合日本人民的性格和气质。日本著名艺术家皇夏纪在 1992 年根据中国的“梁祝”故事创作了漫画《梁山伯与祝英台》，这部画本共有 360 幅漫画，在日本广泛发行，让更多的日本观众了解和熟知“梁祝”传说。

2007 年 9 月 13 日，上海大剧院首演了一部由日本宝塚歌舞剧团带来的《蝶恋》，该歌舞剧团在日本辉煌 80 多年，受到民众的热烈追捧，随之而来的日本追星团就多达 600 多人。《蝶恋》其实就是日本版的“梁祝”故事，讲述的是在古代日本有两个来自不同国家的青年一起读书、学习、舞乐，慢慢相爱，最后由于不能相互厮守而双双殉情化作蝴蝶的故事[1]。男女主人公名字都是根据日文发音拟成的，男青年叫雪若，女青年叫雾音。舞台呈现的是日本古代的宫廷生活场景，那时的贵族男子有着习舞的传统，于是这部歌舞剧使用了中国小提琴协奏曲《梁祝》与日本古代文化意味浓郁的诗意画面相结合的手法，将触动心弦的优美旋律配上轻松明快的蝶恋舞，把中国的音乐和日本的舞蹈相融合，构成了一个新颖独特、世界性的浪漫爱情故事。

从音乐的“梁祝”到漫画的“梁祝”再到歌舞剧的“梁祝”，这一系列的艺术形式依次在日本得到认可和关注，也恰好符合了艺术自身的发展规律。从听觉艺术到更直观的视觉艺术，蕴藏着人们对“梁祝”母题演绎的期待，用多视角的舞台艺术更加完满地表达出内心对这个传说的解读。一个民间传说在异国能够受到如此礼遇，映射出《梁祝》本身的巨大魅力，它在跨文化传播交流中起着重要的互文性作用。

任何艺术样式或民间文学都需要理论的归纳与支撑才能获得持久鲜活的生命力。“梁祝”传说在日本能生根开花，渡边明次为此做出了卓越的贡献。2004 年他在北京学习汉语，读到《汉语中级教程》里这篇《梁山伯与祝英台》的课文时，深深地被其中的爱情故事所打动。渡边明次在中国学习的 4 年间先后寻访“梁祝”传说遗存地 17 处，仅对宁波“梁祝”文化公园就进行了 10 次以上的探访考察。渡边明次将了解到的“梁祝”传说相关文献和寻访“梁祝”的整个历程用调查报告的形式写成论文。2006 年 3 月，这篇论文被北京外国语大学国际交流学院评为本科留学生优秀毕业论文，并翻译成日文在日本出版发行。渡边明次的这本著作是“梁祝”传说首次以文本的形式呈现在日本民众面前，使日本民众能够真切地感受“梁祝”爱情和“梁祝”精神。这样直观全面地讲述“梁祝”对传播“梁祝”文化起到了至关重要的作用。2006 年 6 月 20 日的《人民日报》上刊登了一则《寻访“梁祝”第一人》的文章，作者于青用 2000 多字整理了其对渡边明次的采访内容。全文以“梁山伯非梁山泊”“新版千里走单骑”“美好传说

[1] 周静书、施孝峰:《梁祝文化论》，人民出版社，2010 年，第 295 页。

含义深”“传播梁祝为己任”作为小标题，清晰详尽地解读了渡边明次与“梁祝”传说之间的深厚渊源。我国“梁祝”文化研究专家周静书曾对此做出高度评价，认为渡边明次既是全面走访“梁祝”文化遗存地的日本第一人，也是第一位对“梁祝”文化进行深入研究的外国学者。

近些年来，“梁祝”传说在日本受到很大的欢迎，与渡边明次出版翻译的一系列“梁祝”书籍有着密切的联系。渡边明次在一年内完成了3部有关“梁祝”的著作，即《梁祝故事真实性初探》中日对译版、《小说梁山伯与祝英台》中日对译版以及《梁祝口承传说集》日文版。2006年12月19日，《光明日报》刊发了《日本学者完成“梁祝三部曲”》的新闻，同年12月25日《人民日报海外版》也以同样的标题对此事进行了报道。

我国与朝鲜、韩国和日本同属东北亚地区国家，据大量史料记载，“梁祝”传说早在唐宋时期就已传入朝鲜半岛，而就笔者目前所知，日本民众对它的了解却仅仅始于20世纪中叶。关于这一问题，有不少专家学者进行过探究，尤其是渡边明次，他一直在思索“梁祝”这个具有精深的中国传统文化内涵的美好故事缘何没有更早地传入日本。为此，渡边明次不仅决定从此致力于“梁祝”故事在日本的传播活动，而且2006年5月在日本侨报社的支持下，成立了首个日本“梁祝”文化研究所，这也是国外的第一个“梁祝”文化研究机构。这对深入挖掘“梁祝”传说在日本的早期流传情况势必会起到极为重要的作用。而研究“梁祝”艺术和文化的中国学者们，也应当着力于对这一问题的考证和研究，以推动以“梁祝”文艺为代表的中华优秀传统文化在国外更广泛和深入地传播。

（二）“梁祝”文艺在东南亚

“梁祝”传说至少在19世纪下半叶之前就已传入东南亚各国，到了20世纪，印尼、马来西亚、越南、新加坡等国家相继出现了关于“梁祝”传说的图书出版物和影视文艺作品。其中以印尼的“梁祝”文艺作品数量最多，图书出版时间最早，并有多位学者专门针对“梁祝”进行学术研究，刊发与之相关的学术论文，可见“梁祝”在印尼已经产生了广泛而深远的影响。20 世纪下半叶，法国汉学家克劳婷·苏尔梦和澳大利亚学者乔治·奎恩对印尼的“梁祝”文化现象进行考察、分析、研究并发表学术著作及论文。21 世纪以来，我国学者也开始关注东南亚各国的“梁祝”文化，如北京大学东语系的孔远志教授与其夫人杨康善教授从比较文化的角度对东南亚“梁祝”进行的研究就卓有成效，值得关注。[1]

“梁祝”文艺在印尼的传播与本土化

印尼是世界上最大的群岛国家，是亚洲南半球最大的国家。中国与爪哇之间的贸易联系始于 5 世纪，郑和在 15 世纪前 20 年到访爪哇时发现了定居在此的中国人，而这些居住在泗水和厨闽等地的中国人大多来自现在的福建省南部。据统计，1700 年左右定居在雅加达的中国人将近一万，并且逐年增加。到了 1870 年，以爪哇岛为主的原荷属东印度已经有 25 万中国人。因此，印尼是东南亚地区“梁祝”传说文艺作品出现得最早的国家。20 世纪 30 年代，“梁祝”传说已成为马来西亚影视创作的素材，走入大众传播媒介之中，更广泛地进行传播，也让更多印尼观众欣赏到凄美感人的中国爱情故事。

据杨康善教授统计：“近 130 年间（1876—2002），海外出版的《梁山伯与祝英台》的作品共 24 部（有的连续出版）。其中，印尼出版的有 21 部（马来文或印尼文的 11 部，爪哇文的 7 部，巴厘文、马都拉文和望加锡文各 1 部）。”[2]印尼的“梁祝”传说图书是海外“梁祝”文艺作品中使用语言种类最多的，包括爪哇文、马来文、巴厘文、马都拉文、望加锡文、印尼文。用爪哇文出版的作品有：1873 年出版的《山伯英台》（海外最早出版的“梁祝”故事，刊登于凡·多普的《爪哇年鉴》上）、1875 年出版的《山伯英台的传说》、1878 年出版的《山伯与英台》、1880 年出版的《山伯英台》、1885 年出版的《山伯英台的爱情悲剧》，以上五部“梁祝”书籍的作者姓名均无记载。1902 年前后，萨斯拉第哈加创作的《英台传》出版；1928 年，萨斯拉苏玛达创作的《今生来世永

[1] 匡秋爽：《“梁祝”文艺在东南亚的传播及影响》，《长春师范大学学报》2015 年第 5 期。

[2] 周静书主编：《梁祝文库·理论研究卷》，中华书局，2007 年，第 639 页。

相爱》出版。用马来文著述的“梁祝”书籍有：文信和翻译的《山伯英台》，这本书第一版出版于1885年，在1892年、1902年、1922年相继修订再版；郑丁兰翻译的《山伯英台》，在1890年、1892年和1895年先后出版并修订再版；乔及源翻译的《山伯英台的传说》，1897年出版，在1926年和1930年两次重印出版；黄瑞中翻译的《山伯英台诗》，1922年出版。此外，1923年出版了《山伯英台叙事诗》（作者不详）；1930年出版了《山伯英台诗》（作者不详）；1945年印尼独立之前，希鲁曼创作的《山伯英台传说》出版；黄福庆创作的《山伯英台诗》第一版于1963年出版；Y.W.Kwok创作的《梁山伯祝英台》于1964年出版。以印尼文出版的“梁祝”图书有：1945年印尼独立之后，郭家瑞创作的《山伯与英台》出版；1990年，黄金长创作的《山伯与英台：一位妇女谋求解放的浪漫传说》出版。另外，1915年出版的《山伯与英台》（作者不详）是用巴厘文写作的；1930年，艾哈麦德·翁索塞沃耶创作的《梁山伯与祝英台：一个中国爱情传说》是以马都拉文写成的；1930年前后，林庆镛以望加锡文创作完成《梁山伯与祝英台》。[1]

图书的发行有效地加速了“梁祝”传说在印尼的广泛传播，民众通过阅读文本可以更清楚地了解“梁祝”传说的情节内容。据印度尼西亚学者奥托姆·台台考证，成立于1908年的巴莱出版社曾以爪哇文和马都拉文出版过“梁祝”传说文学作品。“有两卷是描写梁山伯与祝英台这个中国爱情故事的，用爪哇文写成。这个故事一直在群岛的各族居民中广泛流传。该两卷的编号是840和840a，合编为一册。标题页中，除了拉丁字体的总题外，还有一个副标题 *Tresna Dhunnya Aherat*，意为‘今生来世永相爱’（直译为现世和来世之爱）。”[2]奥托姆·台台所说的这部作品就是1928年出版、萨斯拉苏玛达创作的《今生来世永相爱》，从书名可以看出，作者要通过叙述“梁祝”的爱情故事，表达对这种执着、忠诚的爱情观的崇敬与赞赏。

---

[1] 参见郑土有、胡蝶《梁祝传说》，中国社会出版社，2010年，第65页。

[2] ［印尼］奥托姆·台台：《印尼马都拉语的中国爱情故事〈梁祝〉》，徐迅译，见周静书主编《梁祝文库·国外文艺卷》，中华书局，2007年，第107页。

巴莱出版社 1930 年出版、艾哈麦德·翁索塞沃耶创作的《梁山伯与祝英台：一个中国爱情传说》用马都拉文写成，以中国“梁祝”传说内容为依据进行改编，并融入一些马都拉语言特色和马都拉文化风俗。“梁祝”传说在印尼被华人所喜爱，受到爪哇人、雅加达人、巴厘人等印尼土著居民的欢迎，一些学者更是高度关注并撰文著书。中国的“梁祝”传说在流传到印尼之后，被逐渐地去“中国化”，尤其是经过文学改编和创作的“梁祝”作品，其“印尼化”特点更加明显。鉴于印尼的大多数民众信仰伊斯兰教，加入当地民众熟知的题材及内容既能引发受众的阅读兴趣和共鸣，也能更广泛、更有效地传播“梁祝”故事。

据周南京的《华侨华人百科全书·文学艺术卷》记载：1931 年，印尼华人郑丁春将“梁祝”故事作为表演内容搬到银幕上。之后，“梁祝”故事又陆续出现在印尼观众喜闻乐见的多种舞台演出剧种里，如鹿特鲁剧、列农剧、巴厘的阿拉雅舞和贡剧等艺术表演形式。搬到舞台上的“梁祝”故事同样被重新改编、创作，强调并突出“印尼化”特征。到了 20 世纪 80 年代初，“梁祝”故事在印尼戏剧中已彰显出巨大魅力以及对观众的强烈吸引力。东爪哇著名的克托伯拉剧团大学生文化剧组排演的《山伯与英台的故事》，于 1982 年 1 月 17 日傍晚在中爪哇日惹宫殿广场的临时大剧场里上演，在场观众达两千人之多。该剧的内容取材于中国的“梁祝”传说，运用了爪哇的克托伯拉式戏剧体裁，演员之间的对话是即兴发挥的。除了在使用语言、舞台设置和演员服装等方面具有明显的爪哇特点之外，这部戏剧还以印尼的加美兰（gamelan）音乐作为伴奏，呈现出浓郁的印尼风情和特色。更值得注意的是，在《山伯与英台的故事》开演之前，剧场外面以高出原有票价两倍倒卖戏票的一群人忙得不亦乐乎，生意兴隆[1]。从火热销售的戏票可以看出观众对“梁祝”戏剧的热情和喜爱程度。符合观众喜好和审美标准的作品中一定蕴含着深刻的人生哲理或美学意义，“梁祝”传说在跨国界、跨文化

[1] 参见郑土有、胡蝶《梁祝传说》，第 71 页。

的他国舞台上能受到当地观众的如此追捧，足以看出这个故事本身深藏的文化艺术内涵得到异国观众的高度认同。[1]

（三）“梁祝”文艺在东南亚其他国家的流布与改编

1.“梁祝”传说在越南的传播

越南历史研究院专家阮友心在《梁祝文化在越南的传播与影响》一文中，以20世纪初和1945年9月作为时间分割点梳理“梁祝”文化的传入和传播情况。20世纪初传入越南的中国传说“梁山伯与祝英台”很快就被一些越南的文人所关注。例如，越南诗人潘孟各就曾译过我国明末小说家凌濛初的《二刻拍案惊奇》中翠翠写的一答诗：“平生每恨祝英台，怀抱为何不早开。我愿东君勤用意，早移花树向阳栽。”诗的注解里详细介绍了“梁祝”故事的内容，以便读者对诗里的“祝英台”有较为清晰的认识。文人的传播与影响范围有限，尽管“梁祝”故事在文人阶层已经得到了认可，但是越南的广大民众并没有太多了解。在越南北方解放之后，随着中国对越南的全面支持与援助，一些中国的文艺作品也逐渐传入越南，其中的彩色戏曲影片《梁山伯与祝英台》在越南产生了广泛的影响。1955年年初，电影《梁山伯与祝英台》在越南北方的主要城市及乡村公开放映。该片表现的反抗封建势力、挣脱枷锁、寻求自由的精神深深地感染了越南观众，尤其是刚刚从帝国主义统治下解放出来的越南北方人民，他们从“梁祝”电影中看到了祝英台为了追求爱情而勇敢地抗争的精神，这与越南人民内心的渴望和理想是契合的。他们在艺术作品中强烈地感受到现实生活的情感体验与诉求。

我国彩色戏曲影片《梁山伯与祝英台》在越南北方公映之后，得到广大越南观众的一致好评，一些主要致力于越南“改良艺术类型”的文艺创作者开始把“梁祝”故事融入表演中。“改良艺术类型”萌生于20世纪30年代初的越南南方，传播到越南北方是在1933—1934年左右，随着戏班的逐渐增多，改良歌剧的内容和题材也越来越丰富。

---

[1] 匡秋爽：《“梁祝”文艺在东南亚的传播及影响》，《长春师范大学学报》2015年第5期。

在法国汉学家克劳婷·苏尔梦编著的《中国传统小说在亚洲》一书的序言里，我国著名学者季羡林先生谈到了“梁祝”传说流传到国外的情形：“流行于中国民间的《梁山伯与祝英台》的故事也同样传至国外。最初大概是流传于华人社会中；后来逐渐被译成了当地文字，流传到当地居民中间，流传的范围大大地扩大了。这些作品不同程度地在当地产生了影响，使当地居民更进一步了解了中国，从而加深了中国人民和这些国家人民之间的友谊。”[1]越南学者阮友心凭借自己多年来对“梁祝”传说的关注与研究，表达了与季羡林大致相似的观点：“从 20 世纪初期到 50 年代，梁祝情史故事起初只能在文人界流行，从 50 年代起，通过中国梁祝电影放映，同时得到越南艺术各类型改编表演，得到越南各个部门领导的看重，梁祝文化渐渐广泛地传播与影响到越南大众。在越南梁祝文化有较大的发展，从梁祝故事改编，特别带有阶级性教育的各类传统艺术形式演出后，梁祝文化能在城市小巷和村庄角落跟越南人民打交道了。那时与梁祝同时传入越南的还有《白毛女》《祝福》《翠岗红旗》等，那些电影对刚刚起步的越南电影事业起到了积极的作用。更重要的是，通过这一传播，使越中两国文化交流得到巩固，进一步加强了越中两国人民友谊。”[2]而 21 世纪初中国拍摄的电视连续剧《梁山拍与祝英台》则融入了许多现代艺术手法和创新元素，在越南等东南亚国家热播，深受广大观众特别是青年群体的推崇和喜爱。

2.“梁祝”传说在新加坡和马来西亚的传播

1963 年，新加坡马来出版社出版了黄福庆用马来文创作的《山伯英台诗》。1964 年，马来西亚槟城出版社出版了用马来文写成的《梁山伯与祝英台》。2001 年，潮剧《梁祝情梦》出现在新加坡艺术节上，其表现的内容与“梁祝”传说大体相同，但删掉了“十八相送”和“楼台会”两段重要情节。而这两段是我国“梁祝”传说中的经典内容，在戏曲表演、小提琴演奏、影视剧以及小说等文艺样式中，都是不可缺少的桥段。《梁祝情梦》增加了一些创新的内容，比如祝英台脱下男装露出

[1] 周静书主编：《梁祝文库·国外文艺卷》，第 1 页。

[2] 周静书主编：《梁祝文库·理论研究卷》，第 658 页。

真容向梁山伯示爱的情节，具有喜剧效果的爱情争夺情节，具有悲剧色彩的梁母在冰天雪地中为山伯送终的情节。[1]

季羡林把世界范围内复杂缤纷的文化分为中国文化体系、印度文化体系、阿拉伯伊斯兰文化体系和欧美文化体系，他认为前三个体系组成了东方文化体系，欧美文化体系则代表了西方文化体系。东西方文化体系各有特色，但是在强调与注重文化交流的当下，季羡林指出："今天，在拿来主义的同时，我们应该提倡'送去主义'，而且应该定为重点。送去些什么东西呢？送去的一定是我们东方文化中的精华。"[2]中华民族具有优秀的文化传统，也创造出许许多多灿烂光辉的文化艺术作品，在与亚洲其他国家的友好往来与文化交流当中，无论是经过中国华侨带出去的，还是由国外学者带回去的文艺作品，都必定具有较高的文化价值和艺术价值，并且值得其他文化吸收、借鉴。"梁祝"传说作为中国四大传说之一，传播到东南亚的印尼、越南、新加坡和马来西亚等国家，不仅成为文人写作和戏剧编导的创作素材，而且与所到之处的本土文艺形式相融合，衍生出更加丰富多元的"新梁祝"。

讨论"梁祝"传说的经典化历程及路径，是一种以现代学术理念为底色的学术行为，因为在传统时代，"传说"是不登大雅之堂、无从考证的，人们对传说大都采取"姑妄听之"的态度，从不认为这些关于特定人物、事件、地点等的"口头故事"具有经典的地位，即便这些口头故事从源头上来说可能确有其事。然而，搁置这种清醒的"现代"观念和意识，仅从"梁祝"传说本身的生成、丰富和演化历程来看，在长达1700余年的历史时空中，日渐丰富的情节、故事的融入，以及各种文艺体裁、样式的呈现，也暗示出人们选择以"梁祝"为对象来驰骋自己的才情与创造力、寄托自己的期待与追求并非偶然之举。"梁祝"作为中国四大民间传说之一的经典地位虽然是现代以来人们赋予它的，但在"梁祝"作为一个文化母题的生成与演化过程中，已然沉潜了经典的

---

[1] 王蓉：《简析梁祝故事在国外的传播情况》，《文学研究》2010年第3期。

[2] 季羡林：《〈东方文化集成〉总序》，见梁立基、李谋主编《世界四大文化与东南亚文学》，经济日报出版社，2000年，第11页。

诸多特质。最为重要的一点，就是其在表达人类对生命之真谛、命运之奥义的认知上具有突出的代表性。就此而言，我们在考察“梁祝”乃至其他中国艺术和文化的跨际旅行、世界传播时，除了关注这一文化“母题”在更为广阔、久远的时空背景中如何被更为广大的人群所认识、理解和接受之外，更应该将目光聚焦在其传播方式的变化以及由此所带来的对“梁祝”的理解、阐释的变异上。如果说前者可以提供一种统计学意义上的“传播范围”，以及一种文化心理上的满足，那么后者由于涉及的则是传播媒介、方式的延伸与拓展，能够提供更为切实、更具现实和前瞻意义的文化形式。正如麦克卢汉所言：“媒介即讯息”，从这种意义上说，传播的方式在传播过程中具有某种“本体”层面上的重要性，它所改变的不仅是传播的内容，而且还涵盖了受众群体的接受方式和效果。因此，不论我们回顾、反思和审视“梁祝”的世界传播，还是其在当代文化语境下的再创作，都不能忽视传播方式、途径及其效果。

“梁祝”母题鲜明的民族性与“梁祝”艺术广泛的世界性之间形成一种巨大的文化艺术张力。考察、认知、研究这种张力的成因和结构，对于我们今天和将来更好地构建世界文明格局中的中华民族文化精神与描绘当代中国文艺创新图谱，具有重要的参考意义。

三、《茉莉花》的流传形式与海外传播

在17世纪末，中国的明末清初，《茉莉花》作为一首地道的民歌，还附着在花鼓艺人所讲述的情爱故事上时。在此时的西方，有一位伟大的思想家——莱布尼茨，在他的著作《中国近事》的序言里，写下了这样的一段话：

> 然而有谁过去曾经想到，地球上还存在这么一个民族，它比我们这个自以为在所有方面都教养有素的民族更加具有道德修养？自从我们认识中国人以后，便在他们身上发现了这一特点。如果说我们在手工艺技能上与之相比不分上下，而在思

辨科学方面略胜一筹的话，那么在实践哲学方面，即在生活与人类实际方面的伦理以及治国学说方面，我们实在是相形见绌了。[1]

莱布尼茨对中国进行了从头到脚的表彰，从一般民众的言行举止和上层统治者的治国方略，到中国人思维观念的深层结构，都成为他眼中的欧洲世界应该效法的对象。在《中国近事》这部著作中，莱布尼茨还专门论述了中国的游戏、娱乐活动。莱布尼茨虽然没有涉及《茉莉花》，但从他那种透过个案来反观"中国"的论述方式来看，那些具体的游戏、娱乐方式和名目，使他对遥远的中国产生了几近完美的由衷赞言。通过本章的论述，我们将发现，在欧洲人对中国的认识和想象中，《茉莉花》扮演着重要的角色，它与《风月好逑传》在歌德心中唤起的关于"中国文学"的风格、内涵的体认一样，激发了西方文化对中国音乐的认知和想象。当然，在这一认知和想象的历史进程中，也存在着不同程度的扭曲和误解。在中西音乐交流史研究领域，最早引起世人关注的话题，是西洋音乐的东传，而不是中国音乐的海外流传。明代万历二十九年（1601）年冬，意大利传教士利玛窦第二次来到北京，向明神宗万历皇帝进献贡物——他试图以这种方式来打动中国的最高统治者，以获取在中国合法传教的资格。在奏书中，利玛窦写道：伏念堂堂天朝，方且招徕四夷，遂奋志径趋阙廷，谨以原携本国土物，所有天帝图像一幅，天母图像二幅，天帝经一本，珍珠镶嵌十字架一座，报时自鸣钟二架，万国舆图一册，西琴一张等物，陈献御前。此虽不足为珍，然自极西贡至，差觉异耳，且稍寓野人芹曝之私。[2]

[1] [德]莱布尼茨：《〈中国近事〉序言——以中国最近情况阐释我们时代的历史》，见陈乐民编《莱布尼茨读本》，江苏教育出版社，2006年，第92页。

[2] 杨璐璐：《民歌〈茉莉花〉近现代流传史研究》，东北师范大学博士学位论文，2014年。

(一)《茉莉花》在欧洲

《茉莉花》被称作“流传到海外的第一首中国民歌”[1]，因此，自从20世纪80年代以来，它就成为中西文化交流史研究中最典型的案例之一，被为数众多的学者所关注。最早发起这一话题的是音乐史家钱仁康先生，他先后撰写了《〈妈妈娘你好糊涂〉和〈茉莉花〉在外国》[2]和《流传到海外的第一首中国民歌——〈茉莉花〉》[3]两篇文章，梳理了18世纪末期以后《茉莉花》在海外文献中的著录和流传情况。其后，历史学家王尔敏也撰写了文章《〈茉莉花〉等民歌西传欧洲二百年考》，对这一问题进行探讨。[4]进入21世纪以来，随着研究的不断深入，越来越多的学者将研究精力投射到《茉莉花》的海外流传上，他们研究的视角不再局限于西方著作和音乐文献中的《茉莉花》著录和流传情况，而是扩大到《茉莉花》在西方人的音乐文化生活中，由此产生了两篇分量较重的文章：一篇是黄一农的《中国民歌〈茉莉花〉的西传与东归》[5]，另一篇是宫宏宇的《民歌〈茉莉花〉在欧美的流传与演变考》[6]。黄一农的文章着重揭示了《茉莉花》在西传以后，经过西方人的改编，辗转返回东方，并在中国台湾等地传唱开来的历史；宫宏宇的文章则综合考察了《茉莉花》在欧美的不同版本、《茉莉花》在西方音乐文化中的流传与演变以及它被改造为西方军乐的情形等内容。通过这些研究成果，我们可以大致梳理出二百年来《茉莉花》在西方世界的流传脉络。

钟叔河在《走向世界——近代中国知识分子考察西方的历史》一书中曾经说过：“回顾明清之际的历史，17世纪在中西文化交流史上实具有重要的意义。西方学者普遍承认，1600年前中国的文化发展在许

---

[1] 钱仁康:《流传到海外的第一首中国民歌——〈茉莉花〉》，见钱亦平编《钱仁康音乐文选》(上册)，上海音乐出版社，1997年，第181页。

[2] 人民音乐出版社编辑部:《音乐论丛》(第3辑)，人民音乐出版社，1980年。

[3] 钱亦平编:《钱仁康音乐文选》，上海音乐出版社，1997年。

[4] 参见王尔敏《近代文化生态及其变迁》，百花洲文艺出版社，2001年。

[5] 黄一农:《中国民歌〈茉莉花〉的西传与东归》，《文与哲》2006年第9期。

[6] 宫宏宇:《民歌〈茉莉花〉在欧美的流传与演变考》，《中央音乐学院学报》2013年第1期。

多方面优于欧洲。经传教士介绍过去的中国古代哲学思想，对莱布尼茨、伏尔泰诸人产生的深刻影响，在一定程度上成为18世纪启蒙运动的某种触媒和增塑剂。”[1]这段论述强调的是中国文化在思想、哲学方面对欧洲启蒙思想产生的影响。他还引述了伏尔泰在《风俗论》中的话："欧洲的王室与商人，仅知在东方寻找财富，而哲学家则于此发现了新的道德的与物质的世界"，对于中国，欧洲人"应该赞美，惭愧，尤其是应该模仿"。[2]其实，引发欧洲人赞美、惭愧之情和模仿热情的，不仅仅是中国传统的思想和哲学，还有文化和艺术。《茉莉花》就是其中最为显著的一例。据称，在与伏尔泰同为著名启蒙思想家的卢梭所编撰出版的《音乐辞典》中，已经有了中国民歌《茉莉花》的记载[3]——这部《音乐辞典》出版于1768年，卢梭的音乐美学思想集中展现在其中。卢梭认为"音乐是以悦耳的方式把音结合起来的艺术"[4]，他对民间音乐倾注了巨大的热情，认为"终身喜爱的小曲是少女向牧童诉说纯洁爱情的歌；他在意大利和法国收集的是在船夫、乡民和市民中间流传的歌曲"，这与其在文学中着力表现平民的精神世界之美的美学倾向是一致的。[5]目前，我们很难考察到卢梭是通过何种途径了解到《茉莉花》的，大致只能做出如下推测："卢梭的《音乐辞典》里的中国民歌，是清朝雍正、乾隆时期由法国耶稣会传教士传入西方的。"[6]但可以确信的是，这是《茉莉花》首次出现在西方音乐文献中。作为一首地道的展现中国底层民众情感、趣味的民歌，《茉莉花》受到卢梭的关注，与他的音乐美学思想中的平民特质，无疑是密切相关的。

乾隆五十八年（1793），英国国王乔治三世派遣马戛尔尼率领庞大

---

[1] 钟叔河：《走向世界——近代中国知识分子考察西方的历史》，中华书局，1985年，第32页。

[2] 同上书，第33页。

[3] 李邑兰、鞠靖：《〈茉莉花〉流传史》，《南方周末》2008年8月14日。

[4] 转引自梁琼《卢梭的音乐美学思想》，《丝绸之路》2011年第14期。

[5] 何乾三：《卢梭的音乐美学思想》，见钟子林编《何乾三音乐美学文稿》，中央音乐学院出版社，1999年，第16页。

[6] 钱仁康：《〈妈妈娘你好糊涂〉和〈茉莉花〉在外国》，见人民音乐出版社编辑部《音乐论丛》第3辑，第200页。

的使节团来为乾隆皇帝祝寿。在随行的人员中，“人才不少，两艘大船雄师号及印度斯坦号，船长以至水手不计外，其仪仗及卫队也有五六十人，乐队又有六人。正式使团随员中有音乐家、天文学家、制图学家、机械师、画家、数学家、医生”[1]。在这个人才济济的使团中，有两个人物在《茉莉花》西传欧洲的历史中扮演着最重要的角色。一是德国人惠纳，二是英国人巴劳。惠纳是马戛尔尼使团副使斯当东的儿子多玛斯当东的希腊文、拉丁文教师，在使团中担任翻译，还肩负着“观察、记录中国音乐的任务”[2]。巴劳回国后所著的游记《中国旅行记》一书中，就载录了惠纳所观察、记录下来的《茉莉花》乐谱。该书于1804年在伦敦出版，这是《茉莉花》经由惠纳、巴劳二人的合作，在欧洲文化界的一次隆重亮相。

巴劳在《中国旅行记》中的这段说明文字蕴含了丰富的信息：首先，他毫无保留地表达了对《茉莉花》这首朴素而又略带幽怨的中国民歌的喜爱之情，以至于当欧洲文化界出现一种西方音乐人改编的《茉莉花》版本后，他要正本清源，把它的原貌展现出来，让世人真正认识到朴素的中国音乐的“本来面目”；其次，他证实了惠纳是记录《茉莉花》曲谱的人，并且惠纳在将《茉莉花》带回英国整理、出版的过程中有所改编。这暗示出巴劳和惠纳在面对“本来面目”的《茉莉花》时，呈现了不同的态度，而且在《中国旅行记》出版之前，惠纳就已经将《茉莉花》公之于世了，并在伦敦引起了关注，否则巴劳也不会重申《茉莉花》的“本来面目”——他先呈现了用五线谱记录下来的《茉莉花》曲调，然后分别展示了以记音的方式记录下来的歌词，以及它们的英文翻译。[3]

根据宫宏宇的考察，这个更早的《茉莉花》的曲谱版本是旅居伦敦的德国作曲家卡尔·坎姆布拉1795年在伦敦刊印的一本题为《两首

---

[1] 王尔敏：《〈茉莉花〉等民歌西传欧洲二百年考》，见王尔敏《近代文化生态及其变迁》，百花洲文艺出版社，2002年，第178—179页。

[2] 宫宏宇：《民歌〈茉莉花〉在欧美的流传与演变考1795—1917》，《中央音乐学院学报》2013年第1期。

[3] John Barrow, *Travels in China*, London: Cadell and W. Davies, 1806, pp.316-317.

原有的中国歌曲——〈茉莉花〉和〈白船工号子〉——为钢琴或羽管键琴而作》的乐谱。并且，坎姆布拉在曲谱的注释中，特别标明："以下中国歌曲是由一位曾为前英国使华团成员的绅士当场记下，并带回英国的，因此，它们的真实性是可信的。"[1]通过这一说明，我们能够推测出，坎姆布拉所说的记录《茉莉花》的那位"前英国使华团成员的绅士"，应该就是惠纳。

根据当代学者的研究，1793 年马戛尔尼使团来华的主要目的虽未达成，但是，"当 1794 年马戛尔尼回到英国时，使团在文化上以及政治上还是对英国产生了一种冲击。使团的报告很快印刷出来，出版物包括一份经授权编写的叙事报告，还有几份使团成员所写的日记，同时，威廉·亚历山大的绘画很快被制成雕版，被大量印刷。对使团的热衷经久不衰：使团访问的故事作为与封闭思想的决斗反复被讲述；这个使团甚至成为美国一部学童剧的主题"[2]。透过这段陈述，我们可以看到，马戛尔尼使团档案的文献资料异常丰富，既有官方的报告、档案、通信等，又有私人日记和通信、游记资料，从政治、文化到民族风情等都涵盖其中。此外，更为重要的是，这些文献资料在 1794 年使团回到英国后，便很快就公之于世——1795 年坎姆布拉加工、改编而成的《茉莉花》曲谱，其原始资料就应该出自惠纳之手。并且，它在某种程度上对英国的音乐产生了冲击，以至于巴劳不得不站出来公布原稿，以正视听。

惠纳记录下来的《茉莉花》原稿，先是经由坎姆布拉的改编、增加伴奏以后公布出来，成为较早引起西方人关注的版本；在巴劳的《中国旅行记》出版以后，更接近于原汁原味的《茉莉花》也呈现在西方人面前。这样，西方音乐界就先后出现了两种影响较大的《茉莉花》版本。它们在后来的流传过程中，都产生过较大的影响。

---

[1] 宫宏宇：《民歌〈茉莉花〉在欧美的流传与演变考 1795—1917》，《中央音乐学院学报》2013 年第 1 期。

[2] [英] R.N. 斯旺森：《马戛尔尼使团档案资料追踪》，叶凤美译，见故宫博物院、国家清史编纂委员会编《故宫博物院八十华诞暨国际清史学术研讨会论文集》，紫禁城出版社，2006 年，第 662—664 页。

根据钱仁康的考察，巴劳（钱文中译为“巴罗”）的《中国旅行记》（钱文中译为《中国旅行》）在西方影响很大，1864 年德国人卡尔·恩格尔所著的《最古老的国家的音乐》、1870 年丹麦人安德烈·彼得·贝尔格林所编的《民间歌曲和旋律》第 10 集、1883 年出版的波希米亚裔德国人奥古斯特·威廉·安布罗斯所著的《音乐史》，以及 1901 年英国人布隆和莫法特合编的《各国特性歌曲和舞曲》，都采用或引用了《茉莉花》，这些音乐文献和著作中的《茉莉花》虽然也像坎姆布拉所做的那样，经过了细微的调整和加工，但基本上保持了巴劳的《中国旅行记》中的原始风貌。[1]此外，各类百科全书中也有收录这一版本的，如 1830 年出版的《爱丁堡大百科全书》第六卷直接采用了《中国旅行记》中的版本[2]。这是《中国旅行记》所特别强调的“本来面目”的《茉莉花》版本在欧洲音乐文献中的流传情况。

而更多的西方音乐人，似乎对“本来面目”的《茉莉花》兴趣不是很大，他们更倾向于沿袭经由坎姆布拉加工、改编后的版本，或者自己动手，依照欧洲音乐的风格、特征和演奏技巧，对《茉莉花》进行本土化的改造。如 18 世纪后期在英国享有“音乐神童”盛誉的管风琴家、作曲家和音乐教育家威廉姆·克罗齐 1807 年出版的《各种音乐风格样本》收录了五首中国乐曲，《茉莉花》是其中之一。他并没有采用巴劳在《中国旅行记》中记录的朴素的原始版本，而是沿袭了坎姆布拉的版本。[3]更多的音乐家、作曲家倾向于根据欧洲本土的音乐需求，对《茉莉花》进行一定的再加工。如据宫宏宇考察，钱仁康文章中所提到的奥古斯特·威廉·安布罗斯的《音乐史》中的《茉莉花》，也并未对《中国旅行记》照单全收，而是“加上了伴奏，在旋律上也经过了改编”，这种情形在 18—19 世纪欧洲音乐界的期刊论文、民歌曲谱集等文献中，

---

[1] 钱仁康：《流传到海外的第一首中国民歌——〈茉莉花〉》，见钱亦平编《钱仁康音乐文选》上册，第 183 页。

[2] 宫宏宇：《民歌〈茉莉花〉在欧美的流传与演变考 1795—1917》，《中央音乐学院学报》2013 年第 1 期。

[3] 同上。

是普遍存在的[1]。其中，影响较大的是英国作曲家格兰维尔·班托克在编订出版的《各国民歌一百首》(1911年)中改编的二部卡农版《茉莉花》。经由改编，本土化了的《茉莉花》很快进入西方主流社会的娱乐生活中。

在《茉莉花》西传与本土化的过程中，意大利作曲家浦契尼发挥了至为关键的作用。王尔敏在《〈茉莉花〉等民歌西传欧洲二百年考》一文中写道："西方声乐家习于唱《茉莉花》歌曲，盖受歌剧大家普契尼的影响甚大。"[2]贾科莫·浦契尼1858年生于意大利卢卡，是一个教堂风琴手的儿子。他立志从事歌剧创作，1880年到米兰音乐学院学习，并于1884年发表了成名作《群妖乱舞》。后来，他凭借《玛侬·莱斯科》大获成功，成为意大利新一代作曲家中的翘楚。浦契尼是浪漫主义后期歌剧的代表人物，他的歌剧代表作是《艺术家的生涯》《托斯卡》《蝴蝶夫人》和《图兰朵》[3]。

《图兰朵》是浦契尼生前的最后一部歌剧作品。与《蝴蝶夫人》一样，这部作品是对遥远的东方情调满怀兴趣的浦契尼所做的一次长途跋涉。在《蝴蝶夫人》中，浦契尼塑造了一个日本艺伎——蝴蝶夫人的悲剧形象。她通过别人介绍，嫁给了美国海军军官平克顿，后来被抛弃。平克顿携新婚的美国妻子再次回到长崎时，发现蝴蝶夫人为他生了个儿子，便将他带回美国。蝴蝶夫人为了保持自己的尊严，选择了自杀。有鉴赏者说，这部歌剧"标志着世纪之交对异国情调的关注。全剧总谱带有一抹日本色彩：传统的日本旋律与五声音阶和全音阶乐段并列；也充分利用了竖琴、长笛、短笛和钟铃的乐器组合，它们令人想起日本宫廷雅乐乐队的音色。总谱中有一些普通瞬间——如无伴奏的单一旋律——与日本版画中的清晰线条有异曲同工之妙"[4]。其实，这

[1] 宫宏宇：《民歌〈茉莉花〉在欧美的流传与演变考1795—1917》，《中央音乐学院学报》2013年第1期。

[2] 王尔敏：《〈茉莉花〉等民歌西传欧洲二百年考》，见王尔敏《近代文化生态及其变迁》，第176页。

[3] [美]马克利斯、福尼：《音乐欣赏圣经》(第9版)，徐康荣译，人民音乐出版社，2010年，第317页。

[4] 同上书，第202页。

段赏析中所说到的“日本色彩”，如“五声音阶”与“无伴奏的单一旋律”等，与其说是日本的，毋宁说是中国的，是在中国传统音乐影响下的东亚音乐的共同特征。在前面，我们多次提到，西方音乐界对于中国音乐的无伴奏、和声的特点极不适应，他们在改编《茉莉花》时往往为它加上伴奏，营造一种“和声”的效果；而将《茉莉花》由原来的“五声音阶”改编为全音阶，也是他们的惯常做法[1]。浦契尼的歌剧《图兰朵》，情节和思路与此基本没有差异。从音乐旋律上来说，《图兰朵》所采取的主旋律，正是《茉莉花》。《茉莉花》作为一首民歌，登上意大利“这一歌剧的故乡”的舞台，应该说达到了它在西方世界流传的历史顶峰。

（二）《茉莉花》在东亚

在经由传教士、来华使节向西洋流传的同时，《茉莉花》也在东亚文化圈广为流传，成为东亚地区各国共同的音乐文化遗产。

所谓“东亚文化圈”，是指在秦汉以后中国与东亚其他民族和地区日益频繁的文化交流和互动基础上，在公元7—8世纪左右逐渐形成的以中华文明为共同文化背景的文化圈。一般认为，东亚文化圈的核心特征有汉字、儒学、佛教和律令制度等。[2]在东亚文化圈的形成和发展历史中，中国的音乐对周边地区和国家产生了重要的影响：

> 中国的舞乐、散乐早在南北朝时就已经传入日本，日本的伎乐、能、歌舞伎及杂技都与中国乐舞戏曲存在姻缘关系。日本雅乐源自唐乐。传到日本的隋唐燕乐曲目多达100多种。隋唐燕乐如潮水般涌入日本，渗透到日本人民生活中的各个方面。佛教祭典上演奏着“唐乐”，宫廷礼仪伴着“唐乐”进行，达官贵人的酒宴更离不开“唐乐”助兴，民间节庆群众也喜欢演奏“唐乐”。对日本民族音乐的形成和发展曾产生了很大影

[1] 宫宏宇：《民歌〈茉莉花〉在欧美的流传与演变考1795—1917》，《中央音乐学院学报》2013年第1期。

[2] 杨军、张乃和主编：《东亚史：从史前至20世纪末》，长春出版社，2006年，第146页。

响。雅乐理论基本是沿用唐代的音乐理论。中国音乐对越南也产生了重要影响。[1]

在这一文化背景下,《茉莉花》作为一首在中国风靡大江南北的民歌,流传到日本、琉球等仰慕、追随中国文化的区域,就是顺理成章的了。

1.《茉莉花》在日本

关于《茉莉花》在日本的流传,最早关注到这一问题的,是杨桂香发表于1993年的论文《明清乐——传承至日本长崎的中国音乐》。在该文中,作者提到,"在日本化政时期,中国的贸易船主或船客将中国清代的音乐带到日本长崎,传承给日本文人",从此,"清乐"在日本流传开来。至今仍保存下来的"清乐"乐谱有很多,如日本人所著的《月琴新谱》(1991年)中,就记载了42本乐谱,共计241首曲目,其中就有《茉莉花》。作者还说,1991年3月14日,她曾向长期专门演唱"清乐"的日本人中村请教,"中村所唱的'茉莉花',无论旋律、歌词的发音都与中国的'茉莉花'民歌类似"[2]。而据多年研究《茉莉花》的专家学者朱新华先生为笔者提供的日本明治二十七年(1894)刊行的仰天子所撰的《明清乐之栞》载录的《茉莉花》曲谱的复印件,我们可以发现,这首歌曲的词的前三段与《缀白裘》中的前三段基本相同,只是将吟唱"茉莉花"的唱段前移到"鲜花"唱段前,而第二段的三四句则有细微的不同——《缀白裘》中的这两句为"有朝一日落在我家。你若是不开放,对着鲜花儿骂",而在日本流传的版本中,则为"有朝的有夕落在来我家里,本待要不出本,又恐怕鲜花儿落呀"。至于曲调,则大致相似。

杨文中还列出了日本"清乐"中的《含艳曲》的工尺谱与歌词,并与中国民歌《鲜花调》(也就是《茉莉花》)相比较,论证了二者的"血缘关系"。其实,《茉莉花》或曰《鲜花调》不仅存在于日本"清乐"中,而且还被日本音乐人加以改编,进而创作出具有日本民族特色的音乐曲

[1] 杨军、张乃和主编:《东亚史:从史前至20世纪末》,第151页。

[2] 杨桂香:《明清乐——传承至日本长崎的中国音乐》,《中央音乐学院学报》1993年第1期。

目。如据张前的《中日音乐交流史》,《茉莉花》最初传入日本时的乐谱不仅与现在长崎明清乐保存会演唱的通命歌曲完全相同，而且，日本人曾采用这首旋律配填新词，创作了《水仙花》《紫阳花》等新曲目。据张前分析,《水仙花》“情寄水仙花，以表现长崎市民的生活和情感，为适应新歌词的需要，歌曲的旋律也有所变化，特别是旋律后半部采用较高的音域，使感情的表现更加昂扬”;《紫阳花》“也是一首采用《茉莉花》的旋律填配新词的歌曲，这首歌曲对爱情的表现很细腻，旋律的变化与《水仙花》大致相同”。[1]

《茉莉花》伴着明清俗曲东传的节奏，把东亚文化圈的核心趣味传播到了日本，并得到切实的传承。它在日本，又与本土的情感、生活体验相结合，衍生出新的曲目，这使得《茉莉花》本身具有了中日文化交流之“历史标本”的重要价值。

2.《茉莉花》在琉球

琉球主要指今日的日本冲绳，在古代它是一个独立的王国，是东亚文化圈的中心国家中国的重要藩属国之一。据历史记载，早在隋代大业三年（607），琉球就有了与中国往来的历史记录。[2]到了明清时期，琉球与中国的来往日益紧密，成为中国的藩属国，深受中国文化的影响。明代万历年间，曾经出使册封琉球的中国文人谢杰写过一本《〈琉球录〉撮要补遗》，其中有“国俗”一则，专门描绘琉球国的风土人情，从中可以看出琉球国所受到的中国文化的影响的深刻与全面：

> 琉球虽夷俗，然渐染于中华，亦稍知礼义。有子居丧，数月不食肉者；有寡妇不嫁，守其二子者：每谆谆对华人道之。风尚似胜北虏远甚……每宴会，或杂用夷乐，童子按节而歌；抑扬高下，咸中度可听。中有“人老不得长少年”之句，可译而知，亦及时为乐之意；余不审为何语。居常所演戏文，则闽子弟为多。其宫眷喜闻华音，每作，辄从帘中窥之。长史恒跽

[1] 张前:《中日音乐交流史》，人民音乐出版社，1999 年，第 233—235 页。

[2] 王海滨:《琉球名称的演变与冲绳问题的产生》,《日本学刊》2006 年第 2 期。

请典雅题目，如《拜月西厢》《买胭脂》之类皆不演，即岳武穆破金、班定远破虏亦嫌不使见，惟姜诗、王祥、荆钗之属，则所常演；夷询知，咸啧啧羡华人之节孝云……书籍有《四书》、无《五经》，以杜律、虞注为经。其善吟者，绝句仅可通，律与古风以上俱阁笔矣。[1]

这段记述从风俗礼仪、文化以及思想等方面描述了琉球所受到的中国文化的熏染。从谢杰的描述来看，琉球人仰慕中华文化，对中华“礼义”尤其是“孝”极为推崇，比如子孙守孝、妇女守节。谢杰指出，琉球人喜爱中国的音乐和戏剧，在平常的宴会，虽然也演奏本土音乐“夷乐”，却“咸中度可听”，也就是合乎中国音乐的韵律、节奏，让出使琉球的中国人听着很惬意。他们读中国经典，听中国戏剧，这些戏剧大都是“闽子弟”也就是从福建来的艺人所演唱的——在明清时代，朝廷认定福建为琉球入贡的唯一口岸，因此，在长达五百余年的中琉交流中，“福建文化通过各种途径输入琉球，并对琉球社会的各方面起到了深刻的影响”[2]。《茉莉花》就是从福建传入琉球的。

王耀华于1991年发表的论文《日本琉球音乐对中国曲调的受容、变易及其规律——以曲调考证为中心》，采取了曲调分析和比较的方式，对琉球音乐《太平歌》与中国民歌《茉莉花》、闽剧《七言词》的关系进行了细致、缜密的分析。文章指出，琉球音乐《太平歌》在“各段落的下句终止式均与《茉莉花》结束乐句相似”，而其“第一、三段的上句，则与闽剧唱腔曲牌《七言词》均有一定联系，只是节奏拉宽，变为近似散板的吟唱，但旋律进行的骨干音都十分相似”。[3]

《茉莉花》流传到日本、琉球的历史与它在西方世界的流传史，最大的不同在于它并没有唤起“异国情调”，这得益于东亚文化圈内部

[1] 陈侃等：《使琉球录三种》，台湾大通书局，1984年，第279页。

[2] 谢必震：《福建文化在琉球的传播与影响》，《东南文化》1996年第4期。

[3] 王耀华：《日本琉球音乐对中国曲调的受容、变易及其规律——以曲调考证为中心》，《中国音乐学（季刊）》1991年第2期。

频繁、密切的文化交流与互动。也正因此，在西方，《茉莉花》所经历的改编是整体性的，甚至是彻底的，如西方音乐家将《茉莉花》的演奏方式由五声音阶改造为全声音阶，为它增加伴奏，营造和声效果等，这使得《茉莉花》在西方仅能保持其最基本的旋律和情感色彩，而在技术和表现方式上呈现出“全盘西化”的面貌。

与此不同的是，在东亚，《茉莉花》基本上保持了它的原始风貌。尽管在日本、琉球都曾经出现过将《茉莉花》改编，甚至把这一曲调拆散，截取其中的某些片段，来建构一种本土化的音乐形式的现象，但是，就像明代的谢杰在听琉球“夷乐”时的感受那样，它们都“抑扬高下，咸中度可听”。因为从最基本的乐理上，这些经过改编的《茉莉花》的变体，与其原作是共通的。也正因此，《茉莉花》在东亚的传播显得极为自由，就像明清时期它在中国各地的流传一样，人们选择其中某些片段截取下来，与本地故事、本地民歌糅合在一起，衍生出新的版本。《茉莉花》作为一首中国民歌，参与到这一文化交流和互动中，展现出巨大的艺术魅力。

中华艺术经典是中华民族文化的重要组成部分，肩负着传承与弘扬中华民族精神的重大使命。无论是《红楼梦》、“梁祝”母题还是《茉莉花》，都是中华艺术的经典之作，体现了中华文化、中华民族精神和中华美学精神。对中华艺术经典海外传播的探讨与研究有利于弘扬中华美学精神，积极有效地推动中华文化的海外传播，激发西方乃至世界了解中华文化的热情，更好地了解中国。因此，中华艺术经典的海外传播不仅是国家之所需，也是世界之所需，更是时代之所需。

第五章　当代文学中的中华美学精神

在中国浩如烟海的民族文化中，包蕴着与世界其他文化相殊异的美学特征和内在精神。这些特征与精神萌发、扎根、滋生于悠久的中华历史之中，是我们民族文化的一股内在力量。它来自源远流长的中华文明，在当下中国人的审美生活中同样蓬勃有力。它是一种活的文化生命形态，一个不断敞开、成长的生命体。所以，中华美学精神并非固然存在、一成不变的，它通过漫长的历史发展、人文繁衍而形成一种价值判断、感觉结构和情感方式，灌注于中华民族别具风采的审美感性实践之中，如文学、书画、音乐、建筑等领域。本章将通过考察中国当代文学的创造，探求这个时代中华美学精神所展现出的独特魅力。

如果以中华美学精神的阐释方式，对纷繁多姿的当代文学加以考察，便不难发现其中所具有的若干美学主题与倾向：首先，以人与自然相融相生的"天人合一"思想强调人生天地之间的大美之境；其次，中国美学中的道家精神强调个体的存在及其价值，它使得中国人注重超越世俗生活的精神独立与生命自由；再次，辩证法的普遍运用，使得中国美学智慧特别注意以对应性、相融性、辩证性、和谐性来理解和处理一系列的冲突与对立，并在此过程中给予个体生命以终极关怀；最后，积极用世的责任意识与担当精神将个人的生存置于与群体、社会的紧密关联之中进行审视，或满怀热忱颂扬时代理想的高标，或以振衰起弊之心做冷峻的批判。

一、以“天人合一”追求人文精神的最高境界

“天人合一”是古代中国人尝试理解、处理自然界和人类精神界之间的关系时所秉持的一种基本思想。“天人合一”观念的突出特征在于强调人与自然之间并无绝对意义上的分歧，不应当在一种近于二元对立的结构中来把握人与自然的关系。二者在一种特定的意义上是相互包含的：自然是贯通、内在于人的构成性要素，而作为个体与群体的人又是广纳万物的自然界的一部分。这一思想虽有儒道分野，儒家强调伦理，求人伦合天道，道家则更强调人与自然的和谐，但二者亦有相通之处。人就内在的规定性而言，其生息行止必然遵循与之相伴的自然规律。就人的能动性活动而言，在现实实践中注重协调与自然的关系亦是应然之理。就个人在世的安身立命、奠基存在之意义来说，天人调谐乃是一种值得向往的人生理想与生命境界。

中国当代文学中所蕴含的“天人合一”美学精神，似乎更偏重于道家的精神特质。它在20世纪80年代中期“寻根文学”中显现，代表着传统美学观念在中国当代文学书写中的大规模出场。1985年，韩少功、李杭育、阿城和郑义分别在《作家》与《文艺报》上发表的文学宣言直接促成了“寻根文学”的命名。从这一文学文化思潮的倡导者与主要作家的文化观念来看，“寻根”的文化实践一方面探索西方现代性逻辑下东方文化逻辑的可能性，另一方面也是在中国现代化进程中经由中西差异来试图获取其自我意识。在中与西、传统与现代的差异中，“寻根文学”提供了一种对主流思潮的反思品质，并借此开启了关涉传统美学精神的文化实践。一般而言，“寻根文学”大多尝试经由“新启蒙”与“历史反思”的批判视角重新发掘民族文化传统，从而重新确立中国文化的主体位置。[1]对自然的重新发现、对人与自然关系的反思以及亲近自然

[1] 贺桂梅：《“新启蒙”知识档案 80年代中国文化研究》，北京大学出版社，2010年，第164—165页。

是这一文学思潮的重要特征。

“寻根文学”将目光投向远古洪荒、大漠边陲，投向象征文化原乡的村野和各具情态的地方性景观，人与自然和谐共处的“天人合一”关系呈现出新的复归，进而完成了一次传统美学精神在当代语境中的批判与反思、开拓与重建。其中，以阿城的《树王》为代表的一系列文学创作就是在这种回望传统、回归自然的旨归下所进行的文化实践。

阿城发表于1985年的《树王》属于对“文革”时期知青故事的书写，在“寻根文学”的传统精神溯源与反思浪潮中突出了道家“万物与我同根，天地与我同体”的审美观念。在《树王》中，40多名知青被派到远郊农场劳动，农场紧挨着广袤的原始森林，而山顶上的一棵古木则以其超乎现实的巨大体量和具有神秘色彩的生命气息构成了整篇小说的焦点：“早上远远望见的那棵独独的树，原来竟是百米高的一擎天伞。枝枝杈杈蔓延开去，遮住一亩大小的地方。”最后，众人用了四天时间才砍倒这棵巨大无比的“树王”。

《树王》中的人与事、景与物都充满了对道家文化资源的征用和致敬，并以特定的时代的视角形成对照乃至冲突的结构。[1]在阿志城对“树王”的描写中，我们不难看出《庄子》中《逍遥游》《人间世》《山木》等篇中对参天巨树的描写。《庄子》中的巨树往往具有“大而无用”“不材之木”“无所可用”等表面特征，但却因其具备“不夭斤斧，物无害者”“故能若是之寿”“得终其天年”的生存正当性，可供“逍遥乎寝卧其下”的“无用之用”。在小说所描写的特定时代中，这两组特征之间的对照关系延伸出以李立为代表的有为知青与“树王”肖疙瘩之间的观念冲突。在李立看来，知识青年来到农场的一大任务就是将山上“没用的树”砍去，改种“有用的树”，这是为了建设祖国而改天换地的壮丽事业。这一观念背后隐藏的是“人定胜天”的意识。但在肖疙瘩看来，所有的树都出乎自然，是“老天爷干过的事”。“有用”与“无用”的差别，仅仅是一种基于实用观念的人为区分，人为改变山林中的树木品种

[1] 刘洪强、范正群：《寻找〈树王〉之根——谈庄子对〈树王〉的影响》，《淄博师专学报》2010年第2期。

不过是砍去“无用”的树而又种上“有用”的树，是一种近乎无谓的“半斤八两”的行为。这一观念从自然的给定性出发，进而形成对自然与己身的认同，乃是一种“无以人灭天”的肯定自然的表现。与此相关，小说中肖疙瘩的儿子肖六爪的一只手长有六根手指，而这却并不被他自己看作某种“不正常”，而是看作一种自然对人的馈赠。这个自然精灵般可爱的孩子骄傲地说：“我这个指头好得很，不是残废，打起草排来比别人快。”而肖六爪的“异指”同样典出《庄子》。《骈拇》一篇就指出“骈拇枝指，出乎性哉”“彼正正者，不失其性命之情。故合者不为骈，而枝者不为跂”，骈拇和枝指都是出乎自然本性，顺其自然便自有其用，不应当狭隘地将其界定为“异常”。

小说中真正的“树王”肖疙瘩与代表着自然的树木之间有着调谐相和的关联，可谓“天人合一”的化身。老子的“人法地，地法天，天法道，道法自然”建立了人与自然相亲相近的秩序关系，庄子的“万物与我同根，天地与我同体”“天地者万物之父母也”表达了人们对天地自然的依赖感与归属感，以及人与天地自然融为一体的生命想象与文化渴望。这种渴望在《树王》中则直接体现为人物的生命体验。阿城开篇未几就写肖疙瘩劈柴，让知青们无可奈何的树干在他手中“像切豆腐一样，不一会儿，树干就分成几条”，立刻被有的知青指为“庖丁解牛”，凸显了肖疙瘩顺乎纹理、神乎其技的操作。而以李立为代表的知青们要去砍伐那棵被称为“树王”的巨树时，肖疙瘩则劝阻道：“学生，那里不是砍的地方”，并将自己的手臂和胸膛指为砍树的入手处，小说在此直接指明了肖疙瘩与巨树之间天然的血肉联系。肖疙瘩把树看成“娃儿”，认为“它长成这么大，不容易”，“一个世界都砍光了，也要留下一棵，有个证明”。随着参天巨树被砍倒和焚烧，肖疙瘩那强健有力的生命也随之凋零，似乎印证着他与自然之间的生命关联。而他的妻儿也如《至乐》篇中的庄子，平静淡然地接受亲人的死亡，不显出一丝一毫的悲戚。小说结尾处，肖疙瘩的埋葬处“渐渐就长出一片草，生白花”，“有如肢体被砍伤，露出白白的骨”，仿佛以自然中万物一体、流转互化的审美意象，映射出“天地与我并生，万物与我齐一”的文化观念。人与天地万物合为一体，不以想象中凌驾万物的姿态而陷入虚妄的自得，而是在与天地万物的融通中体认一种安身自在的状态。“独与天地精神往来，而不敖倪于万物”，从而达到一种超拔完满的理想境界，乃是中国人文精神孜孜以求的理想目标。

综而观之，“寻根文学”的一个重要面向便是以“自然”作为人类生存的关注焦点，现代文明发展中逐渐被遮蔽的文化观念和精神结构被重新提起。李杭育创作的“葛川江”系列作品描绘了一幅充满生机与活力的自然画卷，展现出雄浑刚健的审美品格。张炜以生态审美视角书写齐鲁大地上独具魅力的生命姿态与文化精神，以众多的作品实现了对大地灵魂的文学巡礼和文化守望。他在《你的树》中明确指出艺术创作的强度、力度与作家对自然与大地的感受方式息息相关，而《融入野地》正是他将自己对天地自然的热情与敬畏灌注于文学书写的成功之作——恰恰是那种“我与野地上的一切共存共生，共同经历和承受”的体验方式构成了作品文学性的独特品质。他将“天人合一”的意识蕴藏于颇具感性意味的诗性语言中：“野地是否也包括了我浑然苍茫的感觉世界？我无法停止寻找……”“寻根文学”呼唤与自然相协调、共生的人性，使缺席许久的自然回归于中国当代文学作品之中，通过人与自然关系的书写，思考人类的现代生存状态。

从文学史自身延展的逻辑来看，20世纪80年代“寻根文学”所包孕的对现代性的反思，已然要求一种人与自然协调共生的现实关系与感受方式，由此看来，它确实为之后的生态文学提供了思想批判的资源与文学表达的参照。如果说“寻根文学”更多是在对作为传统意象的自然的复归中，为其灌注蓬勃有力的生命之灵，进而塑造一种颇具传统文化精神的思想内容和审美形态，那么生态文学则是经由对当代社会人类破坏自然现象的反思，呼吁人们追求“天人合一”的美好境界。而生态反思在中国语境中的“落地”，正是以传统文化精神为思想资源。作为在历史长河中不断生发、流转的文化精神，“天人合一”的观念认识与经验方式已演变为一种润物无声的文化“潜意识”，熔铸于中国人的精神结构之中，对世世代代中华儿女的现实生活与精神表征产生了深远的影响。生态文学正是从当下现实出发，直面人类社会发展过程中主体与外部世界二分所产生的矛盾，并以具备伦理学意涵的“天人合一”理想为思想资源，来想象、探寻解决矛盾的可能路径。

随着作为重要经济体的中国日益全面而深入地参与到全球化进程当中，一些来自西方的生态伦理思想逐渐为国内学者与作家所了解和接纳，并在题材选择和价值判断等方面，对中国当代的文学创作产生了切实可见的影响。作家们在努力揭示现代化的工农业生产和城乡建设所造成的生态危机的同时，也逐步开始思考和想象一种整体性的生态文明进程，进而创作出一批试图唤起大众生态意识，反思和批判现代化过程中的人类中心主义倾向的代表作品。

21世纪初至今，众多作家的创作中萌生、发展出的生态主体意识，不再简单停留于对资源浪费、环境污染、生态恶化现象的初步警醒和揭示，而是开始更多地尝试思考和处理当下人与自然应当如何和谐相处的命题。

贾平凹的《怀念狼》凭借其生态反思的警示主题而在思想与艺术上有突出成就，作者经由对人狼关系的描绘来思考人与自然和谐共处的生命理想，经由对商州一地的文化反思来表达对人类共同体命运的忧虑，从显明的生态与环境伦理立场发出警告。小说在一种相生相克的辩证关系中呈现了商州人与狼群之间的紧密关联，历史上的商州（“商州”本身包含人类对自身所塑造和规划的文明空间的指认与命名）屡屡遭受狼灾，甚至在历史上整个古城都被狼灾所夷灭，人与狼长期处于极端对立、相互仇杀的关系之中。但随着时代的变迁与工业技术、狩猎武器的发展，狼群的数量日益减少，最后近乎灭绝。当这组辩证关系中的一极趋于消亡时，作为另一极的人类（以猎人为代表）也因为辩证张力的失衡而遭遇了精神与身体的双重危机。曾因为猎人身份而获得巨大荣耀的舅舅就曾说：“我就是为狼而生的呀！”这一表述不仅仅在具体的语境中显示出猎人与狼之间以命相搏的对立关系，更在文本整体意义指向上表明了人是在与狼和自然的关系中获得自我认同，在一种生态整体性中获得存在位置的。舅舅的身份包含着“猎人”与“生态保护者”两种相互纠缠的因素，更在具体境况中表征着人类与自然生态的关系。

对于商州猎人将狼赶尽杀绝的意图，小说中的叙述者“我”明确地持质疑和反思的态度。将“异类”赶尽杀绝的人类中心主义观念，最终也将导致人类自身的灾难：“从生命的意义来说，任何动物、植物和人都是平等共处的，弱肉强食或许是生命平衡的调节方式，而狼也是生命链中的一环，狼被屠杀地几近绝迹，如果舅舅的病和烂头的病算是一种惩罚，那么更大的惩罚就不仅仅限于猎人了！”小说的末尾，“我”明确地意识到，如果整个自然被破坏，人类也将失去自己存在的位置与意义。“我”和舅舅都开始“真切地怀念狼”，并最终发出“我需要狼”的呼喊。

小说中对老道人与狼的关系描写虽着墨不多，却指出了人与狼和谐共生的层面。老道人为来到寺里求医的狼进行治疗，而狼群则在老道人去世后赶来哀悼。这种关系体现着万物的同源同构，源于差异却又在差异中依存。

除此之外，许多当代作家也会在其作品中不自觉地流露出“天人合一”的美学旨趣。迟子建在其小说中所展示的人与自然的关系，似乎总是具有一种出人意料而又引人深思的“前现代”特征。在她的笔下，“自然”并非呈现为供人类利用的资源或工具、外在的对象，而是与人类的生命构成一种互为内在、相交相融的共存关系。人与自然、生命与非生命之间的界分在她所表达的理解视角和感受方式下显得模糊、可疑甚至偏执，一种超越个体而与万物共息的“自我”呼之欲出。

迟子建在她的中短篇小说中，一方面将传统的家庭关系的温情与北方村镇的自然风情相融合，另一方面不断探索着在自然中人性如何得以完整、自然地保存。《亲亲土豆》中都处在一种非常安详和缓的质朴状态，夫妻俩在日常苦难中的温暖扶持映射在春耕秋收、普通而又重要的土豆生长之中；《一匹马两个人》中人和老马的关系、人畜与田野的关系，在死亡的阴影之下更加清晰；《北极村童话》是一篇介于儿童文学与成长小说的作品，亲情在漠河天寒地冻的自然村落中延续，历史的伤痕与苦痛也在茫茫自然中得到了安抚，后来人有了继续成长的勇气。

“天人合一”观念在迟子建小说中的独特风貌可以尝试以“和合”精神来描述和概括。“和合”精神的概念在先秦思想中就得到了阐发，如道家、儒家和墨家有所关注[1]，并化入中华文化精神的总体之中而成为中华民族的文化基因。迟子建小说所展现的“和合”精神并非对作为知识的文化传统的知性把握，而是由对独特生存境遇和感受方式的描摹而达到与传统文化精神的契合。在她的笔下，人与自然的“和合”并非彼此不同的双方达到一种和谐并存的状态，而是二者本身处在一种更为深刻的同一性之中。在这种同一性中，并非人懂得崇尚和敬畏一个异于自身的自然，也非自然慷慨养育了异于自身的人类，而是意味着人对自然的尊崇本身就是对自己的尊崇，自然对生灵的养育本身就是自然自我养育、自我运动的生生不息的过程。

长篇小说《额尔古纳河右岸》书写了与驯鹿相依为命、与天地共生息的鄂温克族几十年间的动人故事，一种与自然生态相关联的有机整体观念渗透在叙事者对日常器物、饮食男女和生老病死的理解与讲述之中。这种理解与讲述本身就意味着“天人合一”的美学精神在感性实践中的实现。别样的感性方式系统性地塑造着别样的现实，使得原野森林、风霜雨雪、鸟兽鱼虫以及人类的聚落彼此之间无不具有一种活泼灵动的血脉联系，一切都在一种最初的也是永恒的安排中，闪耀着自己的也是共同的生命光辉。

二、以精神独立而获个体生命自由

道家文化对个体的存在及价值的强调可以看作其标志性的文化基因。在这个意义上，我们可以尝试将生命自由精神看作贯穿道家思想的主旋律。在庄子学派对理想人格的构想中，“独志”的观念以个体的自由意志标志着理想人格的核心意义。具有“独志”意味着成为“至贵”

---

[1] 参见赵俊霞《迟子建小说的传统文化内涵研究》，西南师范大学硕士学位论文，2005 年。

的“独有之人”，成为“独与天地精神往来”、超越功利价值与凡俗旨趣的“无己”“无功”“无名”之人。这些人凭借心灵与人格的自持自足，获得个人在精神和实践上的自由状态。雅好清谈的魏晋玄学在一定程度上实现了对老庄思想的承续和再阐释，崇尚以强调个人的主体价值的方式来重建个人与社会的关系。嵇康期望以“非汤武而薄周孔，越名教而任自然”的方式建立“君静于上，臣顺于下”的理想社会。他眼中的“至人”实质上要求名教与自然的协同相合，个体的自由精神与社会的安宁秩序只有在相互塑造的过程中才能实现。

中国当代文学中追求生命自由的道家精神的复归，与“文革”对个体所造成的“创伤”密切相关。在“文革”时期，早已蕴藉着人们对个体自由意志的向往与追寻——倾诉时代痛感的“知青歌曲”、沉潜于压抑与绝望的“地下文学”以及周旋于辛辣反讽与调侃自娱之间的“民间笑话”都是这一精神指向的文学表征。向道家自由精神的复归所重绽的花朵，就是在这样的土壤上悄悄生长起来的。

当代文学向道家自由精神的复归具有其特定形态，而又特别贴近“逍遥”观念本身所具有的价值指向。道家文化更为强调的是精神上不受外在拘束的自由，以庄子为例，其“逍遥游”精神理想极具魅力和特色。“逍遥”一词并非《庄子》所独有，《诗经·郑风·清人》中就有“二矛重乔，河上乎逍遥”，而《离骚》中亦有“折若木以拂日系，聊逍遥以相羊”的诗句，这里的“逍遥”是安然自适之义，多用来描述形体动作。《庄子》中的“逍遥”则增添了纯精神的向度。

1971 年，顾城写下了《生命幻想曲》，诗中写道：“没有目的，在蓝天中荡漾”，“我把希望溶进花香……/ 睡吧！合上双眼 / 世界就与我无关”，“我把我的足迹 / 像图章印遍大地 / 世界也就溶进了 / 我的生命 / 我要唱 / 一支人类的歌曲，千百年后 / 在宇宙中共鸣”。其中“世界就与我无关”的逍遥，“无目的荡漾”的自在自为，“在宇宙中共鸣”的道法自然的宇宙观，都渗透着道家观念的符号基因。顾城还写过一首《铭言》：“且把搁浅当作宝贵的小憩，静看那得意的帆影，去随浪逐波。”道家精神的诗学呈现成为不少人研究顾城诗歌的切入点，这种看似避世、遁世的人生观似乎与人们想象中蓬勃进取的心境具有相当的差距，但在是非颠倒的境遇之中，“搁浅”就不仅仅在最直接的意义上意味着“消失”，而是显示出不随波逐流甚至是反潮流的坚笃品格与自由意志。“搁浅”的感性意象为一个属于个人的独立时空提供了想象的依据，这个短暂而狭小的时空片段标示着对“顺风”的警惕和对“随浪逐波”的不认同，因而意味着不狂热，意味着独善其身，意味着个性没有昏睡，意味着个人对乱世的超越。

作家宗璞发表于1980年的小说《三生石》，讲述了“文革”中受到迫害的知识分子们固守内心美好的精神净土，相互扶持、彼此安慰、共度时艰的故事。小说的主要人物梅菩提、陶慧韵、方知，或因出身，或因早年的作品，被一步步夺去生活的自由与尊严。支撑他们在生活不幸的阴霾与创痛中满怀希望前行的，除了对党与革命的热爱、笃信以及人与人之间的善意、温暖，还有那使得他们在其中得以休憩的“独立”精神世界。小说中的人物两次引述了《庄子》中的论说：“堕肢体，黜聪明，离形去知。同于大通，此谓坐忘。”“为恶无近刑，为善无近名，缘督以为经。”前者是他们在困苦生活中相互劝勉的话语，后者则来自梅菩提已去世父亲的教诲。小说中倒行逆施以图名利的造反派的言语中所穿插的“革命话语”给人以无情与凶暴的直感，而带有超越精神的道家话语则与小说中的现实氛围显得“格格不入”，支撑起一片独特的精神栖居地。

“宣判”是小说中不时出现的字眼，大时代下的强权向无法把握自己命运甚至自身真实体验也面临遮蔽的个体，发出了粗暴的声音，支配着这一代知识青年的道路。对主人公梅菩提来说，“反动学术权威的千金小姐”“黑作者”的身份以及身患乳腺癌的事实，使她承受着政治上与身体上的双重宣判。外部强权对人精神所造成的束缚，身体、身份所受到的压迫与限制，正是寻求生命自由的道家精神所致力于超越的。小说中的人物并没有达到如“至人”般超脱一切的境界，而是以独特的方式将对生活的信念深深地扎根在现实的土壤之中。

小说在对个人苦难遭遇的叙述中，常常突然插入一小段人物对大自然美好景物的凝望或回忆，将沉重与苦难的现实予以片刻的悬置，展开生命体验中一个个处在现实之中而又溢出现实的瞬间。独立人格如同散落在日常时间洪流中的精神自由之岛，岛上溪水日流、春华第开、渺渺荷香、斑斑绿苔，带给主人公精神世界中的片刻自由和对现实生活的持久希望。老庄之道成为一种使人在苦难生活中得以坚强存在的精神元素。从个人生存的角度以及个人独立精神世界保存的完整性追求来看，秉持道家精神无疑是当代知识分子在时代洪流旋涡中独善其身的途径之一。

独立的自由精神不仅意味着独善其身的“避世”，还意味着以柔克刚的“持守”。1984 年，阿城的小说《棋王》问世，名噪一时。小说中“吃”与“棋”二者似乎各居物质与精神、世俗与脱俗之极，但却一同构成了宏大历史图景中个人独特生命体验的微观场域。就“棋呆子”王一生来说，一方面“他对吃是虔诚的，而且很精细”，饥饿的经历使他不遗漏任何一粒米，并满足于最基本的饮食；另一方面，“何以解不痛快，唯有下象棋”，对棋艺的全身心投入伴随着精神的彻底自由与快乐。物质上的知足与精神上的不断追求使他凭借着每月 20 多元的收入，就消解了“下棋最好”与“下棋不当饭”之间看似紧张的矛盾关系。“呆在棋里舒服”不只意味着超脱时事之艰的遁世之道，也意味着坚不可摧、不容剥夺的自由精神——“我能在心里下呀！还能把我脑子挖了？”而小说中“柔不是弱，是容，是收，是合”的棋道与人道的相协相合，也彰显出独立人格的平静而又坚韧的强大力量。平凡个人无力改变大时代的面貌，却能够以“抱朴见素”“宁静致远”的从容气度与独立人格在狂热的时代氛围中持有一份清醒、一份尊严。

在 20 世纪末的喧哗与躁动中，独立精神的时代命题已渐渐从摆渡现实苦难转换为在执迷功利的滚滚红尘中为个人保有一片宁静的精神世界。汪曾祺、贾平凹、阿城的创作承续了道家传统的文化精神——汪曾祺以“清新洗练”的笔触书写日常生活的纯净美好，贾平凹以“虚静淡薄”构成了对功利之心的反拨，阿城则通过书写凡俗人生的幸福和精彩来凸显平淡之中的“至味”。他们的创作都显示出道家精神的丰厚与隽永，以及个体在世事尘嚣中抑或超然物外、超凡脱俗，抑或化苦为乐、自我解放的生命自由精神。

汪曾祺于“伤痕文学”方兴未艾之际的1980年，发表了清新可人的怀旧之作《受戒》。小说在宁静平和的江南村镇点染出一派人事与人情的质朴天然，世外桃源般的世界仿佛处于现实存在的历史激荡之外。每一个人物似乎都顺其本性、发其本心地劳作生息。读者不难在其中发现生活的无奈与窘迫，发现对惯常社会秩序的乖违，但它们也都被作者那种清澈明快的笔法濯洗得可亲可爱，自有一种超乎世俗而又存乎世俗的自在心境，从而再一次唤醒了以他的老师沈从文为代表的崇尚自然、崇尚生命的文学传统。

贾平凹自号“静虚村主”，其颇具影响的散文作品《商州初录》正是受到美学家宗白华“多与自然哲理接近，养成完满高尚的‘诗人人格’”的观念影响而诞生的作品。在那一组笔记散文中，贾平凹对商州人情风物的书写似乎承续了沈从文《湘行散记》的文化情怀。在贾平凹的笔下，“自然为本、里外如一”“单纯、清静”的商州人的生命状态本身就是对熙来攘往、浮躁功利的世风的批判。纵然现代性逻辑的延伸终将终结商州可贵的单纯与宁静，但是贾平凹并未停下以文学书写来探寻超越功利与喧嚣的脚步——《天狗》《远山野情》等作品正是明证。

在这个意义上，从伤痕文学到文化散文的脉络共同呼应着庄子关于精神独立自由的观念。相对于“逍遥”与“游”所标志的身心自由的状态，“人为”和“自为”则是对身心自由的限制性因素。无论是传统的社会强力、集体规约、文化习俗的社会性限制，还是个人自我施加的心灵封闭和欲望驱使（也即“成心”和“蓬之心”等），都是在追求身心自由的过程中需要克服和超越的因素。只有从“人为”束缚中拔擢而出，从自我心灵的封闭中超脱而出，才能真正摆脱生命的外在束缚和自我拘役，实现“逍遥游”的生命理想。

20世纪八九十年代是中国奋起直追“历史”、不遗余力“使现代成为现代”的时代，是市场经济开始高速发展、逐渐形成的年代，因而也是人们浸没于焦虑、渴望与浮躁之中的年代。在这样的时代背景中，新时期以来文学中“从容散淡”的作品，其实无论是在形式上还是内容上，都对时代发展过快过热的症状做出文学上的质询。这些作品试图在经济发展的强势主流话语之外，回溯人的本质存在。

三、以和谐辩证法给予生命终极关怀

中华文化精神与较为典型的西方思维方式之间的差别表现在对生死问题的看法上。“与西方思维方式倾向于形式性、分析性、思辨性、冲突性不同的是，中国‘和合’文化在思维方式上更倾向于整体性、辩证性、和谐性，更倾向于把宇宙与人生经验中的冲突、矛盾、差异、对立视为事物对偶互动过程中的过渡现象，而此种过渡正是未来之和谐与同一之所由……”[1]世界就其整体与根本来说乃是和谐，人作为存在并行动于宇宙之中的能动主体，也可通过全面的自我调整来化解生命的终极冲突——生与死。

中国哲学思想从先秦诸子起便具有浓烈的生命关怀，儒家认为生与死皆为人之大事，因为生死都是人所受制于天的“命”，也即“死生有命，富贵在天”(《论语·颜渊》)，因此应当恭敬地对待生死，不仅追求“养生丧死无憾”，更要以“礼”的仪式规定性来彰显生与死的秩序和意义。道家也同样强调人并不能全然决定生死本身，所谓“死生，命也”(《庄子·大宗师》)。但道家并不认为“命”中的种种际遇存在着主体价值上的利弊之别、赏罚之分，因而常常对生死持一种超然的态度。

中国文化自古以来就具有“乐生安死”的文化精神，既谋求现实生活的安宁与幸福，也安然接受作为生命终点的死亡。当有限的个人生命被视为融于无限的宇宙生命中的一种存在而被认识与考量时，对个体生命之有限的伤感就在对宇宙大道之永恒及宇宙生命之无限的信念中被消解了。这既是对现实中不可更易的在世、此世状况的认定与领受，也

[1] 王长顺:《中国智慧的审美性》,《社会科学家》2012 年第 2 期。

是在精神感受上对具体现实中不可避免的伤感与烦忧的超脱和超越。这与其说是一种消极处事、默默隐忍的人生态度，不如说是一种理智和洞察。不论是儒家还是道家，都将人力不能支配和改变的境况归于“命”的范畴，这就意味着这一范畴之外存在着人的主观能动性所能参与其中的领域。至少在“既成事实”的意义上，“命”所标识的“人力所不及”的领域确乎存在，因此，不沉湎于已然之事所造成的伤感与烦忧之中，接受不可改变的事实，将事实在现实中与心理上进行妥善的安置，面向当下与未来所敞开的可能性做出进一步的选择，才更为通达与智慧。

以辩证通达的视角审视并呈现人生的日常与无常、苦乐与生死，同样是当代文学中不少作家尝试处理的主题。余华的小说《活着》以一种平淡的语气将一个缀满死亡与苦难的故事娓娓道来。小说的叙述者“我”回忆起十年前在乡间收集民间歌谣时的所见所闻，一位叫作福贵的老人讲述了自己的坎坷经历：他的家人陆续死亡，最后只剩下自己孤身一人。家人的名字（家珍、凤霞、有庆、二喜）无不承载着对生之美好的祈愿，而在故事中他们所经受的不幸却似乎是有意要与他们的名字构成一种苦涩的反讽关系，而外孙的名字“苦根”则似乎是对生之苦难的一种正面确证。作者并未直白地在叙事中渲染有关生之不幸的题材，而是让故事从叙述的结构关系中冷冷地浮出水面，又“仿佛水消失在水中”那样散淡、波澜不惊，在时代变迁与宿命般的生命轮回中冷静和缓地洗澄记忆的悲喜。生命的存在和延续本身就是一种悲喜综合，喜悲两极中人的存在本身就是一种辩证法的实践，通过充满象征意味的福贵的一生，读者能以另一种姿态来感受和体认生命的堂奥。

余华并不像以巴尔扎克小说为代表的19世纪现实主义作家那样，以鲜明的方式做主观上或者道德上的取舍和评判，而是试图在小说中使世事沧桑的人间图景自我呈现。不同于传统现实主义大悲大喜的“情节剧”式窠臼，在作者近乎冷漠的叙述中，第一人称叙述的安排却又似乎保持了一种不同于零度叙述的“切近”感，正如余华所坦言：

> 事实上作家都是跟着叙述走的，叙述时常会控制一个作家，而且作家都乐意被它控制。《活着》就是这样，刚开始我仍然使用过去的叙述方式，那种保持距离的冷漠的叙述，结果我怎么写都不舒服，怎么写都觉得隔了一层。后来，我改用第一人称，让人物自己出来发言，于是我突然发现自己的叙述里充满了亲切之感，这是第一人称叙述的关键，我知道可以这样写下去了。[1]

这种冷漠并非出于旁观者与苦难的疏离，而是源自亲历者自身淡然以对的心态。

余华将一个线性发展的故事通过双重的第一人称回顾来叙述，在新旧两个时代的叙事背景中呈现生死题材。鸟瞰时代和回望人生，视角的主观效果与客观效果相统一，营造出对苦难经历洞悉与超然的感受。"我"作为作品中的叙述者，构成了整个叙述的最外层结构。"我"对十年前乡间经历的回顾性叙述中又包含着福贵对自身人生经历的回顾性叙述，后者构成了作品的第二层回顾性叙述。在叙述策略上，这一设计凸显了时间距离这一维度对于作品诠释生死主题的关键作用，人对于生与死的感受不仅仅在生命历程中的一个个时间节点上被触发，更作为记忆而在时间之流中被不断重塑。余华坦言："我相信是时间创造了诞生和死亡，创造了幸福和痛苦，创造了平静和动荡，创造了记忆和感受，创造了理解和想象，最后创造了故事和神奇。"[2]正是这种时间上对故事的双重回顾和双重叙述所产生的疏离和淡化的效果，成就了叙事上的淡然和超越。这种时间和叙述层次上的距离与第一人称叙述的切近感共同作用，使得故事的呈现样态介于"眼前的现实"与久经转述的民间故事之间，具备了介于二者之间的感性特征。这是叙述者所收集到的一种特殊的"民间故事"，它与众多民间故事一样，本身就承担着传承关于生存、关乎生命的经验与观念的功能。

---

[1] 叶利文，余华：《访谈：叙述的力量——余华访谈录》，《小说评论》2002 年第 4 期。

[2] 余华：《活着》，作家出版社，2008 年，第 8 页。

叙事上的淡然和超越，也进而成就了那种面对生死的安然处之的感受方式。正如道家对生命价值的肯定绝非脱离具体生活经验的玄想，而是具有强烈的现实感。它不像佛教那样将生命价值的实现寄托在一个更加美好的来世，而是将生命的种种困境作为现世必然要面对的问题来看待和处理，将生命的希望和意义置于当下的生活之中，把握属于自己的有限时光。因此，小说虽写了一个极悲的故事，但不是单纯串联若干苦难的事件，而是传达了对苦难本身的应对态度，以对生活的接纳、包容写出了人对苦难的承受能力。“活着”本身包含的生命顽强与生命之爱，表达了最贴近世俗民间的达观，最为集中地体现了“人是为了活着本身而活着，而不是为活着之外的任何事物所活着”的生命态度。

福贵的“活着”遭受了苦难与死亡的威逼，他没有屈从或绝望，而是采取了默默忍耐和承受的方式与死亡抗争、与生命对话，印证着《庄子》中“知其不可奈何而安之若命”的生命态度。作品引发读者的思考，激起人们的同情，其对生命本身的关注、对人生意义的哲思体现出中国式生存哲学中的美学精神。

对“生命关怀”主题的关注，不仅体现于对历史中个人经历的描绘，也体现在对当下社会百态的描摹之中。毕淑敏的小说创作往往以中国人日常生活中常常避讳的话题——死亡作为创作主题，且包含着鲜明的生命意识和女性意识，二者共同唤起人们对死亡的正视和思考，也构成其小说中独具特色的生命关怀。作为一名医生，毕淑敏的创作在文本中凸显了她作为医生的独特的“医学”视角，作品中大量出现的有关患者、疾病、死亡的语汇构成了她对人事与生命的观察点和出发点。

毕淑敏的《拯救乳房》作为我国第一部以心理治疗为主题的作品，细致入微地描绘了乳腺癌患者在生理、心理等诸多方面所面对的困境，将人的存在置于对生存之渴望和死亡之畏惧的张力中。在这部小说中，作为整部小说的重要构成要素的“癌症”不仅作为一种现实存在的疾病和关于这种疾病的知识与观念而发挥作用，而且生产出“癌症小组”群体及其相关的微型社会空间。这一空间使得不同职业、不同境遇的人聚集在一起，在某种意义上抹去了患者之间的差异与区隔，相同的病症遭遇意味着人在死亡面前地位平等。微观社会空间在抹平差异的同时，也凸显出每个人内在问题的特殊性，使每个病人不同的心理样态相互对照。“癌症——死亡”的特殊境况如同汇聚光线的焦点，将不同社会境遇中的病人一同置于死亡面前，而她们不同的社会境遇所呈现出的“生”的种种差异和种种苦难，则使得这个小小的空间映射出社会生活中的种种重大问题。经由癌症所唤起的对或远或近的死亡的意识，使得病人重新审视其原本的生活状况。

这部作品所包含的主题或正如作者所说：“死亡是成长的最后阶段。”“重新审视”实际上标示着病人所需的是生理和心理的双重诊治。她们所经历的不但是一个身体的异常状态得到治疗的过程，更是一个内心得到治愈的过程：“不管我们身体上有什么样的病，是轻是重，我们要做精神上的正常人。”由此看来，小说中的老太太安疆为自己安排的“死亡盛宴”就不只是意味着作为求生手段的医学治疗面对作为死亡象征的癌症无能为力，而且意味着人在内心与观念上的自我克服与超越——对生与死这一终极命题的重新把握正说明了另一种治愈。死亡从不可把握之物变为可以被安然面对、可以被悉心安排的存在：“她已经彻底地从人生的苦难和病痛的折磨中走了出来，带着她最后完成的自尊，无憾地走向宇宙的另一端，去领受她应得的那一份幸福和快乐。”

在这种和谐的辩证关系中看待生死的方式正是中华美学精神的重要内涵。庄子认为“死生为昼夜”(《庄子·至乐》)，生死的变更像昼夜之交替一样，完全是一种自然现象，也就并无高下、利弊、赏罚之别。人本无生，既生，死而复归于无生。“不知说生，不知恶死”是一种对待死亡的态度，也是道家所高扬的一种精神境界。在其看来，人对于死，应该具有一种能够放得下的情怀，对生与死的经验与认识进行交互的认同，生则安之，死则顺之。

小说进而揭示出：死亡是不可逃避的现实，构成了生命本身的规定性，每一个人所应做的不是以一种自欺的姿态讳言死亡，而是应当对这一现实做更为平静和深切的思考。关键不在于把握生命规避死亡，而在于如何凭借对生与死的经验、洞见，选择一种合适的生活。人们在面对死亡的时候，将生命与人生的意义置于比存活更为丰富的层面，才能达到真正意义上的“永恒”。

在被誉为“新体验小说”代表作的《预约死亡》中，叙述者“我”在临终关怀医院中的所见所闻构成了一套关乎“死亡观”的生动图谱，其中涉及的“安乐死”问题在当时还颇具争议。小说中，一个即将远赴德国留学的儿子既不愿放弃出国深造的机会，也不忍心“送走”弥留之际的母亲。他既不愿失去苦苦争取来的发展机会，也不忍心母亲在临终时没有自己的陪伴。在传统的天命观中，人的生老病死在根本上是由天命所定，生者不惜一切代价也不愿以“非自然”的方式结束病者的生命，而病者在病痛的折磨下处在生不如死的境地，生者与病者一同分担着同一苦难的不同侧面。毕淑敏批判当下临终关怀中忽视自然规律、强求生命的功利主义：“真正的临终关怀应该引导临终者和亲人互相了解死亡，共同超越死亡所带来的痛苦，让病人能够在人生的最后阶段温馨而安详地往生，尊严地死去。”[1]以和谐辩证法看待生死，不仅能使病人与亲属顺纳自己苦难的遭际，也能使健康者重新确认自己生命的意义。不论是热爱临终关怀事业的护理员小白，还是一开始带着功利心来到医院的大学生志愿者，都在临终关怀的过程中体悟到了生命的可贵与美丽，在“死亡教育”中感受到生与死在意义上的切近关系，经过内心的成长而进一步萌发对生命的关怀与热爱、对生之快乐的珍惜。正是关乎死亡的经验使得人重新认识生的意义，重新看待生活，重新发现生活，这便是终极关怀的和谐辩证法。

当代文学作品中所存在的对于终极关怀题材的关切，内在地包含着中国自古以来源远流长的生死观的形态或痕迹，而这些观念也在新的社会历史的现实场域中具备了独特的历史内涵与现实意义。人类不能避免死亡，但却能够减轻、挣脱死亡所带来的不必要的痛苦与折磨，并反过来重新审视、重新激发生命的价值。以上所提及的作品并不寻求一种

---

[1] 王畅：《论毕淑敏创作中的生命关怀》，东北师范大学硕士学位论文，2008 年。

超尘绝俗的生命的逍遥状态，而是一种经由“安命”而达到的“在世逍遥”。“死生存亡”在其最终的意义上并非个人的主观意愿和努力所能左右，面对这种必然的规定性，需要从徒然的悲哀与痛苦中走出，也即有着“故不足以滑和，不可入于灵府”（《庄子·德充符》）的态度，由领受生死而超越生死，由“无可奈何”的境况而反身发现自己可以掌控的生命态度，在坦然面对“有限”和死之“必然”后，重获对当下生活的珍惜与热爱。

四、经世济民的担当之美与现实生活的美学批判

在个人、群体与社会之间的关系层面上，中华文化一向认同个体或群体积极担负起发展、振兴共同体的社会责任，认同那些从对社会的现实意识出发认定自身价值、确立人生意义的个体。不论是振衰起敝、经世济民的建设性实践，还是针砭时弊、揭露不公的义愤与批判，都被赋予正面的价值而予以肯定。就文化实践对现实经济实践和政治实践的表征与介入来看，对经世济民、鞠躬尽瘁者的呼唤与颂扬，以及对社会不公和积弊的暴露与批判，是中华文化精神的重要构成。

中国自古有“不治而议论”（《史记·田敬仲完世家》）、“不任职而论国事”（《盐铁论·论儒》）的官员之外的议论传统，对社会现实和公共事务发表议论者不必“居庙堂之高”。就20世纪中国文学来说，自“新文学”肇始，强调以文学关注现实、介入现实的现实主义文学传统一直是文学生态中强有力的存在。新时期以来，关注社会现实的文学创作始终与不断变动着的时代境况保持着紧密的互动，从赞颂与批判的双重维度继承并重新塑造那充满强烈现实意识的中华美学精神。

十一届三中全会以后，中国社会经济层面的改革在城乡都得到进一步的展开和推进。在这一以经济建设为中心的新时期，改革并非一帆风顺，而是面对着众多的阻力和复杂的形势。文学作为社会现实的表征和可能生活的想象，在这一时期被寄予厚望，在客观上也以“介入现实”的方式发挥着社会功能。其中，以小说为主要文类、以书写新时期改革故事为题材的“改革文学”，呈现出社会普遍存在的对改革的渴望、对

重重困难的克服，以及对在此过程中承担历史使命的时代英雄的期盼与呼唤。

文学以“介入现实”的方式来表征社会性的现实与愿望，这本身就体现了中华文化传统中“士”的理想与担当。与西方近代所产生的知识分子群体及其文化传统相类似，肇始自中国先秦时期的士阶层也同样从其所推崇和认可的一些价值观出发，对社会状况做出分析、评判和进一步的构想。这些基本价值观既是批判社会中诸种不合理现象的依据，也是在实践中完善社会、改造现实的参照与标准。这正是“士志于道”的观念。在儒家的政治文化论说中，“道”虽然包含着更高的超越性层面和意义，但实际上“道”的现世、现实维度得到更多的重视和阐发。所谓“天道远，人道迩”(《左传·昭公十八年》)，正是从对“道”的认同和把握出发，儒家提出了个人处在邦国之中所应当遵循的价值标准，“笃信善学，守死善道”，“邦有道，贫且贱焉，耻也；邦无道，富且贵焉，耻也”(《论语·泰伯》)，突出了个人与家国、个人与时代在命运与处境上的关联。这种个人与共同体同呼吸、共命运的伦理要求，无疑推崇个人对社会的担当意识和责任意识。这种理想主义精神要求“士”都能超越他自己个体和群体的利害得失，而发展对整个社会的深厚关怀。而在先秦时期对“士”群体的最初的规定性，则最终发展成为对每一个人“先天下之忧而忧，后天下之乐而乐”“天下兴亡，匹夫有责”的广泛要求。与这一经世济民的社会责任意识互为表里，对社会问题和弊病的揭露与批判则由悲天悯人的意识直指现实症结与民生疾苦。

蒋子龙的《乔厂长上任记》对改革文学潮流的兴起有发轫之功。小说发表于 1979 年 7 月，正值现实中的经济改革过程遇到诸多问题与症结之时。小说开门见山，引出一个在经济改革中存在的微观难题：“算算吧，‘四人帮’倒台两年了，七八年又过去了六个月，电机厂已经两年零六个月没完成任务了。再一再二不能再三，全局都快被它拖垮了。”“派谁？机电局闲着的干部不少，但顶戗的不多。”作者以寥寥几笔勾勒出一个以“拨乱反正”为目的而出现的主角空位及其即将面临的改革境遇。

这种主角境遇意在折射出一个时代的空位，这个位置有待独属于这个时代的英雄来填补，以其存在与行动改变这一境遇，使得这个时代能够获取其自身的意义。由此可见，改革文学对主要人物形象的塑造，需要在“新人”形象的谱系中生长出属于自己的脉络，为自身所铸造的英雄群像的合理性做辩护，并以新的时代主题和新的历史主体昭示一段历史的结束和另一段历史的开始。

小说中的主要人物乔光朴是一位在“文革”中进过牛棚、受过批斗的老干部，历次运动的锤炼成就了他坚毅果敢的品格与对党和人民事业的忠诚。作者这样描写他的外貌：“这是一张有着铁矿石般颜色和猎人般粗犷特征的脸”，宛如一尊英雄的大理石塑像，“这一切简直就是力量的化身”。他迎难而上，精力充沛，主动要求下到陷入困境的机电厂工作；他在工作中雷厉风行、决策果断，具备丰富的专业知识与管理经验，果断坚决地同厂内的不良现象作斗争；他识人善任，长于团结同志和做思想工作，带动党委书记石敢和副厂长郗望北恢复乐观积极的工作状态；他有着敏感的时代意识和清晰的大局观念，有着对社会主义事业强烈的责任感和担当意识……乔光朴的形象几乎满足了人们对改革者的所有美好想象，或者毋宁说正是这一形象进一步塑造了这一时期人们的想象。

更进一步看，《乔厂长上任记》所塑造的乔光朴之所以不同于其他类别的“新人”形象而凸显出改革文学所具备的特殊价值观念，就在于他对现代化事业和现代性逻辑的高度认同。这种认同不仅是理性上的判断，更近于情感上的体认。小说开篇给出了几段“乔光朴的发言记录”，其中第一条和最后一条分别是：“时间和数字是冷酷无情的，像两条鞭子，悬在我们的背”，“其实，时间和数字是有生命的、有感情的，只要你掏出心来追求它，它就属于你”，二者之间的其他“语录”则是对社会主义现代化事业紧迫性的论述。“时间和数字”的“无情”与“有情”其实是对“在有限的时间内完成尽可能多的产出”这一逻辑的感性表述，其背后是持续进步的、合目的的线性历史观。这一历史逻辑印证着现代化事业的必然性和紧迫性，并内生出历史主体的情感结构和情感体验。

这种感性的切近体验，或正是“人道迩”的时代表征。在这一意义上，对现代化事业的使命和新的历史主体的描绘与赞颂，无疑呼应着“士志于道”与经世济民的文化传统。

柯云路出版于1984年的《新星》是改革文学的又一标志性作品，延续了《乔厂长上任记》中对现代化事业与现代性逻辑的高度认同。小说伊始，便以主人公李向南参观古塔的方式将线性的历史时间在空间结构上予以呈现：这座古塔正是县里的历史博物馆，从底层到顶层展览着从原始社会到清代的各类文物，并最终暗示李向南在古陵的改革事业将是对这一历史的继续书写。不同于乔光朴，李向南代表着年轻一代的改革者。他在大学毕业后到西北贫困地区担任县委书记，工作讲求效率，关切民生，敢于同既有的权力网络与顽固势力作斗争。他关注全国改革大局，紧跟时代步伐，在他为古陵设计的“改革规划”中，我们可以对应地发现十一届三中全会到1984年以来几乎所有农村改革的路线、方针和政策的影子[1]。《乔厂长上任记》对乔光朴形象的塑造常常需要经由回溯他在20世纪50年代的经历来完成，相比之下，没有“前史”的李向南似乎是一个更纯粹意义上的新人。在他的身上没有过去时代的政治包袱——他正是那种与当下时代相互塑造的历史主体。

在路遥的小说《人生》和《平凡的世界》中，农村青年的新“创业史”在新的时代背景中得到了具备现实主义品格的书写。与农业集体化运动时期梁生宝这类立足家乡、立足农村，带动集体艰苦创业的时代新人不同，路遥小说中的主人公们所面对的是社会流动性与个人选择多样性勃发的社会境况。城市作为现代化象征物，其准入门槛成为个人奋斗的新标准，而市场经济的因素也渐渐凸显并为个人经济生活的改变提供契机。作者对这群来自农村底层的青年始终抱有关怀、理解与同情，一方面不惜笔墨来书写他们艰苦奋斗、力图改变自身弱者境遇的努力，赞赏他们追求美好生活的强者精神；另一方面，也无情地揭示出他们身上

[1] 参见杨庆祥《〈新星〉与“体制内改革叙事”——兼及对“改革文学”的反思》，《南方文坛》2008年第5期。

所存在的问题正是他们悲剧性遭遇的动因。

高加林身上具有一种于连·索黑尔式的品质，他的可爱与可悲都来自他那近乎支配性的、不断“向上”的渴望。仅从性格决定论的角度来看，似乎正是这种渴望导致了他在情感与工作上的不幸。但作品的现实主义品格也迫使读者将问题置于社会现实的维度来考量：到底是什么原因使得高加林“十几年拼命读书，就是为了不像他父亲一样，一辈子当土地的主人（或者按他的另一种说法是奴隶）”？作者在此以主人公价值观念的个别样态折射出社会结构中的现实关系：几十年来不断积累并仍在扩大的城乡差异。只要这种现实的差异仍是切实的社会存在，高加林式的观念与遭遇就会被源源不断地生产出来。在这个意义上，路遥的作品并不止步于关心新时期底层青年奋斗历程中的个人苦乐，还包蕴着对现代化事业和现代性逻辑更为深广的忧思。

这种对于大时代中个人命运和奋斗的人道主义关怀，贯穿着路遥的作品，真挚的主观感情在小说中不断出现。在社会奋斗中，个人抱负和价值如何实现，在实现过程中个体的尊严如何保存，命运如何被引导，作家对这些问题的回答和反问基于一种“士人”胸怀天下的人道主义关怀。

在 20 世纪 90 年代中后期出现于中国文坛的“现实主义冲击波”，对 90 年代全面市场化改革所造成的影响有着整体性的关切。其中，刘醒龙以及由何申、谈歌、关仁山组成的河北“三驾马车”的写作最有代表性。由于社会现实以及文学史境遇的变动，在“现实主义冲击波”这一命名所涵盖的作品中，对经济建设的组织者与社会底层人物的形象塑造与 80 年代的现实主义书写相比已然大异其趣。如果说改革文学是为改革以及改革时代的理想英雄鼓与呼，那么，“现实主义冲击波”则表达了当时的改革事业中难以疏解的困惑与焦虑。在谈歌的《大厂》中，国有企业面临资金短缺、债务困境、发不出工资、职工待遇下降、生活困难等重重问题，而且再也没有一个如同“力量的化身”般的时代英雄挺身而出，使得现实中的难题都迎刃而解。小说中的厂长吕建国身上更多表现出一个平凡人的无奈与痛苦。在复杂的关系网络和社会乱象中，他为了工厂的改革而不得不左右逢迎，到处求人，勉强支撑，在重重困境中显得无能为力。相比改革文学对人的主观力量的笃信和社会前景的乐观估计，“现实主义冲击波”更多了对现实症结的冷静剖析和对黑暗与丑恶的沉痛揭示。

与改革文学和“现实主义冲击波”相呼应，新世纪文学中出现了“底层叙事”的潮流。其中，曹征路2004年发表于《当代》杂志上的中篇小说《那儿》有着特别的位置。在这一时期，经济学家郎咸平揭露了在国有企业改革中国有资产流失和“化公为私”的现象。与此相应,《那儿》讲述了某矿机厂工会主席朱卫国在企业改制过程中竭力阻止国有资产流失，并在失败后自杀身亡的故事。小说毫不掩饰地指出了某地区在市场化改革过程中在政策上对国有矿机厂的种种钳制，以及曾经为革命传统所高度重视的工人群体在这一时期日渐落寞的凄惨境地。从改革文学开启的对改革时代进行描绘的现实主义文学脉络来看，以《那儿》为代表的“底层叙事”显然触及市场化改革实践中存在的种种问题，以及对特定的现代性逻辑的反思。

如果说路遥作品中的批判更多地体现了“入世”的担当意识，那么从“现实主义冲击波”到“底层叙事”的文学书写就其批判意识而言，则更具法家思想的特点——它们都将“利”本身看作社会运转中难以违逆的客观力量，从而展开对人情、世事的批判。就法家文化资源来说，韩非对战国时期的社会风貌、士人观念以及官僚政治都进行了极为冷峻的批判。《韩非子》对“利”在人与人关系中的重要作用的强调，并非完全意味着法家思想对“仁义”等道德规范和伦理考量的拒斥和否认，而是对战国社会深入观察、分析后所进行的带有现实主义色彩的批判所致。这种批判要求超越对个人道德层面的指摘，而思考客观现实的决定因素，寻找问题的根源。

新时期以来，作为时代主题的先声与症候，具备现实主义品质的改革文学与“底层叙事”的演化脉络无不关联着中华美学精神中讲求“入世”、强调社会责任与社会担当的一面，在与左翼文学传统紧密关联的历史化发展中，当代文学对于当代社会主义建设始终承担了积极反映、质询和启示的作用。在文学创作作为一种“表征行为”所呈现的关怀中，抑或在文本内部的人物形象中，一种对社会主义事业和对个体生存发展的关切视角始终存在，并在歌颂与批判的双重维度上呈现着不同时段的社会现实。尽管这些作品对现实的把握因作者的个人视域而存在着种种差异，但他们所秉持的现实精神与责任意识始终能够唤起人们切身的现实感，或显或隐地连接起个人意识与社会整体现实之间的关系。

经由以上的考察，我们不难发现以中华美学精神作为一种阐释视角或考察方法，对辨析与归纳近几十年来中国当代文学作品的美学旨趣与精神主题具有相当的可行性与有效性。这些分析并非完全依循历史上既有的美学要素或思想观念，从作为经验材料的当代文学作品中套取相应的对象，几个论题的产生也并非预先给定的拣选标准，它们是文本与文本之间积极对话所凝聚而成的“共识”。在这一意义上，几个论题不只标示着当代文学在近几十年内的若干脉络，更印证了中华美学精神自先秦迄今生生不息、流转蔓延的传统。而就传统之为传统所具备的历史性而言，对当代文学与中华美学精神二者的关联性研究，也就必然在呈现当代文学所传承与吸收的传统美学因素的同时，揭示出使得传统美学因素具备当下性、现实性的那种理解视域自身的历史性。

在当代文学中，“天人合一”的人文精神境界作为一个美学主题出场，不再是早先那种对于“万物一体”的古典有机论所致，而是发轫于对现代性逻辑和工具理性对人之性质的单维化压缩的反拨，是基于对人与自然血肉关联的重新发现。它挣脱了仅仅以人类社会发展为标准来衡量自然之于人类的功用的目的论视角，将人类社会放置在一种整体性的自然中来重新审视其价值与意义，特别是以个人存在作为旋律的主调，则凸显出时代的新的意涵。对个人保有独立精神空间的渴求与赞扬，旨在叩问处于特定的总体化倾向中的人如何保持自身主体性的问题。无论是在大规模的政治运动之中，还是在笼罩性的经济与市场的现实之中，属于个人的这一点点“差异”乃至“背反”的精神角落，构成了对普遍性规范的一种有益调剂。和谐辩证法所带来的对日常生活观念的超越，对生命质量和生命关怀的探求，在当代文学中既呈现为对20世纪中国与世界的巨大变动给个人造成的种种创伤的回应，也呈现为对现代化过程中日益凸显的各种焦虑与烦恼的回应，生与死互相阐发的意义，使得对二者的体验所产生的狭隘经验都得以克服。基于社会责任与社会担当的美学呼唤与美学批判，其现实性与针对性最为昭彰，体现出这一美学精神在历时与共时层面展开的人本意识和现实批判精神。

本章对当代文学中的中华美学精神的考察，并不能全然涵盖这一领域的全部现象与问题，主要期望以点明其中一些重要关节的方式，使得相关的讨论得到推进，廓清当代文学、当代文化与传统文化命题之间坚韧而富有生命力的连续性。没有人能够全部阅读自己民族的经典，因为这经典本身已经内化于他置身其中的文化环境。美学精神的传统亦然。中华美学精神在当代文学中的延续和发展，意味着现代化的道路不曾也不应与民族的自身传统断裂，而是与传统并行，其本身就是重塑传统的历史进程。

以中华美学精神为线索来重新勾勒当代文学高度复杂的整体图景，对于那些尝试展现中华美学精神的当代特性的新的文艺创作将提供理论上的阐释；对厘定现代化认同与民族性认同之间的关联性，从而通过当代文化来重构中华民族的整体认同，也具有非常积极的意义。

第六章　当代电影中的中华美学精神

电影虽为“舶来品”，但之所以能在中国这块古老的土地上繁荣发展，与其不断吸收中国文化的营养、借鉴中国美学的传统、表现中华民族的审美精神历程是分不开的。对于形神、隐秀、情景、虚实、气韵、儒道等一组组经典的美学范畴，当代中国电影既有继承借鉴，也有创新改造，不仅显示出我国传统美学的神韵，也形成了鲜明的民族风格。

一、形与神：以形写神

银幕形象，乃是电影艺术反映社会生活、传递时代精神以及表达文化思想的基本形式。与西方电影追求形象之典型性（现实主义美学）与情感性（浪漫主义美学）的特质有所不同，中国电影则在中华美学精神之“形”“神”传统的影响下，形成了一种强调“形”“神”统一、偏重“以形写神”，并且将“传神”视作形象建构之理想境界的艺术形象创作与鉴赏机制。

有关“形”“神”这对美学范畴的讨论，最早要追溯到先秦时期。庄子首先在美学层面指认了“形”与“神”的概念。及至汉代，《淮南子》进一步分析了二者的主次关系，提出“神贵于形也。故神制则形从，形胜则神穷”（《诠言训》），明确了“神”之于“形”的主宰地位。哲学家王充则认为，人的形体和精神都由“气”构成，并提出“形须气而成，气须形而知”（《论衡·论死篇》），肯定了“神”要依赖于“形”。魏晋南北朝时期，画家顾恺之基于先秦、汉代的“形”“神”理论，最终提出了“以形写神”的美学命题。

具体来说，“以形写神”之“形”，是指一个人的外在容貌、体态、言谈、举止等；“以形写神”之“神”，主要指所画对象的“风神”[1]，即其“个性特征和个性风采”[2]；而“以形写神”之“写”，则强调的是“重神之‘写’，而不是重形之‘绘’”[3]。因此，“以形写神”强调的是画家在表现现实生活中的具体对象时，不仅要注重外在形象的真实，而且要揭示出与“道”“气”相连的内在精神本质。

此后，“以形写神”被普遍引入其他各艺术门类之中，这一美学精神的指涉对象也从最初的人物形象扩展至所有的艺术形象。下面便以当代中国电影为例，具体分析其对“以形写神”这一中国传统美学精神的继承与发展。

（一）形象的塑造

首先，当代电影中“以形写神”的美学精神十分突出地反映在对形象的塑造之上。

顾恺之有一次画人，形体外貌均已完成多年，唯独眼睛迟迟不画，众人不知为何，他解释道：“四体妍媸本无关于妙处，传神写照正在阿堵中。”（《世说新语·巧艺》）这说明在塑造事物形象时，重要的是抓住艺术形象的神韵，而眼睛往往是“传神”的关键，这也就是艺术创作中所谓的“点睛之笔”。当然，这里的眼睛指的并非眼睛这一器官的外在形态，而是一种能够通向人物内在之精神与虚灵的表象。因此，具体到电影作品之中，“以形写神”的呈现也并不仅仅限于对人物眼睛的刻画，道具、细节、台词等的设置均可成为人物形象塑造的“点睛之笔”。对于《我的父亲母亲》（1999年）中的招娣而言，“点睛之笔”是那只

[1] 叶朗：《中国美学史大纲》，上海人民出版社，1999年，第200页。

[2] 张法：《中国美学史》，四川人民出版社，2006年，第98页。

[3] 同上。

饱含深情的青花瓷碗，一次次传递着其对父亲的爱意，它的破碎也象征着两人之间情感的转折点；对于《牯岭街少年杀人事件》（1991 年）中的小四而言，“点睛之笔”是那只寻找光明的手电筒，尽管它能够暂时地照亮大片的黑暗与阴影，但却无济于事，也暗示出人物最终的悲剧命运；对于《去年烟花特别多》（1998 年）中的家贤来说，“点睛之笔”是他脑后那道虽不致命却令其失忆的枪伤，而家贤的新生仿佛也预示了香港这座城市的蜕变；而对于《霸王别姬》（1993 年）中的程蝶衣来说，“点睛之笔”则是《思凡》中那句“我本是女娇娥，又不是男儿郎”的唱词，这不仅导致了他性别与身份的错位，也将其推至“人戏不分”“不疯魔不成活”的境地。

上述分析侧重的是具体人物形象的塑造，下面我们从影片整体艺术形象的层面来观照《红高粱》（1987 年）一片。该影片并没有将描写的重点放在具体人物形象的身上，而是通过颠轿、野合、敬酒神等一系列恣意狂放、热情四溢的仪式性场面的渲染，激发起一种崇尚生命、自由与激情的审美体验。于是，影片所谓的“神”也就落在了生命的意义之上，“影片所展示的，只是生命的一种自由舒展的精神状态，而没有把人的思想从躯体中抽掉，只剩下一堆行尸走肉。人首先得按人性生来就要求的那样热火朝天、有滋有味地活着，然后再谈活着的意义……人们都应该意识到，生命的自由狂放，这本身就是生命的美，我们再不能让自己被动地活在各种人为的框框和套子里”[1]。正是这一系列内含或象征着生命之美的意象化场景的存在，使得该片在外在感官与内在思想上得以统一，实现了“形”与“神”的融合。

（二）想象的作用

其次，当代电影中“以形写神”的美学精神还体现在对艺术想象力的发挥之上。

顾恺之画裴楷时，在其面颊上多画了三根毛，对此他的解释是：“裴楷俊朗有识具，正此是其识具。看画者寻之，定觉益三毛如有神

[1] 罗雪莹：《赞颂生命，崇尚创造——张艺谋谈〈红高粱〉创作体会》，见中国电影出版社编《论张艺谋》，中国电影出版社，1994 年，第 161 页。

明，殊胜未安时。”（《世说新语·巧艺》）现实中的裴楷未必真的有这三根毛，但正是增添的这三根毛，使得这一人物立即有了“识具”，“如有神明”。这无疑是画家顾恺之充分发挥其艺术想象力的结果，而这也恰恰符合了他自己所提出的另一美学命题——“迁想妙得”的内在精神。

为了追求“以形写神”，有时仅仅依靠观察是远远不够的，还必须充分发挥艺术想象力。而这一点也突出地反映于当代改编自文学、戏剧作品的电影之中。早在20世纪20年代，导演侯曜在谈及改编作品《西厢记》是否需要“考古”的问题时，就称自己有意识地放弃了实证主义意义上对于“真实”的坚持，认为应当“综合的欣赏它的美，不必分析的寻求它的真”，进而指出应“以真情为唯一的鹄的，设法导演之，使凡看《西厢记》的人，都能够接受王实甫所给予的情感”，“凡服装、布景、道具等只求能生美感”，“剧旨、表演等只求其真情流露”，“能与原著者之精神吻合”。[1]

具体到当代的电影作品，亦是如此。第五代导演张艺谋的影片大多改编自文学作品，从《红高粱》(1987年，莫言的《红高粱》)到《菊豆》(1990年，刘恒的《伏羲伏羲》)，从《大红灯笼高高挂》(1991年，苏童的《妻妾成群》)到《活着》(1994年，余华的《活着》)，再到近些年来的《金陵十三钗》(2011年，严歌苓的《金陵十三钗》)和《归来》(2014年，严歌苓的《陆犯焉识》)，均是如此。其中，影片《大红灯笼高高挂》是一个典型的改编案例，如果说顾恺之画裴楷是在做“加法”，那么张艺谋拍《大红灯笼高高挂》则是在做“减法”。张艺谋大大简化了原著中的人物关系，片中的男主角老爷甚至连一个正面镜头都没有，这不仅进一步凸显出了女主角颂莲，而且强化了对以男权观念为代表的封建传统的批判；同时，导演还将整个故事的主体部分限于一个宅院的封闭空间之中，这一方面有助于意象化场景的描写和展示，另一方面也有利于戏剧冲突的集中爆发。尽管电影创作者对原著进行了大量的改造，

[1] 侯曜：《眼底的〈西厢〉》，原载民新公司特刊第7期《西厢记》，1927年。

小说作者苏童对此颇有微词，但同时苏童也肯定了影片最终呈现出来的艺术效果。因此，这说明正是张艺谋在电影创作中发挥了艺术想象力，使得影片与原著之间在精神层面深度契合，产生了“貌离神合”的效果。

（三）环境的强调

最后，当代电影对“以形写神”精神的贯彻，不仅停留在形象的塑造与想象上，还表现为对相应环境的强调。

正如当众人不解顾恺之为何将谢鲲画于丘壑之中时，顾恺之解释的那样：“谢云，一丘一壑，自谓过之。此子宜置丘壑中。”（《世说新语·巧艺》）因为谢鲲性情放达、陶情山水，所以顾恺之将其置于“岩石”之中，而这无疑是在“借景写人”，进而更好地达到“传神”的境界。

在电影中利用环境描写来凸显人物形象，尽管其方式与效果同传统绘画内在相通，但具体呈现方式有所不同。好的电影应将艺术形象放置于与其个性相适应的社会环境和历史语境中加以表现，这不仅能够衬托出人物形象的内在神韵，而且能够通过表现人物与环境之间的关系，推进情节叙事，发挥表意功能。

电影《黄土地》（1984 年）在塑造男女主人公顾青与翠巧时，便将二人置于“呆照”般的陕北农村村民群像之中，借助长焦镜头的拍摄方式制造出显著的压迫感，在使顾青这一“外来者”显得更加疏离与不安的同时，也暗示出翠巧这一“先觉者”与其成长环境决裂的心理。与此同时，创作者别出心裁地使用了极端的高地平线与低地平线的构图方式。于是，影片中的大量画面要么被沉重的黄土所充斥，要么被宽广的天空所占满，而片中的人物或是位于画面上方，处于天地之间的夹缝之中，或是只在画面下方露出一个脑袋，无力地望着头顶的大片天空。这不仅凸显出片中人物内心的压抑感，而且使得影片具有了极强的文化象征意味。正如该片摄影师张艺谋所说的那样：“这块好大好厚的土，沉稳地坐在这里，不知有多少年了，象个老人。静极了。太阳远远的，象张饼。在淡淡的黄色光线下，这土塬博大，雄伟，悲怆”[1]，大面积的黄土

---

[1] 张艺谋：《“就拍这块土！”——〈黄土地〉摄影体会》，《电影艺术》1985 年第 5 期。

与天空代表了陕北当地农民“靠地靠天”的封建观念，同时也象征着压在中华民族身上几千年的传统重担。由此，该片将所要表现的人物形象与其生存环境、文化背景以及历史厚度完美地融合在一起，通过一种革命性的影像表达，传递出一种反思性的文化，实现了一种民族性的“传神写照”。

《牯岭街少年杀人事件》同样体现出环境对于人物形象、心理及其命运的重要建构作用。该影片创造了众多形象独特且性格鲜活的人物，但针对每一个人物的深度刻画，均不是通过特写这一电影化的景别来完成的，甚至整部影片几乎没有使用一个特写镜头，而是使用大量的中全景乃至远景来构建人物与社会环境之间的内在联系。这尽管淡化了人物的肉体，却丰富了其命运的深度。无论是频频出现的框式构图，还是多次使用的画外音叙事手法，或是大量暗色调、低照度的黑暗场景，又或是极具隐喻色彩的牢笼意象，都暗示出以主人公小四为代表的这一代青少年所成长的历史背景与社会氛围，以及那只助推其走向悲剧结局的无形的手。而这一切也恰恰说明，“《牯岭街少年杀人事件》不是一个单纯的谋杀案件，促成杀人事件的是整个环境，凶手是整个环境，甚至小明自己都是凶手”[1]。由此，该片以一种全景式的静观视角，向观众展示出一幅 20 世纪 60 年代前后中国台湾动荡社会背景下恐慌、不安的青少年群像，体现了极强的社会批判性。

二、隐与秀：隐在秀中

“隐”与“秀”的美学概念来源于南朝梁文学理论家刘勰的《文心雕龙》。《文心雕龙》作为中国文学理论批评史上第一部有严密体系的文学理论专著，奠定了魏晋南北朝以来的中华美学精神的基础。而“隐”与“秀”则出现在《文心雕龙》第四十篇，刘勰为古人如何撰写诗词文赋提供了一种具有独特中华美学精神的方法。他认为，“隐”是一种写作技法和写作策略，即在有限的文字之外，营造更加广阔与丰富的内

[1] 付晓红：《少年 · 杀人 · 事件——杨德昌电影的青春叙事》，《当代电影》2007 年第 6 期。

容，它既有可能是“无心插柳柳成荫”般的氛围营造，也有可能是“醉翁之意不在酒”般的有意曲隐；作为一种对应，“秀”是一种富于独创性的非常个性化的文学语言或文学描写，是诗文中最为传神写照的佳句，如同文辞中涌出的波峰。在《文心雕龙·隐秀》原文中，“隐”与“秀”的观点与二者关系被如此写道：

> 夫心术之动远矣，文情之变深矣，源奥而派生，根盛而颖峻，是以文之英蕤，有秀有隐。隐也者，文外之重旨者也；秀也者，篇中之独拔者也。隐以复意为工，秀以卓绝为巧。斯乃旧章之懿绩，才情之嘉会也。夫隐之为体，义生文外，秘响傍通，伏采潜发，譬爻象之变互体，川渎之韫珠玉也。故互体变爻，而化成四象；珠玉潜水，而澜表方圆。始正而末奇，内明而外润，使玩之者无穷，味之者不厌矣。彼波起辞间，是谓之秀。

在对以《文心雕龙》为代表的诸多修辞学、风格学研究中，形成体系并且最广为人知的著作是詹锳的《〈文心雕龙〉的风格学》。詹锳从“风格”入手，认为“远奥的风格与隐秀之‘隐’相近或相通”，“隐秀之‘秀’与新奇的风格接近”，而“隐秀是柔性风格的代表”。[1]这种含蓄而不失潇洒的文体文风不仅在魏晋南北朝时期被奠定下来，并且通过“竹林七贤”的发扬光大，影响着世世代代文人雅客的创作。这种“隐秀”也绝不仅局限于文学创作，它在书法、山水画、古代音乐等诸多中国传统艺术形式中也有丰富的呈现。“隐秀”已经成为一种美学风格，不断浸润并延续着中华民族的精神脉络。在现代社会的语境下，“隐秀”所代表的传统不仅未被抛弃，反而在全球化趋势不断发展的语境下，成为中华民族精神的一种标志，伴随着电影——工业化时代以来最具活力的崭新艺术形式——的发展不断壮大着自身的生命力。

---

[1] 詹锳：《〈文心雕龙〉的风格学》，人民文学出版社，1982 年，第 9 页。

（一）电影之“隐”：时代与主题的隐喻

中国大陆第六代导演代表贾樟柯在其早期作品中表达了改革开放以来城市与乡村的剧烈变革和时代阵痛，在他的“故乡三部曲”中，《小武》（1998 年）与《任逍遥》（2002 年）主要关注个体生命、直接揭露社会变革过程中个人的迷茫与失语表述，而《站台》（2000 年）主要关注群体命运，间接隐晦地表达了在时代历史洪流中的集体悲剧。影片中人物的境遇，实际上关涉现实社会中的每一个人。汾阳市文工团的每一位成员的人生经历、去留与走向以及面临的社会环境，不仅仅是属于当地的，而且是激烈变革时代中全中国甚至全世界的缩影。影片运用许多符号化的意象与语言，通过隐喻、对比的手法，以小见大，表现了宏大的主题。比如文工团的红色经典剧目表演与 20 世纪八九十年代的流行音乐舞蹈，现代化的火车、汽车的闯入与卡车陷入泥泞无法开出的困境，古代建筑城墙与新中国成立初期遗留下来的城市旧址，这些看似不是影片主要叙事的背景式细节，赋予影片多重意涵。《站台》的集体悲剧结局，是对于身处内陆封闭小县城的人们由于跟不上时代的步伐进而造成精神世界断层的暗示。诚然，对于影片的“弦外之音”，无论是创作者本人还是观众都会有自己的理解，而这也正是“隐”这种手法所带来的。

作为香港电影新浪潮巨擘的王家卫同样也在其作品中运用了“隐”的手法，碎片拼贴式的镜像、违背传统时空观念的表述等后现代理念，使王家卫的电影有着非线性的多段式叙事结构和凌厉怪异的镜头语言。[1]王家卫代表作《花样年华》（2000 年）的背景是 20 世纪 60 年代的香港，讲述在繁华都市一隅邂逅并相爱的情侣的故事。影片的叙事风格与新感觉派小说有几分相似，注重表现故事主人公的主观心理。实际上，这种叙事只是一种“隐”，影片的言外之意绝不仅限于此。《花样年华》致力于还原 20 世纪 60 年代香港的生活场景——老市区的唐楼、讲上海话的房东太太、苏丽珍每日一换的旗袍服饰、过往年代和睦的邻

[1] 赵卫防：《香港电影史（1897—2006）》，中国广播电视出版社，2007 年，第 390 页。

里关系以及带有“不伦”意味的恋爱故事，通过对“花样年华”的追忆与想象，用旧时香港的回忆填补现实的空白，寻求自身慰藉。这也是香港回归时期，港人对身份寻求与建构的一种表达方式——对集体回忆的认同。王家卫的另一部作品《春光乍泄》(1997年)也有异曲同工之妙，通过一对同性恋人分分合合的表面叙事，表达了回归时期香港人对身份认同与情感的困惑和焦虑。这种寓“隐”于时代的手法同样被当代电影人传承，程耳导演的《罗曼蒂克消亡史》(2016年)也试图在一幕幕时代背景之外，强调战争时期不同阶层人物的精神内核与家国同构的历史观念。

台湾新电影导演蔡明亮通过某种隐性叙事，表现出现代市民精神严重分裂、人性冷漠的情形。其早期作品《爱情万岁》(1994年)、《河流》(1997年)即奠定鲜明的导演风格，缓慢的全景长镜头、精简凝练的演员台词以及对身体语言的注重，营造了“一切尽在不言中”的氛围。2013年的《郊游》更是将沉默寡言发挥到一种极致，在几近无言、段落化的表演与静止凝视的客观视角的共同作用下，影片本身的叙事被简省到极致，个中意味全靠观众细细品味。

（二）电影之“秀”：个性化手法之妙笔

在2002年出品的15位著名导演合作拍摄的影片《十分钟年华老去》中，陈凯歌导演的《百花深处》(2002年)展现了中国电影独特的民族特质与人文精神。影片中冯先生的老家被夷为平地，待开发的空地上只剩下一棵老朽的槐树，定格焦点虚化成一幅老北京四合院的水墨画，往日清脆悦耳的铃铛声响起，已经疯掉的冯先生朝着夕阳的方向奔去。这种美妙而隽永的结尾令短片拥有了历史的厚重感，成为当代中国电影创作的经典妙笔，具有独特的“静、淡、远、隔”的美学精神。影片通过看似简单的手法表达了重构中国历史与反思民族文化的宏大命题。

李安早期的“家庭三部曲”展现了传统家庭受到东西方文化的冲击而产生的矛盾。《喜宴》(1993年)的最后一个镜头极具象征性：在美国机场安检人员的示意下，老父亲举起双手。这表明在美国生活的儿子虽然违背了中国传统婚姻伦理，但作为中国老人的父亲最终选择了退让和妥协。《饮食男女》(1994年)则通过色香味俱全的中国食物，展开家庭与个人矛盾冲突的叙事，从中我们能感受到浓郁的中国传统美学风格。这种“秀”温婉动人，“秀”中有“隐”，指向主题与风格之隐喻。

香港导演陈果的“回归三部曲”之一的《细路祥》(1999年)中同样有一处清奇之笔。阿芬和祥仔骑着单车眺望着维多利亚港的景色，两人争执回归后的香港是谁的，阿芬说“香港是我们的”，祥仔反驳说“香港不是你们的，是我的”，这段对话暗示着身处回归时期的港人对香港的认同观念的不同。两个儿童对香港主权幼稚而无理的争执，也是一种“秀”，港人内心的惆怅与对身份、族群、国别的认知经验，以及外来者对香港的情感均得到倾泻。

（三）“隐”在“秀”中：中华电影史诗精神

事实上，单纯的“隐”或“秀”并不足以表达当代中国电影的中华美学精神，正如刘勰在《文心雕龙》里对二者的辩证结合，“隐”的营造是为了“秀”的挺拔，“秀”的突出是为了“隐”的深刻，“隐秀”成为中国古典文学创作的最终美学追求。深受中国古典美学的熏陶，又拥有强烈批判精神的第五代导演陈凯歌，其代表作《黄土地》表达了悲剧性的历史体验与深刻的文化反思，革新了电影语言：第四代导演作品中时空复现的叙事策略和意涵丰富的静止长镜头，都获得了创新性的运用；第四代导演作品中诗化历史的主体意识，则演变为一种解构历史的内在冲动。尽管片头黑色衬底中缓缓升起的字幕，仿佛历史教科书一样交代了故事发生的“时代背景”，但在影片结尾，高速拍摄的画面中，憨憨逆着庞大的求雨人流跑向镜头，镜头一转，却是一个大全景，由高高的天空摇到厚厚的黄土地。作为一个必然的“拯救者”，八路军身份的顾青并没有适时地出现在向往新生活的翠巧和憨憨面前。在这里，对英雄和男权话语的颠覆意味着对那段特殊的历史进行了冷静的审视与重构。

在总结《黄土地》的一篇文章中，陈凯歌明确地表示：“黄河和黄土地，流淌着的安详和凝滞中的躁动，人格化地凝聚成我们民族复杂的形象。就在这样的土地和流水的怀抱中，陕北人，那些世世代代生活在小小山村的农民们，向我们展示了他们的民歌、腰鼓、窗花、刺绣、画幅和数不尽的传说。文化以惊人的美丽轰击着我们，使我们在温馨的射线中漫游。我们且悲且喜，似乎亲历了时间之水的消长，民族的盛衰和散如烟云的荣辱。我们感受到了由快乐和痛苦混合而成的全部诗意。出自黄土地的文化以它沉重而又轻盈的力量掀翻了思绪，�碎了自身，我们一片灵魂化作它了。”[1]可以说，正是通过生活在黄土地上的人们所创造的民歌、腰鼓、窗花、刺绣和数不尽的传说等秀丽之笔，影片表现了反思民族文化的大隐之境。

在台湾新电影导演群体中，侯孝贤是在世界影坛影响最大并且最具中国文化特质的电影导演，其电影体现出一种独立自觉的本土意识，为台湾历史问题提供精神地图。正如研究者所言：“新电影对‘台湾’观念的执着，最明显的莫过于侯孝贤导演对台湾史的使命感。”[2]侯孝贤代表作《悲情城市》（1989 年）、《童年往事》（1986 年）通过家庭与个人进行表层叙事，实际上是在“影像”与“私人回忆”之间，唤醒了台湾观众的“历史情绪”[3]；同时，这种台湾经验与本土意识又与中华民族博大精深的文化母体密不可分，在闽南方言、客家方言、上海话、粤语与国语共同构成的对白和旁白系统中，充满着对祖国大陆挥之不去的乡愁与眷念。在这里，“隐”与“秀”达到了高度完美的统一：一个家庭的衰亡象征着一段悲痛的历史记忆，也正是在这一层面上，侯孝贤电影呈现出一种立足台湾乡土、面向中国文化的史诗气质。

[1] 陈凯歌：《我怎样拍〈黄土地〉》，见电影局《电影通讯》编辑室、中国电影出版社中国电影艺术编辑室合编《电影导演的探索》第五集，中国电影出版社，1987 年，第 286 页。

[2] 焦雄屏：《从家乡到异乡——台湾电影的中国内地情结演变》，见《时代影显——中西电影论述》，台北远流出版事业股份有限公司，1998 年，第 164 页。

[3] 卢非易：《台湾电影：政治、经济、美学（1949—1994）》，台北远流出版事业股份有限公司，1998 年，第 303 页。

三、情与景：情景交融

有关“情景交融”的美学主张，始于宋代。宋代诗论家通过对情与景的关系的分析，探讨诗歌审美意象的结构和类型。[1]南宋范晞文通过分析杜甫的诗提出了情和景结合的几种不同方式，最终认为诗歌意象是情景交融的产物，所谓“景无情不发，情无景不生”。情和景是相辅相生的关系。南宋沈义父点明了情之重要性，唯有情在景中才能生发出绵延不断的情意。元代也有不少词论家、诗论家对情与景的关系发表了见解，之后有人讲意与景的结合，比如“意与景融，辞与意会”等，实际上也是指情与景的关系。“情景交融”的理论逐渐形成。

对“情景交融”理论做出突出贡献的当属清初王夫之，他总结了宋、元、明诗论家的成果，建立了一个以诗歌的审美意象为中心的美学体系[2]，对诗歌意象的基本结构作了具体的分析。王夫之认为，诗的本体是意象，情与景的统一乃是诗歌意象的基本结构。诗歌意象中应该“情不虚情，情皆可景，景非虚景，景总含情”，点明情与景并非相互独立，而是彼此交融，共存共生。除此之外，情景是内在统一，而非机械相加，所谓“景以情合，情以景生，景中生情，情中含景”。其中，诗歌意象的两种特殊类型是“情中景”与“景中情”。

及至近代，王国维在“意境（境界）说”中进一步阐发了他有关情与景的思考。叶朗在《中国美学史大纲》中指出，王国维的“境界说”之第一层含义即是指情与景、意与象、隐与秀的交融和统一。在王国维看来，景是指“以描写自然及人生之事实为主”，其性质是“客观的”“知识的”；情是指“吾人对此种事实之精神的态度”，其性质是“主观的”“感情的”。情景交融即为有“意境”。

由此可见，“情景交融”这一学说在中国美学史的发展上有一个非常清晰的脉络。而电影这种舶来艺术在中国语境中发展演变时，也必然受到独特的中华美学的影响，以至于20世纪40年代产生了《小城

[1] 叶朗：《中国美学史大纲》，第296页。

[2] 同上书，第453页。

之春》这样具有中国民族美学特色的电影。按笔者的理解，“情景交融”在电影中的体现即通过镜头画面中呈现的内容表达情绪，观众与片中人物产生共鸣。作为视听语言的艺术，电影不仅具有画面造型的功能，而且可以在视觉和听觉两个方面作用于观众的感官。在电影的情景交融方面，拟挑选以下电影展开论述:《城南旧事》(1983年)、《红高粱》(1987年)、《我的父亲母亲》(1999年)、《那人那山那狗》(1999年)。

(一)从叙事结构看《城南旧事》的情景交融

作为中国第四代电影导演吴贻弓的代表作,《城南旧事》具有鲜明的诗化风格，尤其体现在影片的叙事与情绪氛围两相作用的意境营造上。电影叙事方面的情与镜头语言上的景的相互融合，共同创生了具有中华民族美学特色的诗意化电影。

《城南旧事》并非严格意义上的叙事电影，并未将情节冲突作为剧情发展的推动要素。在这部影片中，小英子成长过程中的个人心绪主导着情节的发展，影片整体呈现为一种散文形态。影片伊始，郊外景象、长城、卢沟桥、驼铃叮当响的队伍，以及一位老人的独白“不思量，自难忘……”，将故事发生的场景限定在过去的北京城。吴贻弓导演着力于在影片中表现一种流动的情绪。“情”成为影片情节发展的关键:小英子与秀贞母女之间的感情伴随着昏迷十天后病床前隐约传来的送报小贩的叫卖声画上了句点，坐在脚夫马车上去往新家的路变得格外漫长，伴随着悠扬的旋律，小英子似是与不可追溯的往日告别，空气中弥漫着久久难以挥去的哀愁和感伤。搬家后的生活似乎与昨日再无交集，然而当小英子与小偷的友谊戛然而止时响起的旋律，将人物与观众再度置身于“此情可待成追忆，只是当时已惘然”的境地。之后的童年便少诗意了，宋妈在得知儿亡女失的消息后坐上丈夫牵着的小毛驴绝尘而去，父亲与世长辞的同时，英子的童年也一去不返。镜语的节奏伴随着叙事的气氛，让人慨叹时光的流逝、人在岁月面前的无能为力。

值得一提的是，吴贻弓导演在这部电影中通过对同一音乐旋律回环往复的运用以及镜头叠印的方式，构筑了一个极为深远的老北京城的意境。淡淡的忧愁和隐隐的哀思成为影片的基调。

（二）从音乐渲染看《红高粱》的情景交融

《红高粱》这部电影充满了古老的东方韵味：颠轿的婚嫁习俗、黄土高原的原生态、粗野狂放的西北汉子、酝酿九九八十一天的高粱酒……情与景的融合在镜语中体现得淋漓尽致，但唢呐可谓是本片情景交融的主要道具，打通了影片与观众之间的情感界限。

唢呐成为影片与观众之间进行情感交流的中介，是一个具有浓厚的地方色彩和抒情意味的乐器。影片一开始，扬着黄土的西北高原上的那支娶亲队伍，伴随着放荡不羁的唢呐声出现在观众的视野中，自此奠定了影片的基调：狂放和粗野。这部电影中最为著名的片段即九儿和余占鳌在高粱地的野合。日光照耀之下，高粱随风舞动，唢呐声和鼓声混合在一起，雄浑的音乐展现了一种原始生命力。慷慨激越的唢呐声成为余占鳌和九儿结合仪式的交响乐，如此豪放的生命力之美，如此昂扬的生命体验，绝佳地诠释了酒神精神。在影片结尾，九儿在毫无防备的情况下被日军机枪扫射而死，余占鳌联合众酒坊兄弟为九儿报仇，高粱酒坛摔碎在地上，和唢呐的声音叠加在一起，之后，祭酒歌与童谣相继出现，满轮血色的红日挂在天边，“娘，娘，上西南，宽宽的大路，长长的宝船……”，生命的主题在此升华。

唢呐作为影片的主体乐器，为主题的升华起到重要作用。红色夕阳之下，人物尽显生命力的本色。

（三）从色彩描绘看《我的父亲母亲》的情景交融

《我的父亲母亲》以父亲的突然去世为契机，引入旁观者“儿子”，从第三者的角度讲述父母从相识到相恋的故事。如果以 2002 年 12 月《英雄》的上映作为张艺谋电影的产业化转型的标志，那么，《我的父亲母亲》作为他相对早期的电影作品，在叙事方面摒弃了以往的“浓郁”特色，显现出异于往常的“单纯”。不过，其运用的视听语言可谓浓郁至极，借用对比度鲜明的色彩表现了父母之间深厚的感情。这部电影不仅实现了视听上的艺术美，也体现了鲜明的中华民族美学特色。

这里选几个情景交融的段落展开分析。第一个段落是母亲身着粉色棉袄在橙黄色树林中奔跑。母亲招娣得知父亲会送学生放学回家，于是在一条必经之路上等待父亲。秋天的秀美景色映衬着母亲年轻的脸，对心上人的惦念、对爱情的美好希冀，在电影画面造型的作用下，更具感情的灵动之美。绵延不尽的山色和母亲“巧笑倩兮，美目盼兮”的脸庞，让人久久难以忘怀。第二个段落是父亲被打成右派后离去的路上，母亲换上大红棉袄，怀抱青花瓷碗套装的饺子，穿小径卖力追赶。同是秋天的景色，心境却截然不同，摔倒后的母亲望向父亲离去的那条长长的“不归路”，心里百感交集。为寻找父亲留给她的唯一信物，母亲在那条路上来来回回，似是寻找父亲曾存在的痕迹。失而复得的发卡给了母亲又一次希望，坚信父亲终将返家的念头无形中昭示着他们的爱情终将接续。秋去冬来，母亲再次换上父亲最爱的那件红色棉袄，站在同一条路上等待。年轻的面庞、娇憨的脸，粉色的棉袄、赤诚的心，在乡间的土路上，在满山的黄叶中，“等待”中的母亲因对爱情的执着信念而显得愈加动人。织布时母亲隐约听见了琅琅的读书声，她雀跃地奔向教室，白雪皑皑的路途是母亲心地澄澈的证明，是父辈爱情的美好象征。

在这部电影中，橙黄色的树林、白雪皑皑的路途、红色的大棉袄支撑起了整部电影的情境，让人难以忘怀。

（四）从景物造型看《那人那山那狗》的情景交融

《那人那山那狗》讲述了20世纪80年代中国湖南西南部绥宁乡间邮路上的故事：因腿疾提前退休的父亲和因高考落榜接替父亲工作的儿子在邮路上达成和解，这与其说是儿子在重走父亲的工作之路，不如说是父子间关系的一次“破冰之旅”。那段崎岖、漫长的山路，成为父子破冰的情感载体。

《那人那山那狗》的拍摄场景大多数选在晨雾漫漫的山谷丛林，父子之间由隔阂到彼此坦诚、和解的情感变化就在山间林地上演。影片开始，父子离家初走工作路途中，两个人很少交流，只相视无言默默行走，镜头缓慢且沉稳地跟随人物的步调。山间景色在此绝非孤立隔绝的意象，山间的一树一木皆承载着父亲的情感与过去，亦承载着儿子的情感和未来。影片中的景物——山色空蒙满眼绿色，多采用全景镜头，有一种写意之感，和中国古代山水画有异曲同工之妙。儿子在背着父亲蹚河的时候，气氛渐渐变得温润起来。而在儿子遇到心动的侗族姑娘时，父子之间似乎在某种程度上有了疗愈彼此的话题。母亲驻足等待父亲归来的那座桥，成为儿子和父亲、父亲和母亲之间和解的见证。父亲与儿子因常年生疏而产生的感情裂痕在山景中得到修复：他们的感情伴着氤氲的雾气慢慢升腾，渐渐明朗。

四、虚与实：虚实相生

“虚实”是中华美学精神的重要范畴之一。“实”一般指客观实境、具体物象，而“虚”则指物象之外的虚空、空白，及其创造出的无尽的想象空间。“虚实相生”的美学精神，滥觞于道家“虚实”“有无”“大音希声”“大象无形”等哲学思想。老子认为，天地万物都是“无”和“有”、“虚”和“实”的统一。只有达到统一，天地万物才能够流动不竭、生生不息。正如宗白华先生所言：“‘有无相生’，‘虚而不屈，动而愈出’，这种宇宙观表现在艺术上，就要求艺术也必须虚实结合，才能真实地反映有生命的世界。”[1]老子的这一思想在很大程度上影响了中国古典美学的发展，“虚实相生”也逐渐从哲学层面延展到美学层面。

魏晋南北朝，美学受玄学影响，人们普遍“尚无”“崇虚”。隋唐时期，注重由实入虚，由有限的“实”进入无限的“虚”，如司空图将南朝谢赫的“取之象外”(《古画品录》)诠释为虚实结合的“象外之象”“景外之景”(《二十四诗品》)，范晞文提出“以实为虚，化景物为情思”(《对床夜语》)等。宋人主张“故咫尺有千里”(《宣和画谱》)，强调“虚”所蕴含的时间性与空间性。及至明清，虚实论得到了全面的发展，如笪重光在《画筌》中提出“实境”“真境”的重要性——“虚实相生，基础在‘实’。要使无画处皆成妙境，必须从实处相求”[2]。恽南田亦有

[1] 宗白华：《艺境》，商务印书馆，2011年，第401页。

[2] 叶朗：《中国美学史大纲》，第543页。

“虚处实则通体皆灵，愈多而愈不厌”（《南田画跋》）之语，点出虚实相衬的艺术张力。简言之，艺术表现要以虚带实、以实带虚，做到虚中有实、实中有虚，虚实相生，才能生发出灵动浩渺之境，“实”有尽而意无穷也。

上述“虚实相生”的美学思想在中国的传统艺术中多有体现，如诗歌中的“境生于象外”（刘禹锡），绘画中的“留白”，书法中的“计白当黑”，戏曲中的虚拟化程式与舞台假定性等。而电影这一舶来品，在中国古典美学的浸润下，也逐渐形成了独特的中华美学形式与内涵。将古典美学的精神和手法引入电影，是中国电影文化发展的必然。新时期以来的中国电影在镜头语言的运用、人物形象的塑造、主题意境的营造等方面都体现了“虚实相生”的中华美学精神，以下选取具有代表性的影片逐一分析。

（一）镜头语言——“留白”

电影中静摄景物的空镜或是中远景长镜头，常常被拿来与中国传统绘画中的“留白”作比较。其实，单就二者的艺术表现手法而言，“留白”是指绘画中的“无笔墨处”（《南田画跋》）；而电影中的空镜或长镜头却是着笔墨之处，而且往往占据全画幅。然而，二者的美学功能是相似的，例如马远画作中习见的大片空白，用以象征烟波浩渺的江面，或是云霭氤氲的山峦；电影《小城之春》（1948年）中一个浮云掩月的空镜头，便营造出了风月无边、寂寞佳人的诗化意境。具体来说，我们可以将空镜、长镜头看作影片整体叙事结构中的“虚笔”“留白”——既简洁巧妙地交代了时间、地点，含蓄蕴藉地外化人物情感，又以“虚”赋予了影片丰富的意涵旨趣，使影片获得言外之意、韵外之致、画外之景。

侯孝贤的电影可以说是传统诗化电影的代表，他的作品最突出的特征便在于对中国古典诗画的画面造型意识的取用。譬如《恋恋风尘》（1987年）就蕴含着“虚实相生”的美学精神。在这部描绘年轻男女朦胧情愫与家园之思的影片中，侯孝贤力图通过从容舒徐的镜头凝视远去的铁轨、青翠的山峦及温情的故乡。青涩的少男少女之间的纯真爱恋是含蓄蕴藉的，影片的整体意境也是含蓄蕴藉的。影片结尾，阿远孤身一人回到家乡，身上还穿着阿云给他做的衬衫。山峦田垄间，阿公与阿远心照不宣地避开了阿云另嫁他人的事，只淡淡地闲谈着一年的庄稼收成。镜头最后跟随祖孙二人的视线定格在重重的雾霭、渺远的大海与层峦叠嶂之间。在此，“这些空镜与主题相融合一，没有沦为视觉的点缀”[1]，静、远、淡、隔的影像风格内敛地传达出人物的哀愁心绪，营造出人与自然之间诗意悠远的境界，是为“境生于象外，有限中见出无限”，尘世间的喜乐悲哀融于无穷无尽的天地之间。

近年来，也有很多影片利用深焦距大远景的空镜与中远景长镜头来创造意涵丰富的“白”。例如毕赣导演的《路边野餐》(2016年)，采用了镜中镜、长镜头、画面叠化、时光流转、现实与梦境交织等虚实结合的手法，成为一部“中国式魔幻现实主义”之作。在《路边野餐》中，毕赣通过最为人称道的42分钟的长镜头构建出了一个“虚实相生”的时空。陈升在荡麦见到了长大后的侄子、早年去世的妻子，此为“虚”；而这些“虚”又是构筑在裁缝店、洗头房、米粉摊等“实”之上的。正如恽寿平在《瓯香馆画跋》中所言：“虚则意灵，灵则无滞，迹不滞则神气浑然，神气浑然则天工在是矣。夫笔尽而意无穷，虚之谓也。”

《路边野餐》中的“虚实相生”不仅体现为频繁出现的手表、时钟、野人、红丝带、花衬衫等意象所包蕴的“象外之象”，也体现为以虚笔描摹出的虚实交融的意境。正如片头引自《金刚经》的那句话语“过去心不可得，现在心不可得，未来心不可得”，《路边野餐》以“虚实相生”的美学精神创造了一个“神气浑然”的“意无穷”的灵动时空。

（二）人物形象——缺席

当代中国电影人在探索造型美学、影像本体的过程中，除了对色彩、光影、构图等“电影性元素”的叙事表意功能加以探索外，也对人物形象的塑造进行了探索。在张艺谋导演的《大红灯笼高高挂》中，作为封建男权象征的陈老爷被有意“虚化”了，他贯穿全片，贯穿于女人

[1] 焦雄屏：《田野·童年·亲子关系：侯孝贤又上层楼》，见《焦雄屏看电影·台港系列》，三三书坊，1985年，第244页。

们的生命之中，却始终以远景中的背影、阴鸷的侧脸、威严的声音等形式呈现在银幕之上，而不曾有一个正面或特写镜头。但是如囚牢一般的高墙大院，点灯、锤脚、灭灯、封灯等森严又荒谬的规矩等，无一不是陈老爷的人格化象征。所有这些象征性意象，共同渲染出黑暗、压抑、逼仄、变态、扭曲的家庭氛围。其中，高高挂起的、极具视觉冲击力的一盏盏大红灯笼，无疑是"陈老爷们"的夫权和欲望的象征，也是导致"妻妾们"悲剧命运的罪魁祸首的象征。张艺谋在影片中创造性地表达了中国传统美学中以虚运实、以实带虚、虚实相生的精神内涵，使《大红灯笼高高挂》成为别具民族特色的电影代表作。

与《大红灯笼高高挂》通过"缺席"表达始终"在场"的陈老爷不同，在《家在水草丰茂的地方》（2015年）中，象征着牧民家园的父母是真正意义上的"空白"。影片的故事情节很简单，甚至有些随心所欲的散漫。哥哥巴特尔和弟弟阿迪克尔是甘南裕固族牧民家的孩子。父亲游牧，母亲多病，弟弟出生后，父母只好把哥哥送给爷爷抚养。两个孩子一直心存芥蒂，哥哥嫉恨弟弟抢走了父母，弟弟不满父母总把最好的"补偿"给哥哥。到了上学年龄，父母将兄弟两人送入同一所学校，并一同寄养在爷爷家，但是兄弟俩却从不和对方说话。暑假到了，爷爷不幸去世，父母却没有来接他们回家。导演无意解释此处父母"缺席"的原因，而正是这个被有意忽略的原因促使兄弟二人踏上了漫漫回家路。没有一切现代设备，两个孩子、两峰骆驼，七天六夜、五百公里，只凭着父母说的那句话，"如果放牧迷了路，一定要顺着河流走，牧人的家一定在水草丰茂的地方"。然而一路上他们目之所及的是干涸的河流、严重退化的草场以及被风尘湮没的断壁颓垣。斑驳的石窟中，昏黄摇曳的烛光下，老喇嘛念经文一般地对哥哥说："父亲一样的草原枯萎了，母亲一样的河流干枯了"，道出生存家园与灵魂居所皆已崩塌之"实"、文明已失落与信仰已缺失之"实"。

在《家在水草丰茂的地方》中，父母不仅是"空白"的，而且始终是通过"虚无"的方式出现的：一次在出发之前，弟弟望向教室窗外，父母身着裕固族传统服装，坐在巨大的白色气象监测气球上，笑意盈盈地挥手远去；另一次则是在长途跋涉中，兄弟二人跟着骆驼找到了他们曾经的家——“黄金牧场”，绿草茵茵，一家四口温馨和睦，然而随着弟弟的转身，一切也随之消散，原来是一场虚幻的梦。

（三）主题意旨——无穷

在陈凯歌导演的《黄土地》中，大片的黄土地成为影片画面构图的主体。固定机位的长镜头缓慢扫过漫无边际、荒无人烟的山梁沟壑，或将人置于高天远地的全景视野之中。传统电影构图中牢不可破的人的主体地位被颠覆，代之以苍茫贫瘠的大片黄土，人被挤压在画面一隅，甚至完全不见踪迹。在室内，画面构图也以静态为主，人物造型呆滞、拘谨。以黄土地为主体的构图方式，配以自然光效摄影所呈现出的黄、灰色调，形成一种沉闷、凝滞、压抑的审美基调，艺术地传达了影片反思土地与人的关系、反思民族历史文化的严肃题旨。

影片个体命运写实以及基于其上的宏大哲理反思，使影像叙事表现出“大块写实与大块写意”相结合的特征。电影对黄土地、黄河、犁地、放羊、挑水，以及翠巧家庭生活场景的描写是“实”的，客观展示了亘古未变的古老民族的生活图景。而这些实景多出现于黄昏、夜晚或清晨，营造出一种晦暗、沉重的生活氛围，真实地书写了世世代代黄土地人民的艰难处境，也为影片“虚处”的象征思辨提供了坚实基础。“虚处”主要出现在迎亲、腰鼓、祈雨等宏大场面中。一方面，这些场面并非全然脱离黄土高原生活实际，而是在生活实景的基础上予以仪式化、风格化、虚化，使之超越写实性的生活形态，而获得写意象征性；另一方面，这些写意象征影像又使整部影片的构思立意得以从翠巧个体命运写实的故事层面，提升到对历史审视和文化反思的哲学思辨层面。

《黄土地》的独特艺术魅力与无穷象外意蕴源于中国传统美学精神。正是凭借着“大块写意与大块写实的结合”（陈凯歌语），凭借对这种“虚实相生”的美学精神的发展，影片才得以艺术地表现出了“天之广漠，地之沉厚”，进而完成了对历史、英雄和男权话语的反思与颠覆。

五、气与韵：气韵生动

“气韵生动”指艺术作品中呈现出来的气势风韵，它产生于形神统一的基础上，是主客观相互交融的结果，是在中国气化哲学影响下形成的重要审美标准。“气韵”的概念始于魏晋南北朝清谈和对人物山水画的品评，主要是指对象所蕴含的意义深远并超越于外在形态的美。谢赫的《古画品录》较早将“气韵生动”这一概念运用于文艺领域。谢赫“六法”中，“气韵生动”高居第一，为六法之精髓。在谢赫的时代，气韵生动主要针对人物画，至唐宋后，扩大到整个绘画领域，并超越绘画美学，融入了中国气化哲学的内涵。

先秦时期对宇宙自然“本根”的探讨，形成了古代中国人独特的思想认识——“气”论。“气”是宇宙自然的本质，人亦由“气”生成。人的生命精神依附在形体之内，形体外貌是人的生命精神的外在显现，而内在生命精神则是人的本质。这种自然生命观的产生对古代中国人的观念产生了重要的影响，长期地影响着中国人的文化心理结构和审美意识。

讲求“韵”美，起于晋代。把艺术表现中有无“韵”作为评价的标准，体现了六朝文化发展的新趋势。“韵”所体现的是与“气”不同的形态内容，“气”如“气势”“气机”“风气”“壮气”“气魄”等，体现出人活泼的精神状态和向外扩散的生命张力，是一种阳刚之态。而“韵”则为绵密、轻柔之形态内容，如“情韵”“体韵”“雅韵”“声韵”“风韵”“素韵”等，体现的是借助有限形态来传达不尽的余味，与玄学思想相一致，常借有限来展现无限。

随着概念的演化，“气韵生动”主要有三种思想含义。

首先，它指导着人物画创作，是人物画审美的最高要求——传神。气是生命存在之处，也是附着于人形貌之上的风神气度。气韵生动，即表现出人物超越于形式的气度韵致。

其次，它规范着笔墨表现技法。“气韵”原指对审美对象精神的揭示，至唐代开始逐渐落实到具体的笔墨表现中，成为中国绘画艺术的最高境界。

最后，气韵为上，体现了中国艺术的形而上思考。气韵生动，不仅仅是指审美对象外在形式与内在精神的统一和谐，更是指创作者与审美对象构成有机整体。气韵生动是指创作者主体生命精神在作品中的参与和渗透所体现出的审美价值。正是创作者浑厚旺盛的生命力量在作品中的流露，才使作品展现出蓬勃的生命活力。

中国电影中气韵生动的美学精神，体现为气化哲学思想在叙事中的融入，着意描写人物的外貌性格和命运故事，更着重展现人物的精神境界，以及人物对宇宙之“气”的探索。

中国电影中气韵生动的美学精神，还体现为画面与剪辑呈现出的气韵关系。与中国古典绘画美学中通过笔锋线条和色墨浓淡来彰显气韵相似，电影亦通过镜头运动和光影色彩呈现出气韵生动的效果。同时，以气韵生动的审美方式品评中国电影，着重强调的是创作者的气度韵致与作品的生命力合二为一，探讨主创群体与作品之间的内在精神关联。

（一）人物的气势风韵：形式之外的内在精神

电影作品表现出形式之外的内在精神，是对“言有尽而意无穷”之境界的追求，在有限的人物形貌和故事内容之外达到气韵生动的效果。《卧虎藏龙》中武当派弟子李慕白闭关静修，描绘“悟道”的过程说：“我的周围只有光，时间、空间都不存在了，我似乎触到了师父从未指点过的境地。”影片“得道”的理念源自中国哲学的道论思想，也受到“道气二元论”的影响。李慕白超越时空的感受，是对宇宙本根的体悟。而他所谓“只有光”的境地，则意指“空若无物之太虚”境界。司马光云：“万物皆祖于虚，生于气”，李慕白对超越时空的宇宙本源状态的描述，是中国气化哲学思想的体现。影片中，李慕白坚持将“剑法”与“心法”统一，也体现了外在形态与内在精神合二为一的思想。对宇宙之“气”的参悟和探索，使李慕白内在宏阔的精神境界与一袭青衫的外在剑客形象相融合，别具气势风韵。影片不仅描摹了李慕白剑法精湛、武艺卓绝的形象，更通过静修“悟道”的段落，使人物丰满传神，达到气韵生动的效果。

（二）镜头的“气韵”与“动韵”：电影的“镜韵”美学

电影镜头的推、拉、摇、移，画面的物像、色彩、光影，也讲究气韵生动。关于中国电影的“镜韵”美学，较早见于林年同的《中国电影理论研究中有关古典美学问题的探讨》。文章分析了《〈小兵张嘎〉的摄影构思及其他——创作笔记》中聂晶总结的创作构思，称之为“镜韵”学说。镜头的调度要有“韵律”，画面要有“气韵”，镜头的运动则要有“动韵”，这些正是“镜韵”美学的重要内容。“镜韵”以古典绘画美学的笔墨技法，比照电影创作者的摄影技巧，融会了中国先秦六朝美学与当代电影美学。

每一部优秀的电影作品都有其独特的画面风格和镜头运作方式，画面与镜头是创作者书写故事和展现艺术张力的“笔墨技法”。《黄土地》给人最直观的镜头风格是“静”，摄影师张艺谋将其描绘为“近乎‘呆照’般拍摄”。[1]影片镜头甚少运动，正是创作者刻意追求的表现形式。张艺谋说,《黄土地》“明面上讲了一个叫翠巧的陕北女子投奔八路的事，我们进而想表现的，是在近乎凝固的生活状态中，人的挣扎与渴望”[2]。导演陈凯歌心中的黄河，“充满了力量，却又是那样沉沉的，静静的流去。可是，在它的身边就是无限苍莽的群山和久旱无雨的土地，黄河空自流去，却不能解救为它的到来而闪开身去的广漠的荒野。这又使我们想到数千年历史的荒凉”[3]。在这样的感受之下，影片主创确定了拍摄方法：“使那摄影机不动，就象那块土。”[4]通过静止的画面，表现黄土地上“在过于缓慢与不变之中”生活的人们；又通过少量腰鼓的运动镜头与全片的静默形成强烈对比，暗喻整个民族内蕴的强大生命力。影片画面具有“气韵”，通过色调灰暗的黄土和固定静默的镜头呈现出黄土地和生活于此的生命；镜头调度动静结合，具有“动韵”，又使影片情绪由压抑到爆发一气呵成。

---

[1] 张艺谋：《“就拍这块土！”——〈黄土地〉摄影体会》，《电影艺术》1985 年第 5 期。

[2] 同上。

[3] 陈凯歌：《〈黄土地〉导演阐述》，《北京电影学院学报》1985 年第 6 期。

[4] 同上。

（三）创作者的气度韵致：主体生命精神的创造力

气韵生动向笔墨技法落实，自然与画家的主观精神有关。“夫以意命名笔者，即意在笔先，因意而成象，以象而达意。”（《石鲁学画录》）画家从主观精神上去熟知对象，了然于心，然后才能自由地挥洒笔墨。通过笔墨挥洒，创作者的主观生命精神得到抒发。“气韵本乎游心，神采生于用笔。”（《临泉高致》）创作者的天赋才情和精神境界通过笔墨表现出来，影响着作品的气韵风貌。电影是群体艺术，受到编剧、导演、摄影、灯光等多个创作者的影响，是创作集体艺术观念和精神境界的体现。《黄土地》中大块灰黄色调的黄土画面和静止镜头，就来源于导演和摄影师等创作者对陕北那片土地的体悟与思考。

贾樟柯导演的电影，直面当下社会底层人的生活。“他对事态人情平静而高超，看似漫不经心，实则独具匠心。”[1]对人物生存状态的细致刻画，源于导演对生活的深刻体悟。贾樟柯说：“摄影机面对物质却审视精神。”在《小武》中，贾樟柯着眼于平凡人的平凡苦难。他说：“我们的文化中有遮掩一种对‘苦难’的崇拜，而且似乎这也是获得话语权力的资本……苦难成了一种霸权，并因此衍生出一种价值判断……我想用电影去关心普通人，首先要尊重世俗生活。”[2]带着对世俗生活的尊重和普通人生命困境的细致体察，贾樟柯在作品中为人们呈现出一个真实的中国小县城和一个真实的县城小伙“小武”。通过“普通人”小武的人情世故、生命困惑，观众似乎能看到创作者曾亲历的困境。贾樟柯曾详述了《小武》拍摄前后的一些感悟，谈到拍摄地也就是家乡对自己的影响。故乡的变迁、求学的困苦和对人生的深刻自省，共筑起导演的精神境界，而这些也体现在贾樟柯的电影作品中。观众在缓慢的时光流程中，感受每个平淡的生命的喜悦或沉重。

中国美学史上有“气韵不可学”的理论。北宋郭若虚在《图画见闻志》中说：“六法精论，万古不移。然而骨法用笔以下五者可学，如其气韵，必在生知，固不可以巧密得，复不可以岁月到，默契神会，不知

---

[1] 格非、贾樟柯等：《一个人的电影》，中信出版社，2008 年，第 81 页。

[2] 贾樟柯：《贾想 1996—2008：贾樟柯电影手记》，北京大学出版社，2009 年，第 29 页。

然而然也。”“气韵生动”的艺术作品，融入了创作者对整个宇宙、历史、人生的感受和领悟。对气韵的把握，必须以生命去契合，并非靠学而至。正所谓“气韵非师”，“气韵生动”的电影作品蕴含着创作者发自于生命深层的力量。

电影作品中的气韵，不仅仅来自影片的内容，更来自艺术家的精神境界。西方的“模仿说”着眼于真实再现具体的物象，而中国的“气韵生动”美学精神则着眼于整个宇宙、历史、人生，着眼于整个造化自然。中国美学要求艺术作品的境界是一全幅的天地，蕴含深沉的宇宙感、历史感、人生感。所谓“乾坤万里眼，时序百年心”，“气韵生动”的艺术作品是艺术家娴熟的艺术表现技法与内在精神的契合，也是艺术家的精神境界与宇宙、时空的化合。

六、儒与道：儒道合流

作为中华民族千百年以来的文化内核，儒与道两家思想以“外儒内道”“儒中有道、道中有儒”的互补关系，存在于中国文化之中，影响着人们的观念意识，也影响着中华美学精神。儒家以“仁”立世，以“礼”的形式治世，以“中庸”为方法经世，由此形成中华民族规范自身的人性理论和人文思想体系。而道家所倡导的天人合一的生存论哲学，则成为中国哲学中宇宙论、本体论以及辩证思想的源头。两者不仅在各自的领域都有着深远的意义和影响，而且在历史的演变和推进下，不断融合互补，最终形成了中华民族身份认同的思想文化根基。在儒道合流基础上产生的中华美学，及至今日，依旧在影响着人们的艺术创作。在作为大众艺术形式代表的电影中，创作者们也习惯于使用儒家与道家的视角来叙事，用“中国的方法”讲故事。

（一）以人与事物的关系为审美纲要

儒家强调人与人的和谐、人与社会的和谐，而道家则强调人与自然的关系，当代的一些华语电影也着力于展现人与社会、人与自然之间的联系，并将其上升至主题层面。

吴天明导演的《百鸟朝凤》（2016 年）将传统的纲常关系用电影语

言非常完整地展现了出来。电影中设计了“唢呐王”焦师傅和传承者游天鸣这两个维护传统道义的人物形象，师徒之间存在代际传承的关系，他们所处的村庄群落有一套礼法规则，同时又与城市生活环境及西方文化形成强烈的对比。“唢呐王”焦师傅选择了在大火中抢救唢呐的游天鸣，而不是更加有天赋的蓝玉作为自己技艺的继承人，他认为“品德”比能力更加重要，这体现了以“仁”为核心的儒家思想。面对强大的西方乐团的冲击和城市的快速发展，游天鸣也坚定不移地继续自己的唢呐之路。影片探讨了中国人在儒家语境下如何生存以及儒家文化影响下中国人独特的思维方式等问题。

在国际影坛声名显赫的华人导演李安的作品也不乏东方的文化印记。他的“家庭三部曲”关注中国传统家庭的伦理问题，聚焦儒家文化影响下的父权社会。李安的电影作品中也会有道家思想，比如《少年派的奇幻漂流》(2012年)，少年“派”在天地万物之间漂流，以求生存，他与自然之间便产生了相应的因循关系。老子讲:“物混成，先天地生。寂兮寥兮，独立而不改，周行而不殆”(《老子》第二十五章)，李安的这部影片也秉承了这样一种“天地不仁，以万物为刍狗”(《老子》第五章)的理念。少年“派”在天地万物之中谋求一线生机，自然的世界不会怜惜他，他所能做的就是努力寻找自己的生存方式，遵循自然的规律以达到更高的境界。

(二)以和谐为最终目标

儒家的“中和”、道家的“齐一”，都是和谐观念的体现。在儒家的视野里，诗书礼乐的存在正是要规范人的思想和行为，“大乐与天地同和，大礼与天地同节”(《礼记·乐记·乐论篇》)，让个体在社会中和谐共存。“大音希声”“大象无形”，人最终在万物之中达到“隐”的状态，这正是道家所追求的。一些华语电影的镜头语言、人物关系、主题建构等也体现了“和谐之美”。

2016年上映的冯小刚执导的电影《我不是潘金莲》，以戏谑幽默的手法，讲述了妇女李雪莲上访的故事。“入世而治”“以仁为本”是儒学文化对于官员的道德要求，电影中的李雪莲希望找到一个可以帮她解决问题、让她立足的人。她不断找寻自我在社会中的存在方式，对自我与社会能否共存发出质疑。电影中的“和谐”命题不止于此，比如官员之间层层维护的官场“和谐”、集体之间想要安稳生活的“和谐”，也引发了观众对于何为真正的和谐关系的思考。除此之外，影片在形式上也使用了与之相契合的镜头语言，不同大小、形状的画幅与人物不同的心境相契合。

道家追求人与自然之间无差别的和谐共处，以达到“清静无为”的境界，“隐”于自然之中。这是另一种“和谐之美”。侯孝贤导演的《刺客聂隐娘》(2015 年)就表现了这样一种和谐。聂隐娘被一位道姑收留教养，成为一位武功超绝的刺客。道姑指示聂隐娘去刺杀暴戾的魏博藩主田季安，但刺杀之后魏博将天下大乱。最终聂隐娘选择放弃刺杀，无为而退，隐于江湖。为了表现这样一种隐于天地的人生态度，导演大量采用了展现自然环境的空镜和长镜。

可见，“和谐之美”在当代华语电影中并不罕见。电影创作者们以和谐的传统审美观念为指导，在镜头语言上不断创新，进而达到形式与内容的高度统一。

(三)不脱离现实而又高于现实

作为一种思想理论，儒与道关注的视野并不仅仅停留在社会现实层面上，儒家讲求心怀天地，道家探寻无限自由，虽然其最终目标不尽相同，但都是从现实的基础出发，致力于达到高于现实的精神层面。

张艺谋导演的《英雄》(2002 年)以儒侠的精神为基本思想内涵。在影片中，三大侠士都具有这样一种认知：侠士的名望不仅仅在于武艺高强，更在于关心人间疾苦，以家国为重，为天下苍生担起责任。残剑在刺杀秦王失败之后，悟出了和平的真理，只有秦王一统天下，百姓才能安宁。无名最后的选择也是基于此，放弃刺杀，让秦王成就霸业，终止列国之间无休无止的斗争。儒家向来强调忧患意识，侠士在“道义”之上，更加追求社会理想，达到“大道之行，天下为公”(《礼记·礼运篇》)的境界。在众多侠客都以刺杀秦王，为列国之亡讨伐暴君为己任的现实情形下，残剑等人则有着高于现实的情怀寄托，充分体现出“儒侠”精神。

王家卫导演的《一代宗师》(2013年)也是一部出于现实又高于现实的影片。宫二和叶问二人生于乱世，作为习武的大家，两人的追求自然不仅仅止于现实生活层面。影片中提到习武之人的三境界“见自己、见天地、见众生”，宫二自认为达到了“见自己、见天地”两层境界,“见众生”则需要交给叶问去完成。根据编剧徐浩峰的陈述，这三重境界来自道家哲理，首先是要见到纯净未染的自己，依靠本能而活，其次需要对天地规律进行认知，最后则是实现个人体认的最大化，回到众生之中去，这是最高的返还之道。影片以道家的标准为习武之人提出指引，叶问最后对“见众生”的探寻，体现的正是个体试图超越现实而达到无限自由境界的努力。

受传统美学的影响，当代电影以儒道两家高于现实的境界作为人物的追求，展现出东方式英雄的形象与意义深远的中华之美。

第七章　当代美术中的中华美学精神

这里的当代美术，既非受西方美术影响的纯中国美术，也非完全按照西方美术模式去创作的美术，而是西方美术产生影响以来中西两种美术传统交融的产物。这种中国当代美术如何传承和弘扬中华美学精神，确实值得认真分析。

一、全球化语境下的中国当代美术与传统

在今天全球化的时代语境下，不同民族、国家、文化中的艺术有着不同的形式、功能、特性和意义。中国当代美术在经过一段时期的探索后，开始追溯中国艺术所属的文脉，逐步走出西方化和去中国化的迷途，摆脱西方的艺术体系，建立自己的话语逻辑，找回被疏离和遮蔽了的中国原有的艺术价值评价系统。中国艺术的气质与风骨自有其来源，中国当代美术家应回归到中国历史悠久、资源丰富的传统之中，真正介入本土的文化资源和艺术传统，形成具有中国观念和中国方式的表现形态，同时调动起在自然、风土、生态等基础上经过长时间积聚形成的特定历史记忆和中华美学精神的文化记忆，用这种“记忆”去影响中国当代美术的创作心理、创作内容、创作形式。另外，如果中国当代美术要参与到整个中国社会的进程之中，就要从本土的文化与精神出发，去寻

求它自身的价值，真正与中国传统建立起逻辑联系。也只有重建中国艺术的审美观念和品评标准，激发中国艺术传统的普世价值，为将来的人类文明作贡献，中国当代美术才能在世界文化艺术的发展格局中占有自己不可替代的地位。中华美学精神在当代的传承，不仅仅是中国当代美术在全球化时代发展的策略性选择，更是中国艺术家对传统文化艺术、中华美学精神继承与发展的自觉意识，是中国当代美术家达成的创作共识。他们以空前的创作热情进行卓有成效的探索，在一个艺术发展日益成熟和昌盛的时期，以独特的艺术语言创造属于时代、属于中华民族的艺术。

中国传统美术历史悠久，经过数千年的沉淀形成醇厚的独特韵味，是中国传统文化的组成部分。中国传统美术饱含着中华民族的传统意识和审美情趣，充分体现了中国人对自然、社会及宇宙人生的深刻认识。中国传统美术重意境、重情味，追求气韵生动，不单纯追求形之相类，更追求在似与不似之间的妙境，以达吾心、适吾意，抒写胸中逸气。中国画以用线用墨为主，讲究骨法用笔，追求笔精墨微的艺术效果，笔之到处情以随之，运笔转通、如飞如动，以求神化。中国山水画不同于西方风景画对自然的复制，而是注重建构可居可游的精神家园，更多表现的是艺术家对天地造化的参悟，是天人合一的人生境界。总之，中国传统美术不论是在技法、语言、对意境的追求、写意的倾向以及体现出的宇宙观、世界观和人生哲学等方面都完全不同于西方体系，而具有自身独特且不可替代的鲜明特色，每个曾浸润其中的中国人的文化血脉里都深刻着这些印记。任历史变迁、时空转换，中国传统美术总以其包含的智慧与灵性感召着继往开来的传承者。而在西方哲学和文化艺术重重问题展露之时，包括美术在内的中国文化引起了更多西方人的关注，在世界产生了更为广泛的影响。

中国当代美术的参与者，根据其身份特征可分为不同的艺术创作与批评群体，他们在中国当代美术的发展中扮演着不同的角色，发挥着各自的力量。各个群体身份有异，却都在新时期重新发现了自己的中国传统文化艺术之血脉及其价值和意义，并在实践中积极探索中华美学精神的当代演绎。身处学院的艺术工作者处于当代美术创作与教学的第一线，在深入创作实践的同时启发年轻一代的学生走上体悟中华文化艺术精髓之路，培养当代美术新的领军力量，如徐冰、展望等；以周春芽等为代表的职业艺术家，以传统文化力量探索中国当代美术发展路径；画院艺术家如李小可等，坚持中国传统创作方法，继承中国艺术精神。中国美术家协会作为中国各民族美术家组成的人民团体，汇聚了中国优秀的美术创作者，组织和引领着中国当代美术的发展。邱黯雄、赵胥等年轻艺术家积极继承着中华美学传统。在学院中进行理论研究的学者和独立批评家承继了中国传统品评标准的脉络谱系，尝试建立中国艺术自己的品评标准。中国台湾的艺术家们在文化精神上与大陆同根同祖，对传统文化艺术深有体悟，如刘国松在媒材和技法上进行大胆探索，开辟出创作新路；世界各地的华人华侨，更是带着中国文化的根脉，在世界各地传递着中华美学精神的感染力，如在美国的刘丹、张洪，旅法的雕塑家熊秉明等。很多外籍艺术家也受到中国艺术精神的感召，深为中国传统艺术着迷，如美国艺术家秋麦在创作中追求表现水墨的淋漓意境，而韩国艺术家金准植则深感于中国的花鸟折枝之美而产生创作冲动。

二、中国当代美术对传统美术的承继与发展

中国当代美术对传统美术的承继与发展体现在艺术创作的各个方面，在媒材使用上继承宣纸、水墨的传统来书写当代中国，与传统美术创作者进行对话。田黎明、李小可、刘庆和等承继纸上水墨的艺术形式来表现当下生活、眼前景色及当代中国人的精神面貌。与此同时，当代美术家也在不断探索媒材新的可能性，以扩大其表现力，刘国松将其对老庄哲学阴阳二元论的深入体会融入对纸张的实验探索和驾驭使用之中。在继承传统媒材的基础上，当代美术家继续体会传统美术技法的奥妙，用中国美术传统的皴擦点染来塑造当代人心中的图景。如曾旅居美国的艺术家刘丹，在 20 世纪 80 年代开始以水墨画的创作受到欢迎，在美国举办多个个展，其突出的创作技法即是继承元代以降纸上干笔淡墨

的传统文人画语言，赵胥也是使用这种干笔皴擦的方式造型。出身艺术世家的潘公凯，其水墨画创作紧紧抓住“笔墨语言”这个核心，推崇传统笔墨的趣味，并认为这是中国画的标志，也是中国画家应有的坚持，因为正是笔墨的语言和趣味使得中国画成其为自身。他延续中国传统绘画中沈周、“青藤白阳”及至朱耷、吴昌硕等纵横奔放、水墨淋漓的写意文脉，表现出磅礴的气势和远大襟怀。国际著名美学家阿瑟·C. 丹托认为潘公凯的作品笔触很重，很有力量，具有浓郁的中国文化气息。他也认为正是潘公凯对中国艺术传统的认识和对水墨因素的坚持，将水墨推向了国际。中国香港画家王无邪在美国接受了抽象表现主义与现代设计的系统学习后，在创作上向中国传统绘画回溯，在精神上保留了传统绘画的内涵，与古人隔空对话。宋朝范宽的《溪山行旅图》和郭熙的《早春图》这两件中国画中留存下来的非常重要的山水画作，对他的影响至大。王无邪特别喜欢范宽的磅礴气势和郭熙的旋动韵律，这也是他在画中希望建立的。王无邪和其他很多当代美术家一样在当代水墨的发展中踵事增华，在水墨纸笔的运用中入法而出法，正是这般与古为徒的精神让中华文明在世界舞台上放射出别样的光彩。

在题材上，当代美术对传统也有承继。比如，周春芽倾向于表现传统文人画的惯用题材，如“豫园”系列作品实际是通过油画语言来表现传统文人山水的题材。之前的“桃花”系列沿袭了中国古典的花卉题材，“太湖石”系列则是对中国传统图像的承继。将中国的写意山水笔法运用到油画中，来表现传统文人画的题材，是周春芽对当代美术的重要贡献。当代美术也对传统美术的呈现效果和意境进行承继与发展，追求气韵生动，向中国传统艺术的情味靠近。比如生活在美国的李华弌，从北宋山水画中汲取灵感，构图有大山大水的宏大气势，细处又有精巧的刻画，被称为“中国当代高古水墨第一人”。其作品被中外多家重要的艺术机构收藏，在市场上也受到广泛欢迎。传统美术观念、文化精神对当代美术的创作影响极大。曾设计北京奥运会及 APEC 焰火表演的艺术家蔡国强创作的装置作品《草船借箭》，以中国三国时期的典故为蓝本。这件作品在纽约展示，但它却置身西方艺术体系之外，以中国传说、中国的船与箭来述说当代语境下不同文化之中交流境遇。船头上插着的中国国旗鲜明地体现出艺术家在全球化的艺术创作语境中的自我身份认同。张方白作品中的阳刚之气，张羽抽象艺术中重复的指印所体现的消解时间的禅意，贾又福浑厚华滋的山水作品中体现出的坚实、博大、厚重的民族精神，彭斯作品中萧瑟荒寒的意境等，都表达了中国人理解的生命神韵，表现了中国人独特的宇宙观与人生观。徐冰则在其《桃花源的理想一定要实现》等作品中体现出中国人的情怀和梦想家园。

总之，中国当代艺术家对传统的继承，不止于对毛笔宣纸等工具材料的承继与探索，也包括对中国画的黑白用色、以线描摹、传神写意等传统绘画形式语言和简笔、没骨、泼墨等绘画技法的传承，更有对书画同源、以图叙事、尊古仿古等中国艺术表现文脉的延续。中国艺术境界除了浑厚华滋、萧瑟荒寒外，还有妍雅端庄，如生活在澳门的葡萄牙人晴兰，以女性特有的视角和敏感体察着她所热爱的中国生活与文化。具有中国式隐喻的展览“绣梦幻仙都”展出的画中仕女、经卷、碑刻、牡丹呈现为碎片状，又统一于大片沉稳的红色之中，使整体的视觉观感有如刺绣一般。仕女如菩萨般拈花微笑，娴雅端庄，处在斑斑驳驳的仿佛被岁月侵袭剥蚀的画面中。此外，还有更为别开生面的形式，如2011年威尼斯双年展中国馆以“弥漫”为主题，从酒、荷、药、香、茶五种具有中国传统符号意义的气味之弥漫为线索，表现中国深厚的传统文化，启发观众去感受。温和、渗透、渐进，这是中国艺术的精神气质和中国传统文化的灵魂。在设计领域，设计师也在积极吸收中国传统文化，将传统艺术的形式与美感转换为设计语言。如知名设计师陈幼坚对中国传统文化有着深厚的感情，他执着于中国文化遗产的利用与开发，将东方的美学灌注到设计作品之中，使作品具有传统神韵的同时又具有时尚优雅。他设计的柄瓷杯、茶叶盒以及一系列茶叶外包装都体现了浓郁的中国风味且精巧细致，深受中外消费者的喜爱。中国的建筑设计也逐渐探索出自己的发展道路而为世界所关注与认可，建筑师王澍获得“普利兹克建筑奖”，马岩松作品亮相“2014 威尼斯双年展”。中国建筑师不断跻身国际舞台，是将中国传统文化运用到当代建筑中的结果。如马岩松设计的骏豪·中央公园广场摒弃了超高层的建筑理念，而将中国传统文化中人与自然、建筑与自然融合的理念运用其中，提出“城市山水”的概念，回归传统的山水意境，在当代城市的生存空间中追求天人合一的境界。

中国当代美术对传统的承继与发展之图景蔚为大观。一方面，有不少以相近的媒材、图像展现出同样趣味的作品，例如湖北美术学院沈伟近年创作的系列小品令人想起南宋的宫廷绘画。另一方面，众多的当代美术家在接受过西画训练以及西方现当代美术思潮的影响之后，又呈现出对于中华美学精神的回归。其所涉及的艺术家地域范围之广大、承继方式之多样，实难具述详尽。笔者将从书画同源、林泉之心、怀古之情和大象无形四个方面来加以讨论。

1. 书画同源

“书画同源”最早见于唐代张彦远的《历代名画记》“叙画之源流”篇：“周官教国子以六书。其三曰象形，则画之意也。是故知书画异名而同体也。”中国汉字最早是象形的，张彦远将图案化的文字看作绘画的源头，在周官教国子的六书中，“六，鸟书。在幡信上，书断象鸟头者，则画之流也”。在宋代开始兴起的文人画中，以赵孟頫、董其昌等为代表的文人画家认为，书法与绘画是相互融合、渗透而共存的关系。如赵孟頫在《秀石疏林图》上自题：“石如飞白木如籀，写竹还应八法通。若也有人能会此，方知书画本来同。”

作为中国最有影响力的当代艺术家之一，徐冰享有国际声誉，他曾获得美国文化界最高奖——麦克·阿瑟天才奖。声驰海外的同时，徐冰却强调自己“是一个中国艺术家”。徐冰坚持以中国文化传统为艺术创作的根基，认为唯有如此，才能跨越西方艺术的思维范畴，赢得西方艺术的尊重并与之形成对话之势。在徐冰看来，中国人的性格、思维、审美态度和艺术的核心都与汉字的构成方式有关，正是汉字与中国文化密切的亲缘关系让徐冰将其作为重要的创作主题。

《天书》(图 7–1)是以文字作为主题的代表作品，1988 年首次在中国美术馆展出，受到多方关注并引发热烈的讨论；1991 年在美国威斯康星大学美术馆展出，引起极大反响。这件没人能读懂的“天书”，以中国古老的文字激发全世界观众突破思维的限域。为了创作《天书》，徐冰共造了 4000 多个假汉字。严格来说，不能将这些字简单视为“错字”，但其中又没有一个“不错”的、能被人认得出的字。徐冰模仿了汉字的造字规律，以《康熙字典》笔画数从少到多的序列平行对位自己编造的假字。在现场，有三条长卷从展厅中央垂挂下来，地上摆放着线装和蝴蝶装的“假”典籍。这些汉字都是在专门印制古籍的工厂中印刷，在整体视觉上保留着原汁原味的中国文化。

图 7–1　徐冰《天书》，综合材料

徐冰通过对字形的重组和再造，消解了汉字表音表义的功能，完成向视觉符号的转化。在这个意义上，书与画又同归一处。徐冰的创作在书与画的双向发展中探索出新的轨迹。他是在用中国传统的哲学和文化来处理当代美术书与画的密切关系，书法艺术的形式美感、对文字的敬畏等都通过其作品的广泛传播而引起越来越多的人关注和思考。

徐冰以文字作为基本元素的思路贯穿在很多作品中，在形式上灵活多样，涵盖了纸本书法、木刻版画、装帧书籍、装置等。《鸟飞了》(图 7–2)是在文字与图像的转换关系上最引人注目的装置作品。字典

图 7-2　徐冰《鸟飞了》，装置

中有对于“鸟”的解释：“鸟，脊椎动物的一类，温血卵生，用肺呼吸，全身有羽毛，后肢能行走，一般前肢变为翅能飞。”陈淳选取字典中关于“鸟”的解释，并将其以印刷的文字形式贴于地面。字典中的解释与真正的鸟之间有着相关性和制约性，鸟本身是自由的象征，字典中描述的鸟与我们惯常认识的鸟形象差距很远，所以鸟从地上飞起来到最后变成了象形文字，也是最接近它本身形象的一种文字。在第一行的“鸟”字上方又“飞”出许多只“鸟”来。这些字从二维平面上飞跃到空中，字形和字体以汉字的变化历程来表现，平铺于地面上的对“鸟”的解释文字采用黑色的简体汉字。随后，“鸟”字开始摆脱表意的局限，像是从字典里羽化一样，逐渐由简体的宋体字变为繁体，接着变为楷书、隶书、篆书、象形文字。“鸟”字的肢体形象在飞腾的过程中愈加明显，直到从一个文字概念活化为一只只向天窗飞去的确切形象。《鸟飞了》在形式上表现了中国汉字的字体演变和发展历程，同时也为文字表述的概念提供了更加贴近生活原型的视觉等同物。

当下到处充斥着广告、图像、影像等，让我们的眼睛应接不暇。毫无疑问，这是一个信息化时代和读图时代。但是，“读图”是一项很古老的技能，文字产生之前的社会就是一个读图时代。文字化后的图像又开始了文字的图像化进程。汉字缘起象形，其浓缩后都会变成一个符号和图像。

艺术家不仅对文字敏感，还从语言系统的角度来思考中国艺术传统，尤其是山水画的图像语法结构。徐冰“文字写生”系列作品（图 7–3）以中文字形来描摹眼前的自然山石树木，山水画成了文字模件的组合。

图 7–3　徐冰“文字写生”系列之一墨，尼泊尔纸

徐冰的“写生”，也正如其中文意思，以“文字”来写“图画”——面对真山写“山”字，面对真石写“石”字，面对树木写“木”字。所谓“写山”“写石”“写木”，其实也就是在“画山”“画石”“画木”，因为汉字本来就有象形的功能，而且在传统山水画创作当中画也即是写。“文字写生”系列以可读可认的文字作为模件来构成自然风物，徐冰将山水中的意象直接以文字来表现，将文字回归到视觉性的符号。徐冰回溯到文字的原初状态，以具有抽象特点但仍象形的文字再现眼前的自然山水。这种书与画语言之间的转换使观者能够更加直观地理解山水画的传统结构。徐冰意图通过这样的创作方式来直接触碰中国文化最本质也最特殊的部分。

徐冰艺术表现中的文图关系复杂而微妙。除了书画的同源同归，图文并置并茂也是中国传统美术的重要特征。中国的神话经典《山海经》的创作大致在战国到秦汉之际，它记载了约四十个方国、五百五十座山、三百条水道、一百多个历史人物、四百多种怪神畏兽和众多神话，内容涉猎上古神灵、动植物、奇异的人与国，称得上包罗万象。《山海经》不但记录了人们耳熟能详的大禹治水、女娲补天、后羿射日等神话故事，更为我们提供了远古时期人类生活的基本图像和对未知世界的奇妙想象。《山海经》不仅有文字传世，还有图像，其图文关系是先秦乃至整个中国图文关系史中不可或缺的一环。《山海经》文字与图像之间存在的某种对照、呼应，使得图与文产生不同的阐释空间、语境与意蕴。

邱黯雄继承以图叙事的传统，应用数字多媒体以水墨动画的形式呈现了《新山海经》(图 7–4)。作品由三块大屏幕拼成一个超宽视频装置，沿袭了山海经神奇而梦幻的叙事方法，在三十分钟的时间里展现了文明产生和毁灭的过程：海上之山寂兮寥兮，草木自在随时荣枯，不知谁来结束了蒙昧，建房屋茅舍，阡陌纵横，后又兴建城池，长城万里蜿蜒山间，后有怪物经过天空，若游动似飞翔，抛下开启工业文明的盒子，铁轨公路取代田埂延伸天际，烟囱和大厦欲比山高，工业文明的图景展开后，现代的各种怪物便悉数登场。

图 7–4　邱黯雄《新山海经》(视频截图)，水墨动画

水墨动画《新山海经》中的各路神怪，是邱黯雄从 2004 年起以“未开化的视角”，将克隆羊、坦克、肯德基、潜水艇、疯牛病、UFO 等描绘成现代怪物，如《山海经》的格式那样，在手绘插图的旁边加上文言注解，借《山海经》的文体图式，用“左图右史”的形式著成了一部线装书(图 7–5)。如他对“坦克”的解释为：“西方之土有兽焉，象头牛身，无足，头生其背，身被坚甲，腹行甚速，鼻直，可喷火，其名曰唐坦。”

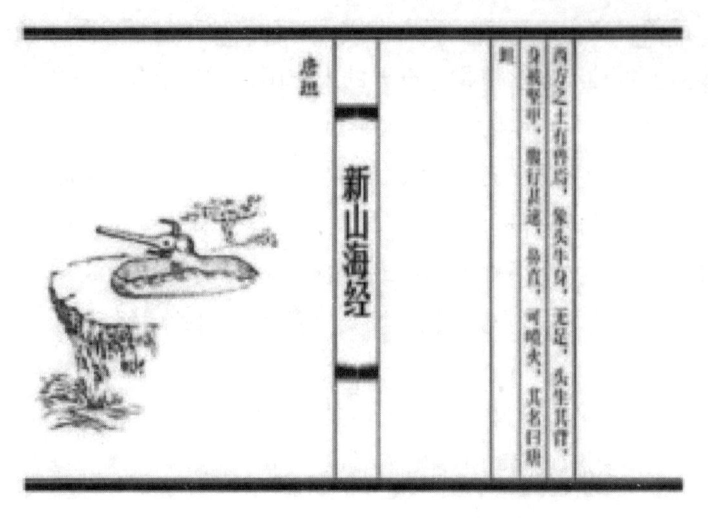

图 7–5　邱黯雄《新山海经》“唐坦”

图文具有互补性，从汉代画像石到宋代的版画，中国历代的诸多图像都跟文字之间有着呼应关系。如《帝鉴图说》，它是明代万历初年内阁首辅张居正为万历皇帝主持编纂的一部帝王启蒙读本兼政治教科书，集中展现了当时以张居正为代表的官僚士人群体的“圣王”期待。作为万历皇帝的教材，本书因事说理，分别选择历代帝王“善可为法”和“恶可为戒”之事编为《圣哲芳规》《狂愚覆辙》两篇。为了增强以史为鉴的效果，《帝鉴图说》图文并茂，编者在每一故事前先绘制图画，然后从史籍中节录原文，再加以浅显的解说，使得文图相得益彰，以引发接受者的阅读兴趣及产生更好的阅读效果。《胡笳十八拍》是蔡文姬所作的长达 1297 字的骚体叙事诗，《胡笳十八拍图》卷（传为明代仇英摹宋代画本）图写蔡文姬诗意。全画布局为一拍一文，第一拍交代乱离的时代背景，而后是蔡文姬在兵荒马乱中被胡骑掠掳西去，然后进入胡风浩浩、冰霜凛凛的胡地。除了自然环境之恶劣，“意志乖兮节义亏”，文姬所受的双重屈辱也带给她精神上的巨大痛苦，思乡之情更让其黯然神伤。经过漫长的十二年，还乡夙愿终于得偿，但她又面临与幼子的分别，一别将“山高地阔兮见汝无期”，感人肺腑。全画以图叙事，图文共融共生，传递出蔡文姬在屈辱与痛苦的长路上所做的挣扎。

《新山海经》参加过许多国际大展，具有相当高的国际接受度，被纽约当代美术馆（MoMA）收藏。艺术家先以水墨画的形式画出所有场景和怪物，最终制作为动画形式。这些画的用笔用墨都散发着浓郁的文人趣味和东方情调。画面优雅、精致，运用了水墨画的语言和留白手法，但笔触更加大胆，构图更加大气，题材更加宏大，立意更加深远，在传统水墨画灵动秀美的基础上扩大了水墨动画的美学表现力。这种水墨动画的意趣和思想内涵很容易为各国人所接受，《纽约时报》驻欧洲的记者看完作品后接连赞叹："非常有创造性，应用中国传统元素展示世界起源，图像非常美丽。"

邱黯雄在创作上也继承了《山海经》观察世界的方式，认为古人对世界的认知十分谦逊，而现代人过于自信，对知识过于依赖。他更喜欢关注超出知识之外的东西，用感性的知觉系统来体会世界。邱黯雄在作品中追求以"未开化"的眼光来观照我们的生活，建立起一个不同于西方所谓的科学之系统，以中国式的感知系统来观察当下的世界。我们当下世界的知识符号裂为碎片，充斥在每个角落，但人的精神却感到巨大的虚无。我们应该摆脱知识对我们的束缚，摆脱物象社会里工作与消费简单循环式的生活，去追求精神的完整，以纯真之眼去观察周围的世界。《新山海经》超越古今，现实与荒诞的融合让它在当今的时代充满一种别样的诗意，启发我们重新找回古人的目光，冷眼旁观这光怪陆离的世界，挣脱羁绊，重新找寻精神的充盈与丰满。邱黯雄说如果有一个《山海经》时代的古人到了今天，他会发现满大街都是看不懂的怪物。正是通过此种纯真之眼双向反观，中国的典籍《山海经》携着它的神奇荒诞，与现世热闹庞杂表象下的虚无荒凉得以对接。

策展人张晴说，《新山海经》把古代神话和当今现状以及未来重叠在一个动画影像作品中，在未来我们好像看到过去，在过去又似乎可以和未来相遇，仿佛对世界有一个全景式的了解。邱黯雄借中国古人之眼，来反观当下的世界和慰藉当下人们的心灵，运用古典绘画的叙事方式和文化传统来表现他眼中的今天的文明，将观者带到宇宙洪荒之中去重新审视当下的生活。

另外，中国画的欣赏不仅是对画本身的欣赏，诗书画印的结合为中国艺术所独有，它是集合了文学、绘画、篆刻、书法的综合型艺术形式。所谓“诗是有声画，画是无声诗”，画与诗、书之间存在着通感。如苏轼所说“书画本一律，天工与清新”，也即书、画相通，遵循同样的艺术规律。

2. 林泉之心

中国人素来喜爱自然山水，认为自然与人相通，是鲜活的、有生气的。究其原因，一是由于中国人的生活环境多山，山的灵性与气势感染着生活于其间的人们；二是如蓬莱、方丈、瀛洲等宗教中的深山仙人神秘逍遥，令人神往。孔子在《论语》“雍也篇”中就有“智者乐水，仁者乐山，知者动，仁者静；知者乐，仁者寿”之说，刘勰在《文心雕龙·神思》中云“登山则情满于山，观海则意溢于海”。山的厚重不迁、水的灵动多变在几千年前就为哲人和文人所笃爱，他们将自己的思想和志向寄于山水，将情怀与山水风景共融一体。人们对真山水的喜爱对应到艺术中就是对山水画的欣赏，南朝宗炳一生漫游山川，病老后无法继续流连，只得归于江陵，而“澄怀观道，卧以游之”，以观赏山水画来代替游历名山大川，依然可以畅其神。

中国的山水画体现出中国人的自然观，如范宽《溪山行旅图》中人在大山大水之前是如此渺小，而西方的风景画多取近景，是对自然片段的截取，对自然缺乏敬畏。中国的山水画构图多苍茫大气，将自然山水与人生思考和体悟联系在一起。自然是万物本源之理，老庄哲学提倡对自然的推崇，这成为中国山水精神的重要来源。西方的风景画在文艺复兴时期，便形成了描绘特定时空中、立于特定视点所观看到的景物形貌，于观者它只作为观赏对象而存在。相形之下，中国的山水画在精神内涵上更为丰富。中国人眼中的自然之美不仅是山川风物的色貌之美，更是在山水之间徜徉、徘徊，将心灵寄托于山水胜境中而体味到的诗意与超越。山水画采用散点透视，移步换景，在欣赏中不仅有空间的转换，更有时间流淌在其中，故而对山水的描摹复制为次要，而以意象化、象征化的手法表现可居可游的精神家园，让创作者和观赏者皆能悠游其中是山水画的追求。

中国人对山水的喜爱亦体现在对假山石的欣赏中，中国古典园林将自然山林之乐浓缩于一隅之中，在其尊崇自然的设计理念中几乎无园不石、无石不奇，假山石成为园林艺术的精粹所在。宋代杜绾《云林石谱》就记录了百余种石材，明代计成在《园冶》中根据不同的石性及造型特点，分门别类地对石材进行了归纳简述。苑囿中假山堆造的传统从秦汉已经开始了，秦时就“作长池，理渭水，筑土蓬莱山”。到了唐代，杜甫以“假山”为题作诗。经过诗人的妙笔生花，“假山”一词逐渐流行开来，唐代也是假山艺术成熟的时期。据《梁溪漫记》记载，米芾见一奇石，非常高兴地给石头穿衣服，置案几烧香，而后口称“石兄”，对着石头恭敬地一拜倒地，这就是“米芾拜石”的故事。文人对石头的热爱可见一斑。笃信道教的宋徽宗尤喜假山石的叠造，在东京宫城外东北处筑山模拟杭州凤凰山，修成后改称艮岳。这座人造山岳的神道上列置巨型假山石，其中最大的一块太湖石高达 12 米，宋徽宗将其命名为神运昭功石。清代李渔在《闲情偶寄》中写道：“言山石之美者，俱有透、漏、瘦三字。”后来的江南私家园林假山则以“瘦、皱、漏、透”、清奇古怪为审美特点，追求“虽由人做，宛自天开”的艺术境界。

“顿开尘外想，拟入画中行”，是计成《园冶》中描绘的园林境界。园林的境界与其在中国所具有的哲学和文化内涵是分不开的，中国古代文人借假山石及园林寓意超凡出世，以求解脱身心羁绊。假山石的形状及其堆叠的方式都鲜明地体现了道家哲学“道法自然”的核心观点，追求自然的布局方式，势有朝揖、气有微茫。帝王宫苑的假山营造追求“仙山琼宇”的风貌，阴雨之时便烟云缥缈，仿若仙境，体现了皇族向往长生、祈愿基业永久之理想。而作为文人宅第的园林之意境则与诗情画意相联系，一园之中蕴天地之大观，通过眼前具体的山石景象联想到更为广阔的自然风物幽美境界。故而假山艺术的意境，以及人们对于假山石的喜爱不仅仅停留在直观看到的山石形式美本身，更在于有尽之景背后的无穷之意和欣赏假山石的时候内心的幽远之境。这是假山石审美的精髓，也是数千年来为中国人喜爱的原因。

“假山”不仅是中国古典园林不能缺少的技术元素，更是一个富含意义的文化符号，象征着文人们的林泉之心，意味着文人胸中的山水精神，更蕴涵了中国文人传统及与之相对应的空间秩序，故而成为艺术家喜爱在画中表现的题材。如宋徽宗曾画《祥龙石图》，以细腻劲力的线条勾勒轮廓与纹理，法度严谨、细腻华贵。再如明代仇英的《汉宫春晓图》，描绘初春时节宫闱之中的日常琐事，图中林木与奇石穿插掩映，满眼春色溢于纸上。

不仅对假山石的审美传统延续至今，在画中表现山石的传统也不曾中断。曾寓居纽约二十余年的当代美术家刘丹，在纽约这个西方大众文化的产出地，却仍秉持着一颗中国传统文人的心，继续绘制山水，描摹湖石（图 7–6）。

图 7–6　刘丹《云根》，纸本水墨

这份悠游于中国传统文化中的自在从容，来自刘丹对自己文化身份的自知自信，更来自对中国老庄哲学自然主义人生智慧的领悟。纸本、干笔、淡墨，皴擦出湖石的肌理和质感，刘丹的绘画情趣和语言都是典型的中国文人式的。刘丹也会在绘制的每块湖石旁用楷书写上一段与之相关的文字，文画呼应，心道合一。

“假”山石其实非假石，而是文人通过截取自然山石之片段打造一片山水佳境，以求从具有自然奇趣的石头来体味浩渺阔大的自然真山之美。假山之“假”在于其自然天趣与人为设计感之间的张力，好的假山石具有奇异的姿态，凝聚自然山川之美与诗情画意之韵，引人入胜。咫尺之间，尽显山林之神韵。展望以雕塑这一更为物质化的形式在当下的后工业时代继承赏石这一审美传统，用现代的不锈钢材直接在石头上分块敲打，以拓印出石头的天然肌理，然后焊接成一体，抛光成镜面效果。艺术家虽然采用了新的材质，但其实质是用“山石”在当代城市异化的空间中寻找与自然文明的结合点，在新的建筑和空间景观中让假山石带我们穿越历史，与中国古代文人的空间秩序相契合，与胸中丘壑对话。

3. 怀古之情

中国人对“古”有着独特的情怀，前人之曲、先贤之思中蕴含的无限智慧与情味总能启发人们借古之神采而生发开今之动力。在中国文学艺术中亦有尊古、崇古之传统。“古意”的概念发轫于先秦时代，孔子提出“信而好古”，刘勰提倡“原道”“征圣”“宗经”，提倡文艺当效法古代“先王”。南北朝时期姚最在《续画品》中说道：“夫丹青妙极，未易言尽，虽质沿古意而文变今情。”唐末司空图在《二十四诗品》中将高古列为一品，“畸人乘真，手把芙蓉”，高逸飘举的仙人可谓高古之人，“月出东斗，好风相从”，千年风月，清雅脱俗实是高古之境。元代赵孟頫提出：“作画贵有古意，若无古意，虽工无益……殊不知古意既亏，百病横生。”“作画贵有古意”成为中国画创作和欣赏品评的重要标准，古意成为一幅画的灵魂。到了明代，董其昌也提出“师古为上乘”。

中国传统绘画中的师古主要在于研习古人的笔墨皴法、山石表现，画中的每一笔都有其来历而携带着历代古人的情怀，抒发个人内心的山水情怀。《芥子园画传》便是一部包含历代绘画精华的教科书，包括从用笔、写形到构图章法以及创作示范等内容。齐白石、潘天寿、傅抱石等，都把《芥子园画传》作为绘画学习的范本。“芥子园”是清初文豪李渔在南京的居所别号，《芥子园画传》即是在他的赞助之下，由文人画家王概以晚明名家李流芳课徒画稿为基础，绘编而成的一部传授绘画技法的彩色套印图谱，后经历代增编，内容更为充实。徐冰认为《芥子园画传》这本书“是最代表中国文化和艺术核心的一本书”。这个文化核心指的是中国文化传承中的贵有古意，以及中国喜欢将事物符号化和标准化的思维方式。比如戏剧，角色上是生、旦、净、末、丑，训练上讲究手、眼、身、法，每个动作和手势都是程式化的，而人物性格则是脸谱化处理。

徐冰《芥子园山水卷》（图 7–7）针对中国山水画的传统语言结构而作，以《芥子园画传》为文本，探究中国绘画最根本的符号化现象。徐冰认为《芥子园画传》作为传授绘画技巧的图谱，其作用同辞典是一致的，书中列出的典型范式是从历代不同的画中摘取出来集合在一起的，就像文字中的偏旁部首及其组合一样，比如“竹个点”“松柏点”以及各种山石皴法等。徐冰正是以这些范式为基本模件元素，将来自不同大画家的山、云、水、树进行重新排列组合，拼构出胸中山水长卷。这个作品的形成与《芥子园画传》的编纂正好是相逆的过程，如徐冰所说“像录像带倒放一样”。画传的编者将名家的典型范式提出来，归到一本书里，而徐冰又从书里把这些典型范式重新放回到山水画中去。在创作中，徐冰演练了古人编纂画谱的用意。

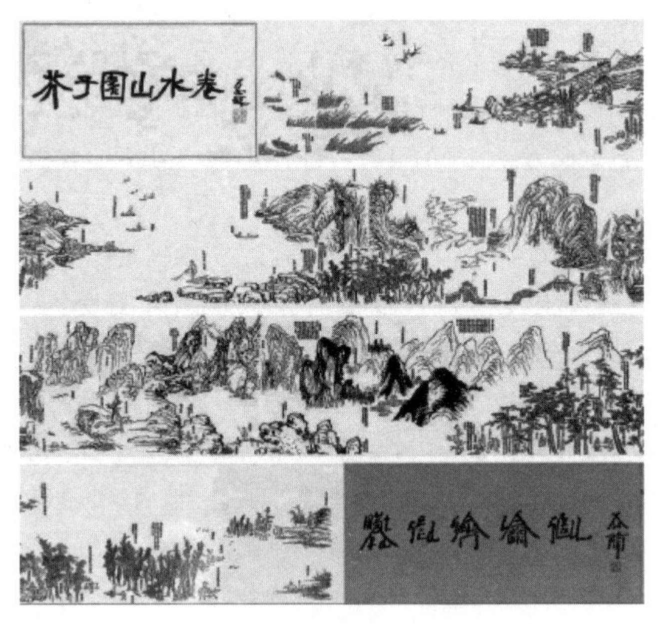

图 7–7　徐冰《芥子园山水卷》，纸本水墨

《背后的故事》也是以古画作为对话的对象，以自然界凋落的植物枝叶加以麻制品构形，虚实相应，观众在亚克力搭建起的透光墙面上看到的投射效果正是传统的山水画。虽然《背后的故事》使用了不同于古代山水画的材质，《芥子园山水卷》使用了拼贴的手法，但摹古的追求与古代中国山水画创作的精神是一脉相承的。崇古、尊古、仿古是历代书画家的共同特点，学者必自古人法度中来。

中国传统山水画主要以黑白二色为宗，老子说“知其白，守其黑，为天下式”，这种冲淡的色彩使用与老庄哲学的阴阳思想密不可分。“一阴一阳谓之道”，中国人认为事物中都蕴含阴阳，阴阳共存互应，使事物处于生生不息的运动之中。太极图便是这种哲学思想的视觉图式，阴阳鱼各有其眼，象征阴中有阳、阳中有阴，阴阳相抱，生生不息。同样地，墨色着纸并非仅呈现出单纯的黑色，而是运墨五色具，现出焦、浓、重、淡、清等层次丰富的墨色效果。清代画家石涛说：“黑团团里墨团团，墨黑从中花叶宽”，道家哲学崇尚见素抱朴，但能在这朴素之中另开出一片天地。

刘国松致力于体现中国传统绘画之韵味，体现黑白的哲理内涵。在20世纪60年代前使用油画进行创作时，他便利用石膏在画布上产生出的肌理效果，来尝试比中国画更为有力的表现。后来刘国松将目光转回到传统绘画上来，在承继传统中国画笔法、墨法、纸质这三种水墨媒介与技法以及水墨精神的基础上，对传统国画的笔墨呈现效果以及使用的纸张等材料问题进行思考和实验。刘国松对中华民族的艺术传统感到自豪，认为中国古代绘画的技巧与理念是西方难以望其项背的，南宋梁楷已经在《泼墨仙人》中使用泼墨的手法，而西方抽象画则是在德国的表现主义之后才出现，中国比西方早了至少七百年。刘国松坚持认为应该将中国绘画发扬光大，形成中国文化传统的“文艺复兴”。

刘国松继承了中国山水画中老庄的阴阳二元论哲学思想，致力于探索山水画中黑白的表现。他认为中国传统绘画只能用笔来画，且只能画黑而留白，于是他进一步思考：如何才能把白线加进去，更好地用黑白相间来表现中国画呢？他发明出一种粗筋纸，在纸上进行创作后，从浓墨的笔触中将纸张中的“筋”也就是纤维抽出，从而形成自然的白色肌理，由此就实现了在宣纸上画出白色的线条。刘国松沿着古人对中国传统美术媒材特性与技法的研究不断探索出新的道路，在披麻皴、卷云皴、斧劈皴等基础上创造出自称“抽筋扒皮皴”的新技法，配合这种技法的特制纸张也被称为“刘国松纸”。他通过对美术媒材特性的把握和创新形成了独特的个人创作风格，在绘画语言上更充分地展现出山水画丰富的哲学内涵。

刘国松还将中国传统的拓印技法运用到绘画创作中，如水拓法即是将墨与颜料滴入水中，取色墨在水面上漂浮游散的自然效果，并以纸吸附，然后再进行画面的加工处理。无论水拓、石拓、碑拓、板拓，都是欲将物之天然肌理移入画面，使画面呈现一种自然天趣。这与中国在唐即兴起的泼墨画法可谓一脉相承，以随机偶然而成的形式为基础再加经营，绘出云霞，染成风雨，宛若神巧。刘国松的这一实践激活了传统媒材新的表现力，丰富了水墨画的形式语言。

穷其法乃为出己意，刘国松对技法的探索最终指向的是内心情感之抒发。有感于阿波罗登陆月球所带来的启发，刘国松创作了一系列“太空画”。画面以宇宙宏观布局，体现了传统绘画的趣味。刘国松抓住中国传统的对称观念，以圆和弧作为基本形式，多种艺术手法并用，将一种单纯又具有宇宙灵性的美呈现于画面之上，形成一种传统与现代、东方与西方美的融合。2005 年 10 月 12 日神舟六号风雪出征，太空舱中即挂有刘国松太空系列的水墨画，此画带着中国人对天与地、人类与宇宙的理解漫游。广阔无垠的太空，于 17 日凌晨凯旋，由中国宇航中心永久典藏。

此外，在西方世界产生广泛影响的著名书画家、收藏家王季迁，取《中庸》“人一能之，己百之。人十能之，己千之”之意，别署“己千”（英文名 C.C.Wang）。他是 20 世纪有代表性的自觉传承中华美学精神和绘画传统的艺术家之一，出身书画与收藏世家，十四代祖先中的王鏊曾做过宰相且是著名的书画家，与沈周、文徵明交情甚笃，自宋室南渡。迁往苏州之后，王氏家族即为历代显宦的东吴世家。王季迁家族的收藏也是从那时开始的。从王鳌到王季迁，王家已有380年的收藏历史。除了继承家学，王季迁少年时代拜在苏州名画家顾麟士门下。顾麟士是大收藏家顾文彬的后人，尤其喜爱元明清三代承袭董源、巨然一派的作品。跟随顾氏学习期间，王季迁得以饱览顾家“过云楼”珍藏，在这个过程中也形成了他重视笔墨的绘画观念。中学以后王季迁求学上海，拜上海著名的画家、收藏家吴湖帆为师。在名师的导引下，王季迁得以获观庞来臣（虚斋）的家藏，以及因战火迁往上海的北京故宫数以万计的历代名人书画。过眼如此之多的历朝旷世名迹，王季迁终觉得是走马观花，为了能更近距离地与古人对话，从那时起便产生了收藏古画的愿望。

王季迁1947年前往美国，开始了解美国博物馆里的中国艺术品，与此同时也看到许多流失在美国的重要中国书画，立志将这些书画收集起来。而后，他成为中国书画收藏大家，向世界打开中国画的大门。他收藏的作品中有董源《溪岸图》、武宗元《朝元仙仗图》、郭熙《秋山行旅图》、赵孟頫《老子图》、倪瓒《溪山仙馆图》、吴镇《竹石图》等。王季迁将收藏展示给公众并为博物馆做顾问，如此得以让世界人民真正了解代表中国传统文化的艺术精品。在王季迁的倡导下，纽约苏富比拍卖公司于1982年建立中国书画拍卖专题项目，提升了中国书画的市场价值，确立了中国艺术品特别是绘画的价位体系。

王季迁身在大洋彼岸的纽约，心却未离中国文化的精神。他给其曼哈顿的公寓命名“溪岸草堂”，室内的布置是清一色的明清式红木家具，四壁悬挂着马远、倪瓒、董其昌、八大、石涛等中国历代名家的书画，壁橱里陈放着殷商的青铜、汉唐的陶俑，点缀以青竹干花。在西方世界，我们可以看到一个中国文化的虔诚追随者和继承者，能看出王季迁内心深处对中华民族精神的骄傲与自信。

在绘画上王季迁承接中国传统笔墨，在书画鉴定上也是将注意力放在笔墨风格上。在他看来，笔墨是中国画艺术结构的核心。王季迁认为鉴赏中国画笔墨之美是有资格要求的，学识越高越能体验它的精妙，如此才能进入唐代张彦远所说的“悦有涯之生”的境界。对笔墨的认识，深者看深，浅者看浅。误解笔墨，歪曲笔墨、否定笔墨，说到底是因为对中国文化底蕴博大精深的特质缺乏了解和认识。

王季迁的山水画气韵充盈、笔墨灵动，他继承古代书画家对自然山水的亲赏，达到了董其昌在《画旨》中对画家的要求："读万卷书，行万里路，胸中脱去尘浊，自然丘壑内营。"（图 7–8）王季迁一生好山水、爱远游，看遍天下美景，不过他最怀恋的还是祖国河山。王季迁在创作中极重作品之气格，认为衡量优秀艺术家作品的标准是"重""大""拙"。徐恩存总结到，王季迁将山水创作回归到厚重的体量、博大的境界、拙涩的力度，形成了一代艺术大家的风范。

图 7–8　王季迁《山水图》，纸本水墨

王季迁充分发挥了中国传统文化艺术特有的包容力，将西方的时空观、激情、体量感等纳入古朴隽永的意境之中，使山水画焕发出新的活力。其绘画面貌焕然一新，却不失中国画固有的风雅内涵。

4. 大象无形

中国传统艺术强调创作主体由内而外的情感抒发与襟怀表达。相比于塑形，中国传统艺术更重言志，以所言之情来感动观者。与其说中国传统艺术是诉诸视觉，不如说它更多的是诉诸心灵，画面所呈之物象以其象征性和意象性而使人产生无限遐想、获得无限的美感，写意也就成了中国艺术重要的美学特征。《战国策·赵策二》中说"忠可以写意"，这里最早出现了"写意"一词，可做公开表达心意是忠诚之义解。唐代诗人李白在诗中写道"开心写意君所知"，也即要敞开心扉表达情意、情思、精神、生气。中国艺术以意为统筹，携意运笔，心物合一。中国传统文化侧重对自我内在的观照，中国传统艺术是胸中之竹的书写，是真性情的抒发。

写意性是中国文人艺术追求的主要情趣，宋代苏轼论画即在绘画中追求超越世俗的诗味情怀，反对只追求对物象的描摹刻画，所谓“论画以形似，见与儿童邻”，其所作《枯木图》等也是重意趣而轻造型。梁楷画人物以简笔著称，其《泼墨仙人图》笔墨精练至极，而能传达对象的神态、风采和情状，形简而神足。米芾更是进一步超越物象，以点子皴图画云山，用水墨淋漓表现江南烟雨迷蒙，以简练之笔传山水意趣。唐代王维开禅画之先河，中国绘画呈现出笔简意足、超凡脱尘、幽远空阔的特征，给观者无限的遐想和心灵悠游的空间。这种心理空间的营造与中国画特有的留白是分不开的，但画中的留白不是无物，而是空故纳万物，留白之处可作天、作水、作道路、作光、作烟岚、作云断，幻化不一，从而形成画面的虚实节奏。观者在这“无”之空灵中生发出对世界、宇宙、人生的无限观照，从而得观天地之道，神思畅游。

中国当代雕塑家吴为山创作的充满中国文化韵味的作品《天人合一老子》(图 7–9)，从来自全世界的 200 多件作品中脱颖而出，摘得 2012 年国际美术展唯一的雕塑类金奖。这次展览的评委会由十名欧洲知名艺术家组成，他们在对作者背景一无所知的情况下，对作品的艺术价值进行独立评判，然后采取无记名投票方式评选。《天人合一老子》通过写意式的雕塑语言将老子虚怀若谷的形象展现在世人眼前，其背后所蕴含的博大精深的中国艺术文化更是散发出强大的感召力，征服了欧洲美术界。

《天人合一老子》是一座高 90 厘米、宽 60 厘米、厚 52 厘米的青铜雕塑，表现的是中国道家学派的创始人老子的形象。老子五官没有经过着意的清晰刻画，但却使整体面部表情体现出和善之意，充满神秘的智慧，须发披散，纯任自然。身体前倾、双手抬起，体现出中国人谦逊温和而平易的性格。吴为山将人物的身体处理成中空造型，并在内壁将老子的代表作品也是对世界产生广泛影响的哲学巨著《道德经》用篆书刻于其里，用表现胸怀的巨大穹窿来比喻老子的“虚怀若谷”“满腹经纶”和“包容万象”，体现出中国文化所追求的和谐与包容。法国美协主席米歇尔·金评价说，吴为山的《天人合一老子》不仅反映出中国的文化传统，也体现出现代艺术风格，是“这个时代的伟大创作”。

图 7–9　吴为山《天人合一老子》，青铜

吴为山艺术风格的形成有赖于其对中国传统雕塑进行系统的回溯和深入探究，在《写意雕塑论》一文中吴为山概括出中国传统雕塑的精神特征是神、韵、气的统一。这里的神不仅指对象的内在精神实质，也指作者之精神，更指作品所达到的境界。汉代的《说唱俑》反映了创作者的瞬息思维和捕捉能力。所谓韵，是通过线条来表现的，中国艺术中的线不是为了描绘对象的物理性质而存在，而是被赋予诗性、神性和超越性，有着道家思想的元素象征——水的特性，与物推移、沛然适意、任性旷达；也有着禅家灵性的元素象征——风的特性，不羁于时空、自由卷舒；更秉承儒家中和、阳刚、狂狷之气。所谓气，是无处不在、无处不可感的文化与宇宙气象。古气、文气、大气、山林之气、宏宇之气，这气场的存在使得中国雕塑的感染力量和情感辐射先声夺人、无可抵御。吴为山还认为中国雕塑的视觉特征是线体结合。中国雕塑的体不同

于西方，西方的体是以生理、物理为基础的空间之体，强调量、质、形之间的张力。中国雕塑的体是形而上的，强调心理、意理、情理，是精神之体、真如之体、心性之体。

中国的写意重视“外师造化，中得心源”，重视主体对生活的感受，主体要把感受渗进作品。写意作品的生成往往是急速的，外形呈发散状而非“几何化”。另外，这些作品更注重“神”的写意，集中体现在对瞬间表情的捕捉，并把这种表情理想化、夸张化、诗意化，这一点在民间泥塑、汉俑中表现得尤为明显。

中国的写意雕塑为世界人民所共赏共识，中国传统的艺术创作主题及艺术语言具有独特的魅力和感染力，可以跨越种族与文化的藩篱而产生动人的力量。老子《道德经》中的上善若水、和光同尘，道出水利万物而不争、挫锐解纷、与时舒卷的人生智慧，治大国若烹小鲜则对文明政治的建设有着深刻启发。短短五千言，堪称无尽藏，文约辞微但睿智深刻。老子的思想不只在中国传统文化中有着举足轻重的地位，在世界范围内也有着广泛的影响，受到众多西方学者的喜爱和尊崇。目前《道德经》有三百多个译本，是《圣经》之外最畅销的书籍之一。吴为山以雕塑的形式演绎出中国传统哲学思想的魅力，让观者在艺术之美中感受到中国文化的博大沉雄。

中国雕塑的写意在于其一气呵成的气韵流畅，在于情感的畅快抒写。台湾雕塑家朱铭的木雕“太极”系列，在手起刀落、振笔直遂的迅疾之中将宇宙起源、生命运行这些深奥的哲理化为艺术的语汇，给人一种雄浑的视觉感受。旅法雕塑家熊秉明认为中国书法是中国文化的核心，其雕塑创作将书法线条融于其中，在三维空间中表现形象。熊秉明雕塑以洗练的线条俯仰顾盼，以浓郁的书写意味勾勒出“铁条立鹤”的生动姿态，有如中国画中的逸品情味，“笔简形具，得之自然，莫可楷模，出于意表”。雕塑是中国传统的艺术门类，当代雕塑家将创作植根于中华传统文化艺术的深厚土壤，依照对中国文化和艺术审美的感悟来传承中国雕塑创作的语言及其包含的精神内涵。运用中国传统艺术理念造型，创造了有别于西方重立体、重具象表现的更有意趣、更具情味的雕塑艺术形式。

综上，我们可以看到中国传统美术的四个重要特质，即对于书画同源与相映成趣的认知、对于山水与人的关系的体认、对于古即祖先的尊崇与怀想，以及写意与具象的疏离，它们以各种新的形式影响着中国当代美术的创作。同时，我们也应看到在美术创作的同时，需要对其现象进行品评，对其发展进行总结。

中国美术的发展有其独特的历史背景、人文环境、民族心理、精神气质，故而中国美术的品评标准与著史立场应当有自己的坚守。中国美术史发展早期以论带史，后来以史含论，并且将画家传记与作品著录、辨伪相参照，具有史论结合的特征。中国美术史有着深厚的根基和丰富的文献，春秋战国时期就有《论语》中“绘事后素”、《庄子》中“解衣般礴”的记述。唐代张彦远的《历代名画记》是中国第一部绘画通史著作，建立起系统的绘画史体系，包含绘画发展历史、绘画理论以及鉴识收藏和画家传记三部分。宋代有郭若虚接续《历代名画记》所著的《图画见闻志》，以及邓椿为接续《历代名画记》和《图画见闻志》而作的《画继》。由此可见，中国素有评说美术发展状况、记录美术发展历史的传统，具有强烈的史学意识和独到的方法，历代的文人儒士也在不断地记录和编写中国书画发展的历史。20世纪随着社会整体语境的变迁，在中国美术史领域出现了以西方视角叙述的中国美术史，从大村西崖到高居翰、柯律格等皆道出了他们眼中中国艺术的发展历史。随着艺术史的不断发展，我们逐步发现外国学者所采用的图像志分析、政治性视角、模件化生产、绘画风格分析等研究方法都只在一定范围内有效，在更多的时候因为受限于视野和文化立场而产生一些问题。“艺术史”虽为20世纪产生的概念，但美术史家李凇认为这个概念所指代的实体却是由无数的中国人按照中国传统、思想和规则创作出来的艺术作品之总集，这是一个实实在在的中国事实。我们不能以中国人的知识加上贡布里希的眼光来讲述中国艺术的故事，而应当用中国文学和中国学术逻辑编写中国的艺术史，给中国人读，向世界传播。中国历代的文献都有解读艺术、品评艺术的大量论述，由此构成了中国文化独特的艺术生态和视野。我们应该以文献和艺术作品（及新的考古发现）相互参照，扩大视野，并参以西方可用之方法，以中国笔法描述中国文化面容，呈现中国艺术相貌。中国艺术的读解还应基于中国人的思维和文化逻辑、中国人的体味和感受。

在艺术批评领域，美学家和批评家对中国当下发生的艺术现象进行评论时，也将艺术作品与活动纳入中国传统美术发展的逻辑脉络之中，以中国独有的品评标准和体系来讨论中国的艺术创作活动与作品。如美学家叶朗教授曾说，在改革开放的时代背景下，中国学者不应该以及时追踪西方最新学术思潮作为自己的最高目标，而应该有自己的立足点，这立足点就是我们自己民族的文化和精神。

西方的批评方法、理论范畴乃至价值观并非能与中国的艺术实践相适应，追求意境、气韵生动、和而不同等已经深深积淀在文化之中的思维和审美方式才是发展当下美术批评的无尽宝藏。中国当下的批评家在艺术评论实践中非常重视中国传统美术批评理论的借鉴，不断尝试摆脱对西方现代及后现代批评的"中心主义神话"。在评论张方白时，彭锋使用"苍茫、雄浑、高古、朴拙、荒寒……这些是千百年来中国人用来评述诗词书画的术语"，他看到了张方白的当代美术与美学传统的联系。范迪安在评价郎静山的集锦摄影时，以"意境"分析其章法布局、格调气象，以及远追宋元绘画的诗意。皮道坚对于水墨艺术现代发展的密切关注与积极推进，体现了其对中国文人画精神的推崇及视其根源为本土文化艺术表达形式的态度。

叶朗的《中国美学史大纲》出版伊始即受到中国台湾三家出版社的关注，进行翻印，成为中国台湾大学生的重要读物，俄罗斯和韩国学者也立即开始此书的翻译工作。该书展示了中国美学的内在精神，并把这种精神的横向展开同各个范畴的纵向历史演变有机结合起来，显示出中国美学逻辑与历史相统一的伟大力量。该书气势贯通而又能深入浅出、明白畅晓，哲学形而上的意味与诗意和美感自然地融合在一起。叶朗认为中国古典美学有自己独特的品质，而流行的任何一种美学体系都不能包容中国美学，不能很好地对中国艺术的发展做出合理的阐释。而真正的“现代美学”体系应该是站在时代的高度，建立起吞吐东西方文化全部精华的真正国际性的学科。所以叶朗认为在这方面，中国学者可以做出别人无法代替的贡献。他同时主张将中国哲学、中国美学、中国艺术贯通起来研究。中国艺术是一种富有形而上意味的艺术，用中国哲学和中国美学对中国艺术进行理论的阐释，不仅可以印证中国美学精神，还会启发、触动我们在现代美学理论方面做出某些创新和突破。

中国美术批评的展开、美术理论的建设，必须深深地植根于中国传统艺术中的美学思想、品评标准、审美观念，并对其进行发掘和磨合，以形成与新时期艺术相适应的批评方法，建构中国的艺术作品品评体系，确立艺术批评的话语体系。艺术史本是在一定时期内既已存在的艺术家、艺术创作活动以及艺术作品的综合，但对于美术史的述说视角的选择、言说的方式则决定着当下人对于艺术史面貌的感知、认识和接受，因此价值观在艺术史中的呈现尤其重要。人类对图像的解读或许有一定的共通性，但对于中国图像的解读，其根本还在于中国人的思维、文化逻辑、体味和感受。故而对于美术史的写作还应如李凇教授所说坚持本体在我，依靠学术的实力来掌握述说文明的权力，发挥文化艺术在民族身份和国家的软实力建设中的作用，在国际上争取文化规则制定权，逐步形成中国人对中国美术历史实体的话语权，成就中国艺术史的本体阵营和世界学术领先地位。

第八章　当代音乐中的中华美学精神

中华民族的伟大复兴必然包含文化艺术的复兴，而文化艺术的复兴则意味着自身传统在全球化背景下被重新激活，在吸收了优秀的文化之后重新塑造自己的形象，向世界展示中华审美风范。音乐是构建新的文化艺术体系的重要内容，其发展必然与文化艺术的复兴紧密相连。

自远古时代，中国独特的美学观念就融汇在乐舞之中。青海省大通县出土的彩陶盆上的纹饰，清晰地显示出“百兽率舞”的场景：三列舞人摆动着装饰的兽尾，跳跃舞动并相互呼应。这是我们现在所知道的人类最早的“乐舞”，它是乐、舞、诗三位一体的综合性的原始艺术，是集体性的活动。从远古到周代再到隋唐，乐舞一直是我国古代社会活动、宗教仪式中最重要的艺术形式。《礼记》对周代的乐舞有详细的记载，它表达着中华民族的诉求：风调雨顺、逢凶化吉、牲畜兴旺，安居乐业。

在乐舞之外，关于歌曲的记载非常多。与乐舞相比，歌曲的创作和表演既是集体性活动，又是个体性活动。当然现在保留下来的主要是歌词。我们民族最重要的精神源头之一《诗经》，记载的就是古代人民的歌词。至春秋战国，对音乐和音乐美的表达已经较为完备，其中很多重要的艺术观念集中于孔子的相关论述当中。孔子极其重视礼乐教化，他本人也是一个重要的音乐家，不仅懂得声乐韵律，而且会弹琴、吹笛、弄箫。孔子的音乐美学思想的核心是将音乐的“美”与“善”联系起来，他认为美学的最高境界就是“尽美矣，又尽善也”。在孔子看来，“美”并不等于“善”，“美”虽然具有独立存在的价值，但只有与“善”结合起来，才有社会意义。孔子的音乐美学思想对中国后世的艺术美学产生了深远的影响，直到近代，才因为西方文化的输入而受到冲击。

1840年以后，中国任何领域里的变革、任何新事物的出现，都难以摆脱西方文化的影响。这当然不是简单的“刺激”与“反应”的关系。尤其是在艺术领域，中国近现代艺术与西方艺术的关系非常复杂。以音乐与歌唱为例，它既是自己内在声音的表达、中国传统美学的延续，同时又与外部世界构成了一个新的共鸣体。这也使得近现代以来的音乐美学既是传统的回响，又是新的发声。一个明显的标志是，20世纪初随着西方（包括东方的日本）音乐文化的传入，中国出现了代表新时代乐声的学堂乐歌。最早的学堂乐歌多以“旧曲新词”的形式出现，旧的传统与所谓的新思想搭配在一起，既有尊孔、忠君的内容，又有反映男女平等意识的内容。而李叔同编创的学堂乐歌的出现，则标志着中国传统美学精神在一种新的艺术形式中被激活了。李叔同选用的歌词大多是意境优美的中国古典诗词，或者是沿袭了古典诗词基本创作方法的新编歌词，但在曲谱上自觉化用了西洋歌曲的基本要求。在李叔同的“新曲”与“旧词”之间，有一种相互冲突又相互依存的带有悖谬性特征的内在统一性，恰如其分地契合了近现代以来中国特殊的文化状况，从而在中国获得了非常多的知音。在这个过程中，中国音乐也逐渐走向由专业音乐家创作的道路，进而成为中国专业音乐创作的开端。不消说，“回响”与“新声”的交织共同构成了中国新的音乐发声方式。

可以肯定的是，李叔同之后的中国音乐家既吸取和应用了西方音乐技法，同时又带有民族使命感，一直在探索着新时代的民族音乐道路。刘天华就曾说道：“一方面采取本国固有的精粹，一方面容纳外来的潮流，从东西合作之中，打出一条新路来。”[1]作曲家谭小麟也曾说道：“我是中国人……应该有我自己的民族性。”[2]贺绿汀在中国音乐家协会第二次理事大会的发言中说道：“我们学习西洋的目的是学习他们在音乐科学技术上的成就。参考他们的经验与规律来摸索我们自己的规律，建设我们自己的理论体系，创造我们自己的现代音乐文化，发扬我们民族所特有的民族风格，而不是去故意模仿他们。”[3]这几乎是每个现代作曲先驱者心中所具有的信念，也就是说专业的音乐创作从一开始就以用西方技法来表达中华精神为目的。

中国的专业音乐创作自始至终都闪现着与西方文明不同的中国色彩与民族特色。以马思聪的《思乡》和贺绿汀的《牧童短笛》为例，这两部作品均是为西方舶来的乐器（分别是小提琴和钢琴）而作，但无论是音乐材料、旋律风格还是多声部技法，都呈现出浓郁的中国韵味。仅从这两部作品的第一个主题的调式来看，就能够发现它们的民族特点：一个为商调式，一个为徵调式。今天看来，任何听众听到这两部作品都会将其看作中国作品，而不是对西方小提琴音乐和钢琴音乐的模仿。这一时期的探索可以以马思聪对交响曲、协奏曲、序曲、组曲等体裁的创作方式来总结：“在运用这种传统形式来表现中国人民的生活的时候，有些同志在乐队的组成、和声复调的处理等方面做了一些新的尝试……进行这种尝试的作品并不是每一个都成功的，许多尝试也还没有取得普遍性的意义，但是这种勇于创造的精神，对于扩展艺术的表现形式，以便更多方面地、更多样地表现生活，的确是一个可喜的起点。”[4]

在这样的起点之上，我国专业音乐慢慢地发展起来，直至20世纪80年代出现了一批被金湘先生称为“西方现代乐派在中国的急先

[1] 转引自蒋菁《中国传统音乐对专业器乐创作的渗透》，《中央音乐学院学报》1991年第1期。

[2] 同上。

[3] 贺绿汀：《民族音乐问题——在中国音乐家协会第二次理事会（扩大）会议上的发言》，《人民音乐》1956年第9期。

[4] 马思聪：《十年来的管弦乐曲和管弦乐队》，《音乐研究》1959年第5期。

锋”[1]的作曲家群体，即“第五代作曲家”。尽管最初人们将这些作曲家的作品看成对西方现代音乐的模仿，但是我们会发现这些作品只能在中国出现，它们仍然带有极为鲜明的民族特色。这些极为强调个性的作品，也呈现出相当大的共性：民族精神和传统。这些作品虽然是在西方现代音乐的影响下出现的，但它们属于中国改革开放的20世纪80年代。

一、先锋音乐的幽远回响

在文学艺术领域，较早使用“先锋”一词的，是上海批评家吴亮。他用“先锋”一词来形容20世纪80年代中期出现的一批受到西方现代派、后现代派影响的中国小说，后来这个词被广泛应用于艺术门类，也包括音乐。有趣的是，2015年在“通向世界性与现代性之路——纪念先锋文学三十年国际论坛”上，吴亮当着国内外众多批评家，承认他所用的“先锋”一词不是来自西方，而是来自音乐家马思聪作曲的《中国少年先锋队队歌》。马思聪的作品以创作技法精湛、民族风格鲜明著称，他的《思乡曲》《塞外组曲》是中华民族音乐宝库中不朽的经典。但马思聪作品浓郁的民族音乐风格，则源于他广泛涉猎的西方音乐。不妨先做一个有趣的描述：在西方音乐的影响下，马思聪创作了最具有中华民族风格的作品；而马思聪的作品中的一个名词“先锋”，在几十年之后又成为对20世纪80年代新出现的一批音乐家的恰当命名。

在20世纪80年代具有先锋性的“第五代作曲家”中，谭盾是最被认同的。1985年4月，“谭盾民族器乐作品音乐会”在国内引起强烈反响，同年的《中国音乐学》杂志用“巨大的探索勇气和焕然一新的面貌”来形容这场带有先锋意义和探索精神的音乐会，随后又举办了关于这场音乐会的座谈会，这对当年的年轻音乐家来说是罕见的待遇。新世纪之初，已经享有国际声誉的谭盾与著名指挥卞祖善之间的“谭卞之争”，

[1] 金湘：《魔鬼，还能回到瓶子里去吗？》，《人民音乐》2002年第2期。

再次引发了中国音乐界乃至媒体界的热议。事过经年可以看到，那是21世纪初颇为有趣的一场关于中国音乐发展道路的争论。2001年，北京电视台的谈话类节目《国际双行线》播出了卞祖善和谭盾的访谈。因音乐观念的冲突，谭盾当场拂袖离去，“谭卞之争”公开曝光，引起艺术界、新闻界和社会公众的广泛参与。就学术观念而言，这场争论涉及如何看待观念艺术以及在东西方音乐的对话中如何确立音乐批评的标准等问题。2002年4月，在上海举办的“中国现代音乐论坛”上，卞祖善做了专题发言《现代音乐之我见》，回顾了现代音乐在古典音乐的技术基础上的继承和创新，认为现代音乐的作曲家应该是古典音乐的继承者，然而现在的现代音乐则离古典音乐越来越远。他认为约翰·凯奇的《4分33秒》和《0分0秒》都是在玩弄观念。随后，卞祖善再次批评谭盾的“一切声音都是音乐”的理念。卞祖善认为这不是对现代音乐的全部否定，他对肖斯塔斯科维奇与里盖蒂的作品也十分欣赏，但出于自己的使命感，他依然在众多现代音乐家面前坦承自己的观点，拿出来供大家研讨。

之所以说，那是一场颇为有趣的争论，是因为谭、卞二人的观念其实有很多相通之处。谭盾的创作观念在很大程度上其实符合卞祖善的艺术主张，但卞祖善过分看重其中不符合自己主张的那部分。谭盾的音乐从来就不等同于约翰·凯奇的。后者的现代派音乐只是给谭盾的音乐创作提供了某种启示而已，两者并不相同。也就是说，谭盾音乐的先锋性并非仅是对西方先锋音乐的模仿，简单的模仿不可能创作出公认的“先锋”作品。那么，这种先锋性的源泉来自何处呢？除了作曲家的才华和创造性因素外，最重要的是独特的民族音乐与文化对作曲家的影响。

从谭盾最初的创作来看（表8–1），其内容几乎都显示出对中国传统文化的感受和思考。他所选用的乐器也大多是中国的民族乐器，其技术层面的结构和音乐语言创作更是显示出浓郁的中国特色。

表 8-1 谭盾最初创作表[1]

创作年代	作品	体裁
1979—1980	《离骚》	管弦乐
1982	《风·雅·颂》	室内乐
1982	《双阕》	为二胡与扬琴而作
1983	《金木水火土》	为中国弹拨乐而作的组曲
1983	《琵琶协奏曲》	为琵琶与中国民乐队而作
1983	《竹迹》	为竹笛而作
1983	《三秋》	为琴、埙、人声而作
1984	《南乡子》	为萧与筝而作
1984	《山谣》	为管子、唢呐、三弦与打击乐而作
1985	《道极》	为人声、低音单簧管、低音大管与乐队而作

作品是作曲家内在经验的外化，其在音乐上的形式可以理解横向展开过程中的结构，以及纵向瞬间结合的结构。无论是形式陈述的内容还是形式本身，都可以看作内容。毋庸置疑的是，谭盾作品的形式是极为具有中国传统文化色彩的。

以《南乡子》为例，这一极富中国传统文化的内容在音乐陈述时，无论在乐器的运用与定弦、音乐语言与整体结构的设计上都有着中式的特色与逻辑。《南乡子》是作于 1984 年的一首二重奏，演奏的两件乐器为箫和筝。作曲家为筝设计了独特定弦（图 8–1），并运用了一些特殊的演奏法来获得新颖的音色。

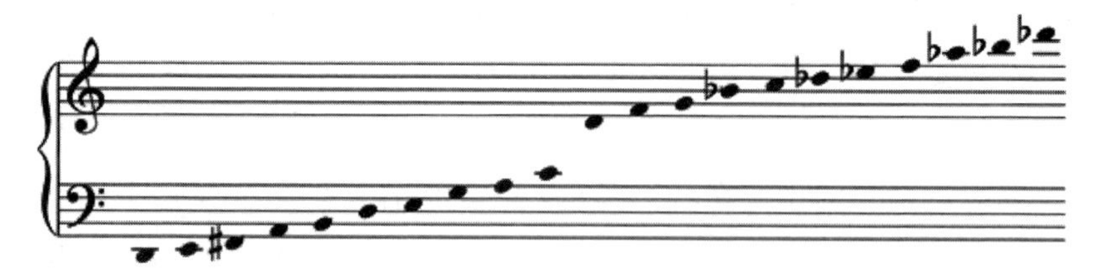

图 8-1 谱例 1[2]

[1] 钱仁平:《谭盾作品目录》,《音乐爱好者》2002 年第 1 期。

[2] 谭盾:《南乡子——古筝与箫》,《中央音乐学院学报》1985 年第 4 期。

作曲家自下而上按照五声调式来定弦，分别为D宫、D商、D角和bD宫的调式音阶。这样的设置与常规的定弦相比丰富了调式的色彩，并为乐曲的半音化处理和多调性处理提供了极大的可能性。除了定弦之外，五声音调时刻贯穿在作品中。从旋律上看，尽管这首作品没有传统音乐中的旋律线条，但是其方式采用了“中国文人音乐自由洒脱的音乐陈述方式”[1]，以核心音调的材料为基础，进而衍生发展。曲式结构也走出西方的呈示—对比—再现逻辑，而采用起承转合式的中国方式。

如果说《南乡子》体现的是谭盾对中国传统文化的理解，那么《道极》则体现了谭盾对湖南巫文化的感悟。《道极》的音乐语言亦借鉴了很多传统音乐中的因素，如有学者分析到的“散板化歌腔”式的音乐陈述模式、“留白法则”式的配器手法，均是对传统音乐中常见因素的创造性运用[2]。

目前任教于中央音乐学院的郭文景是被称为“第五代作曲家群体”的一员。李吉提曾在《郭文景其人其作》中提到过一个细节，即在听了著名艺术家李丽芳的演唱后，郭文景说道：“这才叫艺术！你看，咱们中华民族的唱法包含有何等细腻的音色和气息变换……”[3]在实际的创作探索中，作曲家也同样乐于挖掘和运用这些宝贵的民族元素，特别是我国传统的戏曲元素。如《蜀道难》和《戏》等作品运用戏剧性板式节律对乐曲进行的宏观布局，作品《巴》引用了老六板曲调，《骆驼祥子》中的合唱《北京城》则运用了京韵大鼓的元素等。

人们通常认为谭盾等人是在西方现代音乐的影响下重新审视民族传统的，这当然没有错。但必须认识到，这其实是李叔同之后中国几代音乐家共同走出的道路。谭盾等人之前的一辈作曲家，最有代表性的是罗忠镕探索性的创作，已经体现出浓郁的民族风格。以罗忠镕的《第二弦

---

[1] 李吉提：《中国现代音乐分析随记——评谭盾早期的音乐作品〈南乡子〉》，《南京艺术学院学报（音乐与表演版）》2009年第1期。

[2] 贾国平：《自由的梦想——谭盾〈道极〉的音乐分析》，《音乐艺术（上海音乐学院学报）》2016年第2期。

[3] 李吉提：《郭文景其人其作》，《人民音乐》1997年第10期。

乐四重奏》为例，这个作品的音高结构手法是当时还十分新颖的“十二音”手法，但是这“十二音”绝不同于勋伯格和布列兹笔下的“十二音”。仅从结构上看，我们就能够感受到这部作品是出自中国音乐家。作品有八个乐章，分别是引子、十八六四二、慢板、鱼合八、慢板、间奏曲、蛇脱壳和尾声。在序列的设计上，作曲家设计了一个五声性风格的“十二音列”：F、A、B、E、C、D、F、G、bE、bA、bB、bD。“十二音列”由三个音程含量相等的四音组组成，这个四音组的原型形式是“0，2，5，7”，其音程含量为021030。也就是说，此四音组包含的是两个大二度、一个小三度和三个纯四度，与五声性音阶所包含的音程相契合。此外，作曲家还在序列的使用中融入了传统的“鱼咬尾”形式。

其实早在20世纪60年代，华裔作曲家周文中就曾经创作过一部十分新颖的作品——根据宋末著名古琴曲《渔歌》改编的管弦乐作品，乐队编制为小提琴、中音长笛、英国管、低音单簧管、长号、低音长号、钢琴以及两组打击乐。整个乐队的配器效果产生了古琴的音响效果，古琴的音头、音韵等全都由各乐器的相互配合而再现出来。谭盾在接受采访时曾说道：“我觉得古琴是很值得研究的，如果你要学中国音乐，一定要学古琴，中国音乐的美学全部在古琴里面。从美学角度来说，必须要用古琴的弹法去概括中国乐器的节奏。比如中国水墨画中，单单是黑色就有那么多种层次，这和古琴有很密切的关系，古琴的一个音有一百多种弹法，很多音乐的学问都包括在里面。古琴弹出一个音之后，那拖得很长的泛音，无法用西方的记谱法来表示，这用钢琴是不可能弹出的。这说明了什么？在哲学上这是一个‘沁透’的过程，就像墨水在宣纸上走动，无形的移动和渗透就像气一样，是最有生命力的东西。”[1]周文中的这一作品就恰恰用西方的管弦乐队将“沁透”的过程展示了出来，而营造这一过程中的技术手段也成为配器技法中的一个创新。

[1] 金笛、林静：《用感性个性表达民族性的作曲家——访谭盾》，《人民音乐》1990年第4期。

这样来说，我国的先锋派音乐创作带有传统的印记，这些作品无论是内容还是形式都体现出创作者对中国美学的思考。相应地，技法上的运用也逐渐地形成了一些共性：在旋律方面，多借鉴传统音乐中的腔、韵乃至说唱、吟诵等传统因素，而与西方的旋律相区别；在调式方面，五声调式等带有中国韵味与特色的调式形态备受作曲家的青睐；在多声部思维方面，横向线条纵合化的思维被更多地运用；在乐队方面，则尽可能地挖掘乐器特别是民族乐器的音色与组合方式。这些探索使得当代中国作曲家的作品越来越受到世界范围内的认可，亦有越来越多的国外出版社签约出版中国作曲家的作品。

不同的文化底蕴造就着不同的审美理念，也决定了作曲家为什么写和怎么写。正如谭盾在提到传统文化时所谈到的："我去参加国际音乐节，我接触的是荷兰作曲家或美国作曲家，所有作曲家都在寻求自己的个性。他们会对我说：'你是中国人，你很幸运，因为你有那么多不同的素材，而你们的语言和我们那么不同。'比如英国人会说：'我的语言到底和法国人有什么区别？'当然有很大的区别，但是怎么也比不上湖南话和英文的区别，这是完全不一样的，这种极大的、根源的不同使他们认为我来自一个不同的文化。"[1]

的确，中国的文化、审美理念与西方有巨大的差异，这种差异性为作曲家塑造自身的文化形象提供了便利，也提供了对话渠道。早在20世纪初期，西方作曲家就开始陆陆续续地从东方的哲学和艺术中寻求创作灵感。无论是德彪西对五声调式的应用，还是约翰·凯奇受东方哲学启发所创作的《4分33秒》，越来越多的学者认为不仅东方需要西方，西方也需要东方。谭盾等中国作曲家被贴上了"先锋"这样的标签，但事实上它的先锋性并不是西方现代的继续，而是中国传统文化在当下的回响。

可以说，从先锋音乐身上，可以聆听到传统音乐的青春姿态。提到传统音乐时，我们首先想到的词语就是"保护""传承"等。我们之所

[1] 金笛、林静：《用感性个性表达民族性的作曲家——访谭盾》，《人民音乐》1990年第4期。

以提到“保护”，那是因为它的存在受到了威胁；我们之所以强调“传承”，那是因为传统面临着断裂。在保护和传承的过程中，我们肯定会遭遇传统与现代的矛盾，这是一个显而易见的事实。但怎样保护、如何传承，确实是我们必须解决的问题。我们是就像保存一个化石一样原封不动地保存它，还是与当下的元素相结合，通过改变和创新来继承它？似乎越来越多的艺术家选择了后者。

2015 年，当谭维维将摇滚与华阴老腔的结合呈现在舞台上的时候，学术界随之掀起了一场论争：这样的作品到底还能不能算是老腔。人们感叹：惊世一曲华阴老腔，却难辨他乡与故乡。因为类似的论争——看不出这样的争论与“谭卞之争”有多大的不同—— 一再上演，或许需要在此补充说明一点：其实早在 20 世纪八九十年代，音乐理论界就发生了一场关于“20 世纪中国音乐之路”的大论争。不妨把类似的论争看成那场关于中西音乐关系的论争的延续，也看成对它的重复。那场论争的背景是，改革开放以来，西方文化如浪潮一般涌入全国，中国传统文化再次受到极大冲击，为之担忧者有之，为之欢呼者有之。在这样的背景下，音乐理论界不得不深入思考如何重新发掘和认识中国传统文化的价值，重新思考整个 20 世纪音乐发展的历程。

对于文化传承，我们不得不用发展的眼光来看待。文化是随着人类的进步而不断地向前推进的，在前进的过程中积极的有活力的元素得以保留，并与新的文化相结合。对于中国文化而言，这是一种艰难的自我选择，其中犹疑与果断并存，辨析与行动同在。在信息化时代，人们对于文化的需求更趋多元化，对文化的吸取更趋便捷，文化资源的共享也越来越成为可能。在这种情形下，一味地强调某种传统音乐，既无法呈现经验的复杂性，也满足不了广大审美者的需求。只有将传统音乐进行改革，使之符合当下人们的审美需求，传统音乐才能够获得新的生命力。

关于华阴老腔与摇滚结合的论争，其最终结果是华阴老腔的主题旋律被传颂，被更多的听众所熟知。在 2016 年的中央电视台猴年春晚上，借鉴了摇滚元素的华阴老腔被观众评为最好的节目之一。它到底是华阴老腔还是摇滚乐？中国摇滚乐的奠基人崔健显然认为它就是摇滚。崔健甚至说："你们知道你们看到的是什么吗？你们看到的是一个教科书级的中国摇滚乐！"

这种跨界式的改编和融合事实上是一直存在的。在此，我们需要再次回顾一下历史。在近现代，西方音乐进入中国的时候，传统的中国音乐受到的冲击比现在大得多，受到的阻力也大得多。在这样的情况下，刘天华采取的方式是，"一方面采取本国固有精粹，一方面容纳外来的潮流，从东西的调和与合作之中，打出一条新路来，以期与世界音乐并驾齐驱"[1]。在具体的艺术实践中，刘天华首先对中国传统乐器二胡、琵琶进行改革，对二胡二根弦的音准进行调整，又增加了二胡的把位。作为一个重要的民族乐器，二胡曾在相当长的历史时期内，被认为难登大雅之堂。自唐宋至明清，古琴、琵琶、三弦、管、笛、鼓等民族器乐的演奏日臻完善，作为传统的民族乐器被人们广泛接受，但二胡却因其"胡"性而受到排斥，政客视其为"粗鄙淫荡不足登大雅之堂"之物。刘天华进行了广泛的社会调查，发现国内皮黄、梆子、高腔淮黄、粤调、汉调乃至僧道法曲都离不开二胡，以此证明二胡在中国乐史上与古琴、琵琶、三弦、管、笛的地位相当。为了给二胡正名，他搜集了大量的二胡曲目，使之成为正式的国乐的一部分。他还依十二平均律制作新的琵琶，使琵琶能有准确的音准并能够演奏半音阶。不仅如此，他还借鉴西方的音乐技法创作了一系列民族风格鲜明的作品，如《良宵》《闲居吟》《光明行》《独弦操》等。以《光明行》为例，刘天华在传统的循环变奏的基础上，采用了西方三部曲式的创作技巧，同时吸取了小提琴的演奏方法。我们现在已经毫不怀疑《光明行》属于国乐。事实上，在《光明行》问世之初，聆听过的西方人士就认为它是中国音乐，感慨"微此君，将不知中国之有乐"[2]。融汇了中西作曲技法和演奏技巧的《光明行》，表现的是中国人在困苦中的乐观与自信，吹响的是人们向着光明前进的号角。

[1] 转引自孙以诚《中国民族器乐发展的现状与思考》，《西安音乐学院学报》1998 年第 3 期。

[2] 转引自李坚雄《观千剑而后识器，操千曲而后知音——纪念刘天华先生六十周年忌辰》，《黄钟（武汉音乐学院学报）》1992 年第 4 期。

这些作品如今已被人们看成真正的国乐、真正的具有民族风格的作品，但在当时，它们实在是太新颖了、太新潮了、太先锋了。刘天华的未完成稿《中西音乐的争执问题》，是中国现代音乐史上的重要文献——无论是谭盾还是卞祖善，可能都有必要重读这篇文献。在这篇文章中，刘天华认为对于中西音乐，不能囿于片面之见，而要全面、平心静气地来讨论。他强调作者要“达意”，而作者的“达意”要使听者能够“感应”，作品的好坏要看它能否行之久远。他既反对复古守旧，也反对全盘西化。现代最杰出的音乐家，几乎无一例外从事着这样的艺术实践：从西方，从民间，从传统中吸取营养，为我所用，从而创作出能够“行之久远”的作品。他们的创作道路告诉我们：只有在传统的基础上进行创新，才是对传统最好的保护。

2009 年年底在北大百周年纪念讲堂隆重上演过一部昆曲改编的作品——青春版《牡丹亭》。这部作品不仅上座率高，而且观众大多数是与戏曲音乐有相当距离的年轻人。演出之后，作品受到了年轻人的极大好评，也使得不少年轻人喜欢上昆曲。就作品本身来说，它已经不是传统《牡丹亭》的表演形式，白先勇在幕后接受采访时就说，这个《牡丹亭》之所以叫“青春版”，就是因为它与原版的形式已经不同。首先是在剧本的编排上，从原来的 55 折缩减到 27 折，删除了一些情节和辅助性的人物角色，但是这 27 折是原版的精华。剧本的改动原则是只减不增，就是删除烦琐的、与故事主线关系不大的情节，但是对于精华的部分一定是原封不动地呈献给听众。剧本里的唱词在原版中都能找到，从而最大程度地保留了昆曲的原汁原味的魅力，但又迎合了当下观众的审美情趣。在选角方面，白先勇大量起用了年轻的昆曲演员，然后聘请昆曲老艺术家不懈地传授和教导，使演员尽量地理解和靠近《牡丹亭》原著的精神，并力求凸显青春色彩，以达到视觉与听觉的双重美感。

笔者之前曾有幸欣赏过梅兰芳的版本《游园惊梦》，梅兰芳的演唱婉转细腻，四功五法精湛至极。但是，我们也不得不承认，梅兰芳饰演的杜丽娘这个角色，总是缺乏一种真正女性柔美的直观的审美感受。梅兰芳的男扮女装所带来的“间离效果”，使得本来就使得难以入戏的年轻观众更加难以接受。而白先勇的“青春版”则弥补了这个不足，剧中女性的柔美、男性的书卷气，让人们更容易接受。服装舞美和舞台设计方面，当十二花神以近于现代模特的形式出场的时候，观众无不感到惊艳。在梅兰芳的原版中，花神都是手持不同的花束表示不同的身份，而“青春版”为了强化舞台效果的美感，则在服装的造型上做了改变：花神的披风和外衣刺绣上，不同的花样代表着不同的花神，这符合中国古典审美的精神，哀而不伤，乐而不淫。舞台的设计力求简练，背景不出现具象元素，以充满中国意境的巨幅画作为主：在《游园》一折中，以多块色彩的渲染来表示春和景明、花团锦簇、假山池塘、青苔露珠的审美意象；在《旅寄》一折中，用淡绿和墨色来表现柳梦梅旅途受困、饥寒交迫的潦倒，营造一种“野渡无人舟自横”的古典意境。“青春版”还在很多方面对传统的《牡丹亭》剧目进行改革，这使得青春版《牡丹亭》更适合当下观众的审美意趣，从而备受瞩目，至2009年12月18日已经演出近200场，场场座无虚席。它把中国古老的非物质文化遗产——昆曲又重新带到人们的面前，使更多的观众认识它、接受它。很多年轻人将尝试着进行昆曲的研究、演出和新的创作，这其实就是一种传统文化的创造性的转化和传承。

没有一种音乐形式是从古至今一成不变的，都是在与时俱进地发展和创新中丰富自己。音乐文化的民族性也就在这种不断的发展和创新中具有了一种规定性：人们可以直观地感受到，它就是民族的，它就是与我们中国人的审美习惯紧密相连的作品，它的翩翩舞姿就是民族最美的身体语言，它的声音就是我们这个民族的心声。

二、新诗雅韵的中国歌唱

歌唱艺术，是音乐世界中最重要的艺术形式。具有歌词的音乐，可以最直接地表达出音乐的内容，最准确地表达出创作者及表演者的意识。中国音乐理论中关于演唱的论著，从公元前详细研究声腔理论及规范歌唱审美的《唱论》，到当下学院派的诸多声乐理论著述，可以看到一条清晰有力的思考：中国声乐如何才能焕发自身的魅力，如何才能更好地表达民族声乐的意蕴。

20世纪80年代以来，随着音乐学科体系的快速建设，中国民族声乐在大量的传统作品开掘与新创作品实践的积累下逐渐形成了较为完整的理论表述：在中国方式的表现形态范畴中，中国各民族的民歌、戏曲、说唱及近现代、当代创作的声乐作品和表演形态，共同构成了中国民族声乐的内容。

中国民族声乐面临着一个民族化的问题。什么是民族化？民族化实际上是指在中外文化交流中，吸取外来文化的先进成果，以丰富、补充中国文化，进而建设新文化的过程。中国民族声乐重新焕发光彩是在20世纪70年代末、80年代初，并在80年代中后期得到迅速发展，出现了施光楠作曲的《祝酒歌》《在希望的田野上》、王立平作曲的《枉凝眉》、士心作曲的《小白杨》、王佑贵作曲的《春天的故事》、赵季平作曲的《好汉歌》、张天一作曲的《青藏高原》等大量的优秀作品。这些具有典型的中国民族声乐风范的优秀作品，深深植根于中国的文化土壤。无论是作曲者还是歌唱者，他们对中国多民族的演唱技术、传统表演习惯及民族文化特点，都自觉地进行了充分吸收和消化。

众所周知，春秋时期形成的《诗经》，是记载古代人民艺术智慧的诗歌总集。《诗经》所记载的全部是人们当时演唱的歌曲，有风、雅、颂三类：风，包括15国的民歌，流行于今天的陕西、山西、河南、山东、湖北等北方地区；雅，一般是贵族阶层的作品，其中一些文人的作品反映了当时的现实状况；颂，是庙堂之上和特殊场合使用的古老的祭歌。“《诗经》三百篇”，从每首诗的结构方式上看，其曲式已经比较复杂，比如曲调的重复、曲调前后的副歌，有引子和尾声。

屈原《楚辞》中的诗篇，绝大多数是歌词，其中《九歌》《离骚》《天问》《招魂》都是非常优雅的歌曲。在《九歌》中，祭奠不同的神便唱不同的歌。虽然是祭神的歌，但是歌曲感情质朴，充满了生活气息。古时祭神，正是青年男女在郊外谈情说爱的时候，所以那些祭神的歌曲中，有相当大的一部分是恋歌。以《少司命》[1]中的一段为例：

秋兰兮麋芜，罗生兮堂下。
绿叶兮素枝，芬菲菲兮袭予。
夫人兮自有美子，
荪河以兮愁苦？

译文：
兰花草，麋芜芽，生满在堂下，
香气袭人呵，绿的叶子白的花。
你看人人都有配偶，
少司命，你为什么独自苦咨嗟？

可惜由于记谱法晚于音乐的产生，我们已经无法复原古时的旋律，只能在诗词的抑扬顿挫中体会。

至今保存下来的唯一完整的宋词乐谱，是姜夔的作品。中国晚唐、五代的曲子以及定型后被称为“宋词”的作品，其句式结构逐渐与诗歌拉开距离，形成了长短错叠的句式。宋代曲子的填词，按题材和风格的差异，大致可分为婉约、豪放、花间等不同词派。保留下来的带曲谱的姜夔作品，共有 17 首，如《扬州慢》《暗香》《杏花天影》等，这些以工尺谱形式存在的曲谱，在清代乾隆时期被发现，后被杨荫浏[2]等人译出。由于乐谱只有工尺，没有板眼，即只有音高，没有节奏，因此对节拍、节奏、装饰音和变化半音的解释歧见丛生，但通过这些作品，我们大致可以窥见中国古代歌曲的风貌，以及中国古典诗词与音乐的关系。

在中国古典艺术歌曲中，还有根据古琴曲改编的作品，比如《阳关三叠》《胡笳十八拍》等。在演唱会上，我们经常能够听到用钢琴伴奏、

---

[1] 《九歌·少司命》，《九歌》中祭主寿命的女神的歌。译文选自郭沫若《屈原赋今译》。

[2] 杨荫浏（1899—1984），著名音乐史家、音乐教育家，著有《中国古代音乐史稿》，对中国民间音乐、戏曲音乐、宗教音乐的发掘、抢救、搜集、整理、研究，都有杰出的贡献。

美声唱法演唱的歌曲。当然，我们也能够听到运用小型的丝竹乐队伴奏、运用学院派的民族唱法来演唱的作品。这些歌曲都保留了古琴曲的主要旋律与节奏。以《阳关三叠》为例，这是黎英海[1]在1978年根据古琴曲改编的作品。改编后的作品为一首四个段落的变奏曲，通过对主题的多次变奏与力度变化来表现不同的感情。模仿古琴泛音的写法，既保留了古琴的音乐特色，同时又适合钢琴演奏。

我们在中国现当代的艺术歌曲中，仍然可以清楚地感受到历史的传承。现当代的艺术歌曲可以分为三类：一类就是前面提到的古代留传下来的歌曲，词曲皆是古代人所作，当代人根据词曲传谱重新编配、演唱；一类是当代作曲家根据古代诗词重新谱曲，在韵律、韵味方面模仿前一类作品；一类是采用当代新诗，由作曲家新创旋律，或用中国传统器乐伴奏，或用钢琴伴奏，演唱者可用民族声乐唱法或美声唱法演唱，在吐字、行腔方面具有浓郁的中国古典韵味。

近代以来根据古代诗词重新谱曲的作品，数不胜数。1920年，留学德国的青主[2]将北宋轼的名作《大江东去》，以西洋作曲技巧重新谱曲，令人耳目一新。词的上阕用的是宣叙调手法，但在几处关键点，如"大江东去""三国周郎赤壁""江山如画，一时多少豪杰"，又有豪放的歌唱性特点。词的下阕用的是咏叹调手法，曲调舒展，带着狂放和浪漫气息，使周瑜"雄姿英发"的形象跃然而出。青主也曾为北宋词人李之仪的《我住长江头》谱曲。这部作品和声醇美，曲调与中国民歌较为接近，但又带着西方艺术歌曲的优雅与浪漫，钢琴伴奏好像与那滔滔的长江之水相互激荡，给人以深刻的印象。

20世纪80年代以来，根据古典诗词谱曲的作品，可以经常在演唱会上听到。这些作品大都采用钢琴伴奏，用美声唱法演唱，深得听众的

[1] 黎英海（1927—2007），著名作曲家、音乐理论家、音乐教育家。1943年考入国立音乐学院，随陈田鹤和德国作曲家弗兰克尔学习作曲，后师从马思荪和俄国拉扎诺夫学习钢琴。曾任中央音乐学院作曲系副主任、中国音乐家协会常务理事、北京市音乐家协会副主席、中国民族管弦乐学会副会长、《歌曲》主编。

[2] 青主（1893—1959），作曲家、音乐理论家。1912年赴德国学习军事，后改学法律，兼学钢琴和作曲理论。曾任上海国立音乐专科学校教授。1949年以后，主要从事德文教育，翻译有《音乐美学问题》等音乐美学著作。

喜爱。刘文金谱曲的《黄鹤楼送孟浩然之广陵》(李白诗)生动地表现了李白飘逸的诗仙气质。黎英海谱曲的《枫桥夜泊》(张继诗)描绘了一幅姑苏城外的秋夜难眠图。这是一首男声独唱作品，黎英海的钢琴伴奏曲处理得极有特色，即从调性音乐的角度运用半音化交替的方式进行创作，与中国古代诗韵的结合非常巧妙。此曲荣获“八十年代中国艺术歌曲创作比赛”金奖。黎英海曾说：

> 这些作品的钢琴部分与歌声血肉相连，其本身就是艺术精品，要想弹好并不容易。我写的歌曲《枫桥夜泊》的钢琴部分承担了声音造型、景色描绘、形象刻画、情绪渲染等方面的重要作用，所以不能把它看作是普通的伴奏，而应该像练独奏曲那样来练才能弹好。[1]

《枫桥夜泊》是一首近年来在音乐会上颇受欢迎的作品。全曲为#c小调，前奏中低音声部主属的空五度音程象征着夜半的钟声，贯穿全曲。音乐为一段曲式结构，前五个小节为前奏，在缓慢的节奏下，空五度的主属音程加强了空旷、寂静的氛围。歌曲本体结构结合歌词也是由四个乐句组成，在主属音程的“背景”之下，伴奏声部对旋律声部采用复调的手法进行呼应，到第十九小节达到全曲最高点(A)，此时的伴奏声部也采用了八度加厚式的处理，使音响加强、织体加厚、力度加大，进一步推动了音乐的发展。歌曲中伴奏、歌词与旋律三者相得益彰，形成很好的效果。这首歌旋律优美，曲调高雅。歌唱者需要了解古典诗词的美学，注意吟诵的抑扬顿挫之感，才能够表达出作品的沉稳、简洁、高雅。

中国艺术歌曲走过的道路体现了中西方歌唱艺术在交融过程中的典型状况，艺术歌曲对于美声唱法在中国的传播与发展起到极为重要的推动作用，并促进了中国民族声乐唱法的变革与完善。艺术歌曲在中国被广泛接受之前，即便《白毛女》这样的中国歌剧采用的也是以王昆为代

---

[1] 苏澜深：《探中华之乐、求民族之风——黎英海先生访谈录》，《钢琴艺术》1999年第1期。

表的“土嗓子唱法”，其嗓音是未加任何雕琢的。这种唱法后来发展到以郭兰英为代表的传统戏曲唱法，然后发展到以彭丽媛为代表的充分融入美声唱法的中国式民族唱法，声音圆润而清亮，甜美而激越，声腔浑然一体，饱含深情又气势磅礴。就歌唱方法而言，《白毛女》的演出史就是歌唱方法走向现代的历史，就是中国传统的歌唱方法走向世界的历史。歌剧《江姐》的演出也走出了相同的道路。2008 年，《江姐》再次排练上演，被称为“21 世纪的江姐”的演员王莉其实是学习美声唱法的，她在表演江姐这个人物形象的时候，则综合了民族唱法、通俗唱法和美声唱法[1]。鉴于《白毛女》和《江姐》在中国歌剧史的重要地位，这种唱法的改变与融合无疑可以看成歌唱艺术在继承传统、洋为中用，辩证取舍、推陈出新等方面的典型代表。

三、中国乐派的美学精神

两千多年前，散见于《论语》中的孔子的音乐美学思想以及《乐记》《吕氏春秋》等已经相当详尽地论述了音乐美的本质、音乐的社会性等诸多问题。此后，《声无哀乐论》《梦溪笔谈》《溪山琴况》《唱论》《乐府传声》等著作都对中国传统音乐的美学、律学及创作理论做了深入论述。中国传统音乐的理论积淀非常深厚，是人类文化艺术的宝贵遗产，至今仍有着惊人的活力。以歌唱为例，《乐记・师乙篇》关于歌唱的观点至今依然很有益处。师乙是一名乐师，下文是师乙对歌唱的论述，主要谈的是如何运气，其技术要求与今天的声乐教学要求其实非常接近：

> 故歌者，上如抗，下如坠，曲如折，止如槁木，倨中矩，句中钩，累累乎端如贯珠。[2]

---

[1] 王莉在接受媒体采访时自称：“我的基础是一种沉稳的、气势磅礴的美声唱法，而江姐柔美的、女人味的一面我就用通俗唱法来表现，此外这部剧中的民族调式本就很多，因此我也将民族唱法与美声结合。”(《五代江姐同唱“红梅赞”，80 后王莉演青春版江姐》，《北京晚报》2008 年 1 月 25 日)

[2] 段安节：《乐府杂录》，见《礼记注疏》第 63 卷，清嘉庆二十年南昌府学重刊宋本十三经注疏本。

在宋元时期，歌唱艺术蓬勃发展，歌曲形式和演唱风格更趋多样，说唱音乐和戏曲音乐也走向了成熟。沈括的《梦溪笔谈》对乐曲、乐器、演奏技术、歌唱艺术以及宫调理论，都有详尽的说明。关于歌唱艺术，他批评当时有些歌者不懂音乐，常常用悲哀的声调去唱快乐的歌词，或者用快乐的声调去唱哀怨的歌词。他把这种现象称为“声与音不相谐”[1]。清代的《乐府传声》则在总结昆腔演唱经验的基础上，集中论述了戏曲声乐艺术。《乐府传声》重申了唐人白居易的艺术观点，即唱腔应该“声”“情”兼备，以“情”为主，演唱者在扮演生、旦、丑、净等不同角色时，要用自己的唱腔把不同人物的性格揭示出来，把“忠义奸邪、风流鄙俗、悲欢思慕”区分开来。不仅如此，《乐府传声》还涉及一个非常重要的问题，即汉字作为一种由声母、韵母、声调三者合成的单音字文字，歌者在演唱的时候应该如何咬字和吐字。所有这些问题，至今都是音乐教学、戏曲教学的重要内容。

但是当我们强调这一点的时候，还必须看到问题的另一面。比如，戏曲涵盖了歌唱、舞蹈与器乐演奏等几乎所有的表演艺术形式，具有程式化的审美属性，对继承传统音乐具有天然的优势，但是到了20世纪初，传统戏曲因为无法有效地表现人们的现实生活而日渐衰微。与此同时，一些艺术家开始创作表现新生活的戏剧，民族声乐与民族器乐的演绎随之发生了极大的变化。由此，艺术家的创作既要放在传统中去考量，也要放在创新的层面上去评估。从艺术传承的角度而言，创新当然首先指的是对传统的创新，但同时又指的是对其他地区的艺术的借鉴，包括对西方艺术的吸收。

在20世纪，中西方音乐文化的交流经历了从引进、借鉴到对话的过程。20世纪八九十年代，受到西方文化影响的音乐家创作出了许多具有国际影响力的作品，也获得许多国际的演唱、演奏大奖，如金湘作曲的歌剧《原野》、谭盾作曲的交响音乐《风雅颂》《鬼戏》以及歌剧《茶经》、陈其钢作曲的交响音乐《梦之旅》《源》、瞿小松作曲的交响音乐

---

[1] “哀声而歌乐词，乐声而歌怨词，故语虽切而不能感动人情，由声与音不相谐之故也。”参见沈括《梦溪笔谈》。

《山歌》《山与土风》等各种类型的作品。这些作品都完美融合了西方作曲技法与东方韵味，给予西方听众的是一种既熟悉又陌生的体验、一种异域风情的气息。而在歌唱领域，中国歌唱家几乎拿遍所有国际声乐比赛的金奖。这当然应该被看作中国音乐走向世界并得到世界广泛认可的标志。

随着现代化、全球化进程的深入，当代中国音乐家与世界的对话也日益深入。当代中国音乐家在音乐的本土化、民族化、风格化等方面做出了富有成效的探索，在题材选择、主题挖掘、技巧训练、风格呈现诸方面，都进行了不懈的努力，取得令人欣喜的成果。2016 年 9 月，G20 峰会在中国杭州举行，庆典音乐晚会集中地、综合性地展示了中国艺术家对传统和现代、东方和西方以及不同艺术门类的综合能力。这场音乐晚会集结了中国当代最负盛名的音乐家，声、光、电与服（装）、化（妆）、道（具）皆是精心设置，是近年来最具有代表性的中国音乐表演艺术的展示。我们欣喜地看到，主要节目的选择均是中华音乐艺术中的精粹，是最能够凸显中华传统音乐美学的作品。演出地点是西湖，这是历代中国文人创造出来的审美意象的代表。音乐晚会在白居易的“江南忆，最忆是杭州。山寺月中寻桂子，郡亭枕上看潮头。何日更重游”的诗韵中拉开帷幕。第一曲即是中国古典名曲《春江花月夜》，它展示了中国古典音乐之美。接下来的《采茶舞曲》是汉族民间音乐的代表作品。随后的《美丽的爱情故事》融汇中国戏曲、舞蹈、歌唱等多种形式，以来自西方的音乐剧的手法讲述了《梁山伯与祝英台》的传奇爱情故事，表达了中国人民对美好生活的向往。第四曲《高山流水》则是中国历史上著名的古琴曲，以极具中国古典书香气韵的音乐，向世界展现了中国传统文化和艺术的精妙，亦向各国来宾表达了中国人民希望与世界各国人民相知相亲的美好心愿。作为极负盛名的中国传统民歌，《茉莉花》的经典旋律以各种形式在世界范围内演绎流传，已经成为极具代表性与辨识度的东方音乐符号，而 G20 峰会音乐晚会的压轴节目《难忘茉莉花》就改编自《茉莉花》。“遇见你，月光下遗世独立。爱上你，芬芳中素靥青衣”，原来典雅的歌词、婉转的旋律在当代音乐家精心的演绎中具有荡气回肠、大气磅礴的美学风格，展示了中华民族在新的历史时期的文化自信。

2016年10月9日，中国音乐学院引领中外众多知名音乐家成立中国乐派高精尖创新中心。中国音乐学院院长、中国乐派高精尖创新中心主任、作曲家王黎光在成立仪式上如此读解“中国乐派”：“中国乐派”即中国音乐学派的简称，是“以中国音乐资源为依托、以中国艺术风格为基调、以中国作品为体现、以中国音乐家为载体”的音乐学派。王黎光表示，中国乐派高精尖创新中心致力于中国音乐的继承、创新与弘扬，旨在融合多方面优势资源，古为今用，洋为中用，将文化创新与人才培养有机结合，构建中国音乐理论研究、创作、表演的龙头基地，力争在增强中国音乐文化的引领辐射力上取得重大成就。[1]在向媒体展示的计划中，中心的工作方向包括《中国音乐大典》编纂工程、中国声乐艺术建设、“一带一路”东方音乐研究和中国音乐对外传播交流四个方向，以向世界展现中国音乐文化的多彩风貌。值得注意的是，成立仪式上首先宣布的中心特聘教授名单中，包括祖宾·梅塔、多明戈等世界顶级音乐大师。祖宾·梅塔虽然没有到场，但通过视频发来祝贺：“中心的建立是中国音乐走向世界这一梦想实现的重要里程碑，它标志着中国音乐发展的新篇章以及中国音乐全球化传播的开启。”[2]

回溯中国近现代以来的音乐发展史，我们会发现，政府很少以战略性的计划进行本土音乐的整理与研究、建设与推广。在习近平总书记的《在文艺工作座谈会上的讲话》中，中华美学精神这个重要概念被首次提出：“中华优秀传统文化是中华民族的精神命脉，是涵养社会主义核心价值观的重要源泉，也是我们在世界文化激荡中站稳脚跟的坚实根基。要结合新的时代条件传承和弘扬中华优秀传统文化，传承和弘扬中华美学精神。我们社会主义文艺要繁荣发展起来，必须认真学习借鉴世界各国人民创造的优秀文艺。只有坚持洋为中用、开拓创新，做到中西合璧、融会贯通，我国文艺才能更好发展繁荣起来。”在2015年正式出

---

[1] 参见“新华网”2016年10月9日相关报道。

[2] 参见“人民网”2016年10月11日相关报道。

版的《习近平总书记在文艺工作座谈会上的重要讲话学习读本》中，相关的论述为："我们要结合新的时代条件传承和弘扬中华优秀传统文化，传承和弘扬中华美学精神。中华美学讲求托物言志、寓理于情，讲求言简意赅、凝练节制，讲求形神兼备、意境深远，强调知、情、意、行相统一。我们要坚守中华文化立场、传承中华文化基因，展现中华审美风范。"[1]也就是说，"中国乐派"的提出是音乐界对"中华美学精神"一词的积极回应，是对国家文化战略在音乐界的具体落实。

习近平总书记在座谈会上提到"以古人之规矩，开自己之生面"，即强调运用古人总结出来的基本创作准则，开创自己新颖独特的创作新局面。这毫无疑问是对人类艺术发展基本规律的总结，当然也是对音乐美学发展规律的总结。这里的"古人"不仅是中国的"古人"，也指国外的"古人"，即对人类艺术做出杰出贡献的所有先辈。这既是虚怀若谷，也是自信从容。学"古人之规矩"，首先意味着兼收并蓄。

杜甫在《丹青引》中写道："凌烟功臣少颜色，将军下笔开生面。"画像经过重新绘制，就会面目一新。我们只有在前人的基础上开拓创新，才能促进传统的转化，实现文化的发展。明末清初的哲学家王夫子在自题画像中也写道："六经责我开生面。"这里说的"六经"，当然不仅是指《诗》《书》《礼》《易》《春秋》和《乐》，而是指称中国的传统文化。一个"责"字，实在是意味深长：源远流长的中国传统文化，其本身即是不断变革的产物，它同样责成和促使我们不断创新，去开创新的局面。也只有这样，我们自身的传统才能被不断地激活，我们才能在全球化背景下重新塑造自己新的形象，向世界展示中华审美风范。

[1] 初见于习近平总书记于2014年10月15日在文艺工作座谈会上的讲话，又见于中共中央宣传部《习近平总书记在文艺工作座谈会上的重要讲话学习读本》，学习出版社，2015年。

第九章　当代创意设计中的中华美学精神

创意设计赋予物品以意义，而对人生意义的追求则是人生存的终极目的。事实上，美感与功能存在某种神秘的联系，那些有吸引力的物品不仅比难看的东西更让人喜爱，还让人们觉得格外好用。[1]创意设计行业（包括文化创意和设计服务）是文化产业的重要组成部分，也是推动中华传统美学精神落实到当代生活方式的重要手段。创意设计行业包括广告服务、文化软件服务、建筑设计服务、专业设计服务等具体门类，具有知识附加、价值增值、绿色环保等特征。创意设计通过“转物为心，化心于物”，可以将无形的文化资源转化成有形的文化产品，提高传统产品的附加价值，从而推动中国产业结构的升级和经济增长方式的转型。中华文化的伟大复兴就是要落实到以创意设计为手段，以生产具有中国特色、中国风格和中国气派的文化产品为途径，以提升传统产业的中国精神为目的的创新发展之路上。

当代创意设计对中华美学精神的强调，是对新中式生活的价值重建。中华美学精神是中华民族世代聚居华夏土地所积累的审美认同和文化精神，是绵延数千年中华文明的精华。中华美学精神是前现代中式生

[1]　参见［美］唐纳德·诺曼《设计心理学 3：情感设计》，何笑梅、欧秋杏译，中信出版社，2012 年。

活的核心价值，反映了中国人质朴、匠艺、慢活和精致的生活方式。这些生活元素在近代以来被现代西方文明反复冲击，也在“文化大革命”中被几乎破坏殆尽。当代新中式美学生活的重建，就是在现代文明的维度上，广泛吸纳西方开拓了近三百年的现代、时尚、科技、快速的生活方式的精华，重新构建“精细的质朴”“时尚的闲适”和“科技的高雅”的当代新中式生活。

当代创意设计对中华美学精神的应用，就是要推动“艺术生活化”和“生活艺术化”的当代创意生活运动。创意设计秉承“莫里斯工艺法则”，强调艺术与技术的结合、实用功能与艺术美感的结合，倡导以古典时期的美观实用的创意设计行动抗拒标准化的工业大生产，推动“日常生活审美化”的社会实践，提高日常生活的深度体验和高质美感。当代新中式创意生活以中华文化积累为基础，以创新的经营方式提供饮食文化、生活教育、自然生态、流行时尚、特定文物、公益文化的创意体验和文化内涵。洛可可创新设计集团推出的上上生活馆，将“禅式生活”的中华美学精神运用到日用器具之中，将传统繁杂的听琴、闻香和饮茶的体验仪式，浓缩到一件件巧思的器物设计之中。这种设计简洁明了，主题集中，强化了中华审美精神的意境营造和诗意呈现。

当代创意设计对中华美学精神的运用，就是推动中华传统文化资源的当代价值转化。高度凝聚了中华美学精神的传统文化资源，具有膜拜价值、展示价值和体验价值等三种价值形态。按照本雅明的观念，前现代的艺术品具有神圣性、独一无二性或原真性、不可接近性或距离感，因此具有“灵韵”效应，表现为膜拜价值。机械复制技术的运用使艺术品的展示价值取代了膜拜价值，文化具备了可展示性。随着数字传媒、智能网络和智慧技术的运用，体验价值又取代了展示价值。体验是人的生命本质，不是一般的经验，而是主体在活动或经历过程中的经验内容，具有感情色彩和审美意义的意味。体验价值分为感官、情感和精神等三类。其中，感官体验包括眼、耳、鼻、舌、身等五官所发生的视觉、听觉、嗅觉、味觉和触觉等五感营造的交感体验；情感体验是主体受外界刺激，情绪得到激发和感染所产生的“喜怒哀乐”和“爱欲憎恨”的感情反应，产生情感共鸣；精神体验是主体由于外界刺激，受到启发，引发思考，获得认知，达到精神共识和认同体验。[1]创意设计是中华美学精神实现体验价值的重要手段。著名时装设计师郭培创办的高级中式服装定制品牌“玫瑰坊”，以刺绣为核心元素，通过中国古典皇家宫廷服饰的传统回归，传达旺盛、热烈和典雅的中式贵族精神，展示中华美学精神的高贵品质。台湾法蓝瓷运用台北故宫博物院的馆藏文物和书画精品的文化符号，经过重新设计，以陶瓷的形式将高贵、时尚、精致的中华美学传遍全世界。

创意设计行业是文化产业中的新兴业态，与文化产业的其他门类乃至第一产业、第二产业和第三产都能协同发展。2014 年 2 月，国务院颁发《关于推进文化创意和设计服务与相关产业融合发展的若干意见》，推动创意设计与装备制造业、消费品工业、建筑业、信息业、旅游业、农业和体育产业等重点领域融合发展，充分依托丰富的中华传统文化资源，实现文化价值与功能价值的有机协同，推动中国制造向中国创造转变，以文化创新的驱动发展模式推动中国经济发展的新常态战略转型，实现中国经济内涵式增长。创意设计行业是知识型新经济，高度依赖知识产权的保护与开发。2015 年 12 月，国务院发布《关于新形势下加快知识产权强国建设的若干意见》，提出“研究完善商业模式知识产权保护制度和实用艺术品外观设计专利保护制度”，“加大轻工、纺织、服装等产业的外观设计专利保护力度”，“加强对非物质文化遗产、民间文艺、传统知识的开发利用”，加强创意设计运用中华美学精神和元素的创新成果的保护。

创意设计是一种“软创新”与“硬创新”相结合的“巧创新”。“软创新”注重审美创新、美感设计和文化内涵，“硬创新”强调功能设计、材料创新和科技内涵。“巧创新”就是将中华美学精神的“软力量”赋予在日常使用功能的“硬力量”上，统一在人们对文化这样一种生活品质的追求上。中华美学精神表现为符号元素、行为美学和精神价值等三

---

[1] 参见向勇《文化产业导论》，北京大学出版社，2015 年。

个层面。在符号元素层面，当代创意设计要提炼那些真正能代表中华美学精神的文化元素和图像符号，注重创意转化，而非简单的拼贴缝缀；在行为美学层面，当代创意设计要传达中国人新时代的生活方式，展示中国老百姓活泼的生活样式；在精神价值层面，当代创意设计要展示中华美学精神中积极、健康、美好的价值观和认同感，要让当代国民和西方市民对中华文化产生美感，产生向往之情。当代创意设计，就是要以开放包容的创新精神将中华美学精神的传统资源转化为现代场域的生活样式。

一、中国当代设计的美学溯源

中华美学精神中的“美学”包含着更多的审美意义，但其本身具有的理性形态的内容仍不可被忽略，因此从理性和感性上做划分，“美学”和“精神”都对设计师的设计实践产生着根本性的影响。中国传统的美学范畴以理性化的形态阐释美学精神，关注的是中国文化中对“美”本身的哲学认识，而美学精神则是一种本身无形但是可感之物，是隐形且感性的内容。在设计领域，美学范畴的规定是中国设计师的一种指导思想，是探索中国式设计的理性方法论，而中国古代设计中体现的美学精神则渗透在设计师的文化基因中，对其产生潜移默化的影响。这种影响是感性的，并非用于为某一件作品的设计提供方法或灵感，而是蔓延在设计师的工作过程中，甚至整个艺术人生之中。

（一）中华美学中的核心范畴

从传统美学中的关键词入手，中国当代设计可以通过理解核心范畴来把握中华传统美学的精髓。20 世纪上半期开始，王国维、邓以蛰、宗白华等人开始把“意象”“意境”和“气韵”等概念作为中国美学的核心范畴。[1] 20 世纪 80 年代开始，叶朗以“美在意象”为入手分析和梳理了中国美学史上具有代表性的核心概念，阐释了中国传统美学的独特性和深刻性。

---

[1] 参见彭锋《作为中国美学核心范畴的意境》，《中国书画》2015 年第 7 期。

1. 美在“意象”

在中华传统美学中，意象是美的本体、艺术的本体。在情景交融中，“情不虚情，情皆可景，景非虚景，景总含情”，才能构成审美意象。意象不能独立存在，而是在审美活动中产生，“美不自美，因人而彰”。不同于外在物理世界，意象世界不是一个充满逻辑的理念世界，而是带有情感、充满意蕴、充满情趣的世界，是一个注重生命体验的世界，可以“显现真实”，“如所存而显之”，并且能够带给人一种“动人无际”的审美愉悦。

朱光潜曾言，美不是物，而是物的形象。宗白华认为艺术家表现出来的是主观的生命情调与客观的自然景象的交融互渗。也就是说，意象不能脱离审美活动而存在，万物是由于人的欣赏而被照亮，从而构成了一个灵动的生活世界。意象的概念认可美生发于事物，但同时也强调了审美主体对作品的主观诠释作用。没有审美主体的理解与联想，美是不成立的。

在传统美学的规定下，设计作品可以通过创造审美意象来表达设计品所要传达的语义。设计品作为审美对象，既离不开设计师对其意义的附加，也离不开消费者的体验。如何创作情景交融的作品、调动消费者的情感，以及如何通过有限的内容来延伸出更多的意义，是设计师们需要着重考虑的问题。在意象的概念中，设计作品的形象在带给观者情感共鸣和审美愉悦的同时，还要引发观者的联想。巧妙的设计总是点到为止，其中的意蕴需要观者自己琢磨。

2.“意境”深远

唐代刘禹锡认为“境生于象外”，“意境”不是表现孤立的物象，而是表现虚实结合的“境”，也就是表现造化自然的气韵生动的图景，表现作为宇宙的本体和生命的道（气）。老子认为，道是宇宙万物的本体和生命，对一切具体事物的观照都可以落在对道的观照，道是有无、虚实的结合，道包含象、产生象。在中国美学中，意境是道的艺术化体现，境是“象”和“象外虚空”的统一，也就是说象有限而境无限。所谓意境，就是超越具体有限的物象、时间、场景，进入无限的世界，甚至是胸罗宇宙、思接千古。这种象外所蕴含的时空延伸之感，以及审美主体在其中所获得的感受和领悟，就是意境的特殊性。

意境可蕴含“禅意”，禅宗的境指在普通的日常生活中能够通过极为平常的事物体味出具有哲理的内容，这种境可以通过妙悟而到达。在美学的领域中，这种思想要求艺术家通过表现形而下的事物追求形而上的本体的体验。意境也可以包含几丝世俗气，魏晋玄学有两派：一派贵无，推崇无限的、形而上的道；另一派崇有，强调世间万物自身的存在与变化。所谓即色畅玄，一方面要畅玄，追求形而上的超越，另一方面又不抛弃色，而是色即是空，把现象与本体、形而下和形而上统一起来。禅意源于日常生活，因此与设计的血缘相近，当代设计师在很多作品中都试图表达“一花一世界”的禅意。

意境是意象中最富有形而上意味的一种类型，也是在创意设计和艺术创作过程中最难实现的。对于平面设计来说，画面中的留白可以构成一种以无画有、以有画无的境；对于影视设计来说，意境要求影片在画面的内容之外延伸出更多的意涵；对于园林设计来说，分景、借景、隔景的巧妙结合可以营造一种境。这些象外之象都能够为观者带来深刻而悠远的审美感受，这种审美感受是中国美学精神最富有特色的一部分。

3.“气韵”生动

“气韵”可以被理解为审美对象所具有的内在气势与韵律。在艺术作品中，气韵不是表现出来的形态与样式，而是通过形态、样式所传达出的精神体验。气韵起源于哲学中的“气”和汉代音乐中讲究的“韵”，南朝谢赫在《古画品录》中提倡绘画六法：“气韵生动，骨法用笔，应物象形，随类赋彩，经营位置，传移摹写。”气韵生动作为首条，要求以生动的形象充分描绘事物内在的生命和精神，以及万物间生生不息、元气流动的韵律与和谐。“气韵”二字，气为生命之动力，韵为生命之风采；动为气之核心，情为韵之根本。[1]

---

[1] 参见彭吉象《艺术学概论》，北京大学出版社，2006年，第350页。

在艺术作品中，气可以从艺术语言与艺术形象的形态样式中体现出来，如在中国画中，墨色的浓淡相宜、干湿有度、皴染相间都是对气韵的营造。尤其是墨色的晕染，似有元气包孕其中，在画面之间流转回环，使得作品内敛精致、意蕴深远。韵可以表现为一种音乐感，能够体现出一种情绪和节奏，且这种节奏均匀和谐。在艺术设计中，设计师可以通过调度时间与空间的关系，构建设计作品的结构性和系统性。韵的表达方式是“度”，也就是在对主次、先后关系的排布与经营中寻求一种疏密适宜的、有节奏感的状态。气韵在当代设计中的应用还表现为不直接地表达设计意图，而是通过巧妙地讲述故事或营造意境的方式表现出某种功用性目的。在当前的很多广告设计作品中，商品的功能和特性总是被直白简单地讲述出来，这种平铺直叙的设计毫无气韵可言，也丝毫不能体现品牌的内涵与形象。

意象、意境和气韵的美学范畴体现了中国美学精神对世界整体性、本质性的把握，是对简单再现的超越。中国美学精神不仅仅追求表象，还强调要追求象外之象，追求从有限的个体生命达到无限的永恒存在。中国美学的核心思想关注一个本然的生活世界，一个充满意味和情趣的世界。所以，如果将中国当代设计与中国传统美学思想链接起来，就要把握产品的整体性与本质性，以及通过创造“意象”来“尽意”，表现出一个充满气韵的生活世界。设计不同于艺术，设计是关乎“功利”的创作与体验，那么设计的最高境界就是通过意象、意境的创造来完成对不应言说的“功利”的言说。所以，深入挖掘意象、意境、气韵等范畴对中国设计的影响，将是意义重大的事情。

（二）设计思想史中的中华美学精神

“设计”是一个现代概念，古代中国并无专门的著述与文献，近代以来，设计史学家在浩如烟海的典籍中搜集与设计相关的理论，其中《考工记》《营造法式》《园冶》等书籍都包含器具设计等内容。与雕塑品相比，生活器具以功能性为制作前提，因此其中的纹理装饰、多样造型等美学加工可以被归为当代人们所讲的工业设计。杭间的《中国工艺美学思想史》从诸子百家开始，梳理历代与设计相关的思想观念，从中提炼出中国古代设计思想:(1)重己役物,以人为主体;(2)致用利人,强调实用,讲求功能;(3)审曲面势、各随其宜,最高标准是适应生活方式;(4)巧法造化,强调人与自然的和谐;(5)技以载道,强调道器的统一;(6)文质彬彬,即形式与内容的统一、功能与装饰的统一。[1]艺术创作与工业设计的根本性区别在于所造之物的效用是否以实用功能为主,因此六条思想观念的前两条首先强调了功能性,且是以人为主体的功能性,除此之外,其余四点则集中体现了中华美学精神中的“中和为美”——文质彬彬,“心物一元”——技以载道,“天人合一”——审曲面势、各随其宜、巧法造化。

1. 中和为美

在中国古典哲学体系中,儒道二家一方面强调要用直觉方法去认识万物本原或宇宙整体,另一方面又主张用辩证的方法去认识多样性中的和谐与对立面的统一。[2]中国传统美学与传统艺术主张“中和为美”,“和”是多种事物的多样统一、相互包容,我们国家内部具有不同族群审美趣味之间的相互交融与共生状况,这突出地体现为一种有关人生境界的层层上升的追求,如“和而不同”等。[3]“中”是一种置于矛盾之间并寻求平衡的处事法则。“文质彬彬”指的就是从文和质两方面达成一种适中的状态,在这种平衡统一的状态下才能“然后君子”。不温不火、过犹不及、求同存异等概念都是一种中和的处事态度,这种思想在美学中就体现为虚实、刚柔、形神、情景等对立统一的艺术创作原则。中国戏剧形式美的一个重要概念是“以一总万”,如角色上的一行多用、表演动作上的一式多用、音乐上的一曲多用、舞台布景上的一景多用等,都体现了包容性极强的“和”的理念。“中”是不走极端,不用非黑即白的判断式方法解决问题。“中”讲究处置得当、不多不少、张弛有度,也就是要找到矛盾双方间的一个平衡点。

---

[1] 参见杭间《中国工艺美学思想史》,北岳文艺出版社,1994 年,第 14 页。

[2] 参见张岱年、程宜山《中国文化与文化争论》,中国人民大学出版社,1990 年,第 220 页。

[3] 参见王一川《对中华美学精神的几点思考》,《光明日报》2014 年 12 月 26 日。

中国传统艺术还追求情理的结合与统一，讲究要把人生境界提升到一种情理浑然一体的境界，并要求在尊重艺术主情的时候，强调“以礼节情”，在要求艺术求真或求善的时候，又强调“以情融理”。[1]孔子曾言的“乐而不淫，哀而不伤”强调文学艺术作品中的情感要受到礼法的制约；钱锺书的“理之于诗，如盐溶于水，有味无痕”讲的是诗可以用情感讲述道理，这种道理蕴含于意象之中，潜移默化地影响欣赏者。在创意设计的领域，情理的辩证统一体现在感性创作与理性管理的结合，一味地强调理性，设计的核心诉求固然清晰明确，但是如果缺少创意巧思、真情实感的恰当融入，作品很可能沦为信息发布的载体或单纯的实用性工具。一味地强调创意，缺乏足够的理性约束，设计很可能会迷失在虚幻的艺术表达和设计师个人的情感迷阵中不能自拔，最终无法拥有设计作品的实用价值和市场价值。

在设计领域，中和是隐藏在当代中国人血液中的审美基因，因此设计师需要在各种创意元素之间寻求和谐统一与平衡适中。中和能够带给观者一种舒适感，但是这种舒适感并不是中庸或平凡，对元素的对立统一处理本身可以是巧妙的，设计师在寻找这种“恰好”的平衡点时，就需要发挥自己巧思与权衡的能力，这个过程就是创意的过程。此外，中和还主张设计师平衡市场需求与美学追求、产品的艺术性和功能性，还要在标新立异与舒适宜人间找到一个刚刚好的位置，才能使设计产品脱颖而出，成为多方共赢的创意设计精品。在面向市场的产品设计过程中，平衡点就是最佳的创意点，对多个问题最佳的解决方法就是最好的创意方案。

2. 心物一元

中国传统美学非常重视艺术家的主体性、精神性和表现性，强调审美主客体的二元融合，实现一种情景交融、物我两忘、心物一元。从《易》开始，中国古代哲学追求道器并举，形而上和形而下互相依存。儒家主张“技”与“六艺”结合，且必须有利于“仁”。墨家和法家主

---

[1] 参见彭吉象主编《中国艺术学》，高等教育出版社，1997 年，第 383 页。

张技道并重，皆需建立于“义”之上，“技”从来不是独立的，造物之技与修养之道必须统一。[1]

心物一元要求艺术家在艺术创作的时候消除与审美对象间的二元对立，也要求艺术家在艺术创造的过程中不仅仅表现技艺，更重要的是表现艺术的精神气质。因此，艺术家需要“养气”，要不断提高自己的道德胸襟与学识修养。气不仅是对艺术作品的要求，同时也是对艺术家思想水平和艺术造诣的概括。另外，气要求艺术家将主观之气与自然之气相结合，通过作品表现自己的高尚志趣，实现“画如其人”。在传统中国美学中，艺术创作与修身养性往往是分不开的，在创意设计领域亦是如此，设计师需要在设计作品的时候寓情于物，为没有生命的物品添加情感和意义。设计师常常需要在日常生活中寻找创意的灵感，因此，生活条件与工作环境对于设计师尤为重要。气韵生动不仅是设计师追求的一种艺术境界，同时也是其对自己生活方式的营造目标。对于设计师来说，生活与工作没有绝对的界限，设计灵感和创意元素常常来源于对生活的感悟。因此，“养气”也应是中国设计师生活中的一项必修课。

主客相融、心物一元在设计领域中最典型的例子就是手工设计品。近年来，“手作”是当下中国设计最热的概念之一，通过设计师的手的介入，不同于机械生产的作品，手工之物与其产生的主体变得不可分割，也成为人与物质世界交往的明证。消费者之所以青睐手工艺品，不仅仅是由于设计作品本身的美感，还因为它包含着手工制作过程的价值。在手工设计品中，物对于人的重要意义不在于其实用性，而在于它能唤起心之主体对于物之客体的参与，这种参与也是心物一元的重要表现形式。

3. 天人合一

天人合一是古代中国人的生态观，也是中国人的一种断层的审美基因。天有自然之天、神道之天和意志之天等不同理解，但不论是哪一种

---

[1] 参见杭间《中国工艺美学思想史》，第 17 页。

天，天人合一都体现着中国古代哲学的基本精神，即追求人与人、人与自然的和谐统一。天人合一的思想认为，人是自然界的一部分，自然界万物具有一定的普遍性规律，那么人类也应该遵循这种规律。天人合一的思想还认为自然规律与道德原则是一致的，人生的最高境界是人与万物和谐共处、融为一体，这其中也包含着人与人的一体性。张岱年曾说："中西文化基本差异的表现之一是在人与自然的关系问题上。中国文化比较重视人与自然的和谐，而西方文化则强调征服自然、改造自然。"[1]中国人并不像西方人那样把物质和精神严格分开，使二者对立，而是将精神与物质统一起来，并将这种浑然一体的状态看作宇宙自然原本的状态，因此，中国古代设计追求审曲面势、各随其宜。田自秉曾说："宜就是和谐、就是适应、就是合理。"[2]审曲面势是说在造物设计的过程中，要根据不同情况创造出相宜的造型或装饰，这种因材施用的思想贯穿于整个工艺发展中。

巧法造化不仅是工艺美学的趣味和风格，还是对天人合一的强调，崇尚自然的充满意趣的世界是中国古代艺术家和文学家终生追求的创作境界，然而在改革开放之后，经济建设的发展主旋律冲淡了传统的天人合一思想，人们不惜破坏生态环境来发展物质文明。中国当代设计有责任重拾传统审美基因，用美学精神影响社会发展，让这种断层的审美基因继续流传下去，重新构建具有中国特色的可持续发展的设计观与生态观。

天人的中间环节是"气"，老子认为"万物负阴而抱阳，冲气以为和"，意思就是天地间阴阳二气冲气以和，诞育万物，阴阳二气为"天人"之中间环节。天人合一的思想强调万物为一体的共生性和关联性，气是一种万物之间、物与人之间的关联因素，气的作用方式是"气交"，指的是万物生命与艺术生命由天与地、阴与阳两气相交相合而成。《周易·泰·彖》指出："天地交而万物生也，上下交而其志同

---

[1] 张岱年、程宜山：《中国文化与文化争论》，第 51 页。

[2] 田自秉：《田自秉文集》，山东美术出版社，2011 年。

也。”[1]物之结合或物之联结才能创造新物，这既是生物学规律，也是世间万物的创新规律。设计师运用形或情之间的结合与混搭创造新的设计品，这是一种首先在西方设计界提出的设计方法。事实上，中国传统哲学思想中的“天人合一”也体现了关系性的思考，蕴含着这种融合、偶联与混搭的创新观。因此，中国当代设计可以运用的不仅仅是传统文化符号等元素本身，还可以是多元化元素间的搭配方法与组合理念。

二、创意设计与商品价值

文化商品是文化产品的商品化形态，即将原本具备美学素质的“作品”转化成高社会附加价值的“商品”的过程和结果[2]，通常能够表达一定的文化思想、价值观念或生活方式。文化商品同文化产业一样，脱胎于社会文化环境且位处经济建设的上层，文化产业发展具有文化产业化与产业文化化的双重维度，同样地，文化商品也拥有文化商品实用化与实用商品文化化的双重维度。在双重维度中，创意设计发挥着资源整合与价值创新的作用，在实用商品文化化的环节中为实用商品附加上文化价值，满足消费者的物质与精神的复合需求；在文化商品实用化的环节中，将文化商品的文化价值予以跨界开发，并附着于实用商品之上，实现了文化价值进一步的有效变现。

（一）商品的主体价值与客体价值

马克思政治经济学认为，使用价值是交换价值的物质基础，和价值一起构成了商品的二重性。物的有用性使物具有使用价值。亚当·斯密将商品的价值分为使用价值和交换价值，前者指满足人们欲望的能力，后者是获得一定数量的商品所放弃的交换物数量。大卫·李嘉图则认为劳动价值无法解决艺术品的价值原理，因为生产工艺和成本决定了价格。面对文化商品这种特殊的商品类型，只关注物质经济的传

[1] 转引自曾繁仁《“天人合一”——中国古代的“生命美学”》，《社会科学家》2016 年第 1 期。

[2] 参见向勇《文化产业导论》，第 65 页。

统经济学难以解释其价值内涵，因此，文化经济学应运而出，加之以文化/审美价值的维度，将人类财富的价值理论从单一的物质价值决定论发展成物质价值与文化价值的协同决定论。

实用价值是商品交换的基础，最原始的交换源于实用价值的需求，随着文化商品的出现，审美价值成为实用价值的让渡对象，大部分文化商品是不具有实用价值的，消费者购买文化商品通常用于欣赏或体验。举例而言，当一幅画被购买并悬挂在家中墙壁上时，它对于消费者不具有实用价值，而是通过展示自我或提升房间的整体美感来实现其审美价值。在这个过程中，消费者获得的是审美愉悦，并非某种功用或便利。因此，对商品价值的界定需要加入审美价值这一维度。从消费过程的主客关系入手，审美价值和实用价值共同构成了商品的主体价值，主体价值和客体价值一起构成了商品二重性（图 9–1）。

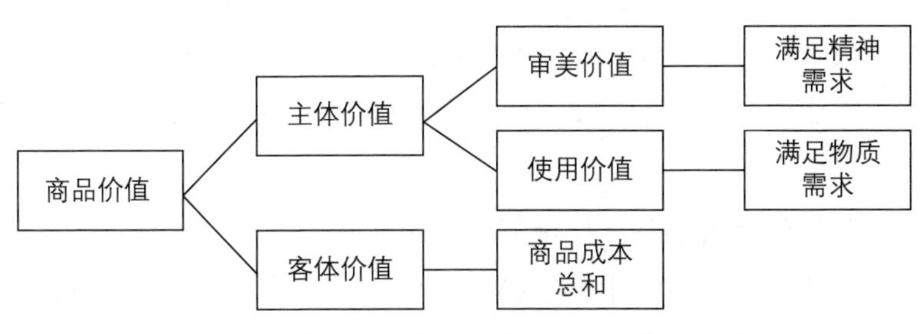

图 9–1　基于主客关系的商品价值层次与内涵

主体价值是消费主体赋予商品的意义或功能，体现为商品用于满足消费者的某种需求，主体价值在商品总体价值的评定上具有决定性意义。商品只有被使用才能实现其功用、被欣赏才能展现其意义，主体价值是商品区别于普通物品并参与流通和交换的决定性属性。自“边际革命”以来，效用取代满足，个人偏好成为市场交易行为中的终极决定因素。杰里米·边沁认为，效用可以描述某一物品的内在特性，产生利益、愉悦、满足等。主体价值是对效用的一种价值诠释，消费者需求可以分为物质需求和精神需求两个层面，因此，与之相对应，主体价值也应包含实用价值和审美价值。实用价值是消费者获得的基于商品功能的价值，审美价值是消费者在商品中获得的审美愉悦等，包括符号价值、历史价值、认同价值和拜物价值等复合多元价值。文化商品的价值取决于市场交易过程中消费者与文化商品之间的体验互动以及消费者之间的社会沟通。[1]

客体价值是商品的生产成本总和，包含了材料成本、设计成本、技术成本、人力成本、营销成本等商品成本的总和，是生产者赋予商品的价值属性。客体价值的概念包含了商品的质量标准，客体价值越高，商品的质量水平越高。马克思认为，社会必要劳动量或生产实用价值的社会必要劳动时间决定该实用价值的价值量。因此，含有等量劳动或能在同样劳动时间内生产出来的商品具有同样的价值量。事实上，艺术生产无法用劳动量或劳动时间来进行衡量，以中国画为例，写意画的创作时间通常短于工笔画的创作时间，但是写意名作的最高售价或平均售价不低于工笔名作。客体价值的概念虽不能明确衡量出商品的艺术生产成本，但是该成本包含有人力成本、材料成本等内容，因此客体价值可以囊括艺术生产成本，主体价值和客体价值的分类法提高了研究文化商品的可操作性。

商品的经济价值是客体价值与主体价值之集合的表现形式。艺术作品的经济价值的决定因素包括创作者在创作该作品时所花费的必要劳动时间、艺术家和收藏家的社会地位、艺术家的知名度、艺术作品在艺术史上的学术地位、艺术作品的文化意义和观念价值以及艺术作品的稀缺程度等。[2]客体价值是衡量商品价值的不完全指标，只能部分体现商品的价值总和，而主体价值的加入才能够相对全面地解释商品的定价标准。

（二）商品价值的内部度量与商品分类

在商品的主体价值内部，实用价值与审美价值不是相互对立的，而是可以同时存在的。在不同的商品类中，两种价值可以占据主体价值量的不同比例，并处在一个动态发展的过程中。根据价值比例的不同，商

---

[1] 参见向勇《文化产业导论》，第 187 页。

[2] 参见李凤亮等《艺术原创与价值转换》，海天出版社，2014 年，第 182 页。

品也可以分为多种类别，因此文化商品与实用商品并不是彼此割裂的，在对商品进行分类和定位的过程中并不是非此即彼，两者之间有着广阔的中间地带。在物质经济水平普遍提高的社会中，市场内的很多商品都介于纯粹的实用品和绝对的艺术品之间，实用品具有艺术化的上升态势，艺术品也存在着功用化的降落态势，而这种动态转化过程都是通过创意设计实现的。

白崇亮将商品分为日用品（living goods）、流行品（fashion products）、奢侈品（luxury products）与艺藏品（artistic collections）。也就是通过对私有商品的主体价值（实用价值与审美价值）进行分解与衡量，可以将商品分为四个类别。其中，日用品是指价格较低、以实用目的为主的生活必需品；流行品指具有一定文化元素、仍以实用性为先的生活用品；奢侈品指超出人们生存与发展需要范围，具有独特、稀缺、珍奇等特点的消费品；而艺藏品指不具有实用性而仅具有审美性或精神性的高价产品。以客体价值与主体价值作为衡量参数，可以将四种商品界定在不同的区间内，实用价值和审美价值构成横轴的两极，商品价格构成纵轴（图 9-2）。随着横轴指标向右提升，商品的审美价值和客体价值也随之上升，同时，商品的实用价值逐渐下降。

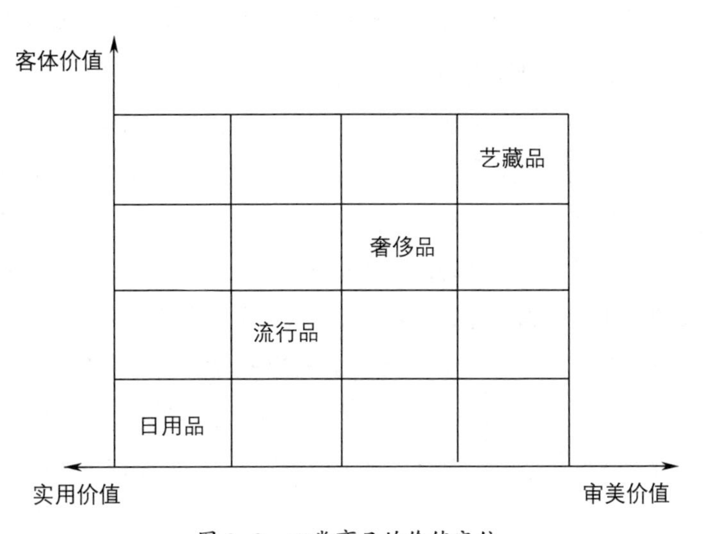

图 9-2　四类商品的价值定位

（三）商品生产与转型中的价值调和

在上述的商品分类中，每种商品所占据的区间并不是封闭性的，而是具有一定的开放性。也就是说，四种商品之间可以以扩大利润为目标进行转化，企业可以通过提升商品的价格、销量或降低生产成本来实现，即（价格 – 成本）* 销售量 = 利润，商品价格是主体价值与客体价值之集合的表现形式，因此通过调和两种价值的比例并调整客体价值，也可以改变商品销售所带来的利润。通常来讲，经济价值总是准确的、客观的，其估值的方法是可重复的，而文化价值总是复杂的、多元的、不稳定的，缺乏一个共同的记账单位。[1]实用价值向经济价值的转化具有一定的有限性，即实用价值的提升可以带来经济价值的线性提升，线性提升所带来的价格涨幅通常是有限的，而审美价值虽然难以衡量，但是具有一定的无限性，审美价值向经济价值的转化是非线性的。因此，在商品生产的过程中添加创意设计环节，可以提升商品的审美价值，进而有助于大幅提高商品的主体价值和销售价格，以促进企业商业利润的提升。

商品的转化与升级具有以下特性：首先，商品的转化方式具有多样性，每种商品都可以通过调和主体价值的内部配比和改变客体价值而实现转变，提升审美价值可以提高商品单价，但通常销量会有所下降，而提升实用价值则可以提高销量，但通常单价会有所下降。其次，每种商品的转化具有一定的自主性，其选择权因企业决策不同而表现为不同的转型方向，日用品企业发展的终极目标不一定是有一天成为奢侈品企业，其产品既可以通过调和主体价值的比例成为流行品，也可提高客体价值变成高端日用品。最后，商品间的转化具有双向性，日用品可以通过意义的叠加转化成流行品、奢侈品或艺术品，艺术品也可以通过意义的降落分化出流行品、奢侈品等。如安迪 · 沃霍尔的《布里洛盒子》，就是通过给作为日用品的盒子叠加艺术家的观念，抽离了盒子的实用价值，创造了其审美价值。波普艺术试图消解艺术与非艺术的边界，却划

---

[1] 参见[澳]大卫·索罗斯比《文化政策经济学》，易昕译，东北财经大学出版社，2013年，第21页。

分出一种新的边界。这种边界连接了实用品与艺术品，并具有一定的模糊性与动态性。又如凡·高的油画是典型的高雅艺术品，但是随着时尚设计行业的发展，《星空》《向日葵》“降落”在雨伞、杯子、风衣等实用性商品身上，成为实用商品艺术化的元素符号。日用品可以通过文化元素的附加（即提升审美价值）成为流行品，而日用品想要提升为奢侈品则不仅需要提升审美价值，还需要从客体价值即产品综合成本（如材料成本、技术成本、人力成本等）上进行升级，才能够完成转化。

通常来讲，日用品受到身为生活必需品的价格限制，消费者用在生活必需品上的预算是非常有限的，日用品很难在客体价值上大幅提升。因此，企业可以通过创造一定的审美价值来提高价格，如无印良品等品牌添加了一定的文化理念，并在店面室内设计中添加了与品牌形象相符的元素，因此无印良品旗下日用品的价格较高，但同时也由于其特殊的品牌形象而在日用品市场竞争中取胜。流行品的实用价值和审美价值配比相对稳定，因此生产商可以通过降低或提高客体价值将商品向日用品或奢侈品转化，以达到增加销量或提高价格的目的。如绫致时装有限公司旗下的 Only、Vero Moda 和 Jack Jones 等品牌，其选款在不同的城市和商场具有极大的差异，通常二、三线城市的款式价格较低，样式相对大众化，而一线城市的款式价格较高，样式则相对个性化和时尚化。对于奢侈品而言，很多奢侈品品牌都通过发售经典款和限量款来划分品牌内部的相对流行品与典型奢侈品，经典款作为奢侈品中的相对流行品，价格较低，可以销售给经济条件不太高的消费者，而限量款可以作为典型奢侈品销售给经济实力超群的消费者。这种划分也是通过调和主体价值而实现了商品的微转化，在满足不同消费者需求的同时，提高了自身商品的销量与市场竞争力。艺藏品通常可以通过降低客体价值，如雅昌的艺术复制品等，从艺术创作变为机械或数码复制，从而使其向奢侈品转化，以提高销量，为企业带来收益空间（图 9–3）。

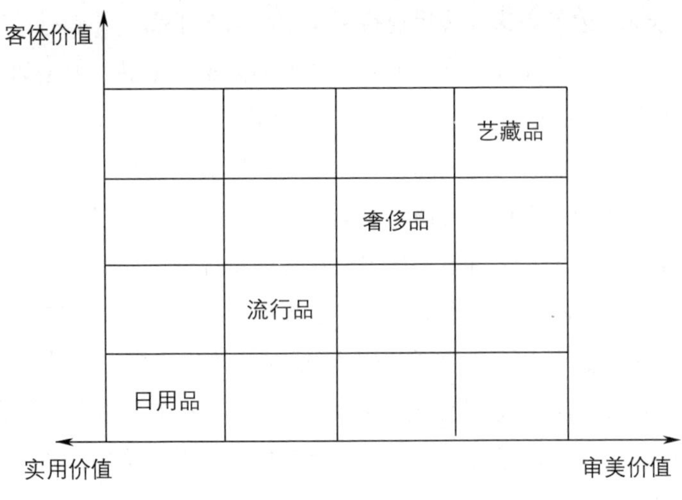

图 9-3　四类商品的主要转型维度

（四）商品“文化+”的实现形式

审美价值的附加是传统商品提升主体价值的有效途径，也是商品经济发展达到一定程度后实现差异化战略的必经之路。审美价值的附加包含两种途径：一种是在设计过程中人为地为物品添加意义，用文化创意来创造商品与众不同的主体价值；另一种是时间或空间距离为物品带来的审美价值，这些虽不是基于商业利益而人为赋予物品的，但是这种价值附加的形式是客观存在的，企业同样可以利用这些自发生成的审美价值来寻找商业机遇。

1. 创意设计

商品的审美价值通常可以通过设计师的创意设计来添加。在创意设计的过程中，设计师可以通过在商品的形式层进行外形设计、在材料层进行材质精选、在内容层进行故事驱动来为商品添加非实用性的价值。

第一是形式层的价值附加，从形式上讲，很多纯粹实用性的日用品都可以通过外形的重新设计而获得一种品位感或时尚感，这种形式的设计包含色彩、造型、声音等方面。知名的数码产品、家用电器品牌都在雇用高级产品设计师来完善自己的产品，以优质功能作为基础，并提升产品的审美价值。以苹果公司的 iPhone 为例，手机外形、界面设计、手机音效都为一款功能性产品增添了美感与时尚感。iPhone 还为不同颜色的手机设定了差异化的价格与存量，玫瑰金和土豪金的机型更加昂贵，但全球无数的 iPhone 用户仍心甘情愿地花更多价钱去购买这种毫无功能差异的手机，这就是颜色为商品带来的附加价值。

第二是内容层的意义补充，审美价值的提升往往通过品牌文化或故事的添加而实现，意义的补充者通常包括广告商甚至消费者群体本身。如“万宝路”香烟，“跃马纵横，尽情奔放，这里是万宝路的世界”——这是其经典的广告词之一。每当提及“万宝路”品牌，人们都会想到粗犷豪放的美国西部牛仔和驰骋的骏马。李奥·贝纳的广告策划为这个香烟品牌附加了一段故事，成就了目前最畅销的香烟品牌。广告设计师对意义的添加可以通过多种营销方式实现，而通常不会改变商品的外形，如实用硬广告、软文广告、明星代言、口碑营销等方式，不仅将商品的品牌理念传达给消费者，还能够通过网络平台与消费者产生互动，让消费者参与到意义的添加过程中。

第三是材料层的美感添加，材质本身是没有含义的，但是随着生活经验的积累，不同的材质会给人一种习惯性的情感认知。例如，红木在我国一直都是高端家具的代名词，寓意着拥有者的身份高贵；瓷器是我国文化的重要代表，桃木的寓意是吉祥如意等。当一种新颖或工艺特殊的材料得到应用时，可以被提炼出一种与众不同的美感，主要体现在光泽、肌理、触感等方面，往往会比纯粹的新造型更具有意义的突破。所以，在材料层面构建文化符号时，应符合产品的文化特色，体现产品与消费者沟通的情感价值。如“上下”品牌的竹丝扣瓷茶具，竹丝均不到半毫米，匠人精心编织并覆盖到茶具表面；白瓷则由 1300℃高温炼成，具有玉般温润的光泽。这种审美价值的叠加通过客体价值的提升而实现，可以有效地将日用品提升为奢侈品。

第四是场景层的光晕再造，没有差异的产品被展示于不同的场地，其审美价值也会发生巨大的变化。安迪·沃霍尔的《布里洛盒子》、杜尚的《泉》，都是没有经过再加工或再设计的物品，艺术家仅仅将物品所处的场所予以更换，就创造了前所未有的审美价值。场景建制的意义在于，观者的意识中已经存在了一种先入认知，即对于场景的理解和场景内物品的定义，在这种认知记忆下，场景中的物品也受到了影响。不同的场景会附加给商品不同的审美价值，即便是同样的20世纪80年代的家具，参观者在博物馆看到，与在故乡老宅里看到的感受是不同的，家具的审美价值具有差异性。场景监制能够使物品在新的环境下被赋予全新的感受，这种感受通常与功能性无关，而是基于情感的引发，由场景所引发的物的意义也是一种可被商业化的审美价值。

形式层、内容层和材料层的创意设计是一个有机的整体，三个层次不是彼此孤立的，而是相辅相成，相互制约并相互启发，共同构建一件完整的设计品。如在材料层的规定下，形式层的颜色、形态等要素会受到一定的限制。又如在内容层的规定下，形式层和材料层都需要为了表现统一的内容互相配合。在通过广告营销来添加创意的时候，内容层需要在形式层和材料层之中提炼要点，进而结合广告诉求完成商品的宣传和推广。因此，创意设计的过程是要理性与感性相结合，设计师需要通过发散性思维找到创意的灵感，又要通过理性分析可实现性、生产预算、品牌形象与使用便捷等因素来完善设计方案。

2. 时空距离

空间距离的营造作用和时间距离的沉淀作用也可以自然地为商品添加审美价值。如很多进口商品尽管具有较高的售价，但仍然在国内市场受到广泛的欢迎，这就是由于空间距离提升了商品的审美价值。国际化的品牌背景通常能够提升商品的附加价值，如美国的流行箱包、日韩的美妆护肤品、德国的汽车等。又如，尽管某些异域商品是实用性的，但是由于消费者受到审美心理距离的影响，他们更倾向于撇开商品的实用性而欣赏商品的美感。

在时间的维度上，很多实用性商品在经过历史的沉淀后就由日用品转变成了艺藏品。如商周时期的青铜器，虽是昔日用于饮酒、储物、祭祀的实用性器具，但是经过了千年的时间，青铜器已经进入博物馆，成为纯粹的艺藏品，其实用价值被时间距离所消解，实用工具被新的时代环境施以审美价值。当然，时间的距离可以创造审美价值，也可以弱化审美价值，如自行车刚刚来到中国的时候是皇族眼中的玩物，它的审美价值要远远大于实用价值，而时至今日，自行车已经成为随处可见的实用工具，其审美价值被显著地弱化了。文物的艺藏品进化机制包含着时间距离的审美叠加，也得益于机构的发掘和展示。因此，当代商业或非商业机构虽不能决定这些日用品向艺藏品转化，但是能够通过商业拍卖、艺术批评等方式影响它们的价值。

三、中国当代设计的创意之路

在文化产业中，设计是指运用文化创意元素将计划、规划、设想通过文化产品或服务的形式表现出来的过程。创意设计是一种艺术创造活动，但是这种创造活动不是以艺术家为核心的情感传达，而是结合了艺术家和观赏者（或使用者）的需求。也就是说，设计产品要平衡美感与实用，要兼顾市场需求和作者创意。在这两者中，实用性是产品的存在基础，决定了是否会有人购买产品；美感或创意是产品的制胜点，在商品同质化现象普遍存在的市场中，即使是传统行业的产品，如果缺乏创意，也会被淘汰。

创意已经成为奢侈品、流行品甚至日用品在市场竞争中必须考虑的要素。精神文化产品可以满足消费者的情感需求，日常生活产品多用于满足消费者的功能需求，但是随着单一品类内部商品品牌的不断增多，消费者不得不在琳琅满目的商品中做出选择。因此，即便能够满足需求，消费者也更倾向于选择具有创意的商品，因为创意不仅能够吸引注意力，还可以为商品带来更多的附加价值，从而创造提价空间。独立开创新设计语言和观念的时代已经到来，中国创意设计者需要认识到，以中华文化特有的思维方式来开创新技术条件下的设计语言和观念，是对“中国精神”最直接的塑造，也是对中华美学精神的继承和发展。

在中国当代设计中，传统文化只是万千元素中的一种，设计师需要对各种元素进行吸纳和融合，继承和发扬中华美学精神，构建一种中国当代设计美学。这种融合不是降低中国传统文化艺术元素的地位，而是要求中国设计脱离单一的传统性或复古性，并将时代性兼容其中。设计师不应对各种元素进行强硬杂糅和随意拼接，而应在深入理解后对其进行自由采纳与巧妙融合，实现对中国当代设计美学的表达。

（一）创意先行——新时期中国设计之意涵

什么是中国设计？到底是在中国设计还是为中国设计？中国设计是方式还是内容？中国设计的概念已经出现很久，但其内涵始终模糊不清。“中国设计”并非一个简单的地理区分名词，也不能仅指设计服务商的甲方是中国企业或个人。中国设计应强调设计作品对中华民族的思想意识、文化精神的表现，中国设计概念的演进大致经历了三个阶段。

第一，中国人设计，最典型的中国人设计阶段是从新中国成立初期到改革开放之前，在这期间，“中国人设计”一方面指以领导人或人民群众为核心的设计内容，另一方面指在这个阶段，设计者本人的理念并非主导，而是以“中国人”这种大众化的身份从事设计工作，甚至设计在很多组织中不是一种职业，而是一份临时性的工作。但是在这期间，中国的设计作品是风格鲜明且影响力极强的。在各类出版物、海报（图 9–4）以及生活用品的外壳或外皮上，随处可见方块字与红底色、朴素光润的人物形象、舞台化的动作展现、政治意识的刻意营造与集体无意识的自然流露，这种独特的设计风格是一种在政治化和大众化夹缝中成长起来的时代画风。此时的中国设计尚未进入全球化的语境，设计

图 9–4　新中国成立初期工农兵海报

者没有刻意地追求中国风格，但是作品中自然流露着民族颜色偏好、意识形态风格等中国化特点。在“中国人设计”时期，设计风格会受到中国日常生活方式或中华民族审美倾向的影响，但是该时期的设计没有创新理念，也并未关注对传统文化的传承。

第二，“中国风”设计，指的是设计师群体以体现中国特色为目的，运用各种设计方法和技术手段从事的设计工作。改革开放以来，以实体经济发展为中心的宏观环境使设计行业的发展相对滞后，直至 2008 年北京奥运会前夕，“中国风”成为设计界最热的名词。“中国风”试图在中国传统文化中寻找代表性符号，再将这些符号添加到设计作品中，或者将多个代表性符号进行结合，以体现作品的中国特色。在该时期，如果设计师接到的设计主题是对风格无特殊要求的，那么设计师通常会优先使用“中国风”设计。“中国风”设计时期推崇“民族的就是世界的”，随着民族意识的觉醒，中国设计师试图用强烈的民族风格向世界证明自身的存在。为了打开中国市场，国外品牌的设计师也运用中国的文化符号来打造自己的“中国风”产品，如阿玛尼手袋上绣着中国牡丹、巴宝莉的围巾上印染着中国福（图 9–5）、古驰将长城和鸟巢印在时装之上。尽管符号拼贴的方法简单而直接，但“中国风”是中国设计发展的一条必经之路，为中国式设计奠定了基础。

图 9–5　巴宝莉羊年限量款围巾

第三，中国式设计，指设计师在完成设计作品功用的基础上，不仅对中华传统美学精神有所传承和发扬，还有一种自发的创新意识和创意思维。在中国式设计中，设计师试图在创新与传承之间寻找平衡，而这个平衡点往往就是最佳的创意点。中国式设计是中国当代创意设计的内在要求，设计师对中国风格的体现不仅限于调用水墨、书法、祥云等形象或符号，而是在材质、构图、配色等各个方面寻求创意。中国式设计试图展现中国人当前的文化生活方式，将古老厚重的千年古国与活力洋溢的当代中国连接起来，消除古今文化的断层，通过将设计商品“走出去”，进而为世界呈现中国的文化艺术新象。如 2015 年米兰设计周中国设计师代表团“心 · 物”展中的猫桌系列（图 9–6），为人和猫带来了一个前所未有的共享空间，使用者可以根据自己的需求定义猫桌“积木”，将其组合成凳子、茶几、矮柜或书架，创造一个充满意趣的人与动物、人与空间的灵动世界。设计师并非用高中国辨识度的形象符号，而是用材质、造型、颜色的创意组合完成了一套中国式设计作品，为世界展现了一种别开生面的新中式生活。

图 9–6　猫桌 1.0 和猫桌 2.0

（二）消费体验——设计产品的制胜要点

当代创意设计不仅仅是设计师个人灵感的表达，由于设计品的市场属性，设计师还需要从消费者的需求端反推设计法则。按照唐纳德 · 诺曼的设计层次划分，创意设计可以分为本能、行为和反思等三个运作层次。本能层次的感官体验是“以身感之”，本能层次先于意识和思维，强调产品给人的初步印象，创意设计注重外观和材料特性。该层次是设计师构思设计方案的最基础层次，是设计作品需具有的最基本特质。设计师要从外观和材料等方面满足消费者的审美需求，如考虑消费者对材料质感的感知或对外形颜色的喜恶等。该层次决定了消费者在瞥见设计品的第一眼，是否会被其吸引，产生进一步了解的意愿。行为层次的情感体验是“以心体之”，行为层次的创意设计注重使用过程的愉悦和效用。行为层次与产品的使用和体验相关，体验包含功能、性能和可用性等方面。一个产品的功能定义了它能做什么，产品的性能体现在它如何完成所定义的功能，可用性则体现在用户能够清晰理解产品如何工作，并且能够达到预期效用。[1]行为层次对效用的要求不是独立的，而是要求在审美愉悦的基础上，让消费者在使用的过程中获得舒适的功能体验。

反思层次的精神体验是“以道验之”，反思层次的创意设计注重自我形象、记忆满足与个人认同。只有在反思层次，才存在意识和更高级的感觉情绪等，才能获得思想和情感的完全交融，因此，设计师在该层次上更加注重个人满足和情感记忆。此外，本能和行为层次具有现在时的特点，而反思层次会在更久的时间内进行。洛可可公司推出的“上上”系列商务礼品设计援引了中国文化中的典型意象，并用文字注解帮助消费者在产品中获得道之体悟。洛可可的“高山流水”“荷塘月色”等作品（图 9–7）通过对材质和造型的精心搭配，采用象形的设计手法，营造出一种气韵生动之美。香奈儿通过青花元素、印花刺绣等设计了一系列青花瓷礼服，从感官层次上传达中华美学精神中恬淡、清雅、温润的审美意象。施华洛世奇水晶饰品的生肖摆件、斯沃琪手表的“白蛇传奇”特别款、宝格丽的蛇形限量款等，都是在这个层面上回应中国消费者的文化需求。

[1] 参见［美］唐纳德·诺曼《设计心理学 3：情感化设计》，第 25 页。

图 9-7 “上上”品牌——高山流水

在反思层次，意义的附加能够引发消费者丰富的想象，因此，精彩的品名是当代创意设计品的点睛之笔。爱马仕旗下“上下”品牌的“揽月”皮包（图 9-8），以竹为材质，以篮为造型，虽无月之形象，却以揽月为名，恰到好处地点出对美好事物的向往与拥有之间的暧昧关系。随着使用环境、日照的程度不同，皮包的特殊皮质会产生微妙的色泽变化，给使用者以动态之美。这是一种诗意的美的体验。“揽月”之名使意义延伸至“象”外，也就是突破“象”，体味“道”，营造出了一种生活中的意境美。

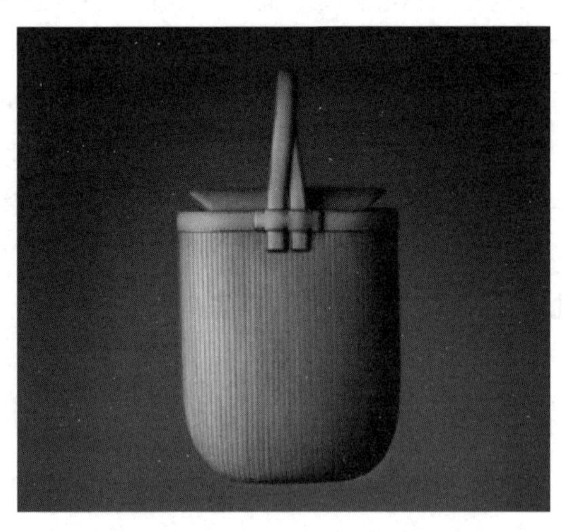

图 9-8 “上下”品牌揽月

（三）中国当代设计的创意来源

芝加哥社会学家米哈奇·奇克森特米哈伊提出，人们可以在物品中附加或解读出各种意义，几乎任何物品都可以被赋予一系列意义。[1]中华美学精神是前现代中式生活的核心价值，价值通过意义传达和接纳，而意义则来源于现实世界的方方面面。通过为实用性商品增添意义，设计师可以将精神价值承载于物并传达给人们。在文化积累、生活启发、自然灵光、艺术汲取、技术赋能中，设计师可以获得创意，完成对物品的意义叠加。

1. 文化积累

文化积累是中国当代创意设计的特色与优势，其意义有两种：一是对于设计师而言的巨大的素材库，一是对于消费者而言的审美基因。文化积累为“中国风”设计提供了广阔的素材源，祥云、牡丹花、京剧脸谱、旗袍、水墨、中国红等中国典型文化元素，都已逐步为世界其他国家或地区所接受。事实上，中国当代设计的意涵是深厚和宽泛的，表现形式也不局限在具体的符号或颜色上。中国文化精神的体现不应该仅限于简单的符号拼贴，而是在整个生产、制造、消费、宣传以及使用的过程中都应该强烈地感受到中国文化的冲击和内涵。[2] 如 2016 年中国设计智造大奖的获奖作品《钱椅》（图 9–9），设计师朱小杰用铜钱勾勒出明式圈椅的外形，“取象于钱，外圆内方”，采用实木和金属材质，造型端庄正直，创造出一种似道者、如仙峰的审美意象。在产品的宣传页设计中，设计团队将产品摄影佐以诗性文释，仿自中国画中的落款，更加使“钱椅”成为画中一种气韵生动之象，画面留白似有象外之无限，将产品衬托得出尘脱俗。

审美基因是当代人在中华美学精神的浸润下所具有的一种民族普遍性的审美偏好，它符合历史逻辑和心理逻辑，能够体现时代精神与价值

---

[1]　Mihaly Csikszentmihalyi , *The Meaning of Things: Domestic Symbols and the Self*, Cambridge University Press, 1981，p.13.

[2]　参见陈传文、利阳《论中国元素与现代设计的融合》，《南昌大学学报（人文社会科学版）》2012 年第 3 期。

图 9–9　朱小杰《钱椅》

观，能够反映当代社会集体无意识的内容。荣格认为集体无意识是从人的祖先那里继承下来的原始经验的总和，是与生俱来的，凭借遗传蓄积在每个个体心灵的深处，成为民族的心理积淀。[1]审美基因通常具有包容性、时代性与民族性，中华民族的审美观具有相似性，但又由于地域和民族的进一步细分，具有一定的多样性和丰富性。这些不同的审美偏好相互影响，和谐统一。审美基因提炼自中国传统艺术作品和文化艺术理论中的思想共识，有的仍在当代人的审美活动中有所表达，而有的却成为隐性基因，被当代中国人所搁置。中国当代设计的复兴与繁荣需要在传统美学思想中寻找灵感和根基，也需要满足中国人审美基因下表达出来的审美需求。中国当代设计需要发挥美学的育人作用，一方面满足需求，另一方面影响和引导审美风尚，使中华美学和传统文化中的精髓发扬光大，并创造与时代步调相符的新的设计潮流。创意设计遍布于生活的方方面面，各种实用型商品也在不断添加着创意设计元素，因此，创意设计品与艺术作品相比，能够更普遍地发挥社会美育的作用。

[1]　参见［瑞士］荣格《心理类型》，吴康译，上海三联书店，2009 年。

2. 生活启发

日本设计大师原研哉认为，设计不是一项技能，而是需要设计师捕捉生活的本质。[1]以生活的视野来对待设计，不仅能够拓展设计的范畴，也能够提升设计的生命力，使设计作品贴近生活，融入生命。生活启发通常是人们从生活的长久阅历或偶然经历中获得的感悟。设计专家肖恩·亚当斯认为创意与设计的传达，最终目的不能只是愉悦眼球，而应该是打动人心。人类本身具有的来源于生活的情感是可以超越视觉的更深层次的通用语言，对生活的表现往往能唤起人们最普遍的情感认同。在跨文化的欣赏语境下，中式生活设计品一方面向世界呈现了当代中国人一种平凡的、生动的生活样式，另一方面创造了一种审美的心理距离，使其他民族的欣赏者或消费者能够产生新奇的审美愉悦。关注和表现普通中国人的生活世界、人生愿望和审美情趣，是设计捕捉中式生活本质的根本途径。

对生活的关注决定了设计品感性、简洁的设计效果。“品物流形”品牌主设计师克里斯托夫·约翰把中国传统文化生活中的木纹窗格作为灵感，设计制作了以“冰”为名的创意书架（图 9–10）。书架采用模块化制作，不断累加模块可以实现书架的无限延展，还可以形成屏风，起到分隔室内空间的作用。其名为“冰”，是因为书架形状类似中国传统窗格的冰裂纹，造型灵感源于中国传统文化中的生活用品。在功能上，使用者可以根据生活需要或个人喜好搭建成不同的高度和形状，一件冷冰冰的产品仿佛有了生命，充满了灵动的意趣。

3. 自然灵光

设计的形指把现实中的形态或观念通过特定的形式语言和美学法则，巧妙地配置在特定的空间中，在特定的思想意识和目的的支配下进行蓄意刻画，使这些现实形态得到美学意义上的升华，以传达一定量的语义信息。自然灵光主要指自然万物为设计师带来的形态上的启发，也指设计师对自然事物进行的意义叠加。如在树形标识（Logo）的设计中，

---

[1] 参见［日］原研哉《设计中的设计》，朱锷译，山东人民出版社，2006 年。

图 9-10　克里斯托夫·约翰《“冰”书架》

第一步，设计师通过对树木的观察，从中提取最核心特征，舍弃次要部位，完成对现实形态的再现或表现。但仅仅完成树形的设计是不够的，标识往往需要更丰富的内涵，用以表现品牌文化或设计理念，因此在第二步，设计师会将树形进行拟人化等形变。这个拟人化的形变过程就是通过模仿人的体态来为树形符号叠加了新的意义。因此，自然万物既是设计的附加意义，也是被意义附加的对象。

自然界能为设计师带来无限的素材与灵感，但是简单的模仿是远远不够的。设计师只有将自然形态解构并重构，通过素材提取、形态提炼、抽象整合等加工，赋予其创意思维与生动想象，才能创造出新的有生命力的形式。此外，设计师需要具有足够敏锐的观察力，才能提炼出最具表现力的细节。一切细小的痕迹或微妙的变化都有可能成为设计造型的手段或语句,“动态形”或“偶然形”往往使设计师的作品别具意味。2015 年芬兰赫尔辛基艺术节“造·化——中国设计”展中，谢东以自然界水的流动、云的飘浮、冰的融化等物之状态为灵感，创造了一系列风格独特的褶皱流动系列的瓷器（图 9-11）。骨瓷的坚韧与流体的柔性融合在一起，为观者带来奇妙的视觉体验的同时，营造了一种气韵流动

图 9-11　谢东《水纹莲蓬灯》

的意境之美。流动之虚体似可脱离瓷器之实体，流向外界无限的空间之中，意蕴深远。

4. 艺术汲取

艺术汲取包括从古今艺术中汲取艺术形象、艺术语言和艺术风格等。对于艺术名作，当代设计可以从中汲取具有高辨识性的艺术形象和思想内容。设计师对经典元素的汲取不仅能够解决创意来源的问题，还可以提高设计作品的整体格调，创造一种接近于名作的艺术氛围，甚至能达到一种光晕再造的效果。Dolce & Gabbana 品牌著名的系列广告灵感就取自于法国名画《自由引导人们》。艺术的手法和风格也是可以借鉴的重要内容，近年来，国内很多设计师尝试将中国传统水墨表现风格和艺术精神融入当代设计，这种方法是可行的，但是设计师不应该局限于使用中国画等传统艺术风格，而应寻求更多的创新方式来建构当代中国设计风格。当然，在表现设计主题的过程中，设计师可以多元化地选择和配合使用，完成创意设计实践。

从艺术发展的视角来看，后现代主义主张斩断能指与所指的关系，让符号自律，自行完成创作。这种形式同样适用于设计领域，因为符号自律的前提是符号的丰富性与创作的自由度，也就是说设计师要有足够娴熟的技艺和丰富的创作经验，将素材与方法融会贯通于心，从而完成创意作品的设计。

5. **技术赋能**

技术与工艺是实现创意产品设计的临门一脚，如果技术和工艺无法实现，再好的点子也是枉费心思。因此，创意设计需要在技术能够实现的范围内进行。随着科学技术的发展和企业设计经费的提高，越来越多的创意点子可以被实现。虽然宏大的场景和纷繁的技术手段可以给人以震撼，但是很难给人以巧妙和意外之感。意外可以来自不过分复杂的技术手段，四两拨千斤的创意更容易在消费者的心中留下印记。因此，技术手段是很多好创意实现的保障，但是创意设计也不能过分依赖技术，两者在设计实践中要实现高度融合。

此外，新技术也可以为很多设计产品带来创意灵感。技术的进步带来了更多的功能设计表达，设计师必须考虑用更好的感知设计和交互设计来简化消费者的使用难度，让人们从烦冗的文字说明中解脱出来。[1]技术赋能不仅能够提高设计产品的功能性，还能够提高其美感或创意性，设计师需要在创意创新与技术实现、功能性与审美性之间寻找平衡。对技术和设计关系的辩证理性的认识，是中国当代设计发展和繁荣的前提。始于2015年的中国设计智造大奖定位于国际一流设计赛事，从政府层面关注和倡导艺术与技术的融会贯通。“智”的意义为智巧、智能、智慧，而“造”的意义为造型、造物、造境。“智”从美学和科学的融合中出发，“造”从艺术创作和科技制造的交织中结尾。这足以说明中国当代设计对技术的关注。美学设计能够为科技产品添加更多附加价值，科技也可以带来全新的设计门类。艺术与科技联姻的产品形塑着新中式生活的同时，也展现了当代中国人现代化生活中的文化精神。

中华美学精神为当代创意设计提供了方法论与灵感源，同时，当代创意设计在传承传统美学与文化精神的同时，继续谱写着中华美学精

[1] 参见管静《技术的使命：在“修补”中完善设计》，《艺术百家》2015年第4期。

神中的当代设计美学篇章。借由创意设计商品，中华美学精神为当代人的文化生活注入了高品质的生活理念与价值观念。不论在经济层面还是文化层面，中国当代设计的繁荣发展都会创造更多的公共价值与社会财富，这对于提高民族文化素养和国家对外形象都将发挥举足轻重的作用。

第十章　互联网时代中华美学精神传播的机遇与挑战

中华美学精神面临着互联网带来的全新社会形态的挑战。互联网时代或“互联网 +”时代的革命性在于，它以一种平等的力量，打破了让一部分人成为人类本质、精华的代表，而让另一部分人成为人类存在的代表的不平衡状态。在前工业时代，人们追求天人合一、人人同一的自然美；在工业时代，人们讲究天人对立、人人异化的社会美；而在今天的信息时代，人们在人机对话中展望天人统一、人人平等而和谐的虚拟之美。诚然，人人和谐是我国传统美学观念的一种应有之义，但是，在这背后，网络传播又在“和谐”的内容层面带来了新的状况。

网络传播使人们在生活中的沟通超越了时空的限制，变得“实时”化。随着沟通“成本”的降低，其内容也随之“泛化”，日常生活中的某一片段可以直接“复制”、传播，这样，审美属性也就容易出现“平面化”甚至“身体化”的倾向。同时，由于其“网”状的传播方式很容易出现“集体性”的沟通，审美的取向也会出现局部的“趋同”，个人审美体验、经验、意义“微小化”，于是真实性让位于戏剧性，典型化让位于类型化。

审美与艺术生产活动伴随着技术变革而产生变化，我们既要看到互联网带来的便利、平等、机会，也应该深入探讨随之而来的浅薄、趋同、迷失。任何一种思想和价值观在互联网中似乎都被拉回到同一条起跑线。在这场新的竞赛中，深刻认识互联网的本质，对其中的机遇和挑战进行深入的思考和分析，也许能为"传播中华美学精神"这一国家战略提供具体的思想支撑和实施路径。

一、中华美学精神的主要载体是中国艺术

中华美学精神的内涵非常丰富，其核心内容与中国艺术紧密相连。习近平总书记在文艺座谈会上的讲话中，从国家文化战略的层面对其进行了解读："中华美学讲求托物言志、寓理于情，讲求言简意赅、凝练节制，讲求形神兼备、意境深远，强调知、情、意、行相统一。我们要坚守中华文化立场、传承中华文化基因，展现中华审美风范。"[1]从这一论述中我们可以看出，中华美学精神具有非常丰富的内涵和外延。它是整个中华民族在文明演进过程中于审美领域不断积累、总结、提炼而形成的一种文化自觉，在今天的社会文化生活中更应该转化成一种文化自信。在全球化与互联网时代，中华美学精神的宣扬作为一种新的国家文化战略，对于中华民族的伟大复兴有着独特的历史意义。可以说，中华美学精神是新时代中国文化自信的前提和基石。

中华美学精神的主要载体是中国的艺术作品，从古至今，无论是文学、美术、诗歌、戏曲、书法、建筑、音乐等，都在自己独特的艺术形式中贯穿着托物言志、寓理于情、形神兼备、意境深远等美学精神。脱胎于中国艺术作品的中国艺术精神，作为学术界的一种独特表述，已经成为现代艺术理论和美学理论的共识。中华美学精神正是在中国艺术精神的基础上，对互联网和全球化时代中华文化认同符号的一种更高的总结和提炼。

在互联网时代，艺术创作呈现出一种与商业文化和全球化紧密相连的新特征。中华美学精神也正是在艺术的创作、生产及消费中得到集中

[1] 中共中央宣传部:《习近平总书记在文艺工作座谈会上的重要讲话学习读本》，学习出版社，2015年，第29页。

的展示和传播。随着文化贸易和文化产业的不断发展，承载着价值观的艺术品也面临着新的机遇与挑战。

二、互联网时代传播的基本特征

以互联网为代表的新媒体传播引发的社会思潮和社会变革正在深刻影响着人类的组织结构和文化体系，因为网络已经成为一个几乎可以让信息任意传播的领域。以传播学者马歇尔·麦克卢汉为代表的技术决定论者坚定地认为技术在传播领域有着决定性的作用，但同样也有人对新媒体的传播方式及其社会影响进行深入的研究。在这种新型的传播环境中，“人们获得信息的能力和范围不断扩大，人类的传播活动也集中表现出分众性、随身性、离散性、实时性、交互性等特点，这正是手机等新媒体的核心传播特征”[1]。2005 年国际期刊联盟（FIPP）年会提出了一个观点：媒体不可知论（Media Agnosticism）。这一词汇准确地表明了现在受众获取信息的特点，那就是空前的多元化和自主性。这一论断在今天看来越显得准确，这种理解的基础是“人们满足自身信息需求方式革命性的变化”[2]。只有将传统的传播内容更多地采取多平台跨媒体传播的策略，才是应对这一变化的有效方法。

美国西北大学媒体管理中心负责人约翰·拉文对于传播形式多样化后内容的传播方式做了“碎片化是普及所有媒体平台最重要的趋势”的预测。在这样的时代条件下，前所未有的多样化的媒体数量和形式导致了传播内容的分众化。“媒体本身开始出现相对过剩，而内容开始稀缺，适应新的传播渠道的内容形态将成为左右传播业格局的关键力量。”[3]正如麦克卢汉在《理解媒介：人体的延伸》指出的那样，“目前，创造过程被集体的共同的延伸至整个社会，如同我们已经通过各种媒介延伸了我们的感官和神经一样”[4]。目前新媒体和新技术的发展已经逐渐印证了

[1] 童晓渝等编：《第五媒体原理》，人民邮电出版社，2006 年，第 25—26 页。

[2] 崔保国主编：《2006 年：中国传媒产业发展报告》，社会科学文献出版社，2006 年，第 15 页。

[3] 同上书，第 11 页。

[4] Mcluhan Marshall, *Understanding Media* (*Second Edition*), McGraw-Hill Book Company, 1964, pp.53–54.

麦克卢汉的判断，尤其是手机新媒体以及相应的产品应用，使人们史无前例地通过全新的几乎和自身连接为一体的媒体终端，对社会、他人和各种事件做出自己最直观和快速的判断。这些都是新媒体引发的值得我们高度关注和深入研究的问题。

此外，基于旧有传播方式的人类交往方式和文化传播形式也发生了重大变化。移动通信和网络媒体拓展了人类的个体交往方式，人与人之间的联系更加紧密。作为麦克卢汉的继承者，美国传播学者舒亚·梅罗维茨认为："决定人们互动性性质的，并非自然环境本身，而是信息流通的形式。"[1]他认为，在电子媒介条件下受到影响的不仅是信息的传播情境，而且还有传播权利的分配。在新媒体条件下，每个信息接收者同时也是信息的传播者，他们有生产、获得、加工和传播信息、知识的权利。这在被称为"WEB 2.0"的第二代互联网发展模式中体现得非常明显。通过谷歌或百度等搜索引擎，大家不仅可以迅速掌握信息，同时也扮演着信息发布者和知识整理者甚至创造者的角色。这与传统传播条件下，消费者被动接受信息形成了鲜明的反差。而受众的自我意识在这期间也得到巨大的释放，互联网、手机等新媒体影响社会生活的现象比比皆是。今天，早期的 WEB 2.0 已经发展到了 UGC（用户创造内容）、PGC（专家创造内容）和 EGC（企业创造内容）的全新阶段。各类自媒体已经全面进入主流媒体的阵地，并占有了它们的用户群体。这种更加开放、共享的互联网传播生态，以及它所创造的商业模式正受到资本的热捧和用户的肯定。这可能也是人类自从有了现代信息传播以来最根本的一次革命。这场革命的关键就是去中心化，打破权威，彻底走向信息的自由传播。这种趋势让人难以把握。所以，持续关注新媒介条件下人们因传播环境的改变而相应做出的自我改变，有助于了解基于数字环境下人们对传播的需求和价值判断，以及由此引发的新的社会思潮和动向。

---

[1] Joshua Meyrowitz, *Nosense of Place: The Impact of Electronic Media of Social Behavior*, Oxford University Press, 1986, pp.35-38.

三、技术演进对艺术生产方式的影响

在当今这个大众文化和艺术生产产业化的时代背景下，艺术生产也已经超越了传统意义上的艺术生产范畴，而是指更加广义上的文化创意产品生产实践。这种研究和表述显然区别于传统的文艺理论，但又与其有着多种联系。如果我们对艺术生产理论进行追根溯源，可以回顾马克思在其政治经济学研究中的成果。他提出生产性劳动和非生产性劳动的概念，并得出资本主义生产与艺术生产相对立的结论。20世纪中期以来，在艺术生产研究方面最具代表性的是法兰克福学派、伯明翰学派的理论家们。他们从大众文化、大众艺术生产的角度做出了丰富的研究，代表人物有阿多诺、霍克海默、本雅明、布莱希特、詹姆逊、伊格尔顿等。布莱希特认为戏剧包含物质生产技术在舞台上的运用。伊格尔顿较早注意到艺术生产依赖于某种技术，认为艺术生产方式也决定着艺术形式。随着消费社会和文化创意产业的发展，艺术生产已经逐渐跳出了马克思政治经济学的视野，而进入更加广阔的学术范畴。让·鲍德里亚在《消费社会》中指出："当前的社会已经进入消费社会，消费社会'是进行消费培训、进行面向消费的社会驯化的社会——也就是与新型生产力的出现以及一种生产力高度发达的经济体系的垄断性质调整相适应的一种新的特定社会化模式'。"[1]他同时也对马克思主义政治经济学理论框架下的艺术生产提出了质疑，指出艺术作品的生产与从生产中心主义出发的价值判断具有差异性。此外，布尔迪厄从社会学角度对艺术生产场内部的机制形成和权力重构进行了探讨，指出社会资本、文化资本、象征资本同样深入地影响了艺术生产过程。20世纪90年代以来，以艺术生产为核心动力的文化创意产业历史性地走上了舞台，众多学者从新型经济形态的角度对文化艺术生产、发展趋势做出了判断。比较有代表性的如约翰·哈特利的《创意经济读本》，大卫·赫斯蒙德夫的《文化产业》，理查德·E.凯夫斯的《创意产业经济学：艺术的商业之道》，派恩二世、詹姆期·吉尔摩合著的《体验经

[1] [法] 让·鲍德里亚：《消费社会》，刘成富、全志钢译，南京大学出版社，2000年，第73页。

济》，迈克尔·沃尔夫的《娱乐经济》等。这一时期的文化创意产业已经成为全球产业发展一体化进程的重要组成部分，这些学者的论述逐渐远离了文化研究领域的批判锋芒，而具有比较明显的肯定和建设性态度。

随着电子技术、网络新媒体的涌现，从新技术角度探讨艺术生产的理论著述不断涌现。这些著述主要分为以下几类：第一，从新媒体的角度对艺术生产进行探讨，如阿斯科特的《远程拥抱：关于艺术、科技和意识的想象的理论》、格兰特与维尼·奥斯卡斯合著的《面向21世纪的数码艺术：表演性》等。法国思想家德勒兹提出了“根茎”“游牧”等观念；国内有黄鸣奋先生的系列研究成果（如《比特挑战缪斯：网络与艺术》《互联网艺术理论巡礼》《互联网艺术中的媒体批判》等著述），张朝辉、徐翎的《新媒介艺术》，许鹏等人的《新媒体艺术论》等。第二，侧重艺术与技术融合的角度，如格林的《互联网艺术》、鲍姆卡特的《网络艺术2.0》、罗宾斯的《面向语言艺术的互联网活动》、里希特的《艺术：从印象主义到互联网》、伊亚杜莱的《艺术与互联网：这场革命的导论》、斯托拉布拉斯的《互联网艺术：文化与商业的在线冲突》等。第三，国内的主要研究还有麦永雄的《赛博空间与文艺理论研究的新视野》等系列论文，探讨了全球化语境中电子媒体的发展导致了赛博空间的生成与文化数字化时代的到来后，当代文艺理论研究应该拓展的研究视野；黄鸣奋的《互联网与艺术》等系列论文探讨了互联网与艺术的六种关系，以及互联网对艺术的五种影响，他也在尝试构建基于互联网的艺术学理论新体系；陈家定的《论科技意识形态机器对艺术生产的影响》从科技作为意识形态入手，以文化艺术产品的生产为例进行了二者关系的探讨，他的另一篇论文《再论互联网与文学艺术的革新》则立足当下的艺术生产，从赛博空间的角度探讨了好莱坞众多技术类大片的风格与特点，揭示了数字技术、网络技术介入电影创作的现象；马大康、张书端的《作为艺术生产力的技术——本雅明论艺术与技术》重新探讨了本雅明关于技术导致艺术生产接受方式的变革的观点对当下文化艺术生产的影响。

技术的变革深刻地影响着艺术生产和其所承载的文化内涵的传播方式。自从人类的文化艺术生产活动进入以技术为主要推动力的机械复制时代，技术革新与艺术生产的关系就成为一个重要的哲学、社会学、艺术学和传播学命题。随着电子媒介和网络媒介的介入，艺术生产被清晰地划分为两个完全不同的阶段——从以“灵感”或“精神生产”为主导的艺术家个人创作的相对古典和高雅的艺术作品阶段，到以大众消费与互动传播为特征的产业化集体创作生产的文化产品阶段。以法兰克福学派为代表的新马克思主义学者最早开始探讨这一问题。在《机械复制时代的艺术作品》中，本雅明将古典艺术生产与大众艺术生产在技术主导的时代进行了全面的对比和阐释，从而得出了艺术生产已经进入了展示价值取代膜拜价值的结论。

互联网的诞生深刻地改变着我们的现实空间，它正在通过数字化重组的方式重构人类社会的一切。这是一个充满着复制与拟真的数字文化时代[1]。在这一进程中，以互联网为代表的新技术的发展在艺术生产领域一直扮演着重要的角色。互联网使艺术生产具有了全新的特征。荷兰学者约斯·德·穆尔的著作《赛博空间的奥德赛》对人类进入数字化与互联网时代（即“赛博空间”时代）艺术与传播的变革进行了本体论与人类学角度的全面理论探索。他认为网络空间和数字化应当“理解成栖居在社会和生物个体当中并且从内部改变他们的一种空间”[2]，认为电脑及互联网介入后的艺术生产具有三个特点：多媒体性、互动性和虚拟性[3]。在另一篇重要的论文《数字化操控时代的艺术作品》中，德·穆尔更是发展了本雅明关于光晕消散后艺术品从膜拜价值到展示价值转变的观点，提出“在数字化重组时代，数据库构成了艺术作品的本体论模型；在此转变中，展示价值正被我们所谓的操控价值所取代”[4]。这种所谓的操控价值在移动互联网环境下显得尤为突出。这样

[1] 麦永雄：《赛博空间与文艺理论研究的新视野》，《文艺研究》2006 年第 6 期。

[2] ［荷］约斯·德·穆尔：《赛博空间的奥德赛走向虚拟本体论与人类学》，麦永雄译，广西师范大学出版社，2007 年，第 33 页。

[3] 同上书，第 84 页。

[4] ［荷］约斯·德·穆尔：《数字化操控时代的艺术作品》，吕和应译，《学术研究》2008 年第 10 期。

的探讨在不断地提醒我们，互联网的产生和发展对人类社会的深刻影响绝对不亚于电子媒介的出现所带来的变革，我们需要从更加多样的学科维度对人类进入互联网时代的艺术生产进行探讨和反思。

由此，随着互联网及相关技术的应用与普及，艺术的生产和传播已经进入互联互通、虚拟现实、群体创意、去中心化的互联网时代。这为中华美学精神的传播创造了前所未有的机遇，同时也制造了巨大的挑战。

四、中华美学精神在互联网时代传播的机遇

互联网时代中华美学精神在艺术生产和传播上具有以下三方面的机遇。

首先，互联网时代艺术内容的传播更为便利和普及，这使中华美学精神的内涵有可能成为社会的共识和价值基础。以互联网为基础的新媒体虽然有众多我们还需要探讨和适应的问题，但毋庸置疑，信息和知识的普及速度在互联网时代大大加快了。人类文明的精华在互联网的帮助下得到了极为广泛的传播。人类历史上没有任何一个时期像今天一样能够最大范围上共享文明的成果。在社交媒体和自媒体高度发达的今天，承载中华美学精神的众多优秀传统和现当代美术作品经过数字化的再次加工和创作，进行了多元化和大范围的传播。我们在任何终端设备中都可以随时搜索以海量数据为基础的艺术内容。知识和观念在最大程度上得到了普及。这种传播与普及当然也包括中华美学精神的多种艺术载体。今天，我们可以随时搜索查看世界上重要的艺术作品的照片，在线浏览各大博物馆、美术馆、艺术博览会的藏品或展品，甚至利用虚拟现实技术实现身临其境的参观与体验。这种便利与普及，使优秀思想和知识的价值得以放大，从而不断提高着全世界的文明程度和文化共识。从这层意义上看，互联网推动着人类不断走向价值观的互动与整合，为文明的传播提供了极好的平台。

其次，互联网时代知识生产和管理方式的改变，使中华美学精神中严肃、系统的内容得到有效传播。互联网的发展不仅为人们提供了更多

的娱乐内容，同时也为严肃的知识生产带来了机遇。互联网的诞生改变了人类创造和共享知识的方式。以往个体性的知识创造被更加广阔的协作体系所替代，传统教育中有限的教育资源被互联网无限地放大，草根与民间高手参与的科学事业变得更加生动有趣。中国目前也已经涌现了诸多由国内大学发起的各类慕课（MOOC）联盟，如中国大学慕课、东西部高校课程共享联盟等。这些形式不一的互联网严肃教育内容传播平台是中华美学精神互联网传播的重要途径。

最后，离散性和去中心化的互联网传播激活了众多中华美学精神的个性化传播群体，使其更具生命力。这使众多具有传播能力的主体联系起来，产生了新的知识生产可能，创造了新的知识生产主体。这种群体性的知识生产与传播，是以往任何一个时代所不能比拟的。正如凯文·凯利所说："网络是群体的象征。由此产生的群组织——分布式系统——将自我撒布在整个网络，以致没有一部分能说，'我就是我'。无数的个体思维聚在一起，形成了无可逆转的社会性。"[1]在这种环境中，互联网用户如蜂巢一般存在，他们通过互联互通创造着蜂群一样的群体智慧。依托社交网络，潜藏在民间的大量特定文化拥趸群体得以聚集、联系，从而产生新的内容。这种再创造、再生产为中华美学精神的传播提供了无限的可能与想象空间。

五、中华美学精神在互联网时代传播的挑战

当然，在互联网时代，中华美学精神的传播也面临着巨大的挑战。

首先，严肃的经典传播面临着大众文化传播多元化的挑战。中华美学精神说到底，是精英意义上的文化总结与知识凝练。这种带有某种自上而下教化意义的传播，往往也只有在拥有某种文化和艺术主导话语权的传播主体和传播方式下才能够实现。这种理念与传播方式似乎都具有某种精英主义的局限性。而互联网时代，大众具有了平等对话的权利，

---

[1] ［美］凯文·凯利：《失控》，东西网编译，新星出版社，2011 年，第 39 页。

这不仅是对文化艺术，甚至对政治和社会组织结构都产生了强烈的冲击。这种变化比法兰克福学派时代文化工业刚刚兴起之时精英文化与大众文化的冲突来得更加猛烈。无孔不入的娱乐与消费主义文化充斥着互联网，进而影响和改造着现实世界。大众正在通过互联网的平台不断挑战权威，消解各个领域自上而下的控制力。以正统的教化和传播视角来看，互联网所带来的改变让文化精英与艺术权威无所适从，甚至难以接受。

其次，中华美学精神的内涵也在随着互联网时代艺术生产活动的变化而发生改变。新的艺术形式，尤其是数字艺术与互联网艺术的参与，也在重新界定其内涵。我们需要在经典话语体系下不断丰富中华美学精神的内涵，依托新的互联网传播环境和艺术生产条件进行调整、阐释。这种动态的挑战是前所未有的。互联网时代的特点放大了文化创意产业和消费主义对社会经济生活的影响，使艺术生产的符号价值得到放大，商业价值导向深刻地影响着人们的审美观念。这种变化在近年来中国的电影业以票房为唯一的评价标准这一点上得到了集中的体现，而关注中华美学精神与中国人心灵需求的作品非常少。互联网的出现使得我们传统社会向商业社会转型的过程变得更加复杂。

最后，互联网一代青年形成的互联网化思维和信息接受习惯，也给中华美学精神的当代传播带来了挑战。互联网与消费主义的结合，带来了娱乐、快速、过剩的时代。互联网思维从商业和社会管理的角度，强调人的主体性，强调产品思维，强调口碑传播与快速迭代。而中华美学精神中的沉静、意韵、凝练、禅意都不是这个时代的主体节奏。互联网思维下的青年一代喜欢浅阅读，对大部头的艺术作品缺乏足够的耐心去品评。社交媒体带来的炫耀与展示空间，使整个社会的审美习惯和重心已经发生了深刻的改变。这种状况比本雅明提出的机械复制时代的展示价值代替膜拜价值更加复杂。大众审美的消费化取向深刻而全面地瓦解着传统经典艺术的内涵以及文化精英话语的权威性。文化艺术的经济价值很大程度上取代了其本身应该具有的全面价值。

六、中华美学精神在互联网时代传播的对策

面对机遇和挑战，我们应该深刻分析互联网所带来的变革，在批判与建设双重视野下努力探讨互联网时代中华美学精神传播的理论和实践路径。从承载中华美学精神传播的艺术生产与传播的角度，我们可以尝试从三个方面进行应对。

首先，建设“中华美学与艺术档案资料中心”。我们需要全面而系统地提炼中国优秀艺术作品中中华美学精神的核心元素和符号，并加以数字化，形成数据资料中心。在谈论中华美学精神的时候，我们可能要认真思考、总结、提炼真正能够代表中华美学精神的形象、符号、标志等。只有不断地加强这些载体的整理、归纳、总结，才能实现有效的转化、改造、传播。在建设数据资料中心的基础上，利用大数据与互联网云计算等技术手段，充分发掘互联网时代数据整合的优势，让全社会通过网络进一步共享全部艺术作品和知识信息。

其次，在国家层面重点发展互联网与优秀中华文化融合的文化产业形态。近年来，国家在应对互联网带来的挑战方面已经做出了很多努力。一年一度的世界互联网大会在美丽的江南小镇乌镇召开，使原本并不非常知名的乌镇成为全世界互联网巨头关注的中心，乌镇的旅游业也借此机会得到了极大的发展。此外，每年在乌镇举行的戏剧节，更是聚集了传统、现代、边缘艺术等多种戏剧形态，成为中国乃至世界戏剧迷的全新目的地。在顺应互联网去中心化和用户创造内容的同时，从顶层发出声音，让分众与聚合有机组合，引导市场与消费是传播中华美学精神的重要方式。正如凯文·凯利所说：“如果没有来自顶层的指导与管理，自下而上的控制方式会在面临很多选择的时候停滞不前。如果没有某种领导元素存在，下层的广大群众会在很多选择面前丧失行动力。”[1]

最后，对互联网美学与艺术理论加强研究，构建符合国家战略的互联网美学与艺术理论体系。互联网从诞生到成为人们日常生活的基础设

---

[1] [美]凯文·凯利：《新经济，新规则》，刘仲涛、康欣叶、侯煜译，电子工业出版社，2014年，第15页。

施，已经走过了三十余年历史。虽然我们每天还要面对层出不穷的新问题和新技术，但互联网作为一种崭新的技术手段融入人类生活的样貌已经逐渐展现了出来。在人文社会科学领域，不同学科都可以从自己的角度对互联网介入后的变化进行描述和总结。在美学与艺术领域，这样的总结和理论提升尤其重要，因为互联网是思想和意识形态传播的重要阵地，它也在今天的艺术生产、传播和消费中占有极其重要的地位。互联网介入后的艺术创作和生产，都发生了重要的变化。比如在电影市场中，口碑营销已经成为最重要和最有效的方式，但真正的口碑并不是按照制作方与发行方的设计产生和传播的。这是一种真正的互联网介入艺术生产和传播的过程。这种现象背后折射出的创作方式和审美方式的变化，需要我们及时进行总结和提炼。在新的互联网媒体环境中，新的美学和艺术理论的产生将会为实现中华美学精神的当代转化与传播创新提供理论依据。

后　记

本书是中国文联中国文艺评论基地年度重点项目“中华美学精神的当代传承”的结项成果。在此衷心感谢中国文联、中国文艺评论家协会和中国文艺评论中心的庞井君先生、周由强先生、胡一峰先生等领导和项目评审专家的信赖和支持。

本项目由北京大学评论基地成员合力承担，分 10 个子项目，相应的结项成果也由 10 章组成。各子项目负责人为该章（子项目）的主要著作者，各章参与人则为该章的其他合著者。以下为各章具体分工（列第一的为子项目负责人）：

第一章：王一川；

第二章：陈旭光；

第三章：彭　锋；

第四章：李　洋、王佳怡；

第五章：金永兵、张鹏瀚；

第六章：李道新、田亦洲、赵寻、张俊隆、薛熠、叶鑫、崔艺璇；

第七章：刘　晨、范萍萍；

第八章：周映辰；

第九章：向　勇、白晓晴；

第十章：唐金楠。

同时，邸含玮博士在北大从事博士后期间，承担了本项目的联络员及书稿汇编等具体事务。

本项目能在现在完成结项并成书出版，真诚感谢上述子项目负责人和其他参与者的通力合作。

最后，我还要向北京大学出版社和编辑谭艳、赵阳致谢。

王一川

2020年10月6日于北京师范大学